Nadie quiere saber

Novela

Alicia Giménez Bartlett

Nadie quiere saber

DESTINO

El papel utilizado para la impresión de este libro es cien por cien libre de cloro y está calificado como **papel ecológico**.

Avinguda Diagonal, 662, 6.ª planta. 08034 Barcelona (España)
www.edestino.es
www.planetadelibros.com

Diseño de la cubierta: Booket / Área Editorial Grupo Planeta
Ilustración de la cubierta: © 2010 Enzo D. / Getty Images
Fotografía del autor: © Dani Mandràgora
Primera edición en Colección Booket: febrero de 2014

Depósito legal: B. 27.768-2013
ISBN: 978-84-233-4768-1
Impresión y encuadernación: Black Print CPI, Barcelona
Printed in Spain - Impreso en España

Biografía

Alicia Giménez Bartlett (Almansa, Albacete, 1951) vive en Barcelona desde 1975. Ha publicado entre otras las novelas *Exit*, *Una habitación ajena* (Premio Femenino Singular 1997), *Secreta Penélope*, *Días de amor y engaños* y el gran éxito *Donde nadie te encuentre* (Premio Nadal de Novela 2011). Con la serie protagonizada por la inspectora Petra Delicado se ha convertido en una de las autoras españolas más traducidas y leídas en el mundo: *Ritos de muerte*, *Día de perros*, *Mensajeros en la oscuridad*, *Muertos de papel*, *Serpientes en el paraíso*, *Un barco cargado de arroz*, *Nido vacío* y *El silencio de los claustros*. Ha recibido los prestigiosos premios Grinzane Cavour en Italia y Raymond Chandler en Suiza.

Capítulo 1

Fue terrible. Yo iba acercándome poco a poco al ataúd abierto, pero no veía quién estaba dentro. Era un féretro imponente, de madera brillante y lujosa. Alrededor se habían colocado cirios enormes y varias coronas de flores yacían a los pies del difunto. Cuanto más cerca me encontraba, más firme era mi paso y menos atenazada por el miedo me sentía. Al llegar junto a la capilla ardiente, miraba en el interior y descubría a un hombre viejo, con un impecable traje negro, una banda tricolor alrededor del cuerpo y la pechera de la americana cubierta de condecoraciones. Nunca lo había visto antes, no sabía quién era, aunque sin duda se trataba de alguien importante. Entonces, con resolución, echaba mano de mi bolso y sacaba de él un gran cuchillo. De modo impetuoso, llevada mi mano por un odio que manaba de mí como un torrente, empezaba a apuñalarlo una y otra vez en el pecho. Los golpes eran fuertes, decididos, mortales si hubiera estado vivo, pero del cadáver sólo salían serrín y papeles viejos. Eso me enfurecía, llevándome a un éxtasis de golpes y cuchilladas, como si no aceptara que aquello únicamente era muerte sobre más muerte.

Me desperté sudando, acongojada y trémula. Nunca suelo tener pesadillas, así que, en cuanto pude pensar con cierta claridad, me pregunté cuál era la naturaleza de la que acababa de sufrir. ¿Era un sueño de interpretación freudiana, con figura paterna incluida? Muy improbable. ¿Era una reminiscencia de épocas franquistas, donde descargaba la frustración de que el dictador hubiera muerto de viejo en la cama? Demasiado alambicado. Dejé de hacer hipótesis interpretativas y fui a prepararme un café, sin llegar a conclusión alguna. Habrían de pasar varios meses para que me diera cuenta de que, en contra de toda lógica, quizá aquél había sido un sueño profético relacionado con mi trabajo.

Pero empecemos por los hechos y dejemos atrás los sueños. Una de las labores que desarrolla la Policía Nacional en Cataluña es escarbar en el pasado. Parece absurdo, una especie de paradoja genial. Todos pensamos que la labor policial debe ser rápida, inmediata, sangre derramada que cuanto antes se enjugue, mejor. Estamos convencidos de que un poli de homicidios es un tipo armado y entrenado para hincarle el diente a un cadáver reciente, templado aún. Pero no, resulta que esos teóricos especialistas del tiempo presente son proyectados hacia lo remoto para buscar asesinos que se esfumaron, convertidos en volutas de aire. Curioso, el pasado no es sólo el campo de trabajo de historiadores y poetas, es el nuestro también. El mal tiene su arqueología.

A este quehacer se le llama «reabrir un caso», una expresión que conlleva reminiscencias de segundas oportunidades, de nuevos hallazgos fulgurantes, de volver a empezar con ímpetus remozados. Sin embargo, casi nunca es así. Un caso reabierto es tremendamente difícil de investigar porque, como es bien sabido, el tiempo todo lo borra. A veces se reabren casos porque un sospechoso se libró de la cárcel al no existir pruebas de ADN en la época de su fechoría. Otras, porque el culpable huyó del país y no hubo manera de encontrarlo. Un día alguien dice haberlo visto en algún lugar. De todas maneras, el dinero que una investigación cuesta al erario público hace que no se reabran casos así como así.

Nuestro caso, el que nos encomendaron reabrir a Garzón y a mí, se activó a requerimiento de la viuda del hombre asesinado. La mujer se puso en contacto con el juez Juan Muro, un veterano con fama de perseguir las cosas hasta el final, y lo convenció de dar una segunda vuelta a un caso que databa del 2008, cinco años atrás en el pasado. Su esposo, de nombre Adolfo Siguán, un empresario textil de setenta años, había sido liquidado en circunstancias sexuales escabrosas. Su cadáver se halló en su casa, adonde había acudido en compañía de una joven prostituta de bajo caché. Las culpas recayeron sobre el chulo de ésta; pero fue encontrado muerto a su vez en Marbella, días después. Aunque se siguieron pistas aparentemente seguras, la investigación se cerró en falso: el supuesto culpable nunca pudo contar lo que ocurrió. La prostituta pasó un tiempo en chirona por una complicidad que ni siquiera pudo demostrarse y después todo quedó difuminado por el paso de los meses y los años. Hasta el presente en que, el subinspector y yo, heredábamos un muerto remoto que había permanecido silencioso y, se supone, resignado a su suerte.

El insensato de mi compañero se mostraba contento; sostenía que nunca antes se había ocupado de un caso antiguo y que, a su edad, tener una nueva experiencia laboral le parecía muy estimulante.

—Es más, inspectora… —comentó—, laboral o privada, cualquier experiencia nueva a los años que tengo, debe ser considerada como una rareza, como un don del cielo. Con decirle que el otro día probé por primera vez el paté de aceitunas y casi lloro de emoción… Esto del caso reabierto es como un reto, y de ese modo tenemos que interpretar las complicaciones que comporte.

Yo no veía las cosas con tanta claridad. Soy más joven que él, pero incluso así, las dificultades habían dejado de parecerme un reto para convertirse en lo que realmente son: un problema más. No soy mujer de retos ni desafíos, mi mente no se crece ante lo difícil ni me pongo chula frente a las barreras. No suelo comprender a los que se marcan metas cada vez más elevadas. Para mí son marcianos los alpinistas que escalan las cumbres hasta quedar congelados y los atletas que llegan a la línea final y se desploman sin respiración. Soy menos pasional, más cercana a lo científico, si ése es un término que pudiera emplear para hacerme entender. Los científicos actúan por ansia de saber, no por esa especie de cabezonería que lleva seguir una línea ascendente. ¿Acaso Madame Curie dio con el radio a fuerza de exclamar: «Esto me lo investigo yo por narices»? No, para mí, y supongo que también para Madame Curie, las cosas se hacen por el deseo de llegar a alguna parte, por la necesidad de convertir en más claro aquello que habita en la oscuridad. Sin embargo, una vez llegados a puerto, ¿para qué continuar compitiendo con uno mismo y salir de nuevo a la mar en busca de más lejanas tierras? No, hay que saber aceptar las propias limitaciones, vivir con ellas, tenerlas en cuenta cuando se arranca una nueva actividad. Quizá yo soy muy consciente de mis limitaciones, sé el peso específico que éstas tienen en mi vida, o quizá simplemente soy más conservadora de lo que estoy dispuesta a admitir. Sea lo que fuere, lo cierto es que la historia del caso retomado no me hacía maldita ilusión.

El comisario Coronas tampoco exultaba de gozo. Fue nuestra comisaría la que se hizo cargo del caso Siguán en su día y volver a agitar las aguas para que aflorara lo que acabó en fracaso le parecía un modo de penitencia que no creía merecer.

—¡Hay que joderse! —exclamó—. Con todas las energías que derrochamos inútilmente en aquel desdichado asunto y ahora tener que volver a empezar. Pero ¿qué cree ese maldito juez, que cinco años más tarde va a surgir la verdad resplandeciente iluminando el sagrado imperio de la ley? A pesar de ser veterano se comporta como un niñato sin experiencia. Todo el mundo sabe que, de no haber aflorado alguna nueva pista concluyente, investigar pasado tanto tiempo es una gilipollez.

Pero no tuvo más remedio que apechugar, el juez Muro se mostraba firme en su decisión, y el cadáver de Siguán se había puesto de nuevo metafóricamente en pie. Después de comprobar lo poco que apreciaba mi jefe la reapertura de aquel expediente, me atreví a preguntar:

—Entonces, ¿debemos emplearnos a fondo, comisario, o bastará con ir tirando?

Su cara experimentó al oírme una metamorfosis singular, asemejándose ipso facto a la de un perro fiero en actitud de ataque.

—¿Cómo, cómo ha dicho, inspectora? No entiendo su pregunta. ¿Alguna vez en esta comisaría y bajo mis órdenes se ha ocupado usted de un caso «para ir tirando»? Porque si ha sido así puede estar bien segura de que yo no me he enterado.

—Era sólo un modo de hablar.

—Pues pruebe con otros registros estilísticos. Aquí siempre se investiga a fondo, a saco, a tope, a rajatabla, a tumba abierta. Quiero que empleen ustedes todas sus fuerzas y su pericia en averiguar quién demonios mató al supuesto asesino de Adolfo Siguán. Ahora más que nunca el honor de esta comisaría está en juego. A pocos se les ofrece una segunda oportunidad para enmendar los errores del pasado.

—¡Sí, señor, descuide, señor! —respondí casi en un grito marcial.

—¡Y no me conteste como una maldita sargenta de marines! Da la impresión de que estuviera cachondeándose de mí. Hay veces que tiene usted la facultad de ponerme de mal humor, Petra Delicado.

Puede que yo hubiera incrementado un poco su impaciencia, pero Coronas ya estaba de mal humor antes de hablar conmigo. En el fondo lo comprendía, e incluso me apiadaba un tanto de él: tener que destinar a dos personas a un servicio que no le despejaba el trabajo diario no era plato de gusto, como tampoco lo era enfrentarse con equivocaciones que hubieran podido cometerse tiempo atrás. Él había estado presente durante la primera investigación del crimen. Pero ésa no era mi responsabilidad, allá el comisario con sus líos de trabajo.

Si analizaba la situación presente con perspectiva optimista, me percataba de que ocuparse de un caso reabierto tiene un punto de pureza innegable, tanto en el campo teórico como en la praxis policial. Nada de verse enfangado en los acontecimientos con la premura que exige un crimen recién acaecido. Ni un testigo que se encuentre perentoriamente influido por el miedo o por la pasión. Ninguna presión por parte de los periodistas… Era casi como una lección magistral en la Academia, una auténtica oportunidad de emplear en frío el razonamiento deductivo. Claro que, como en todas las cuestiones importantes, el problema radica en la acometida; dicho de otro modo: ¿por dónde empezar? Cuando le planteé esa duda metodológica a Garzón estuvo rascándose el mentón mal rasurado durante casi cinco minutos, lo cual era siempre una excelente señal. Al fin dijo:

—Yo creo, inspectora, que deberíamos pedir consejo a algún colega que se haya ocupado de casos reabiertos, sólo para saber por dónde abrir el melón y si su orgullo profesional se lo permite, por supuesto.

—Mi orgullo en general quedó abandonado el primer día que tuve que pedir ayuda para cambiar el neumático del coche.

—¿No sabía hacerlo sola? ¡No lo puedo creer!; usted, una mujer tan autosuficiente…

—¡Pare el carro, Fermín! He dicho que abandoné el orgullo, pero no la mala uva.

—Aclaración innecesaria.

—¿Podemos centrarnos en lo que interesa de una vez?

Su idea de preguntar a un colega me parece muy buena. ¿Se le ocurre a usted alguno que tengamos a mano?

—Bonilla. El inspector Bonilla investigó hace un año un asesinato que había sucedido hacía tres. Una joven violada y asesinada después. El caso se cerró por falta de pruebas. Los familiares de la chica siempre sospecharon del ex novio. Le dieron la tabarra al juez y éste accedió a reabrir el proceso policial. Al final lo cazaron y sí era el ex novio el culpable.

—¿Recuerda cómo fue?

—El tipo se había echado una nueva novia y Bonilla tiró por ahí. Hablando y hablando con ella acabó contándole que el chico a veces hacía cosas raras, se comportaba de manera violenta. Lo detuvieron y, con varios días de un buen acoso acabó por confesar.

—No sé si nosotros tendremos a alguien a quien hacerle un buen acoso, pero por algo se empieza. De momento acosaremos a Bonilla y después Dios dirá.

Daniel Bonilla era bastante más joven que yo. Pertenecía a esa nueva hornada de policías muy preparados, muy brillantes, que habían entrado en el Cuerpo exclusivamente por vocación. Nunca había entablado conversación con él, pero me gustaba su pinta de pertenecer a una ONG de tipo alternativo. Su reputación en nuestra comisaría era que no se preocupaba de hacer carrera, sino de trabajar bien. Nos recibió encantado, y los consejos que nos proporcionó aún me parecen ahora de lo más indicado y perspicaz.

—No quiero dar lecciones porque no soy quién —empezó por decir—. Lo único que puedo aseguraros es que para tratar un caso reabierto hay que cambiar de mentalidad. Nada de prisas porque el asesino puede escaparse, al contrario, despacio, muy despacio, porque el asesino ya se escapó. Atentos siempre al detalle. Hay que leer mucho al principio: toda la instrucción del juez más los informes policiales que se hicieron en su día. Mirar, remirar, analizar... convertir las dudas en interrogantes concretos, completar y poner en cuestión las conclusiones que parezcan haberse tomado con precipitación.

—¿Quién llevó el caso la primera vez? —inquirí.

—Juan Álvarez —respondió inmediatamente Garzón—. Después pidió el traslado a Cáceres porque su mujer es de allí —remató sorprendiéndome con su perfecto conocimiento de los recursos humanos de aquella empresa.

—Supongo que huir del escenario del fracaso también contó. Ya sabéis cómo son estas cosas. No es imprescindible que habléis con él. Lo importante está escrito. Acostumbraos, eso sí, a tener los archivos a mano para poder consultar en cualquier momento. Y aunque no os apresuréis, pensad como si el crimen acabara de suceder, eso quita la sensación de estar simplemente revisando papeles. Como veis, sólo os estoy soltando lugares comunes, nada que os pueda ayudar de verdad; pero contad conmigo para lo que queráis.

Bien, aquello era un arranque, un punto de salida en una carrera en la que más que correr, él aconsejaba caminar.

—¿En su casa o en la mía? —le pregunté al subinspector.

—¿Un intento de ligue a estas alturas?

—No pretenderá que leamos todos esos montones de folios cada uno por separado. Será mejor hacerlo juntos y apuntar las sugerencias que vayan apareciendo. Eso llevará tiempo, y dudo de que ese tiempo extra podamos sacarlos de las horas de oficina. Habrá que trabajar por nuestra cuenta.

—Empezamos bien. Un día en su casa y otro en la mía. ¿Qué le parece?

—Genial. Y nada de cervecitas ni ningún otro tipo de alcohol.

—Expedientes a palo seco.

—Como debe ser.

En mi casa no era difícil encontrar momentos tranquilos. Recordaba que aquella semana los hijos de Marcos no venían a visitarnos, con lo que el silencio y la concentración estaban garantizados. Tampoco Marcos representaría un problema, simplemente le pediría que en vez de leer en el salón, se retirara a su estudio para dejarnos en paz. Cuando llegó el momento preparé un refrigerio, mínimo pero imprescindible tratándose de Garzón: sándwiches vegetales y cerveza sin alcohol.

A las nueve en punto ya tenía en la puerta a mi compañero. Traía consigo sólo la documentación de la policía, porque yo tenía la del juez. Marcos quiso saludarlo, de modo que esperé a que apareciera y ambos se cumplimentaran a placer. Cuando hubieron culminado el proceso social, pasamos a la sala, donde yo había despejado la mesa y expuesto portátil y papeles ya impresos. El subinspector cargaba orgulloso con un nuevo ordenador, un regalo de su esposa para el cumpleaños, que había aprendido a manejar con naturalidad. Nos instalamos y consensuamos el método de acción.

—He comprado una libreta para cada uno. Cuando algo de lo que está leyendo le llame la atención, apúntelo. Al final cotejamos y comentamos. ¿Está de acuerdo?

—¿Y si quiero comentar algo en el mismo momento en que lo leo, inspectora?

—Es mejor que no haya interrupciones; pero si cree que algo necesita un intercambio de pareceres inmediato… aunque queda descartado ningún tipo de chiste o frivolidad.

Nos enfrascamos en la lectura, cada uno de sus documentos. Mientras yo me encaraba a las consideraciones del juez, encendía de vez en cuando algún cigarrillo. Garzón se removía en su asiento con inquietud cada vez que olía el humo perfumado de mi rubio inglés. A instancias de su mujer, a quien le preocupaba su salud, hacía poco que había dejado de fumar. Intenté olvidar si estaba moviéndose o no. A medida que iba avanzando, el texto arrojaba luz sobre aquel asesinato añejo que nos tocaba desentrañar.

Adolfo Siguán Mestre era un fabricante de paños que había sabido sacar provecho de la herencia familiar hasta el punto de modernizar y abrir al exterior el negocio heredado. Su fábrica, que en tiempos surtía de telas tradicionales el mercado de los sastres de caballero, había experimentado cambios sustanciales que le permitieron librarse de la histórica crisis del textil catalán. Conectado con los nuevos usos de la moda y ampliando la producción a las telas de ropa para mujer, entre su clientela se encontraban diseñadores importantes, no sólo españoles sino franceses, e italianos también. Su apuesta había sido fabricar telas de calidad, dejando de lado tejidos baratos que pudieran expandirse en mercados menos selectivos. Parecía que la empresa siempre había funcionado bien, pero un par de años antes de su muerte, la fábrica había pasado por serias dificultades financieras que el juez no entraba a especificar. Tomé la libreta, aún inmaculada, y escribí:

1. Averiguar las causas concretas de la decadencia del negocio.
2. Seguimiento de las cuentas de la empresa a raíz del asesinato de Siguán.

Garzón miró cómo tomaba notas y tras algunos titubeos que intenté ignorar, ya no pudo quedarse callado y oí su voz:

—¿Qué ha apuntado, inspectora?

—Hemos dicho que no se podía interrumpir.

—Pero es que estoy inquieto, a mí no se me ocurre nada que entresacar.

Lo observé con atención. A pesar de haber sobrepasado hacía mucho tiempo la edad de la madurez, en su comportamiento seguía atisbándose una veta infantil. Debo reconocer que, en el fondo, eso me hacía gracia, de modo que, en vez de enviarlo al infierno, contesté:

—He escrito que es necesario aclarar por qué una empresa que había conseguido adaptarse a los tiempos y funcionar de maravilla de pronto empieza a ir mal. También habrá que averiguar qué pasó con la condenada empresa después de que su dueño fuera asesinado.

—Tiene usted una mente preclara, inspectora. A mí no se me había ocurrido pensar eso.

—¿Quiere dejarme trabajar en paz?

Volvió a su labor acercando exageradamente la vista a la pantalla, como un alumno que quiere demostrar a las claras su interés. Al rato advertí que él también tomaba el bolígrafo y pensé que me dejaría tranquila. Siguán tenía tres hijas de su primer matrimonio y una segunda esposa, porque la anterior había muerto de cáncer años atrás. Fue esa segunda mujer, llamada Rosalía Piñeiro, quien había cursado al juez la petición de reabrir el caso. Busqué en el expediente datos sobre ella, pero eran exiguos. Sólo se decía que tenía treinta y ocho años menos que su marido, que no ejercía ninguna profesión y que llevaban casados siete años al morir él. Ninguno de los miembros de la antigua o nueva familia había sido susceptible de ser considerado sospechoso en la antigua investigación. Habían sido todos interrogados como testigos y liberados por el juez sin imputaciones.

Siguán, como se supo después de muerto, solía frecuentar la compañía de una prostituta muy joven llamada Julieta López. Debo reconocer que la resonancia shakesperiana del nombre casi me hizo sonreír. Julieta distaba mucho de ser una prostituta de lujo, ni siquiera ejercía sus labores en un local de alterne o un *meublé*. Era una simple puta del Raval de lo más tirado. Trabajaba en la calle y tenía un novio que le hacía de chulo. Ambos se especializaban en un delito que sobrepasaba el campo de la prostitución. De repente me llamó mi compañero.

—¿Qué pasa ahora, Garzón? —pregunté como si deseara estrangularlo, lo cual no estaba muy lejos de la verdad.

—Detesto parecer maleducado, pero abusando de su generosidad: ¿no tendría por ahí algo para picar? Empiezo a tener hambre, y tengo comprobado que, con hambre siempre se me disipa la capacidad de concentración.

—Pica usted más que una avispa furiosa, Fermín. ¿Puede esperar un momento? Estaba a punto de enterarme del delito que solían cometer Julieta y su Romeo.

—Yo se lo contaré, y por cierto, Romeo se llamaba Abelardo Quiñones, que con ese nombre debía ser más de pueblo que un alcalde con boina. Resulta que la chica se especializaba en clientes viejos, cuanto más, mejor. Cuando tras varias veces de haberles prestado sus servicios había ganado cierta confianza con ellos, se enteraba de si vivían solos y si era así les pedía que la llevaran a sus casas. Una vez allí pedía que tomaran una copa, y cuando el viejo estaba despistado o iba al lavabo, le metía en la bebida varias pastillas de Rohipnol. En cuanto los tíos estaban groguis, entraba en acción el galán, que los había seguido hasta el lugar del encuentro amoroso. Entonces la dama le hacía una llamadita, le abría la puerta y ambos apiolaban todo lo que podían: dinero, joyas, el ordenador personal... Luego se largaban bien campantes. Practicaron ese deporte tan rentable durante casi dos años y ¿sabe cuántas denuncias se presentaron en su contra? ¡Ni una! Increíble, ¿verdad?

Le escuchaba sin que ni un pestañeo velara mis ojos, abiertos de par en par a causa de la sorpresa. Entonces empezó a reírse con ganas, y continuó:

—¡Si es que resulta hasta divertido! Los delitos se hacen posibles porque los seres humanos somos como somos. Ya me dirá usted qué carcamal se presenta en comisaría para hacer público que se ha ido de picos pardos y le han tomado el poco pelo que le quedaba. Imagínese a los nietos de los denunciantes explicando la historia: «El abuelito se fue a follar y entre la señora y su chulo le robaron hasta la dentadura postiza».

Corté sus carcajadas con decisión:

—¡No hace falta que sea tan gráfico, Fermín, y le ruego que baje la voz!

—¡Si me ha dicho que sus hijastros no estaban en casa!

—Pero yo sí estoy, y me parece de un gusto espantoso que escenifique tanto la cuestión.

Al subinspector le importaban un bledo mis escándalos estéticos, siguió riendo, aquel informe se le antojaba el súmmum de la comicidad. Yo, sin embargo, estaba desorientada: el contraste entre la jerga legal que estaba leyendo y la vulgaridad expresiva de Garzón me impedía captar la fibra última de los hechos.

—¿Y por qué un empresario acomodado recurre a una prostituta de tan ínfimo nivel? —pregunté casi a modo retórico.

—¡Joder, inspectora, parece que aún se chupe usted el dedo! Existe una cosa que se llama perversión. Hay tipos que encuentran la mitad del placer en caer cuanto más abajo mejor, en revolcarse entre sus miserias. ¿No lo entiende?

—¡Por supuesto que lo entiendo! —me apresuré a exclamar antes de que me diera una explicación cumplida en lenguaje popular—. En cualquier caso eso no explica por qué lo mataron.

—Yo ya lo sé, pero no pienso decírselo si no me saca algo de comer. Si quiere enterarse tendrá que leer todo ese coñazo de leguleyos que tiene delante.

Entonces fui yo quien se echó a reír. Me levanté para traer los sándwiches vegetales y las cervezas sin alcohol. Garzón me esperaba con los brazos abiertos.

—¡Por fin algo que llevarse a la boca! —exclamó;

pero luego se quedó mirando la bandeja y preguntó con suspicacia—: ¿Y eso qué es?

—Emparedados de tomate, pimiento, espárragos y mayonesa. Todo ligero y muy nutritivo. No quiero que una comida pesada nos impida rendir al cien por cien.

—No, si yo me refería a la bebida: ¿cerveza sin alcohol? No se lo tome a mal, inspectora; pero la cerveza sin alcohol contraviene mi filosofía de la vida. ¡Hasta agua del grifo preferiría beber, fíjese! Me niego a beber café sin cafeína, a tomar un alimento Light, a fumar bajo en nicotina... ¡no, eso es como reconocer un vicio y hacer propósito de enmienda de cara a los demás! Me parece una engañifa y una humillación por la que me opongo a pasar.

—Está bien, no sea pelmazo; traeré cervezas normales.

—Se lo agradezco. Y además, ¿desde cuándo le dan esos ramalazos integristas, es que alguna vez hemos perdido fuelle profesional usted y yo por culpa de la bebida?

—Prefiero no hacer memoria.

—Como quiera, pero debe saber que yo, con una copa soy como Sherlock Holmes y con dos, hasta incorporo a Watson en el lote. Con más..., da igual, digamos que el alcohol es un acicate policial de primera magnitud.

Sonriendo, le dejé dar rienda suelta a sus filosofías y apetitos. Por fin, cuando hubo deglutido las últimas migajas y vaciado el botellín, se avino a continuar:

—A Adolfo Siguán se lo cargaron por accidente. Parece que era de naturaleza fuerte y el Rohipnol no le hizo el efecto que solía hacer en los demás. Así que cuando Romeo se presentó y, junto a Julieta, se encontraban ambos aligerando bolsillos y abriendo cajones, el buen hombre se despertó y empezó a pegar gritos y soltar imprecaciones como un poseso. La pareja de tórtolos se asustó y le arrearon un golpe en la cabeza que lo mató.

—¿Qué pasó con Abelardo Quiñones?

—Apareció asesinado de un tiro en Marbella dos meses después. Munición Parabellum, disparada desde una pistola seguramente adquirida en el mercado negro que nunca se pudo localizar. Nunca se supo quién fue; pero, como llevaba mala vida, nuestros colegas dedujeron que cualquiera pudo cargárselo y por cualquier motivo no relacionado con el crimen de Siguán: un ajuste de cuentas entre chulos, un tema de drogas... ¡vaya usted a saber!

—¿Y la chica?

—A la puta la cazaron enseguida porque no huyó de Barcelona. Una compañera del Raval le contó a la policía lo que ésta solía hacer con los viejos. Tardaron menos de tres días en dar con ella, y en la comisaría cantó, con letra y música perfectas. Lo único que no quiso reconocer fue que su novio asesinara a Siguán. Salió con una copla extraña, asegurando que aquel día, en vez de Quiñones, se presentó en la casa un italiano al que nunca había visto y que venía de parte de él. Según esa versión, fue el italiano quien golpeó al empresario en la cabeza. Un intento vano de proteger a su amorcito, ya ve.

—¿Qué sucedió con ella?

—Leo más deprisa que usted, pero hasta ahí no he podido llegar.

Busqué apresuradamente en mi ordenador, abriéndome camino entre la maraña legal del juez, y tras un cuarto de hora, encontré el destino de Julieta, que le leí en voz alta al subinspector:

> Julieta López Atienza tuvo una pena ligera por no haber sido la autora material de los hechos (el golpe en la cabeza de la víctima era demasiado fuerte para haber sido asestado por las manos de esta mujer), no tener intención de matar y carecer de antecedentes penales. Fue condenada a cuatro años de prisión en la cárcel de Wad Ras, de los que cumplió sólo tres por haber sido acreedora de beneficios penitencia-

rios. De hecho, se considera una reclusa rehabilitada ya que concluyó en su encierro los cursos completos de decoración de interiores.

Garzón soltó una carcajada atronadora.

—¿Decoración de interiores? ¡No me lo puedo creer! ¡Muy adecuado para una chica de su categoría! Seguro que le cogió afición al tema viendo las casas de los clientes a los que pelaba. Apuesto a que los pobres ancianos tenían un gusto horroroso y ella se propuso cambiar la situación.

—¡Haga el favor de no pitorrearse, para una vez que la cárcel consigue una rehabilitación!

—¡Jo, inspectora! ¿Y qué debe estar haciendo ahora Julieta? A lo mejor la han contratado en la Casa Real para que decore de nuevo las habitaciones de las infantitas.

—¿Quiere dejar de decir despropósitos?

—El despropósito es creer que una tipa como Julieta López cambia de vida y de mentalidad sólo con tres años de estar metida entre rejas.

—Tiene usted poca fe en el género humano.

—¿La tiene usted?

Me quedé un momento callada, acabé mi cerveza, suspiré y dije por fin.

—No demasiada, la verdad. Pero es injusto negar cierta posibilidad. Hay gente a quien la vida no le ha dado la más mínima oportunidad, gente sin esperanza desde que nace. Y si de pronto comprenden que hay un camino, que se puede estudiar, si alguien les concede la más mínima opción… pueden aprovecharla, estoy convencida.

Garzón se encogió de hombros, chistó, pensó, bufó varias veces y concluyó:

—No le digo que no.

—¿Será posible localizar ahora a esa chica? En el expediente no figura ninguna dirección.

—La sabrán en Wad Ras. Habrá que darse una vuelta por allí.

Medité mirándome las manos, recapacité sobre mis palabras antes de empezar a hablar.

—¿Sabe lo que le digo, subinspector? ¡Aquí hay caso!, demasiados cabos sin atar.

—Con lo que llevamos leído yo pienso exactamente lo contrario. Nos encontramos frente a dos delincuentes habituales de grado menor. Un día cometen una equivocación y se cargan a un tío. Las compañeras de ella los delatan. A la chica la cazan, el hombre, que es el autor material, pone pies en polvorosa sabiendo que se la juega por asesinato. Dos meses después se mete en algún problema en una ciudad en la que no conoce cómo funciona el hampa y, quizá sólo por ser un intruso un buen tiro en la cabeza acaba con él. Se hace una investigación a fondo y no hay ni rastro del culpable. Caso abortado, aunque, en el fondo, caso cerrado. Punto final.

—¿Y el italiano del que Julieta habló?

—¡Por Dios, inspectora, me encanta su ingenuidad!

—Julieta está encausada y acaba en la cárcel, ¿para qué seguir protegiendo a su chulo incluso cuando está muerto?

—¿Para qué variar su primera versión? Eso siempre crea desconfianza en un juez. A fin de cuentas no había sido acusada del asesinato. Llegó un italiano del cielo y él solito hizo todo el trabajo sucio. Piense además que el amor es siempre generoso.

—Puede que lleve razón; pero habrá que probar todas esas suposiciones si es que podemos. Puede que no haya caso, pero sí hay trabajo ¡y mucho!

—El trabajo nunca me ha asustado, siempre que sirva para algo.

—¿Alguien le ha asegurado alguna vez que todos los pasos que damos en una investigación sirven para algo?

—¡Nunca, en ninguna circunstancia, jamás!

—¡Menos mal, creí que tampoco íbamos a ponernos de acuerdo en eso!

Decidimos acabar la sesión. Teníamos ambos bastante claro lo que debía hacerse, pero no el orden en el que debía ser hecho, como siempre suele suceder. Finalmente concluimos que lo lógico era arrancar nuestras pesquisas yendo a visitar al juez Muro. Y ésa fue nuestra cita para el día siguiente. Llamé a Marcos para que pudiera despedirse de Garzón y abandonó su estudio encantado. Sin embargo, no se le ocurrió nada mejor que ofrecerle otra cerveza a mi compañero, que éste aceptó sin vacilar. Hubiera debido preverlo y hacerlo salir con discreción, olvidando la cortesía. Que Marcos y Garzón estuvieran juntos en mi presencia me obligaba a mezclar las dos facetas básicas de mi vida, cosa que no me complacía en absoluto. Siempre he pensado que soy una persona diferente como esposa y como policía; de modo que no suelo tolerar bien que alguien perteneciente a un entorno se cuele de rondón en el otro. Demasiados testimonios sobre mi personalidad. Recordaba haberle contado esta circunstancia a mi esposo tiempo atrás y cómo él la desestimó tildándola de tontería sin fundamento. Marcos creía que, por mucho que pretendamos lo contrario, todos somos una unidad imposible de diversificar. Por eso mi intento de llevar adelante dos personalidades en paralelo le parecía algo que forzaba la naturaleza humana de manera innecesaria e incluso peligrosa para la estabilidad emocional. Yo argüí que en mi vertiente profesional era cínica, dura y un punto obsesiva, mientras que en la vida privada me mostraba equilibrada, dulce y poco temperamental. Recuerdo también la cara que puso cuando me oyó autodefinirme así; en su rostro se pintó una sonrisa irónica y, cuando le pedí una explicación, se limitó a decir: «Yo no veo tanta diferencia —frase que se aprestó a completar un segundo más tarde añadiendo—: Seguro que en comisaría también eres dulce». Capté perfectamente el sarcasmo y me ratifiqué con cabezonería en mi firme propósito de mantener una cara para cada vida.

Aquella noche, tanto mi compañero de trabajo como mi cónyuge se encontraban inspirados socialmente y proclives al diálogo amistoso. Yo los observaba con atención, esperando que se produjera el más mínimo desfallecimiento en su intercambio de comentarios banales para meter baza y dar por terminada la reunión, pero era inútil: las réplicas y contrarréplicas de ambos proliferaban como insectos en una charca, como el moho en las zonas oscuras. Para completar mi inquietud, Garzón hizo partícipe a Marcos de algunos detalles del caso. Mi marido abría los ojos a cada precisión con auténtica curiosidad. Rebuscaba en su memoria:

—Hace cinco años... no, no me viene a la mente haber leído nada sobre un asunto así. Claro que yo soy muy despistado y como además siempre llevo la misma rutina, me cuesta mucho datar los acontecimientos en los distintos años.

—Siempre haces lo mismo pero con diferentes esposas —solté con inexplicable maldad.

—¡Caramba, inspectora, tiene usted la lengua más larga y rápida que un camaleón! —dijo el subinspector riendo, aunque en el fondo alarmado ante la posibilidad de verse inmiscuido en una discusión conyugal. Sin embargo, Marcos ni se inmutó:

—Sí, en esa época estaba casado con Silvia; pero eso no me sirve de mucho, nunca comentábamos las noticias de los periódicos.

—Se llevó con discreción —apuntó mi compañero.

—Y quizá los periódicos no trataban estas cuestiones con tanta morbosidad como ahora —añadí.

—No comprendo cómo os las apañaréis para investigar algo que sucedió hace cinco años.

Tuve la clara intuición de que aquél era el momento de cortar:

—Dejemos el caso en paz. ¿No os parece que va siendo hora de irse a la cama? Mañana todos tenemos que madrugar.

—No te preocupes, Marcos, yo no soy tan hermético como la inspectora. Si te interesa lo que hacemos, ya te iré contando cuando haya alguna novedad.

Sentí que un fogonazo de ira me ponía la cara colorada:

—¡Usted no hará nada de eso! Este caso es tan confidencial como cualquier otro. Lo que sí tiene que hacer es volver a su casa, mañana a las ocho en punto le quiero en comisaría.

—¡A sus órdenes! —soltó Garzón en tono jocoso, y aún estuvo bromeando un rato antes de que mi marido lo acompañara a la salida. Al regresar, éste hizo justo lo que pensaba: recriminarme mi actitud.

—¿Cómo has podido ser tan grosera con el pobre Fermín?

—El pobre Fermín y yo nos conocemos perfectamente, y cada uno sabemos bien hasta dónde podemos llegar.

Estuvo renegando contra mi rudeza hasta que apagamos la luz. Aquel episodio me alertó una vez más sobre mi acierto al querer mantener separados los ámbitos del trabajo y familiar. También me demostró hasta qué punto aquella historia de la investigación reabierta picaba la curiosidad de la gente en mayor medida que un crimen que acabara de suceder.

Capítulo 2

El juez me había citado en su despacho a las nueve de la mañana. Debo confesar que estaba deseosa de conocer al hombre que, teniendo el juzgado atestado de juicios en espera, como todos lo están, se deja convencer para reabrir una instrucción del pasado. Llevada de las intuiciones o quizá prejuicios que siempre gravitan sobre todos nosotros había pensado en uno de esos jueces entusiastas que, pese a los años de ejercicio, siguen considerando la Ley como en un foco resplandeciente que siempre ilumina la verdad. Pero mi intuición (como pasa algunas veces) y mis prejuicios (como pasa siempre) fallaron estrepitosamente cuando lo tuve frente a mí. Juan Muro tenía un aspecto cansado y un aire filosófico que en nada sugerían entusiasmo o vitalidad. Después de saludarme de modo parco, tomó el tomo de folios del caso Siguán y se lo puso delante.

—¿Quiere un café, inspectora Delicado? —me preguntó de sopetón.

—No, gracias, he desayunado ya.

—Ha hecho bien, el café de esas máquinas es infame, aunque yo de todas maneras suelo tomarlo. ¿Es bueno en su comisaría?

—Ni mucho menos, todos nos escapamos para tomarlo en algún bar.

Me miró con una sonrisa, fijándose en mí por primera vez. Luego se caló las gafas con el gesto con el que sólo puede hacerlo un juez y hojeó adelante y atrás en el expediente del caso. Canturreaba una retahíla de expresiones neutras sin significado: «Vamos a ver... esto por aquí... aquello va primero...». De pronto, me clavó los ojos por encima de las lentes:

—¿Usted sabe cuáles son los motivos por los que se reabre un caso, inspectora?

—Bueno, tengo nociones, aunque de casos reabiertos no sé gran cosa en realidad.

—Yo tampoco. Llevo mil años en la judicatura y es la primera vez que decido reabrir uno. Y bien, los motivos ya puede imaginárselos: algún policía que se quedó con la mosca tras la oreja en la primera investigación, un familiar que nunca aceptó los resultados de las pesquisas, la opinión pública si es que la hay... Pues bien, en todos estos supuestos siempre existe algo en común: la presión sobre el juez. El policía presiona, la familia presiona y los periodistas y la sociedad... todos presionan al pobre juez para que reabra el caso. Sin embargo, esta vez la viuda se presentó ante mí más como una penitente que como una demandante. Me explicaré: vino a verme y, en el tono doloroso de las confidencias, me confesó que nunca se había sentido conforme con el final de la investigación que se llevó a cabo por el asesinato de su esposo. Pese a ello, había mantenido durante todo aquel tiempo una actitud pasiva y, digamos, resignada. Ahora, cinco años más tarde, piensa que si hubiera reaccionado desde el principio de modo más beligerante, la investigación hubiera podido avanzar un poco más. Se siente culpable y en vez de rezar todas las noches o acudir a un psiquiatra para que la ayude a librarse de su obsesión, recurre a mí. Usted opinará que éstos no son motivos ni medianamente profesionales como para justificar mi decisión, y puede que esté en lo cierto; pero el caso es que el modo de presentarse aquí, tan sereno y poco reivindicativo, hizo que pasara una primera criba y la escuché con interés. Estudié de nuevo a fondo el expediente y el informe policial y me di cuenta de que hay algo que no encaja. ¿Cómo Abelardo Quiñones, que mató a Siguán de un modo casi accidental, aparece muerto él mismo dos meses después? ¿Por qué la policía concluye y da por bueno que su asesinato no tiene nada que ver con el que él cometió? Me parece demasiada casualidad, por mucho que ese hombre anduviera en ambientes delictivos. Y otra cosa, ¿por qué su compinche Julieta López insiste una y otra vez en que fue un italiano desconocido quien mató a la víctima? Recuerdo haberla interrogado meses después del hallazgo del cuerpo de su novio, ya en la cárcel, y no alteró ni en una coma su versión. ¿A qué tanta persistencia?

—Estoy de acuerdo con usted. Como intento de encubrimiento la historia del italiano desconocido resulta tan torpe que cuesta creer que no se le hubiera ocurrido otra mejor. Además, hay todo un contexto económico que no se estudió suficientemente en su día. ¡La empresa de Siguán tenía serias dificultades cuando lo hicieron desaparecer!

Dio varios cabezazos afirmativos que daban la razón y me dirigió una mirada melancólica.

—Me han dicho que es usted una buena detective, inspectora Delicado. Estoy seguro de que no surgirán problemas entre usted y yo. Quiero que me mantenga informado aunque sin exagerar y no voy a exigirle nada que entorpezca su trabajo. Le facilitaré todas las órdenes que precise sin que me brinde demasiadas explicaciones, y procuraré secundarla en cualquier decisión que tome siempre que sea legal. Por cierto, ¿está usted casada?

Elevé las cejas en un gesto de sorpresa antes de responder:

—Estoy casada, sí.

—¡Lástima! —dijo sin alterar el tono cansino que empleaba al hablar—. Yo soy solterón, y siempre que encuentro a una mujer interesante le pregunto si está casada antes de invitarla a salir. Pero no me malinterprete, sólo para cenar en un restaurante, para charlar... antes me gustaba estar soltero, pero ahora la soledad empieza a hacer mella en mí. De todos modos, no cosecho más que negativas, parece que todo el censo femenino de este país haya pasado por la vicaría antes de verme.

A pesar de lo intempestivo de la invitación, no pude por menos que echarme a reír.

—Ya que tiene usted la facultad de celebrar matrimonios, pruebe con alguna novia antes de declarar a la pareja marido y mujer.

Rió de buena gana y me acompañó galantemente a la puerta cuando me puse en pie. Ya en la calle, empecé a pensar en la extraña personalidad del juez Muro. Debía de estar como una cabra, era increíble que no se percatara de hasta qué punto resultaba arriesgado su proceder. Más de una mujer podía sentirse insultada por aquel coqueteo; y no sólo porque los nuevos usos de igualdad entre sexos hubieran degenerado en cierta intolerancia por nuestra parte, sino porque además, Muro no era un hombre atractivo. Las lisonjas inofensivas de un ser joven y hermoso, halagan, pero las de un viejo feo suelen incomodar. Perdida la costumbre del piropeo, y no sería yo quien añorara su vigencia, intentar concertar una cita con alguien que va a verte por trabajo puede ser peligroso. Yo misma, por muy ecuánime y equilibrada que deseara ser, me vi acechada otra vez por los prejuicios. Porque ¿qué tipo de juez es alguien que aprovecha una entrevista de trabajo para sondear las posibilidades «sociales» de una mujer? Por esa misma razón podía haberse visto influido frívolamente por el aspecto de la viuda Siguán cuando fue a pedirle la reapertura. ¿Sería guapa Rosalía Piñeiro?, ¿habría empleado algún método de seducción para influir en la voluntad del juez? Y si así fue, ¿por qué? Quizá estaba yendo demasiado lejos en mis sospechas. Todavía no habíamos empezado a investigar, así que cualquier hipótesis se me antojaba prematura.

En comisaría me encontré con Garzón, que volvía de ver al inspector Sigüenza, de Asuntos Económicos.

—Ya tenemos al mejor experto del Cuerpo trabajando para nosotros —me dijo muy ufano—. Dentro de un par de días nos pondrá un montón de datos sobre la mesa: estado de la empresa de Siguán al morir, evolución de la misma en los últimos años, estipulaciones del testamento de la víctima, situación económica de los beneficiarios…

—Esperemos que no tarde más de dos días. Ya conoce la cita: «Dadme una palanca y moveré el mundo». Pues bien, estoy deseando que alguien me proporcione un indicio por el que podamos meterle el diente a este tema.

—Recuerde el consejo: nada de prisas, calma y serenidad, los hechos sucedieron hace cinco años.

—Sí, pero quiero tener la mínima certeza de que podemos avanzar en este caso, de que es posible llevarlo más lejos de donde se dejó. De lo contrario será uno de nuestros fracasos más sonados.

—No será culpa nuestra.

—¿Qué le hace afirmar eso? ¿Usted no se queda nunca a solas consigo mismo, Fermín?

—No sé por dónde van sus tiros, pero me suena a reproche moral.

—Buen oído. Lo que quiero decir es que en cualquier fracaso la parte más importante de responsabilidad la tenemos nosotros mismos.

—Eso es porque usted se flagela sin piedad como una monja de las antiguas. Yo me limito a cumplir lo mejor que puedo con mi deber y si hay un fracaso no me pongo a pensar enseguida que es culpa mía.

—Así no se puede avanzar en la vida.

—Como no se puede avanzar es arreándote zurriagazos en la propia conciencia. Yo soy más autoindulgente, y como consecuencia, más tolerante con los demás. Por eso todo el mundo me quiere.

—¡Por Dios, es usted la persona más jodidamente vanidosa que he visto en mi vida!

—Inspectora, ¿parecerá irrespetuoso que le diga que está usted empezando a tocarme los cojones?

—Su deber es hablarme con corrección.

—Excelentísima señora, ¿tendría usted a bien contarme de una vez por todas lo acaecido cuando ha estado con el juez?

—Bien, eso está mejor. Pues le diré que si volviera a divorciarme correría a encontrarme con él.

—¿Eso significa que está encantado de que usted lleve el caso?

—Eso significa que le gusto, subinspector, ¿o es que no se le había pasado por la imaginación que algo así pudiera suceder en mi caso?

Mi compañero perdió la paciencia:

—¡Coño!, me hice policía porque me tiraba investigar, pero con usted es demasiado, tengo que desentrañar todos los misterios del universo en cada una de sus frases. Me resulta pesado, créame.

Sonreí. Disfrutaba viéndolo renegar y sin embargo, desde que tenía una vida familiar feliz y estable, cada vez me costaba más sacarlo de sus casillas, una pena.

—No se cabree, Fermín. Le invito a conocer a una viuda. Seguro que en cuanto lo vea a usted se convertirá en otra de las múltiples personas que le idolatran.

—¡Hay que joderse! —le oí decir por lo bajo y siguió protestando contra mis invectivas mientras se puso el abrigo y salimos.

Hacía un tiempo fresco, seco, soleado, y quise interpretar esa circunstancia como una alentadora señal de la Providencia, quizá la única. En cierto modo, el vigor que había experimentado al enfrentarme con el caso empezaba a difuminarse. No iba a ser nada fácil, me daba cuenta progresivamente. Ni siquiera los motivos del juez para reabrir la investigación me parecían ahora seriamente fundamentados. Sospechas, cosas que no cuadraban lo suficiente, indicios sueltos... pero ni una razón de peso que llevara a pensar en vías abiertas en dirección a la verdad. Hice de tripas corazón, había que creer con firmeza en lo que nos disponíamos a comenzar, de otro modo no existía la más remota posibilidad de éxito. Quizá la viuda...

La dama viuda vivía en un bonito ático del barrio de Sarriá. Nos recibió con amabilidad y aguantó bien el escrutinio físico, algo descarado, al que la sometí. Tenía cuarenta y ocho años, eso lo sabía ya al haberlo leído en el expediente, de la misma manera que sabía, esta vez por simple intuición, que debía de ser bastante hermosa. Lo era aún. Después de haberla observado concluí que un nuevo prejuicio caía triturado por la realidad. Si había esperado encontrar a una mujer de aspecto vulgar y llamativo, basado en el tópico de la joven que se casa con un viejo a causa sólo de su dinero, me equivoqué. Rosalía Piñeiro iba vestida con gusto, maquillada discretamente, y sus modales y manera de hablar resultaban exquisitos. Nos invitó a sentarnos en un agradable salón y nos ofreció un excelente café.

—Estoy muy contenta de que se hayan puesto ustedes en acción. Seguro que esta vez sí hallarán al asesino de Adolfo —declaró con un gesto de firmeza.

—¿Siempre estuvo convencida de que no fue Abelardo Quiñones?

—Cuando sucedió el crimen y ese tal Quiñones huyó sin que pudieran encontrarlo, todo parecía lógico: entra a robar, mata sin haberlo planeado, se asusta y desaparece. Pero cuando dos meses después lo encontraron muerto en Marbella las cosas dejaron de parecerme tan evidentes.

—¿Por qué no luchó en ese momento porque continuara la investigación?

—Estaba muy traumatizada, inspectora. Que alguien de tu familia sea asesinado es... no sé cómo expresarlo, lo más inusual que pueda sucederle a una persona. Además... —bajó la voz y miró al suelo— las circunstancias de la muerte del señor Siguán fueron muy humillantes para mí, espero que lo comprendan. Lo único que deseaba era salir de aquel mal sueño y tener un poco de paz.

—¿Y por qué ha decidido justamente ahora pedirle al juez que reabra el caso; ha sucedido algo que justifique ese interés? —se incorporó Garzón al interrogatorio.

—No, todo sigue igual que siempre, era para mí una historia enterrada hace tiempo. Sin embargo, en mi vida sí se han producido cambios que me hacen tomar esa determinación. Hace un par de meses decidí vender este piso y regresar a Galicia, mi tierra. Voy a irme enseguida. Mis padres están muy mayores. Arreglaré una casa que tengo junto a la de ellos y así podré cuidarlos, ocuparme un poco de su situación. Me tienta volver a vivir en el campo, en plena naturaleza. Tengo amigos y familiares en los alrededores y creo que allí encontraré sosiego y calidez. Sin embargo, al hacer estos planes me di cuenta de que aún hay algo que me liga a Barcelona. No soy capaz de marcharme con la conciencia de que el asesinato de Adolfo ha quedado en el aire. Me siento culpable al no haber dicho nunca a nadie cuáles eran mis sospechas, al no haber batallado por dar a las investigaciones una nueva oportunidad.

—Empezar de nuevo no es fácil.

—Lo sé, y reconozco que Barcelona es una magnífica ciudad, pero ya no tengo nada aquí. Las hijas de Adolfo nunca me han querido. Desde que él murió ni siquiera una vez me han llamado por teléfono. Les aseguro que he intentado adaptarme a la nueva situación, pero han pasado cinco años y nada ha cambiado, sigo estando muy sola. Regresaré a Galicia, a mis orígenes. No voy en busca de un futuro, que no existe para mí, pero al menos estaré entre los míos.

—No diga eso, aún puede rehacer su vida. Yo también fui viudo durante un montón de años y cuando ya no esperaba nada, me volví a casar y soy muy feliz.

Me quedé patidifusa ante aquella derivación del subinspector hacia lo personal. Rosalía Piñeiro lo miró con tranquilidad, compuso una sonrisa deliciosa que unía simpatía y desaliento, y dijo con su dulce acento gallego:

—Le felicito de corazón, pero yo no aspiro ya a nada parecido.

—No se dé por vencida —remachó mi compañero—. El amor puede llamar a su puerta de nuevo en cualquier momento.

Aquella última frase hizo que me estremeciera. Carraspeé con fuerza para evitar que Garzón siguiera descendiendo pendiente abajo hasta precipitarse por el abismo del más pestilente folletín. Y por si no era bastante con el carraspeo para romper la edulcorada burbuja en la que nos encontrábamos metidos, le pregunté a la viuda con sequedad:

—¿Solía su esposo frecuentar la compañía de prostitutas jóvenes?

Sus ojos relampaguearon con una furia súbita que enseguida aplacó para responder:

—No, inspectora; que yo sepa no era así.

—En tal caso, ¿cómo puede explicar que…?

Me interrumpió con una vehemencia controlada que insuflaba belleza a su rostro:

—Adolfo estaba muy preocupado en los últimos tiempos antes de su muerte. Tenía problemas en la empresa. Las cosas empezaron a ir mal económicamente, y debo decir que sus hijas tampoco contribuían a mejorar su estado de ánimo. Desde que las conocí siempre vi que le hacían desplantes y tenían con él detalles de una clara falta de cariño. Estaba amargado y no se comportaba como de costumbre.

—¿La trataba mal a usted? —preguntó afanosamente el subinspector como dispuesto a darle un par de mamporros al fantasma de Siguán en caso de que así hubiera sido.

—No, conmigo siempre se portó bien; supongo que se desahogaba por ahí, con esas mujeres.

—¿Tiene usted noticia de por qué iba mal la empresa?

—No. Ni él me comentaba sus asuntos de trabajo ni yo le preguntaba jamás.

—¿Cómo se conocieron?

—Él vino a La Coruña en un viaje de trabajo. Tenía allí un diseñador que era muy buen cliente y le encargaba gran cantidad de telas y yo era la jefa del taller de ese diseñador. Nos presentaron... él volvió varias veces seguidas, me llamó, salimos...

—¿Él ya era viudo cuando eso sucedió? —pregunté.

—¡Por supuesto que era viudo! —respingó la Piñeiro—. Hacía más de un año que su esposa había muerto.

—¿Cuándo se casaron?

—Siete meses después de habernos conocido. Él insistió en que todo fuera rápido, porque venir a verme desde Barcelona le suponía un gran trastorno.

—De modo que no era usted totalmente ajena al mundo laboral de su esposo, pero aun así no tenía ni idea de qué tipo de dificultades le acuciaban en el trabajo cuando murió.

—Llevar un taller y dirigir una empresa textil son dos actividades que no tienen nada que ver, inspectora. Además, él era muy reservado en sus cosas. Si quieren saber detalles sobre eso vayan a ver a Rafael Sierra, su gerente. Él puede informarles bien. Yo sólo sé que la empresa se cerró después de la muerte de Adolfo. Rafael ha montado otro negocio, una tienda de ropa femenina que se llama Nerea. Está en el barrio del Borne, si quieren vayan a hablar con él.

—Lo haremos, descuide. Si se va a su tierra, déjenos un número de teléfono donde podamos localizarla.

—No se preocupen, estaré a su disposición para todo lo que puedan necesitar.

Era obvio que el subinspector se había quedado prendado de la viuda, no había más que escuchar sus comentarios al salir: dulce, amable, educada... y, por supuesto, totalmente ajena a cualquier culpabilidad en la muerte de su marido. Quedaba aclarado el síndrome del juez: Rosalía Piñeiro era una especie de seductora natural capaz de encandilar a cualquiera que llevara pantalones: Muro, Garzón y naturalmente el propio Siguán, que le pidió matrimonio sólo siete meses después de conocerla. ¿Quién lo hubiera dicho? Yo, desde luego, no. Piñeiro era bonita, pero la atracción que convierte a un tipo en admirador cinco minutos después de haberte visto, supongo que va más allá de la propia belleza. ¿A qué tipo de mujer pertenecía aquella viuda? ¿Las mataba callando? ¿Escondía tras su dócil apariencia una fuente de ilimitada maldad?

Garzón me sacó de mis pensamientos con uno de sus temas recurrentes:

—Va siendo hora de la comida.

—¿Se ha fijado en una cosa, Fermín? Rosalía Piñeiro no ha dicho ni una sola vez «mi marido» o «mi esposo». Siempre se refería al muerto como Adolfo o incluso señor Siguán.

—Estaría de él hasta las narices; aunque eso no quiere decir que se lo cargara. En cualquier caso, ¿no le parece que deberíamos hacer una parada para comer?

—Antes iremos a Wad Ras.

—Una cárcel de mujeres puede quitarnos el apetito.

—Mucho mejor para usted.

Parecía una apreciación poco lógica en un policía,

teóricamente acostumbrado a enfrentarse siempre con lo peor, pero mi compañero estaba en lo cierto: en una cárcel de mujeres el fracaso del ser humano parece estar más a flor de piel. Quizá influya en esa apreciación el concepto generalizado de la mujer como ser beatífico, poco emparentado con el mal y la violencia; pero sea como fuere, yo también sentía un estremecimiento cada vez que entraba en una prisión femenina. Solían ser los pequeños detalles los que me robaban la tranquilidad. Detectar los rasgos de coquetería en las presas era uno de ellos: lazos en el pelo, un poco de rímel, zapatos que hacían juego con un fular. ¿Qué tipo de ilusión impulsaba a aquellas chicas jóvenes o incluso mujeres ya maduras a buscar la belleza? ¿Para quién o por qué se acicalaban? Supongo que lo impactante era descubrir indicios de cotidianeidad en un contexto tan poco natural.

Conocía a la directora de visitas anteriores y me caía bien. Ejercía su ingrata labor mezclando la imprescindible distancia emocional con el respeto por las internas, como ella les llamaba. No debía de ser fácil, al menos no lo hubiera sido para mí. Recordaba haberla oído decir: «Cuando entras en los módulos desaparece toda sensiblería. La mayoría de esas mujeres son de trato vulgar, incultas por completo, chillan y dicen tacos. Pasan la mayor parte del tiempo libre viendo culebrones en la televisión... no son muy agradables. Sin embargo, muchas veces las ves reaccionar con solidaridad, con desinterés, casi con delicadeza. Es entonces cuando te das cuenta de que, quizá con otra vida, hubieran podido mejorar, sólo que no la han tenido».

Recordó el caso de Adolfo Siguán sin necesidad de consultar en el ordenador, y también se acordaba de haber tenido a Julieta López como interna en aquella institución, pero lógicamente no sabía los detalles. Buscó su ficha en pantalla, pero los datos que allí figuraban no aportaban nada nuevo a la información con la que ya contábamos. En cuanto al apartado de su domicilio al salir de la cárcel, estaba vacío. Se estrujó la mente intentando que aflorara alguna precisión, pero pronto se dio por vencida.

—Voy a llamar a Pilar —dijo—. Pilar funciona como nuestro ordenador vivo para los temas que no figuran en el ordenador: qué aficiones tienen las internas, con quién congenian... Es la única funcionaria capaz de retener todos esos datos en la cabeza. Se jubila el año que viene, lo cual será una tragedia.

—Otra vendrá que tenga sus habilidades —comenté por decir algo.

—No lo crea; las chicas jóvenes que van llegando están muy preparadas, pero he observado que se implican menos desde el punto de vista moral. Cumplen estrictamente con su deber.

—Siempre sucede así; los veteranos somos más sensibles —aprovechó Garzón para meter una cuña generacional.

Pilar llegó pocos minutos después de que su jefa la hubiera llamado. Tenía una pinta muy corriente: pelo corto, entrada en carnes... lo llamativo eran sus ojos, apagados e inexpresivos como los de un pez. Imaginé que se debía al cansancio profundo de haberlo visto todo.

—Recuerdo a Julieta López, claro que sí. Lloraba mucho cuando llegó, pero poco a poco se fue conformando con su suerte. Otra interna, Concha Diego, confraternizó mucho con ella, se hicieron amigas. Cuando Julieta ya había salido, Concha recibió una carta suya.

—¿Sabe qué ha sido de ella?

—No; en teoría hubiera tenido que dejar una dirección y los cambios que en ésta se fueran produciendo, pero nunca lo hace nadie.

—¿Sigue Concha Diego en la institución?

—Sí, no sale hasta el año que viene.

—¿Podemos hablar con ella?

Fue a buscarla y cinco minutos después, una chica bastante joven se presentó en el despacho. Nos miraba con prevención y la directora intentó tranquilizarla diciéndole que sólo queríamos charlar con ella.

—Pues claro que me acuerdo de Julieta —respondió con vivacidad a nuestra primera pregunta—. Era muy buena chica. Había tenido una vida muy mala, hija de una madre soltera que enseguida la abandonó. Se metió en la prostitución muy jovencita. Cuando le mataron al novio no había quien la consolara. Decía que se había portado bien con ella, que la había ayudado. ¡Vaya usted a saber si eso era verdad o no, porque estaba tan sola!

—¿Es cierto que cuando salió libre le escribió a usted una carta?

—Sí, y también me llamó por teléfono un día. Decía que nunca más volvería a la calle para ganarse la vida, que antes se fregaría todas las escaleras de Barcelona.

—¿Le dijo dónde vivía?, ¿tiene usted su dirección?

—No. La carta llegó sin remite. Me contaba que tenía un novio nuevo, un chico muy bueno. Decía que iban a vivir juntos en cualquier parte que no fuera Barcelona. También me contaba que, gracias a lo que había aprendido en los cursos de decoración, se ganaba la vida muy bien.

—¿De qué manera?

—No daba detalles.

—¿Recuerda de dónde era el matasellos?

—No, de eso no me acuerdo, y la carta la tiré.

Miré a Pilar, que enseguida comprendió:

—Revisamos el contenido de las cartas que reciben las chicas, pero no conservamos datos como el del matasellos.

Las esperanzas que había concebido unos segundos antes se vinieron abajo. Salió la reclusa e inmediatamente le pregunté a Pilar:

—¿Hay alguna otra presa que coincidiera con Julieta y la conociera aunque no fueran amigas?

—No lo sé, pero si la directora nos da su permiso podemos ir al módulo que ocupó y preguntar.

La directora asintió, pero consideró preferible que Garzón esperara en el despacho. Pilar lo preparó todo con la eficiencia que parecía caracterizarla y poco después estábamos en una sala donde habían sido concentradas las internas que convivieron con Julieta. Algunas eran jóvenes, si bien la mayoría se encontraba en la mediana edad. Pocas pasaban de cincuenta años. Creí advertir rasgos de otras etnias entre ellas.

—¿Todas entienden español?

La funcionaria señaló levemente con la cabeza a una chica rubia, de aspecto eslavo.

—Pero no recuerdo haberla visto nunca con Julieta —afirmó. Luego levantó la voz:

—Os presento a Petra Delicado, inspectora de policía.

Se organizó una pequeña algarabía de risas y comentarios jocosos. Pilar dio un paso al frente y, con una autoridad de la que no había hecho gala aún, gritó:

—Haced el favor de callaros y portaros correctamente. La inspectora lleva a cabo una investigación y le hacen falta datos, así que tenéis la obligación de colaborar.

Concha Diego dijo en voz alta:

—Quiere saber cosas de Julieta López; pero no va a meterla en problemas, ¿verdad? —añadió, volviéndose hacia mí. Me pareció una intervención interesante.

—No, desde luego que no. Julieta ya está libre y libre seguirá. Sólo queremos localizarla para hablar con ella.

—Era muy buena con todo el mundo —intervino una mujer de unos cuarenta años.

—Eso ya lo sabemos —dije.

—Sólo Concha era su amiga —recalcó la que había hablado con anterioridad—. Era una chica muy callada que no tenía confianza con nadie.

De pronto, una mujer gruesa y desaliñada, quizá la mayor de todas en edad, chilló desde el fondo de la sala:

—¡Eso no es verdad. También era mi amiga!

Estalló un coro de risas y exclamaciones. Pilar las hizo callar de nuevo.

—¿Alguien más tenía confianza con Julieta López? —preguntó. Hubo silencio absoluto. Entonces dirigiéndose a la autoproclamada amiga dijo:

—Acércate tú, y Concha Diego también. Las demás podéis salir.

Murmullos de decepción se oyeron por doquier. Fueron marchándose con arrastre de pies y comentarios difusos. Me quedé sola con la funcionaria y las dos reclusas seleccionadas.

—La dejo con las internas, inspectora. Ésta es Lola, a la otra ya la conoce. Si necesita algo estaré junto a la puerta.

Lola mascaba un chicle con la boca casi abierta. Le faltaba un incisivo, lo que le daba un aspecto algo siniestro. Me miró con desprecio.

—Ese bolso que llevas es de Loewe, ¿verdad? Enseguida me di cuenta de que no es una imitación como la que venden los negros por la calle. ¿Te lo has comprado tú o es un regalo?

Me quedé sin palabras, sintiéndome mal. Ir con aquel bolso allí había sido una innegable estupidez, pero no me lo quitaba del hombro desde que Marcos me lo había regalado por mi cumpleaños. Pensé en contestarle que era falso, pero permanecí en un silencio lleno de culpabilidad. Intervino abruptamente Concha Diego.

—No le conteste, inspectora. ¿A ella qué le importa de su bolso? Está aquí para hacerse notar, porque no era amiga de Julieta ni de broma.

La tal Lola no pareció inmutarse demasiado, pero se encaró con su compañera y le soltó de modo desabrido:

—¿Y tú qué coño sabes? ¿Es que te he preguntado algo a ti? Calladita estás más mona.

—¡No eras amiga de Julieta, nunca se hubiera hecho amiga de un bicho como tú!

—Mírala, el angelito de Dios. Dile a la inspectora por qué estás aquí, anda, díselo.

—¡Cállate Lola o te parto la boca!

—Se cargó a su chulo, inspectora. Él le daba unas palizas del carajo y un día lo mató con el cuchillo de cortar jamón.

Concha Diego hizo ademán de abalanzarse sobre ella y yo, de manera instintiva, grité. Entró Pilar como una exhalación y se interpuso entre ambas.

—¿Qué demonio está pasando aquí?

Las dos intentaron hablar a la vez, pero la funcionaria les impuso silencio. Se miraban con resentimiento y ferocidad.

—¿Con cuál de las dos quiere hablar?

—Con Lola —musité, sintiéndome como una imbécil.

Se llevó a la compañera y me quedé a solas con aquel trasgo tan desagradable. Enseguida volvió a la carga con el bolso.

—¿Cuánto dinero le costó?

—Es un regalo.

—¡Pues vaya regalazo, qué barbaridad! ¿Ha visto qué gentuza hay por aquí? Ésa anda siempre buscándome las cosquillas, pero un día me va encontrar de malas y...

—Dice usted que era amiga de Julieta López.

—Bueno, nos conocíamos, sí; hablábamos a veces. Pero era bastante estirada. Se daba humos porque iba a los cursos de decoración. Con esa que acaba de salir siempre andaban diciendo que cuando estuvieran fuera se harían buenas y santas, que pondrían un negocio... fantasías así.

—Desde que Julieta salió, ¿se ha puesto en contacto con usted, le ha escrito, la ha llamado por teléfono?

—¿A mí? ¡No sé a santo de qué!

—¿No dijo que eran amigas?

—¡Bah, las amistades que se hacen en la cárcel cuanto antes se olviden, mejor!

—¿Ha oído algún comentario sobre el paradero de Julieta?

—¿Yo? Tengo otras cosas que hacer que andar pendiente de rumores.

—¿Circulaba algún rumor sobre Julieta después de obtener la libertad?

—No, que yo sepa, no.

—Puede marcharse.

—¿Y para esto tanto follón, no quiere preguntarme nada más? ¡Pues vaya! Dígame quién le regaló el bolso, inspectora, tengo curiosidad.

—Salga, por favor.

—¿Qué más le da decírmelo o no, fue su marido?

—¡Salga de aquí inmediatamente! —grité fuera de mí.

La mujer hizo el gesto de cerrarse la boca con una cremallera y salió arrastrando los pies, con una sonrisa cínica en la cara. Una vez sola me desarbolé, perdí la fuerza en los brazos y piernas. Me senté en una silla, intenté respirar con normalidad. No era fácil tratar con sospechosos, pero la actitud de alguien que tiene poco que perder es aún más terrible. Entró Pilar.

—¿Ha habido suerte, inspectora?

—Me temo que no.

—Esa Lola es carne de presidio, una verdadera pesadilla.

—¿Por qué está aquí?

—Mató a una compañera prostituta, cuestión de celos al parecer.

—Pues ella acusó a Concha Diego de ser una asesina, de haberse cargado a su chulo.

—Es verdad.

La miré con estupefacción.

—De una le sorprende que sea una asesina y de la otra no, ¿verdad? ¡Siempre pasa así! Supongo que por eso existen los juicios y los jueces, porque si no, siempre se la cargarían los que nos producen más repulsión.

Al atravesar la salida me apreté los ojos con las manos. Me encontraba desalentada, enfadada conmigo misma también. El ambiente asfixiante de la prisión unido a la conciencia de lo mal que había llevado la situación me pesaba como un pedrusco colocado sobre mi cabeza. Garzón debió darse cuenta, me conocía muy bien, y quizá por eso optó por no hacer el más mínimo comentario sobre nuestra estancia en Wad Ras.

—Bueno, pues considerando que estamos en Poble Nou, tenemos dos opciones para ir a comer: o entramos en la Villa Olímpica o nos quedamos en la zona de currantes. Aunque yo apuesto por los currantes. Hay muchos bares donde hacen menús que están muy bien, y muy baratos, además.

—Por el dinero no se preocupe, ¿no somos los dos asquerosamente ricos?

Mi comentario debió de alertarlo todavía más de lo que estaba, pero se resistió a entrar en materia y volvió al tema de la comida. Decidimos entrar en un pequeño restaurante de aspecto más que modesto donde un grupo de trabajadores vestidos con monos de uniforme ya había comido y tomaba café. Nos colocamos en una mesa de madera tosca preparada con dos manteles de papel y el camarero nos trajo el menú escrito a mano en una hojita protegida por una funda de plástico pringoso.

—¡Mire! —se extasió el subinspector—. ¡Pero si hasta tienen cocido! ¿No le apetece una sopa calentita, con sus garbanzos y tropezones de carne? ¡Ah, no vaya a comparar esto con los restaurantes de diseño! ¡Te matan de hambre y te pegan un clavo!

—Yo vivo en este barrio y nunca se me hubiera ocurrido comer aquí. Somos unos malditos esnobs, ¿no se da cuenta?

—¡Ah, no! Yo soy un policía de a pie.

—Casado con una mujer rica. Tanto usted como yo vivimos una especie de doble vida. Trabajamos cerca de la gente más desfavorecida y marginal para luego volver a nuestro estatus privilegiado.

—Yo me he adaptado muy bien a esa situación.

—Eso es lo que le parece; pero a la mínima aparece Míster Hyde y te hace meter la pata hasta que la ficción se tambalea.

—Petra, aparte de no haber encontrado el paradero de Julieta López, ¿qué ha sucedido en Wad Ras que haya podido contrariarla así?

—¿Ve este bolso, subinspector?

Miró con indiferencia total mi bolso de marca, cada vez más despistado sobre el rumbo que tomaba aquello.

—Sí, ¿qué le pasa?

—¿Cuánto diría que vale?

Observó de nuevo el bolso, esta vez con más interés. Deduje que debía parecerle horrible porque su rostro viró hacia un gesto de repugnancia.

—¡Qué sé yo! ¿Cien euros?; las cosas de mujeres suelen ser caras.

—¡Mil, vale más de mil euros! —solté triunfante—. Me lo regaló Marcos en mi último cumpleaños. ¿Y usted cree que se puede acudir a Wad Ras con algo, lo que sea, que tenga ese precio? Yo se lo diré: la respuesta es no. Sólo a una descerebrada se le ocurriría hacer algo parecido.

—Y esa descerebrada, obviamente, es usted. ¡Cojones, inspectora, no hile tan fino! Un regalo es algo especial que no se recibe todos los días. Y por cierto, me ha hecho usted un cristo diciéndome el precio del bolso. A Beatriz le regalé un perfume de sesenta euros el día de su santo y me parecía que había estado rumboso. Visto lo visto debió pensar que era un tacaño.

—Ni siquiera me di cuenta de la metedura hasta que una reclusa no estuvo preguntándome por el bolso.

—No se haga mala sangre, inspectora.

—¡Hubiera debido pensarlo!

—Está bien, reconcómase todo lo que quiera, y si tanta contradicción le supone su doble vida, deje de trabajar en la poli y dedíquese a ser una abogada de las élites.

—Eso es una bobada.

—Está bien, entonces regale todo lo que tiene a los pobres y hágase monja budista. O mejor, hágase seguidora de uno de esos profetas que salen por la tele.

—Es usted un pedazo de carne con ojos y carece de la más mínima sensibilidad. No sé por qué le cuento mis preocupaciones.

—¿Que me cuenta sus preocupaciones? ¡Pero si he tenido que sacarle todo esto con calzador! En fin, diga lo que quiera. Yo me voy a zambullir en esta sopa, que se está enfriando. De todos modos, cuando la veo cabreada y con su mala uva de siempre, ya me quedo tranquilo. ¡Ah!, y no está mal eso del «pedazo de carne con ojos». Se lo ofreceré a Beatriz por si quiere utilizarlo en mi contra cuando estemos enfadados. Ya que no le regalo bolsos de mil euros por lo menos le proporciono munición.

Tuve ganas de reírme, pero tensé los músculos de la cara para seguir seria. Probé la sopa. Estaba deliciosa. A veces pensaba que Garzón era el profeta al que debía seguir, aunque no saliera en la televisión.

Capítulo 3

No sé si el inspector Sangüesa era el mejor policía del mundo en asuntos económicos, pero ésa era su reputación en todas las comisarías de Barcelona. Yo pude corroborarlo cuando, en un tiempo récord, completó el informe que le habíamos pedido sobre las finanzas del difunto Siguán. Como siempre hacía cuando me entregaba el resultado de sus pesquisas, le pedí que me comentara sus papeles antes de leerlos. Solía protestar un poco en esas ocasiones, pero en el fondo yo estaba segura de que le encantaba verse reclamado a causa de su infinito saber.

—¡Carajo, Petra! —maldijo esta vez—. No sé por qué me preocupo en darle a mis informes bonita forma y buena redacción si luego tengo que contártelos como un profesor de escuela.

—Te preocuparías de todas maneras porque no sabes hacer las cosas mal —lo halagué con descaro, sabiendo que sólo un varón puede admitir adulaciones tan directas sin sonrojarse.

—En fin, digamos que mi equipo se esmera porque tenemos que mantener el prestigio.

—Ganado a pulso, lo sé; pero no me obligues a hacerte más la pelota y dime qué habéis encontrado.

—Bueno, las cuentas de la empresa parecen correctas. Entraron en recesión dos años antes de la muerte del dueño; pero todo indica que habían empezado a recuperarse.

—¿Por qué entraron en recesión?

—No es fácil saberlo a ciencia cierta, pudo haber una mala gestión que no queda reflejada en la contabilidad; pero el caso es que había menos pedidos de los clientes habituales. Sin embargo, meses antes de cerrar la empresa, se ve un gran incremento de negocio con diseñadores italianos. Es posible que, de no habérselo cargado, el tipo hubiera podido reflotar la situación.

—He oído decir que los fabricantes chinos van a arruinar la industria del textil con sus precios tan competitivos —aventuró Garzón.

—Es posible. El caso es que la empresa de Siguán empezó a tener serias dificultades que él sorteaba como podía. Hubo una reducción de personal, vendió algunas máquinas en el mercado de segunda mano... hasta que empezó el remonte. Estoy convencido de que, de no haber muerto, hubiera vuelto a volar. Fue tenaz, no se trataba de uno de esos empresarios que abandonan el barco a la primera tormenta; de hecho aguantó más de lo que suelen hacerlo la mayoría.

—¿Todo era legal?

—Por completo. No recurrió a trucos como cambiar el nombre para eludir deudas o saltarse las cotizaciones de la Seguridad Social. Todo está O.K.

—¿Qué sucedió tras la muerte?

—Los herederos liquidaron la Sociedad sin haberla puesto en venta. El fallecido no dejó deudas que nadie tuviera que enjugar. Se vendieron los bienes muebles e inmuebles y eso generó unos beneficios que sirvieron para el finiquito de los trabajadores y todo lo demás; incluso quedó liquidez para repartir.

—¿Qué me dices del testamento?

—De lo más convencional: las tres hijas a partes iguales. La esposa hereda el domicilio conyugal y una pequeña bolsa económica sin derecho a más reclamación. Había un patrimonio en forma de pisos que también se ha repartido entre las hijas. Existía cláusula especial en beneficio de Rafael Sierra, su gerente y hombre de confianza. Creo recordar que recibió doscientos mil euros. Un testamento de los de libro, ya veis, sin nada significativo u original.

—Las cuentas son correctas, el testamento normal... que sea todo tan redondo nos deja sin rendijas por las que meternos.

—Lo siento, pero como no me invente algo...

Garzón tomó la palabra para hacer una pregunta que me pareció de lo más oportuno y conveniente.

—Inspector Sangüesa. Todo es correcto, todo es legal, de acuerdo. Pero, muy subjetivamente, si hay algo que le haya sorprendido mínimamente, ¿qué sería?

—Es una cuestión difícil de calibrar. Me ha sorprendido la rapidez de la recuperación de la empresa en los últimos meses de actividad. Pero claro, si se hizo hincapié en encontrar nuevos clientes internacionales y se consiguió... Podría también ser sorprendente que ninguna de las hijas siguiera con la empresa, pero eso ya es una simple opinión.

Una simple opinión. Cuando todos salieron de mi despacho, incluido mi ayudante, me quedé pensando en aquella simple opinión. Las hijas no habían querido continuar la labor paterna. A mí me parecía de lo más natural, ¿quién quiere meterse en una empresa con problemas, aunque se encuentre en una aparente recuperación? Otra cosa era que Siguán, aun siendo un hombre mayor, se empeñara en no cerrar el negocio que había emprendido años atrás. Hay muchos empresarios así, tipos con auténtica vocación, que sienten su empresa como una prolongación de su personalidad. Eso era algo que nos quedaba por hacer: un retrato mínimo del carácter de la víctima. Probablemente no lo habíamos juzgado urgente porque era difícil lograr un perfil psicológico cuando el interesado estaba muerto desde hacía años. ¿Cómo revivir los detalles de un fantasma? Podía afirmarse sin embargo, que Siguán no parecía un hombre chapado a la antigua. Se había vuelto a casar tras su viudez con una mujer más joven, había contactado con diseñadores italianos; todo en él sugería un deseo de modernización. Pero frecuentaba jóvenes prostitutas de baja estofa, un punto negro en su manera de ser. El testimonio de Rosalía Piñeiro achacaba esta circunstancia a la amargura que sentía su esposo frente a las dificultades de su negocio. Extraño, porque, según Sangüesa, el negocio estaba en franca recuperación. Claro que el testimonio de una esposa no puede ser considerado una prueba crucial. Después de la pública humillación de que su marido hubiera sido asesinado en aquellas circunstancias, ¿qué podía hacer, reconocer que vivía junto a un putero con tendencias a enfangarse en lo más tirado? Es posible que nunca lo hubiera sabido, posible que hubiera tenido dudas o sospechas pero ¿para qué airearlas cargándose una reputación que la arrastraría también a ella en la caída? Además, el tiempo trascurrido sin duda había atemperado cualquier resquemor o decepción sentida en el momento de los hechos. La mente sana es una gran aliada de su poseedor: borra lo malo, retiene lo mejor.

Había nuevos interrogatorios que debíamos llevar a efecto. Nos faltaban las hijas y Sierra, el hombre de confianza. Aun consciente de que eran imprescindibles, no hubiera apostado gran cosa por el interés de aquellos testimonios. La situación era tópica en el caso de las hijas: una joven madrastra indeseada que viene a romper la bella imagen paterna. Imaginaba intentos de rehabilitar la memoria del padre: Piñeiro sólo buscaba el dinero, había influido en Siguán para que la incluyera en el testamento y, una vez conseguido su avieso propósito, con su desamor y mal trato había obligado al pobrecito Siguán a encontrar un poco de comprensión en prostitutas. Nunca había hecho algo semejante en vida de su primera mujer, que era una madre excelente y una santa. Me hubiera jugado mi placa de policía a que las cosas irían en esa dirección. Los humanos somos muy distintos los unos de los otros pero nos aprendemos los papeles que nos corresponden con mucha aplicación y nunca dejamos de representarlos.

Pensé que quizá sería mejor empezar por el gerente y hombre de confianza. No estaba tan claro lo que pudiera decir y sus palabras tendrían un doble valor: económico y personal. A lo mejor él sí se encontraba dispuesto a reconocer la querencia de su jefe por las jóvenes meretrices.

Fui en busca del subinspector, a quien encontré embebido en la lectura del informe del juez, mientras sostenía en la mano un vasito de café. No levantó la vista y me habló como si todo el tiempo hubiéramos estado juntos.

—Estaba yo pensando, inspectora, que deberíamos darles ya un toque a las hijas del fiambre.

—Sea más respetuoso. «Fiambre» no me parece una palabra adecuada.

—Pues fiambre debe estar después de cinco años. ¿Prefiera que diga el fallecido?

Garzón sabía que me incomodaban los chistes que mancillaban extemporáneamente la dignidad del cuerpo humano, muy populares entre médicos y policías. Le contesté con seriedad:

—Lo que prefiero es que siga con su razonamiento, si es que se siente capaz de razonar durante un tiempo continuado.

—Sí, verá, ya que hay que desplegar un mapa de situación total, como dirían los modernos, tenemos que hablar con las hijas del infortunado lo más pronto posible. Nos servirá para trazar un perfil psicológico de Siguán.

—Me fastidia reconocerlo, pero yo había pensado lo

mismo en el mismo momento. Lo que pasa es que me da una inmensa pereza, porque me temo que ya sé lo que van a decir. Y tres testimonios políticamente correctos pueden ser demasiado para mí.

—Para su relativa tranquilidad le diré que una de las hijas, la mediana, vive en Nueva York desde hace más de diez años. Estudió psiquiatría allí y tiene abierta una consulta en Manhattan. Lo estaba leyendo en el informe del juez. Al parecer casi nunca viene a Barcelona. Asistió al entierro de su padre y poco más. Se llama Elisa.

—¿Y las otras dos?

—La mayor Nuria y la pequeña Rosario.

—No me refería a los nombres.

—Nuria vive en Barcelona con su marido, director en España de una multinacional. No figura que se dedique a trabajo alguno. La pequeña también está casada y es maestra en una escuela de Educación Especial, niños discapacitados y todo eso.

—Seguro que Rosario, la pequeña, es la que amaba a su padre con más intensidad y emoción.

—¿Por qué deduce eso?

—Es puro rey Lear. ¿No ha leído a Shakespeare? De tres hijas siempre hay dos que son unas desagradecidas y unas interesadas. Sólo la pequeña ama a su padre con el corazón entregado, aunque al final le traicione también.

—Yo creí que los hijos desagradecidos con el padre eran únicamente los varones.

—A lo mejor lo son todos.

—¿Y con la madre?

—¡También!

—El mundo no puede ser tan negativo, Petra; algo habrá que sea hermoso.

—¡El trabajo! Pongámonos en marcha. Lo de las hijas vamos a posponerlo todo lo posible. Empezaremos con el hombre de confianza. ¿Tiene la dirección de la tienda?

Buscó en su libretita de los tesoros y exclamó:

—¡Aquí la tengo! Está en el Borne y, como bien recordará, se llama Nerea.

—Muy poético.

En el barrio de El Borne se encontraba antiguamente el mercado de abastos de Barcelona. Cuando éste fue trasladado fuera de la ciudad, el lugar permaneció unos años en estado de abandono hasta que el Ayuntamiento decidió rehabilitarlo, en la estela del Covent Garden de Londres. Ahora está lleno de restaurantes, boutiques a la última, galerías de arte y tiendas de diseño en general, todo al puro estilo neoyorkino, el colmo de la modernidad. Los pisos de la zona han triplicado su precio. A medida que los ancianos que los ocupaban van muriendo, la especulación hinca el diente en sus viejas viviendas y las remoza. Pero así es como progresan hoy en día las ciudades: se renuevan los edificios y a las personas se las deja morir.

La boutique de moda perteneciente a Rafael Sierra no era diferente de las demás: techos altos, aspecto de almacén de la primera época industrial y un número bastante limitado de vestidos que pendían inertes de las perchas, como arrumbados en un rincón. Antes de preguntar nada a la chica que atendía el local dimos una ojeada: ropa minimalista, blusas que una hospiciana de tiempos remotos muy bien hubiera podido lucir, abrigos desestructurados y pantalones de tela flácida. Mucho negro y mucho gris, un poco de granate para poner una desvaída nota de color. Allí debían acudir compradoras muy sofisticadas, con toda seguridad. El subinspector iba mirando las etiquetas que marcaban los precios y su rostro fluctuaba entre el escándalo y la incredulidad. Me sopló al oído:

—¿Ha visto lo que valen estos trapos? ¡Pero si son una birria, parecen mochos de fregar! ¿Habrá alguna mujer tan loca como para comprarse esto?

El tono en el que habitualmente cuchicheaba Garzón podía oírse a leguas de distancia sin ninguna dificultad; así que la dependienta enseguida llegó hasta donde estábamos y poniendo la cara de alguien que se fuerza a comer un plato que le repugna, emitió el clásico:

—¿Hay algo en lo que pueda ayudarles?

—Sí... —respondí con súbito brío—. Queremos ver al señor Sierra.

—¿De parte de quién? —preguntó con superioridad.

—Fermín Garzón y Petra Delicado —dije y añadí en plan venganza—. De la Policía Nacional.

Torció la boca como si estuviera aquejada de un tic y desapareció a través de una puerta lateral a toda prisa, haciendo que su leve y fúnebre indumentaria se agitara sobre un esqueleto demasiado evidente. Al cabo de un rato y ya algo recuperada de su sorpresa, regresó y nos hizo pasar. Tras un corto pasillo, invadido de perchas con más trajes, nos esperaba Sierra en su despacho. Era una estancia amplia y confortable donde había pocos pero elegantes muebles modernos. Sierra andaba por los cincuenta y tantos, pelo blanco, traje negro y camisa morada sin corbata, todo ello envolviendo una distinguida delgadez. Hice las presentaciones y nos saludamos.

—¿Sabía usted que se ha reabierto el caso por el asesinato de Adolfo Siguán?

—Lo sabía, sí. Tengo contacto con la familia y me lo comunicaron.

—¿Con qué rama de la familia? —quiso saber oportunamente Garzón.

—Bien, ya deben de estar informados de que tengo negocios con Nuria, la hija mayor.

—No, no lo sabíamos.

—Cuando el señor Siguán me hizo beneficiario en su testamento decidí montar esta tienda, y Nuria se incorporó a la aventura. Lo cual le agradecí, porque poner en pie un local de ropa vanguardista es más difícil de lo que puede parecer. Tiene un veinte por ciento del negocio, es mi socia.

Así tampoco me desvinculaba por completo del mundo de don Adolfo, un hombre al que respetaba y al que nunca olvidaré. ¿Quieren tomar algo, un poco de café?

Nos sirvió un impecable café de una cafetera con aspecto espacial que guardaba en un discreto mueble bar. Siguió hablando de motu proprio.

—Don Adolfo era un hombre de excepción, uno de esos hombres exponente de una gloriosa época dorada de los negocios que no se volverá a repetir. Como empresario destacó entre todos los demás. Vean si no lo sucedido en Cataluña con el textil... todo el mundo fue replegando velas menos él. Él sorteó las dificultades, se modernizó y mantuvo su fábrica en activo y competitiva, no les digo más.

—Sin embargo, un tiempo antes de su muerte surgieron problemas muy serios en la empresa. ¿A qué se debieron?

—¡Ah, inspectora!; la crisis en el sector de los grandes de la moda ha sido grave. Piense que no estamos hablando de marcas multinacionales, esas para la supervivencia pueden recurrir a crear franquicias, o líneas de cosmética, cualquier cosa espuria, ¡qué más da! Hablamos de diseñadores que emplean el talento y la artesanía, del *prêt-à-porter* de máxima calidad. Ésos eran nuestros mayores clientes y ahí los nuevos tiempos hicieron mucho daño. Estamos en recesión económica, en recesión del buen gusto, y muchos tuvieron que cerrar. Sólo parece existir lugar aún para la pura basura o el mayor lujo. Las empresas intermedias tienen que luchar contra muchas cosas, entre las que no es la menor la piratería descarada de los países asiáticos. Pero estábamos una vez más en el buen camino. Es seguro que, si el señor Siguán no hubiera sido asesinado, hubiéramos remontado la cuesta una vez más.

—Mejoraron gracias a nuevos contratos con diseñadores italianos, ¿no es así?

—Sí, eso fue importante, pero hubo más cosas. Cierto que, al principio se descorazonó un poco, pero luego se sobrepuso. Don Adolfo era enormemente batallador.

—Tiene usted muy buena opinión de él, espero que no sea porque está muerto —dijo con toda inconveniencia Garzón.

—Es más que conservar una buena opinión de él, lo veneraba y lo venero todavía. Algo muy lógico por otra parte. Yo era un chico de origen humilde, sin estudios, y don Adolfo me dio la oportunidad de trabajar para él partiendo desde cero. Me enseñó todo lo que sé y, con los años, me nombró gerente de la empresa. Soy beneficiario de una parte de su dinero y siempre se comportó conmigo de un modo comprensivo y humano, como un padre. ¿Qué puedo pensar de él?

—En cuanto a su asesinato… —Centré el tema. Ya habíamos tenido suficientes panegíricos—. ¿Qué piensa de las circunstancias en las que se produjo?

Abrió las manos en un ademán de impotencia:

—¿Qué quiere que le diga?

—¿Fue su jefe siempre aficionado a alternar con prostitutas? —remachó el subinspector la tanda de preguntas desmitificadoras.

—Mi jefe sufrió un gran trauma cuando su esposa murió a causa de un cáncer.

—Pero volvió a casarse.

—Sí, pero estaba acostumbrado a una unión perfecta con su primera mujer, después de tantos años.

—¿Quiere decir que su segundo matrimonio iba mal?

—¡Ni se me ocurriría afirmar eso!; pero algo cambió en su manera de ser para que necesitara la compañía de esas señoritas. De otro modo no lo comprendo, él siempre fue un hombre intachable.

—¿Cómo se llevaba con sus hijas? —preguntó el subinspector. Antes de que pudiera haber respuesta sonó mi móvil y se hizo un silencio. Me aparté un momento para contestar. Era la directora de Wad Ras. Salí inmediatamente al corredor.

—Petra, lamento mucho tener que molestarte, pero una de las internas con las que te entrevistaste insiste en hablar contigo por teléfono. ¿Qué hago?

—Pásamela enseguida.

—Pero es Lola, no sé por dónde saldrá.

—Da lo mismo, pásamela.

Empecé a sentir algo parecido a palpitaciones de excitación. Mientras esperaba, podía oír voces imprecisas al otro lado. Reconocí la voz de la directora.

—Petra, esta mujer insiste en hablar contigo sin que yo esté delante. Voy a permitírselo en bien de tu investigación, pero si después hay algo que yo deba saber…

—No te preocupes, te informaré.

Recordaba el tono ordinario y la impertinencia de la reclusa.

—Hola, inspectora; soy yo, la Lola. Quería hablar sólo con usted pero no me dejaban.

—De acuerdo, ahora puede hacerlo, diga lo que tenga que decir. La escucho.

—Es que… sí sé dónde está viviendo ahora la Julieta López.

Me quedé un momento callada. No sabía qué decir porque no sabía qué pensar. Debía mostrarme enérgica, pero dejarle la opción de hablar con libertad.

—¿Está segura de que lo sabe?

—Por lo menos hace un año vivía donde yo me sé, y no creo que se haya cambiado desde entonces.

—Adelante, sigo escuchándola.

—Vale, pero yo tengo mis condiciones para seguir hablando.

—¿Qué es lo que quiere, Lola? Ocultar información a la policía está penado por la ley y no creo que se encuentre usted en disposición de exigir nada.

—Si se me pone brava, ahora mismo puedo darle

una dirección falsa y luego decir que me equivoqué. No me van a castigar por eso.

—Oiga, Lola, ya es suficiente, no me haga perder la paciencia. Dígame qué quiere de una vez.

—Quiero su bolso, el bolso de Loewe que trajo el otro día a la cárcel.

Me quedé de una pieza. Como no era algo que esperara me costó reaccionar. Aquella mujer era pura carne de presidio y yo no estaba acostumbrada a tratar con gente así. Decidí ponerme a su altura para ver cómo se encaminaba la conversación.

—Ese bolso vale mucho.

—También vale mucho lo que yo sé.

—De acuerdo; estaré ahí dentro de una hora.

—Con el bolso.

—Con el bolso. Pero si está haciéndome perder el tiempo, si esto es una mentira o una treta para...

—Sí, ya sé, me apretará las tuercas y lo pasaré mal. ¡Ah, y otra cosa: no se le ocurra contarle lo del bolso a la directora ni a nadie más! Para esa gente usted me regala el bolso porque quiere y en paz. No quiero líos después.

Mientras regresaba al despacho estaba tan concentrada en mis pensamientos que tardé un poco en reconocer a Sierra, en saber el motivo por el que me encontraba allí.

—Señores, debo ausentarme por un asunto de trabajo. Le dejo con el subinspector, señor Sierra. Gracias por habernos recibido.

Cuando alcanzaba la puerta se me acercó mi compañero y me preguntó adónde iba con una simple elevación de cejas. Le susurré al oído:

—Wad Ras.

Asintió y volvió junto al comerciante mientras yo salía casi corriendo. Tenía que pasar por casa para recoger el maldito bolso.

La fortuna no me sonrió; cuando ya salía del dormitorio con el objeto codiciado, encontré de frente a Marcos, que bajaba de su estudio.

—¡Marcos!, ¿qué haces en casa? No sabía que estabas aquí.

—Tenía que examinar unas ofertas y me he venido al estudio, estoy más tranquilo. Y tú, ¿qué haces en casa a estas horas? ¿Adónde vas con dos bolsos?

—Querido, es muy posible que, por una cuestión del servicio, tenga que desprenderme de tu regalo.

—No entiendo nada, ¿qué regalo, qué servicio?

—Contesto por orden: el bolso de Loewe y el servicio policial.

—Sigo sin entender.

—Ahora no puedo darte explicaciones porque tengo mucha prisa. Más tarde hablaremos.

Estaba confundido y molesto.

—Oye, Petra, ¿a ti te parece normal…?

Lo interrumpí de mal humor:

—A mí no me parece normal estar charlando contigo cuando tengo una cuestión urgentísima que resolver. Luego nos vemos. Adiós.

Salí cerrando la puerta con más brusquedad de la necesaria. ¡Por todos los diablos coronados! ¿Es que no hay un hombre en el mundo que comprenda la trascendencia del trabajo de una mujer? Y ya puesta en preguntas retóricas, ¿y hombres oportunos, los hay, existen, los creó Dios del puñetero barro del Paraíso, que debía estar hecho un lodazal? Rugí para mis adentros con la ferocidad de una leona y, sin perder tiempo, caminé hacia el coche con la elasticidad de una tigresa. No sabiendo ya a qué fiera iracunda imitar, suspiré profundamente y procuré conducir hasta la cárcel sin poner en riesgo la seguridad de los peatones.

La directora se encogió de hombros con escepticismo cuando me vio. Sólo con ver su rostro se comprendía hasta qué punto recelaba de lo que Lola quisiera decirme.

—Ya sabes cómo se las gasta esa mujer. Insiste en estar a solas contigo; así que debes poner en cuarentena cualquier información que pueda darte. Es una auténtica harpía, no te olvides.

—No me olvidaré, pero debo explotar todos los cartuchos que tenga a mano. A lo mejor sabe algo importante.

Estar de nuevo frente a Lola me devolvió a la realidad. ¿De verdad esperaba que aquella tipa me ayudara en la investigación? Su sonrisita burlona y el retintín que vibraba en su voz no auguraban nada bueno. Encendí las luces amarillas de la precaución. Era obvio que ansiaba mi bolso, y la veía capaz de urdir cualquier plan para hacerse con él. Daba igual, a aquellas alturas le había tomado tanta manía al condenado bolso que hubiera sido capaz de tirarlo a un contenedor.

—¿Qué tal, inspectora? Veo que ha traído lo que le pedí; es usted una mujer de palabra.

—Lo que soy es una mujer de pocas palabras. De manera que, si quieres el bolso, ya puedes empezar a hablar. Adelante, te escucho.

—¿Puedo tocarlo?

Se lo pasé, y empezó a acariciar la superficie como si fuera la cabecita de un bebé o la piel de un amante. Sonreía con delectación. Tenía las manos oscuras y resquebrajadas, con las uñas pintadas de un rojo intenso. De repente me miró con un punto de furia que le salía muy de dentro:

—¡Usted no sabe lo que es para mí tener un bolso como éste que sea mío y sólo mío! Nunca he tenido nada bonito, ni mis hermanas tampoco, ni mi madre lo tuvo. Siempre mierdas y baraturas. Pero a mí también me gusta lo bueno. Por qué unas mujeres tienen las cosas más bonitas del mundo y otras nada, ¿eh? ¿A usted le parece bien?

—Lola, dejémonos de historias. Es el momento de cumplir tu parte del trato.

—Vale, pero no tiene que contarles nada a las de la cárcel de lo que le he dicho. Tampoco diga nada del bolso. ¿De acuerdo?

—¡Basta de acuerdos, habla!

—Julieta López está en Andalucía. Vive en el campo, cerca de Ronda. Está con un tío y los dos fabrican muebles de jardín y los venden.

—¿Cómo sabes eso?

—¡Ya empezamos! ¿Y a usted qué le importa? Lo sé y basta.

—Contesta o no hay trato.

—¡La madre que me parió! Sé todo eso porque lo leí en una carta que Julieta le envió a Concha Diego hace más de dos años. Vaya y pregúnteselo a ella. ¿No dice que ocultar cosas a la policía es un delito? ¡Pues ya la puede acusar ahora mismo, que para proteger a la amiguita no le contó ni media palabra!

—¿Y cómo pudiste leer esa carta?

—Porque se la robé, ¿se entera?, ¡se la robé!

—¿Le robaste justamente esa carta?

—Le robé todo lo que tenía en su taquilla. Eran cuatro cosas de mierda, no vaya a creerse, pero se las robé para fastidiarla. Esa tía me jode. Va de superior a las demás. Es de las que se traga todo eso de la rehabilitación, como Julieta. Se vuelven unas santurronas y no paran de lamerles el culo a las funcionarias. Dan asco.

—¿Qué hiciste con la carta?

—¡Joder, pues la tiré! A ver para qué necesitaba yo la jodida carta. Sólo me hubiera faltado que alguien la hubiera visto y me hubieran trincado.

—La información que me das es muy incompleta. ¿No estaba en la carta la dirección de Julieta?

—No lo sé. Usted es policía, pues búsquela.

—Haz memoria. ¿Recuerdas dónde o a quién vendían los muebles que fabricaban?

—No, ¿cómo me voy a acordar? ¡Ah, espere! Sí que

me acuerdo de que le habían puesto una marca a los muebles «Pura Naturaleza» o «Pura Madera»; no sé, algo así. Me he acordado de repente porque me di un hartón de reír de que una puta le pusiera a algo el nombre de «pura». Entiende lo que le quiero decir, ¿verdad?, entiende la guasa.

Me miraba con una sonrisa atroz que mostraba sus dientes manchados de carmín. Le tendí el bolso y me lo arrebató de las manos, lo abrazó como si fuera su cría. Llamé a la funcionaria que esperaba al otro lado de la puerta. Cuando entró para llevarse a la reclusa se fijó en el bolso.

—¿Y eso? —preguntó. Intervine con rapidez.

—Es suyo, se lo he regalado yo.

—La inspectora es muy buena gente. Yo no se lo he pedido. ¿Verdad que no, inspectora, verdad que no?

—No —musité, y ella se alejó con un gesto triunfal.

Un trato es un trato, pensé, aunque lo hayas suscrito con el mismísimo diablo. Casi me sentía aliviada al deshacerme de aquel maldito bolso. Ambas salíamos ganando. La pista que me había dado sonaba bien, y por fin aquella desgraciada tenía el pedazo de belleza que tanto anhelaba. Un pacto positivo, aunque quizá me costara un tercer divorcio.

Me dirigí al despacho de la directora y le pregunté si podía entrevistarme con Concha Diego. Asintió sin hacer preguntas y Concha estuvo al cabo de un rato en la sala de visitas. Me miraba con curiosidad.

—Concha, conozco el contenido de la carta que Julieta te envió.

Su gesto curioso se convirtió en perplejidad.

—¿Cómo?

—El cómo no te lo puedo decir, pero sé que Julieta vive en el campo, cerca de Ronda. Su novio y ella fabrican muebles de jardín. Sólo me falta averiguar su dirección concreta.

—No la tengo —soltó inmediatamente.

—¿Conoces el nombre que le pusieron a los muebles que fabrican?

—No lo decía.

—Concha, no voy a crearle ningún problema a Julieta; al contrario, sólo busco que de verdad nos enteremos de lo que sucedió.

—Déjela en paz, inspectora. Le hará daño si la encuentra. Ella ya ha pagado por lo que hizo, déjela en paz.

—Dime al menos que los datos que tengo son ciertos.

No respondió, se quedó simplemente mirando al suelo. No diría nada más, pero interpreté su silencio como asentimiento. Salí de allí mientras ella repetía:

—Déjela vivir en paz.

En cuanto regresé a comisaría, me recluí en mi despacho, abrí el ordenador y entré en la red. Probé todas las combinaciones posibles: «Muebles de jardín naturaleza pura», «Muebles de jardín artesanales en Ronda», «Muebles de jardín en Andalucía», «Muebles madera pura», «Muebles la pureza», «Muebles de jardín Julieta». No obtuve nada interesante. Los datos de Lola me parecían fiables, pero era extraño que Julieta y su pareja no hubieran colgado ningún reclamo virtual en internet. A no ser que trabajaran para algún establecimiento concreto que absorbiera toda su producción. En ese caso no necesitaban ningún tipo de publicidad. Busqué tiendas de mobiliario de jardín en Ronda. Sin resultados. Busqué tiendas de muebles en general y había bastantes, demasiadas, pero eso no me brindaba datos suplementarios. En fin, la cosa estaba clara: no había más remedio que viajar a Ronda, Garzón y yo.

Capítulo 4

El comisario Coronas me contestó con uno de sus típicos: «¿cómo?», que siempre expresaba incredulidad en vez de interrogación.

—Los tiempos han cambiado, Petra, ya no se viaja así como así. Estamos en un momento de crisis general y los presupuestos de la Policía ya no son tan amplios como antes. Hay que atenerse a esa realidad.

—No me lo puedo creer; que los presupuestos fueran antes amplios, quiero decir.

—Pues así es. Hay que afinar el tiro y ahorrar todo lo que se pueda.

—No le estoy pidiendo que nos mande a Singapur, señor. Ronda no está tan lejos.

—Aun así hay que pedir permiso, justificar el desplazamiento y hacer papeleo.

—¿Y si echa usted mano del fondo de reptiles?

—En ese fondo ya sólo quedan arañas y ratones. ¡Ah y olvídese de que la acompañe el subinspector Garzón! Usted sola puede apañarse perfectamente.

—Pero...

—No hay peros que valgan. Dentro de dos días le daré la autorización.

—¡Dos días es demasiado!

—No veo la razón de tanta prisa. En este caso el muerto no está caliente y el asesino no puede escapar. De modo que...

Supongo que la Policía no es la única institución que te encarga un trabajo para luego regatearte los medios de llevarlo a cabo. Contradicciones del mundo oficial. Pero no ser la única no me ofrecía ningún consuelo. Trabajar formando equipo con Garzón se había convertido en una costumbre muy enraizada en mí. Además, me molestaba la cutrez, que parecía implicar una desconfianza. Como si hacer un viaje de trabajo constituyera el colmo de la diversión. ¡Y dos días para lograr una autorización! En fin, de todas las virtudes que se le exigen a un policía la paciencia no es la que llevo mejor, tampoco la obediencia, si debo decir la verdad.

Regresé a casa. Abrí el ordenador. Debía replantear el trabajo y buscar una labor alternativa al viaje durante los dos días que éste se demoraría. Debía sobre todo aplacar mi inquietud. Miré bien los informes. Sí, adelantaríamos los interrogatorios de las hijas, previstos para después del regreso. A eso nos dedicaríamos mi compañero y yo hasta que me permitieran gastar los miserables euros necesarios para un billete y un hotel. ¡Qué lejos quedaban aquellas idealizaciones de la juventud en las que me veía viajando por toda Europa en pos de un asesino de extrema peligrosidad!: elegantes salones en hoteles de lujo y yo vistiendo entallados *tailleurs*. ¡Mierda!, como suele decir el pueblo cuando se ve embargado por el desánimo existencial. Aunque, pensándolo bien, ya era mayorcita y seguía teniendo las mismas ridículas ensoñaciones: la inspectora Petra Delicado enfrentada al crimen internacional en plan glamuroso. ¿Cuándo deviene uno adulto maduro, en realidad? Cada vez que recordaba algo de mi pasado me parecía que ni mi personalidad ni mis reacciones eran lo suficientemente maduras para la edad que tuviera. Ahora mismo, cuando en el futuro pensara en el ataque de frustración profesional que estaba sufriendo, ¿no me parecería un poco desmedido? Intenté demostrarme a mí misma una cierta sabiduría.

«Calma, Petra —me dije—. De nada sirve desesperarse. Hay muchas cosas que hacer en este caso. Dos días pueden incluso venirnos bien.»

Oí el ruido de las llaves en la puerta. Marcos llegaba de trabajar. Entró y nos besamos en los labios, como siempre solíamos hacer. Una vez cumplido el rito amoroso, me miró con cara seria.

—¿Puedes explicarme ya qué ha pasado con tu bolso? ¿Es ahora un buen momento para hablar?

No hacía falta tantear mínimamente su estado emocional, el mal humor se palpaba a flor de piel. Intenté poner en práctica las fórmulas de madurez en las que acababa de pensar: calma y reacciones suaves.

—Es difícil explicarlo, querido, pero lo cierto es que he tenido que regalarlo. Una testigo, interna de Wad Ras, me lo pidió a cambio de una información muy importante. No tuve más remedio que ceder a su chantaje. Lo que ella sabía resultaba básico para la investigación que estamos llevando Garzón y yo.

—¡Vaya, cómo aprecias mis regalos! No hablo de lo material, pero ¿tienes la menor idea de lo que me costó escoger ese bolso? Le pedí a la secretaria del despacho que me acompañara a comprarlo para contar con la asesoría de una mujer. Descartamos muchísimos, recorrimos al menos diez tiendas.

—Lo sé, Marcos, y créeme que lo siento de verdad. Asumo la culpa porque no me di cuenta de que llevar ese bolso en horas de trabajo era casi una provocación. Me daba un aire de pija, de alguien que se considera superior a la gente a menudo pobre y vulgar con la que me veo obligada a tratar mientras investigo. Fue un fallo incomprensible, hubiera debido lucir ese bolso sólo en mi vida personal.

—¿A qué vida personal te refieres? Tú y yo casi no tenemos vida personal, el trabajo ha acabado invadiéndola por completo. Cuando yo llego, tú te vas. Tus horarios resultan imprevisibles la mayor parte de las veces y yo, para no estar solo como un bobo, me traigo tareas a casa, lo que raramente hacía antes. Somos marido y mujer, pero hay vecinos de este barrio que se ven con más frecuencia e intimidad que nosotros dos.

Seguí aplicando la fórmula de la calma madura heroicamente, aunque cada vez con mayor dificultad.

—¿Sabes qué vamos a hacer para empezar a ponerle remedio a todo eso? Voy a servir un par de copas y nos sentamos a charlar sobre estos problemas. La comunicación no se puede perder.

—Imposible, tengo una cena con unos arquitectos que vienen de Madrid. Te lo dije, te dije incluso si querías acompañarme, pero naturalmente te has olvidado. Nunca me escuchas cuando te hablo.

—Ése es un reproche típico de esposa, ¿por qué lo usas tú?

—Voy a cambiarme de ropa, se me hace tarde.

Mi intento humorístico tampoco había servido. Sin duda, Marcos ya venía contrariado de su despacho y descargaba su malestar sobre mí. Me serví una copa y encendí la televisión. Una tertulia de periodistas analizaba la actualidad. Regresó mi marido, muy peripuesto.

—Me voy, Petra. A lo mejor mañana encontramos un ratito para comer juntos… si no es pedir demasiado.

Su última ironía y el primer sorbo de whisky dieron al traste con mi madurez de usar y tirar.

—¡Perdona, Marcos; pero quien tiene una cena esta noche eres tú. Yo me quedo aquí tranquilamente en plan esposa felpudo. De modo que no me hagas culpable de todo!

—Buenas noches —susurró—. No tengo tiempo para discutir.

Al quedarme sola sentí un profundo arrepentimiento por haber sido demasiado condescendiente. ¿Calma y madurez? ¡Error!, la próxima vez presentaría batalla desde el principio en vez de intentar buscar un consenso. De lo contrario se cumple una máxima humana que no falla jamás: cuanto más cedes, más te machacan. ¡El matrimonio era algo espantoso!, si lo sabría yo que me había casado tres veces. De ser soltera quizá lo habría contemplado con cierta nostalgia hacia lo desconocido: ¡ah, las pequeñas rutinas compartidas, los detalles de cariño, la mutua comprensión! *¡Bullshit!*, extranjericé mi enfado. Me acabé la copa de un golpe y me serví una segunda. Apagué la televisión, mejor no tener noticias de la estupidez ajenas y vivir sólo con la propia, en principio parece más fácil de soportar.

Garzón se disgustó cuando supo que no podía viajar conmigo a Ronda. Se puso muy teórico, y estuvo argumentando que un equipo estable de investigación como el nuestro, nunca debería ser fragmentado por motivos económicos. Según él, la Policía Nacional no había sido en el pasado la tierra de la abundancia, pero hasta aquel momento los límites en los que nos movíamos permitían por lo menos pagar un hotel barato para un par de agentes. Sin embargo, seguía su concienzuda reivindicación, si nos empezaban a poner trabas serias para desempeñar nuestro cometido en una pesquisa, ¿cómo podíamos acabar: llevando pistolas sin munición para no gastar, empeñando las esposas cuando el presupuesto no llegara a fin de mes, alojándonos en tiendas de campaña si había que viajar? Reconozco que sus ejemplos hipotéticos resultaban un tanto extremos, pero no le faltaba la razón. Cuando uno se encuentra en la búsqueda de un asesino, los problemas de presupuesto parecen una peligrosa frivolidad.

—Si usted lo considera pertinente, inspectora, puedo ir a darle la tabarra a Coronas en un último intento para que me permita ir a Ronda con usted. Conozco al comisario desde hace muchos años y sé que una tabarra bien administrada puede hacer que se tambalee cualquiera de sus firmes decisiones. Detesta que lo acosen.

—Déjelo, subinspector. Por esta vez vamos a acatar la orden sin rechistar; pero le prometo que si el jefe vuelve a apearlo de algún viaje o misión, yo misma me encargaré de darle un coñazo salvaje hasta que cambie de parecer.

Se conformó, y mientras íbamos a entrevistarnos con Nuria, la hija mayor de Siguán, me informó sobre cómo había finalizado el interrogatorio de Rafael Sierra, su hombre de confianza.

—Desde que usted tuvo que irse hasta que me despedí todo siguió con la misma tónica: Siguán es dios y Sierra su profeta.

—Sí, ese tipo es un estómago agradecido, aunque tiene sus razones para serlo, desde luego. ¿Le comentó qué tal funciona la tienda?

—Dijo que tiene muchas clientas y que le va muy bien. Con lo cual, me dio otro motivo para que las mujeres me resulten incomprensibles: que se vistan en la tienda Nerea.

Me eché a reír.

—Las mujeres somos así, Fermín, encontramos belleza hasta donde no la hay.

—¡Y la pagan a millón!

—¿Tiene la impresión de que Sierra considera necesaria la reapertura del caso?

—En absoluto. Cree en la versión oficial del asesino asesinado por otro asesino de su misma calaña.

—¿Recela de los motivos de Rosalía Piñeiro para acudir al juez?

—Sí, algo insinuó. Supongo que forma equipo con las hijas. Ahora veremos qué nos cuenta la mayor.

Nuria Siguán estaba cercana a la cincuentena. Era alta, recia, de aspecto un tanto imponente. Rubia desvaída, se vestía con la elegancia sobria que muchas políticas suelen utilizar. Su casa, donde estábamos citados, era un enorme ático en la zona más cara de Barcelona, e imperaba en su decoración un tipo de lujo ecléctico y convencional. Estuve observando el rostro de aquella mujer y me pareció que nada destacaba en él, excepto una especie de tensión permanente que estiraba sus rasgos haciéndolo al mismo tiempo juvenil y crispado. Era obvio que no estaba dispuesta a perder demasiado tiempo con nosotros. Hablaba deprisa y con ademanes impacientes, e imprimía al final de las frases tal aceleración, que a veces costaba entender su significado. Al cabo de apenas un minuto de estar junto a ella ya podía hacer un mínimo retrato psicológico sin demasiado miedo a equivocarme: era impulsiva, eficaz, enérgica, intolerante y acostumbrada a mandar.

—¿Se encuentra su esposo en casa? —se le ocurrió preguntar a Garzón.

—Mi esposo viaja casi continuamente. Es director en España de una multinacional química —contestó como aguijoneada por algún insecto.

—¿Tienen ustedes hijos? —fue mi pregunta.

—No —respondió de un modo tan tajante que demostraba hasta qué punto le parecía innecesaria aquella curiosidad. Acto seguido, centró ella misma el tema antes de que nosotros pudiéramos intentarlo siquiera.

—Miren, señores; comprendo que ustedes están haciendo su trabajo y cumplen con una obligación, pero de verdad no veo las razones prácticas por las que tienen que venir a hablar conmigo cinco años después del asesinato de mi padre.

—El juez piensa que…

—Ya sé lo que piensa el juez, y les aseguro que hasta el presente tenía buena opinión de la Justicia, pero que todo un juez de larga experiencia se deje convencer por una mujer de reabrir un caso que quedó prácticamente resuelto en su día me parece…

—¿Tiene usted mala opinión de la esposa de su padre?

—¡Por favor, inspectora, qué pregunta! ¿De verdad lo que yo piense de esa señora puede aportar al tema algún dato de interés policial?

—Señora Siguán, deje que seamos nosotros quienes determinemos lo que tiene o no tiene interés.

Pensé que mi réplica la incomodaría, pero se limitó a hacer un gesto de indiferencia y continuó:

—Mientras mi padre estuvo vivo, y sólo para no contrariarlo, mis hermanas y yo tratamos a Rosalía Piñeiro con absoluta corrección. Pero, siendo sinceros, ya me dirá qué se puede pensar de una chica de extracción humilde que caza al vuelo a un hombre mayor con fortuna y se casa con él.

—Que se ha enamorado, por ejemplo.

—Sí, un flechazo muy oportuno y conveniente. Pues si tan enamorada estaba no puedo comprender por qué al poco de casados dejó de preocuparse por el bienestar de mi padre y se dedicó exclusivamente a darse la gran vida. ¡Por Dios, inspectora, ninguno de los aquí presentes hemos nacido ayer! No es casualidad que mi padre tuviera que buscar la compañía de ciertas señoritas. Ningún hombre feliz haría eso, ¿o usted cree que sí?

—No sé gran cosa de hombres felices, señora Siguán; pero supongo que hay una gran variedad de ellos y que cada uno lo es a su estilo.

—¿Insinúa que el estilo de mi padre era contratar furcias baratas?

—No sé si ése era su estilo, pero estaba con una cuando lo mataron.

En ese momento tenía aquella mujer tan poco dúctil una buena razón para explotar y montar un pequeño numerito; pero no lo hizo. Puso cara de desprecio mezclado con paciencia y suspiró.

—Muy bien, inspectora. Ni a ustedes ni a mí nos conviene perder el tiempo. Dígame claramente qué es lo que quieren saber.

—Cualquier cosa que nos diga sobre su padre y la empresa que creó nos servirá.

—Mi padre era un gran empresario que se hizo mayor, y como sucede con muchas personas brillantes que se han hecho mayores, su criterio empezó a flaquear. La empresa fue a menos y tras morir él, mis hermanas y yo decidimos liquidarla. Se pagaron todas las deudas y la vida continuó. Ahora, una mujer que no tiene la conciencia tranquila por cómo se comportó con mi padre o que simplemente quiere incordiar a la familia, va y remueve las aguas para que parezcan turbias otra vez. Pero no hay nada de eso. A mi padre lo mató un delincuente de baja categoría al que otro tipo de parecidas características hizo desaparecer. La policía no encontró en su día la más mínima unión entre ambos hechos y es porque no lo hubo. ¿Cree que a mí me gusta el modo en que sucedieron las cosas? ¿Piensa que ése es el final que yo quería para él? Pero así fue y punto. Mi propio padre me enseñó que cuando se tienen claros los hechos, hacerse preguntas sobre ellos sólo conduce a la desesperación; y yo no tengo vocación de mujer desesperada.

—Sin embargo, el señor Sierra nos dijo que la empresa había empezado a remontar con fuerza un tiempo antes de morir su padre, que tenía nuevos clientes internacionales: italianos, franceses…

—¡Bah, nada de importancia! Yo colaboraba con él y estaba al tanto de muchas cosas. Aquel remonte fue, ¿cómo decirlo?, pan para hoy y hambre para mañana. No se podía poner ninguna esperanza en el futuro y yo no la puse; nunca he sido una visionaria.

—¿Quién tomó la decisión de liquidar la empresa?

—Las tres hermanas por absoluta unanimidad.

Seguimos haciéndole preguntas generales que ella respondió con una claridad cercana a la impertinencia. Al final nos despidió dándonos la mano e incluso hizo una mueca que quería significar una sonrisa. Se la agradecí, debía haberle costado mucho esfuerzo ponerla en su boca.

—¡Joder! —comentó Garzón en el coche—. ¡Vaya sargento de caballería! ¿Se imagina pasar una noche romántica con ella? Qué música le gustará, ¿las marchas militares? ¡Y apuesto a que su flor favorita es un cactus bien pinchudo!

—Lo que más me fastidia es que lleva razón. ¿Qué pintamos planteándole vagas preguntas sobre su papá cinco años después de diñarla? Hacemos el ridículo con un interrogatorio que no lleva a parte alguna. Al menos ella no disimula lo que debe pensar de nosotros. Le aseguro, Garzón, que como no encontremos pronto algún indicio que valga la pena, este caso se va a ir directo al mismo lugar de donde salió: un maldito cajón.

—Bueno, en todas las investigaciones sufre usted un brote de desesperanza. Esta vez ha aparecido pronto; quizá eso sea positivo.

—Déjese de coñas, subinspector. Me largo a Ronda. Interrogue a la hija pequeña de Siguán, a ver qué saca en claro. Fíjese bien en su personalidad.

—¿La tercera hija del rey Lear?

—La misma. Ya verá como es dulce y amorosa con la memoria de su padre. Le apuesto lo que quiera.

—No quiero apostar nada. Usted sabe mucho sobre cosas raras.

—Diga más bien sobre cosas inútiles, Fermín, sobre ésas sí soy una maestra.

Llegué a mi casa. No estaban ni Marcos ni la asistenta. Vi que mi billete electrónico era para un avión que salía de Barcelona tres horas más tarde. Imprimí la lista de tiendas de muebles de Ronda. Preparé una somera bolsa de viaje con lo mínimo necesario. Cuando casi había acabado, llegó Marcos, me dio un beso.

—¿Te vas?

—A Ronda, en busca de un testimonio que puede ser importante.

—No me lo habías dicho.

—Ha sido una decisión de última hora, pero regresaré enseguida. La superioridad quiere ahora viajes cortos. Presupuestos escasos, ni siquiera le han permitido a Garzón acompañarme.

—Lástima, había reservado una mesa en un restaurante estupendo para que cenáramos solos y tranquilos.

—Cenaremos a mi vuelta.

—No es lo mismo.

—Es lo mismo pero una o dos noches después.

—Ni mañana ni pasado será ya mi cumpleaños.

Nunca como en aquel momento había deseado que se desencadenara de pronto y sin aviso un fenómeno de la naturaleza, aunque fuera moderado: un vendaval violento que nos obligara a cerrar todas las ventanas de la casa, un temblor de tierra de baja intensidad en la escala de Richter, al menos una lluvia torrencial. Cualquier cosa que evitara tener que decir una frase de disculpa por mi tremendo olvido. Pero el tiempo atmosférico continuó sereno y soleado, de modo que balbucí:

—Lo siento, querido, lo siento de verdad. Se me había pasado por completo. ¿Cómo puedo pedirte perdón?

—No te preocupes, Petra. Comprendo que estás muy ocupada.

Intenté una explicación de tipo psicológico.

—No es exactamente que tenga mucho trabajo, que también. Lo que me ocurre es que en las primeras fases de una investigación difícil, y ésta lo es, me obsesiono mucho y mi mente entra en un estado de ofuscación absurdo. Te aseguro que dentro de unos días se me pasará.

—Tranquila. Tampoco tiene tanta importancia. Ya celebraremos mi cumpleaños cuando vuelvas. Te deseo mucha suerte en el viaje a Ronda.

Decía aquellas palabras de comprensión y consuelo con tal cara de santo aceptando el suplicio de los infieles, que me entraron ganas de poner punto final a su martirio arreándole con algo en la cabeza. Me contuve y lo besé en la mejilla. Tomé la bolsa y salí corriendo hacia el aeropuerto. En el taxi dejé vagar mi mente por los furibundos territorios del pensamiento feminista expresado en estado de cabreo: olvidarse del cumpleaños del cónyuge es un clásico de la vida marital. Sin embargo, suele ser el marido quien se olvida y la situación de crisis queda solventada con un par de reproches y un propósito de enmienda lleno de besos y carantoñas. Sin embargo, si la olvidadiza es la esposa las cosas toman un tinte de tragedia y parece estar en riesgo el amor, la convivencia y hasta la Constitución del país. Rugí para mis adentros. La turbulencia de mi ánimo acabó pagándola el pobre taxista a quien contesté de mal humor cuando me preguntó a qué terminal debía dirigirse. Daba igual, seguro que era un hombre casado y que alguna que otra culpa debía expiar.

Llegué a Málaga al anochecer y alquilé un coche. Conducir me serenó. Andalucía supone una gran contradicción para mí. Sin duda es uno de los lugares que más me gustan de España, con sus paisajes majestuosos y pueblos recónditos produce la impresión de ser salvaje y sosegada al mismo tiempo. Pura belleza. Sin embargo, esa tierra carga con los tópicos españoles que me causan más horror: corridas de toros, romerías, rogativas, procesiones, nazarenos, penitentes, señoritos, cortijos, vírgenes llorosas con manto de oro y plata...

Ronda me recibió en sombras y cuando salí a dar una vuelta después de haber tomado posesión de mi habitación de hotel, tenía la sensación de haber aterrizado en un mundo diferente donde todo era hermoso, recoleto, intemporal y feliz. ¿Por qué Marcos y yo no nos compramos una casa en esta tierra, abandonamos el trabajo y la ciudad y nos dedicamos a vivir con poco hasta el final de nuestros días?, pensé. Aquí, en este rincón callado y como pintado a mano no existirían prisas ni contratiempos, dolor o estrés. Una típica idealización, como se ve, que debería llamarse el síndrome del viaje. De repente llegas a un sitio en el que se te antoja que vivirías en calma total. Pero no es cierto, en el equipaje siempre llevas un cargamento de manías personales, frustraciones, complejos y traumas que se extendería por el propio Paraíso Terrenal convirtiéndolo en un enclave tan poco confortable como el que habías dejado atrás. Aunque de algo sí estaba convencida: de haber vivido los dos en Ronda, el cumpleaños de Marcos no se me hubiera pasado por alto jamás. Había sido un fallo imperdonable y me sentía mal, así que decidí llamarlo aquella misma noche antes de irme a dormir.

Lo hice, con el corazón compungido y ensayando fórmulas cariñosas y humorísticas que pudieran paliar mi desconsideración. Pues bien ¿qué es lo que encontré al otro lado del auricular?: ¡a un marido que estaba tan fresco, viendo fútbol por la televisión!

—Ya sabes que el fútbol no me gusta demasiado. Pero es un partido internacional y la selección española está jugando de maravilla. Te dejo, ya te llamaré en la media parte.

—No lo hagas, me voy a la cama ya.

—Bien, cariño, buenas noches. Espero que mañana tengas un buen día. Y vuelve pronto. Muuuá.

Aquella onomatopeya del beso me sentó como un tiro. Muuuá, ¿qué significaba aquella ridícula prolongación de la u? Se suponía que debía estar cariacontecido y doliente por pasar solo la noche de su cumpleaños, por no hacer vida de pareja normal y toda esa serie de zarandajas; pero se encontraba tan pancho, sumergido en pleno éxtasis deportivo nacional. La práctica de la convivencia amorosa es muy difícil, concluí, porque la mente del otro nunca sigue los derroteros que cabría esperar. Aunque habría sido peor si se hubiera puesto trascendente, no estaba muy segura de qué hubiera podido decirle en la distancia. Cogí el libro que había llevado conmigo y me puse a leer.

A la mañana siguiente desayuné con buen apetito y me dirigí a la recepción del hotel. Pensaba que Ronda era una ciudad lo suficientemente pequeña como para que la recepcionista conociera las tiendas de muebles de mi lista. No me equivoqué. Cuando le pregunté cuántas de ellas vendían muebles de jardín, la lista se redujo a dos únicos nombres, por lo que estuve a punto de abrazarla, llena de felicidad.

Contraviniendo la costumbre de errar cuando hay un cincuenta por ciento de posibilidades de hacerlo, acerté a la primera. La dueña de Muebles Benito, una simpática mujer de mi edad, con hermoso acento andaluz, enseguida supo a qué me refería cuando le hablé de muebles de jardín artesanales. Yo me guardé de decirle que era policía para que no se extendiera la voz.

—Sí, tengo un proveedor que me hace unos muebles muy especiales.

—¿No es una mujer?

—No, es un chico joven. Trabaja sólo para mí. Hace unas piezas que imitan un poco el estilo *country* norteamericano. Su producción es limitada. Mire, allí tengo un par de mecedoras.

Me condujo a un rincón de la amplia tienda donde pude contemplar unas mecedoras como las que se ven en los porches de los westerns con un tipo de botas camperas sentado indolentemente encima. La madera debía llevar algún tratamiento que la hacía aparecer vieja y gastada aunque estuviera recién hecha.

—Son bonitas —comenté.

—Ya lo creo, estos muebles gustan muchísimo. Si más me fabricara este chico, más vendería yo; pero no quiere. Llegué a proponerle que contrataría gente que le ayudara para poder sacar más piezas, pero no hubo manera, aunque económicamente le hubiera convenido, la verdad.

—¿Cuánto hace que conoce a ese chico?

—Por lo menos tres años. Por qué pregunta tanto por él, ¿ha pasado algo malo?

—No, nada malo. Está casado con una prima mía que no veo hace años y me gustaría contactar con ellos, pero no tengo teléfono ni dirección, sólo sé que fabrican muebles.

—Juan Moreno no tiene teléfono ni dirección. Las facturas las hago a nombre del cura. Es un chico un poco especial, vive aislado en el campo. Como ya debe saber es ex drogadicto. Me lo recomendó el padre Sánchez, un cura de aquí que hace muy buena labor con los que han tenido problemas con la droga. Pero él no cuenta nada, ni siquiera sabía que estuviera casado.

—Oiga, y si no tiene teléfono ni dirección, ¿cómo se pone en contacto con él?

—Viene todos los sábados por la mañana. Compra cosas en el pueblo y pasa por aquí. Deja los muebles hechos, si los hay, cobra, recibe los encargos…

—¿Sabe el cura dónde vive?

—El cura está en Granada y no creo que lo sepa. Y yo no tengo su teléfono.

—¿No hay nadie, absolutamente nadie que tenga noción de dónde encontrar a ese chico?

—Es usted de Hacienda, ¿verdad?

—Le aseguro que no. Sólo busco a mi prima. Nuestras madres se enemistaron hace muchos años y yo no quiero que las cosas sigan así. Pero dígame, ¿se le ocurre alguien que pueda llevarme de manera rápida hasta Juan Moreno?, tampoco puedo quedarme en Ronda una eternidad.

—Hace un tiempo le enviamos a nuestro transportista con el camión. Había hecho unas mesas de encargo que no le cabían en su furgoneta. A lo mejor se acuerda de adónde fue. Voy a llamarlo al almacén.

Habló a través de un interfono. Pidió que esperara un momento. Me miraba con curiosidad, aquello de la prima perdida no debía de cuadrarle del todo. Sin embargo, cualesquiera que fueran sus sospechas, no había caído en que fuera policía, algo que suele suceder; la gente piensa que la policía sólo está en los noticiarios o en las obras de ficción. Intenté apuntalar la verosimilitud:

—Usted ya sabe que este tipo de cosas a veces pasan en las familias. Pero me fastidia esta situación.

—Hace usted muy bien en buscar a su prima. No tiene sentido estar enfadados porque los demás lo estén. Y si las hermanas se empeñan en no reconciliarse... claro que ya sabe usted cómo se vuelven las personas cuando se hacen mayores, se les hace la cabeza dura y no quieren dar su brazo a torcer. Seguro que su prima se pone loca de contento cuando la vea.

—Seguro, Julieta siempre fue muy cariñosa conmigo.

—¿Y tienen hijos Julieta y Juan Moreno?

Por fortuna llegó el transportista desde el almacén y no me vi obligada a inventar una dudosa genealogía completa. Era alto y fuerte, un magrebí de piel bronceada. La dueña le preguntó y él no tuvo que pensar ni un instante para contestar:

—Sí, viven en el camino de los Aguiluchos, a unos veinte kilómetros de aquí.

—¿Viven? —inquirió con interés la dueña—. ¿Estaba el chico con alguien más?

—Con una mujer joven. Ella sacó las mantas para que las mesas no se rozaran unas contra otras en el camión. Yo le dije que ya tenía las mías, pero insistió, porque las suyas eran más suaves.

—¡Me acuerdo, yo misma se las devolví unos días después! Pero no me habías comentado que Juan Moreno estuviera con una chica.

—Usted no me lo preguntó, señora María.

Me miró ilusionada, ya metida de lleno en el problema.

—¡Seguro que es su prima! Dile a la señora cómo llegar hasta la casa, Abdul.

—Es muy fácil: salga de Ronda por la carretera norte y a unos diez kilómetros todo recto verá a la derecha una casilla de peón abandonada con un camino al lado sin asfaltar. Coja ese camino hasta llegar a una granja de pollos y allí es, allí viven.

—¿Viven en una granja de pollos? —me suplantó la tal María.

—Antes era una granja de pollos y parece que la hayan arreglado para vivir, aunque por fuera sigue estando igual.

—Muchas gracias, Abdul; ya puedes regresar al almacén.

La mujer se volvió hacia mí con una sonrisa de oreja a oreja.

—¿Ha visto? Usted seguramente ha encontrado a su prima y yo me he enterado de un montón de cosas. Que Juan moreno está casado, que vive en una granja... ¡Cómo es la vida!, ¿eh?

—Sí —musité con desgana. Ya iba a despedirme, pero aquella cotilla no estaba dispuesta a dejarme marchar sin saber más sobre el drama familiar que le había improvisado en exclusiva.

—Perdóneme, pero ni siquiera me ha dicho cómo se llama.

—Petra, me llamo Petra Delicado.

—Verá, Petra; quizá pensará que soy una entrometida, pero ¿piensa volver por aquí? Es que soy una persona muy sensible y me gustaría saber si esa chica es de verdad su prima y cómo ha reaccionado al verla a usted.

—No tengo pensado volver, pero la llamaré por teléfono y se lo contaré todo.

—Aquí tiene mi número. ¿Se acordará de llamar?

—Pues claro; es lo menos que puedo hacer después de haber abusado de su amabilidad.

Salí de la tienda con paso ligero. No estaba segura de

ser una buena policía, pero sin duda hubiera sido una excelente timadora. Aquella mujer se había tragado el estúpido cuento de la prima perdida y la reconciliación familiar. Claro que tampoco era difícil, la gente tiene una tendencia natural a implicarse en historias sencillas, fáciles de comprender, y cuantos más elementos folletinescos contengan, tanto mejor.

A medida que me adentraba en el camino de los Aguiluchos, que hallé con facilidad, me asaltaba la impresión de estar llegando a la culminación de unas trabajosas gestiones que quizá servirían de poco. Pero eso es algo corriente en mí; de modo que procuré desoír mi machacona voz interior. Sin duda había localizado a Julieta, y debía intentar que accediera a hablar conmigo y me hiciera una reconstrucción de lo que había sucedido el día del crimen. El tiempo había pasado, ella había cumplido su pena y quizá no le importara contar detalles que en el pasado calló. Ésa era la hipótesis más optimista, pero como el optimismo es algo muy esporádico en mí, en el fondo estaba convencida de que los cohetes no estallarían en el cielo para darme la bienvenida.

Tras un rato de dar tumbos en el coche por aquella carretera polvorienta, divisé la granja de pollos que había descrito Abdul. Eran dos naves alargadas de cemento, con ventanucos en la parte superior, que formaban un ángulo recto entre algunos árboles. Aparqué a una distancia prudente y eché a andar hasta acercarme unos cien metros. No se veía a nadie alrededor de las construcciones, pero había gallinas picoteando la tierra y una mesa rodeada de sillas de enea indicaba que el lugar estaba habitado. Grité:

—¡Hola!, ¿hay alguien?

En ese momento un hombre joven, alto, fornido, pelirrojo, vestido con un mono de trabajo azul y una camisa a cuadros salió a mi encuentro. Llevaba sujeto un gran perro con una correa, negro y silencioso.

—¿A quién busca? —fue su saludo sin acercarse.

—¿Es usted Juan Moreno?

Se quedó visiblemente sorprendido, dudó un instante. Luego, siempre separado unos pasos de mí, preguntó:

—¿Qué quiere?

—Busco a Julieta López, y me han dicho que vive aquí.

Su sorpresa aumentó.

—¿Qué quiere de ella?

—Sólo hablar un momento.

—¿Y usted quién es?

—Soy Petra Delicado, inspectora de policía de Barcelona.

—¡Pues aquí no tiene nada que hacer. Lárguese por donde ha venido!

Había elevado la voz y el perro empezó a removerse nervioso a su lado, mientras gruñía. Pero yo no hice gesto alguno, no abrí la boca, lo observé impertérrita.

—¿Quién le ha dicho que estamos aquí? —preguntó furioso.

—Eso no tiene importancia. Sólo quiero hablar un momento con Julieta.

—¡Le he dicho que se vaya!

—No me obligue a venir con la Guardia Civil. Ya le he dicho que soy policía.

—Lárguese o soltaré al perro. ¡Fuera!

En ese momento vi salir a una mujer de una de las naves. Era menuda, delgada y de aspecto frágil, con la piel muy blanca. Tenía el cabello oscuro recogido en una coleta y llevaba una sencilla bata de algodón a cuadritos. Tomó al hombre del brazo.

—Déjala, Juan. Lleva al perro a la parte de atrás.

—Pero...

—Voy a hablar con ella, Juan. No pasa nada. Luego te llamo.

El hombre la obedeció a regañadientes. Desapareció tras la casa. Ella me miró a la cara.

—Acérquese, vamos a sentarnos aquí.

Nos sentamos a la sombra.

—¿Qué quiere de mí?

—Un juez ha reabierto el caso por el asesinato de Adolfo Siguán y estoy investigando.

—Yo ya dije todo lo que sabía.

—Quiero que me lo repita, Julieta, por favor.

—Casi ya no me acuerdo.

—Quiero que refresque su memoria sobre lo que sucedió el día del asesinato.

De repente, las lágrimas empezaron a brotar de sus ojos, agitó la cabeza intentando atajarlas pero no lo consiguió. Habló con voz queda:

—Sabía, sabía que aquello me iba a perseguir siempre. Pero yo ya pagué por lo que hice, inspectora. Tengo una nueva vida, no hago daño a nadie, trabajo, vivo en paz. ¿Por qué se presenta usted ahora?

—No voy a crearle complicaciones, Julieta, se lo aseguro, sólo busco su cooperación, nada más. Nadie la acusa de nada, nadie sospecha de usted.

Se secó las lágrimas y, con un gesto triste, me hizo pasar al interior de la granja. Un segundo después entró el hombre. Ella le habló con dulzura:

—No pasa nada, Juan. Vamos a hablar un ratito. Espérame fuera, enseguida saldremos.

La nave era destartalada y vieja, pero había sido acondicionada con cierto esmero para vivir. En un rincón estaba la cocina, bien ordenada, con una gran mesa de madera rodeada de sillas. Julieta me ofreció agua y mientras iba a buscarla al frigorífico, fui fijándome en los detalles de la estancia, exenta de paredes: una cama de matrimonio al fondo, un televisor, flores frescas en un jarrón, cuadritos de veleros en las paredes encaladas, un tapete de colores vivos... Había en cada objeto una clara voluntad de crear cierta belleza, un ambiente acogedor. Pensé que aquella chica tenía allí algo más que su vivienda. Aquello era su refugio, su presente y su futuro, su lugar en el mundo.

Me puso enfrente un vaso lleno de agua fresca. Se sentó.

—Juan siempre quiere protegerme, pero iba de farol. Nunca hubiera dejado que el perro la atacara. Es un hombre muy bueno. Nadie me había tratado tan bien como él.

—Cuénteme lo que pasó aquel día y me iré.

—No me gusta nada recordarlo, no es bueno para mí. Yo, ya lo sabe, me ganaba la vida como me la ganaba. Con Abelardo Quiñones hacíamos cosas que... bueno, no estaban bien. Él era mi novio, aunque eso es un decir, porque era un mal bicho y yo en el fondo ya estaba deseando perderlo de vista, pero le tenía miedo, se lo digo de verdad. Abelardo hacía de todo: trapicheaba con droga, negocios sucios, vendía cosas robadas... y me sacaba la pasta a mí también, claro. Pero le parecía que puteando no ganaba bastante y se le ocurrió lo de los viejos. Yo les gustaba a los viejos, era jovencita, me arreglaba mona... bueno, ya sabe, hablando claro no parecía un putón de esos ya corridos por la vida. Tonteaban conmigo, les gustaba hacer como que me protegían hasta que llegábamos al asunto. Yo, a los que repetían y se veía que tenían pasta, los iba confiando hasta que me invitaban a su casa. Una vez allí tomábamos una copa y yo echaba pastillas de Rohipnol en la suya. Cuando se dormían o se atontaban mucho, llamaba a Abelardo por el móvil y él llegaba y les limpiaba la casa. Nos llevábamos todo lo que tenía valor: el dinero de la cartera, móviles, algún aparato electrónico pequeño, joyas... Nadie denunció nunca el robo, ya ve usted. Con Adolfo Siguán pasó exactamente como le estoy contando. Era un tipo con clase, bien vestido, se notaba que no venía de ningún arrabal. Me dijo que se llamaba Anselmo González. Repitió mucho de cliente. Se portaba muy bien, pagaba por encima de la tarifa, era educado, me trataba un poco como si fuera su hija; pero luego en la cama era bien guarro —se interrumpió, hizo un gesto de fastidio por si había hablado demasiado fuerte, miró hacia el exterior. Comprobó que Moreno estaba lejos, siguió hablando—. Yo, pasado un tiempo, ya empecé a darle la tabarra con que quería que me invitara a su casa. Le decía que nunca me invitaba a ninguna parte para que nadie lo viera conmigo y que ya estaba harta. Como siempre, picó. Quedamos en su casa, que luego me enteré de que era un apartamento alquilado por horas que tenía para sus cosas y que no vivía allí. Ya estaba todo preparado cuando por la mañana del día de la cita me llama Abelardo y me da un número de móvil. Me dice que esa noche, cuando ya tenga al tipo dormido, llame ahí. Le pregunto si ha cambiado de número y me suelta que esa noche no vendrá él sino un italiano al que yo no conozco. Naturalmente me puse de los nervios y empecé a pedirle explicaciones y a ponerlo de vuelta y media. «Confía en mí —me dijo—. Es una cosa buena, ya te lo contaré.»

—¿Le dijo cómo se llamaba el italiano?

—No.

—Continúe.

—Bueno, pues yo hice como siempre y cuando las copas estaban servidas y él se despistó, eché las pastillas, que ya tenía mucha experiencia de que no se notara. Se durmió enseguida. Entonces llamé al italiano que casi no habló. Abrí la puerta y allí estaba un hombre que yo no había visto en la vida. Entró sin decir ni una palabra.

—¿Cómo era?

—Muy alto, muy fuerte, con mala pinta. Se puso a rebuscar en la cartera de mi cliente y miró el carné de identidad, luego se la metió entera en el bolsillo. Dio una vuelta por el apartamento, yo oía cómo abría cajones, los de la cocina también. Yo tenía ganas de irme porque aquel hombre me daba miedo, pero aguanté. Mi parte en el plan siempre era vigilar al viejo para que no se despertara a media faena, y ese día fue justo lo que pasó. El viejo empezó a moverse y a hablar y yo llamé al italiano porque de verdad parecía que iba a despertarse y teníamos que largarnos cuanto antes. Entonces se presentó y sin mirarme ni abrir la boca se sacó del bolsillo de la cazadora una porra enorme y empezó a pegarle en la cabeza a Siguán, con la fuerza de un toro, hasta que lo mató. Había sangre por todas partes, hasta yo tenía la cara salpicada, nunca había visto nada igual. Me entró el pánico y eché a correr escaleras abajo. Estaba muy nerviosa, muy asustada.

—¿El italiano se quedó?

—No volví la vista atrás, pero conmigo no vino.

—¿De verdad no intercambió ni una palabra con él?

—Se lo juro, ni una palabra. Sólo cuando por teléfono me dijo: «Bien».

—¿Qué pasó después?

—Me encerré en mi casa sin salir. Llamé muchas veces a Abelardo pero nunca me contestaba. Al final le eché valor y fui a su casa. Una vecina me dijo que lo había visto marcharse con una maleta. Tres días después la policía vino a por mí. Me había denunciado una compañera... otra puta quiero decir, que sabía el negocio que teníamos montado con los viejos. De Abelardo no volví a saber nada hasta que dos meses más tarde me dijeron que lo habían matado en Marbella. Y eso es todo.

La observé detenidamente, sin disimular mi concienzuda inspección. Ella estaba algo nerviosa, también entristecida. Clavé mis ojos en los suyos.

—Escúcheme bien, Julieta. Si no me dice la verdad, la verdad absoluta y completa, este asunto seguirá persiguiéndola mientras viva. Nunca conseguirá ser libre,

¿me oye?, nunca. Siempre habrá un juez, un policía, alguien que venga a recordarle el pasado.

—Le estoy diciendo la verdad.

—No la creo. ¿No es más cierto que aquel italiano entró en el apartamento y fue directamente a matar a Siguán, estuviera despierto o dormido?

—No —dijo quedamente y noté que le temblaban las manos.

—¿De qué tiene miedo, por qué vive escondida aquí? ¿La amenazó ese hombre con hacerle daño si contaba algo?

—No —susurró de nuevo.

—Nunca será libre, Julieta, nunca. La nueva vida que cree tener no lo es en realidad, es sólo un espejismo, una cosa pasajera. La pesadilla regresará.

Las lágrimas volvieron a resbalarle por la cara, pero se las secó en un súbito ademán de determinación.

—Le he contado todo tal y como pasó, aunque quizá alguna cosa fue como usted dice, sólo quizá.

—El hombre atacó a Siguán después de ver su documento de identidad. Sin demostrar duda alguna sacó la porra y lo golpeó hasta que estuvo seguro de haberlo matado. ¿Es así?

—Quizá.

—¿Hay algún otro quizá que quiera introducir en lo que me ha dicho?

—No.

—Si casi no lo oyó hablar, ¿cómo puede saber que era italiano?

—Dijo algunas palabras al teléfono y cuando yo le di la dirección del apartamento él la repitió, ahora me acuerdo.

—¿Reconoce usted el acento italiano cuando lo oye?

—Una chica del Raval que trabajaba conmigo era italiana y este hombre hablaba igual.

—¿Está segura de que Abelardo Quiñones no le dio a usted el nombre del italiano?

—Segura, sí.

Era evidente que no le sacaría nada más; estaba asustada. Me acabé el agua e hice ademán de levantarme.

—¿Me llamarán a declarar otra vez? —preguntó con angustia.

—De momento, no.

—Haga lo que pueda para que me dejen en paz. Se ve a la legua que es usted buena gente, piense que no es justo que todo esto vuelva a empezar para mí. Se lo pido por favor.

—Contésteme a una última pregunta: ¿quién piensa usted que mató a Abelardo Quiñones?

—No lo sé. Él siempre andaba metido en mil trapicheos. Vivía de eso, era así y no quería cambiar. En Marbella debió encontrarse con algún compinche que le ajustó las cuentas.

—¿Sabe si había recibido amenazas en los últimos tiempos?

—¿Cree que me contaba algo? Yo no significaba nada para él. Nosotros tratamos a nuestro perro con mucho más cariño. Me disgusté un poco cuando me dijeron que lo habían matado, pero luego pensé que él mismo estuvo buscándoselo toda la vida.

—¿Conocía usted a alguno de sus compinches?

—No, hablaba mucho por el móvil, quedaba con gente… pero a mí siempre me dejaba a un lado. Además era celoso y no quería presentarme a nadie.

—Procuraré que nadie venga a molestarla, Julieta, se lo prometo; pero usted debe prometerme que si se acuerda de algo, si de repente le surge un nombre, un detalle, una idea que haya olvidado hoy…

—Deme su número y la llamaré, se lo prometo.

Lo hice y nos estrechamos la mano. La suya estaba fría, blanda, exánime. Me sonrió levemente al marcharse y yo le devolví la sonrisa. Cuando llegué hasta donde había aparcado el coche, volví la cabeza y allí estaba Julieta, junto a su hombre, que le pasaba un brazo protector sobre los hombros. El perro correteaba alrededor de ambos. Me pareció una niña pequeña a quien su padre hubiera recogido en el colegio. La compadecí. Hay vidas arrastradas y difíciles, pensé, sobre las que el sol nunca acaba de brillar ni un solo día.

Capítulo 5

No pude descansar tras el viaje. Desde el mismo aeropuerto me encaminé hacia comisaría y una vez allí fui directa a la máquina de café, estaba medio muerta. Cuando iba a meter la moneda y activar el mecanismo, llegó el subinspector.

—¿Es que pretende envenenarse? Vamos a La Jarra de Oro, la invito a algo que pueda beber sin riesgo para su salud.

—No he pasado por mi casa, tampoco por el despacho.

—¿Y qué?, todo ha estado muy tranquilo por aquí mientras usted estaba fuera. Además, para intercambiar informaciones La Jarra es un lugar mucho más alegre.

Estaba en lo cierto, el follón que reinaba en el local, las órdenes cantadas en si bemol por los camareros, el ruido de la cafetera y del molinillo eléctrico de café, los platos apilados con estrépito y la desinhibición natural de los clientes, demostrada a voz en cuello, hacían de La Jarra de Oro un lugar si no más alegre, claramente más caótico. Pero el caos me vino bien para despejarme, hasta el punto de que ya no hubiera necesitado la cafeína, que sin embargo ingerí en forma de un doble expreso. También contó la enorme fuerza magmática de los bares de este país.

Le conté a Garzón mis impresiones del desplazamiento a Ronda y le hice partícipe de la sensación de que

Julieta López no mintió del todo durante el juicio ni había mentido hablando conmigo.

—Puede que se guarde episodios y que tergiverse otros, pero una cosa está clara, Fermín: el italiano existió. Nuestros colegas y el juez se pasaron de listos no dándole crédito al testimonio de la chica.

—¿Cómo puede estar tan segura?

—Porque Julieta estaba aterrorizada, y sólo mencionar al italiano se le ponía cara de pánico.

—¿Y, aparte de Italia, de dónde salió ese tipo?

—Ni idea; pero todo es confuso. Pensar que buscó a un italiano para que lo sustituyera en el desvalijamiento de la casa de Siguán no me cuadra.

—Pongamos que Quiñones tuviera otra cosa importante que hacer ese día, algún delito lustroso que le coincidiera en fecha y hora con la cita de Julieta y Siguán. Temía que el viejo no volviera a recibir a la chica en su casa y no quería que se les escapara la ocasión de desplumar a un pájaro con pasta. Como ella siempre tenía que vigilar al bello durmiente, recurrió a la ayuda de un colega que se llevaría una parte del botín. Mejor eso que nada.

—¿Un colega italiano?

—¿Y por qué no? Le aseguro que no todos los italianos que pasean por Barcelona vienen a ver las obras de Gaudí. La delincuencia también se ha globalizado, inspectora. Supongo que no hace falta que le enseñe los archivos.

—No, por supuesto que no; pero es que hay algo más. Afirmé ante Julieta que el italiano quizá entró en la casa y fue directamente a matar a Siguán y ella no lo negó.

—¿Lo corroboró entonces?

—Lo dejó en un «quizá»; pero le repito que estaba aterrorizada.

—Eso no quiere decir gran cosa; es lógico que actúe así. Póngase en su lugar: está la mujer tan tranquila con su nuevo maromo en su casita de campo haciendo sillas y llega usted de improviso con la buena noticia de que el caso se ha reabierto. Por supuesto, la tipa se echa a temblar y, por si acaso, se reafirma en todas las declaraciones que hizo hace cinco años. Pero... y eso demuestra que muy tonta no es, le da a usted un «quizá» como carnaza para que se vaya contenta y la deje en paz de una vez.

—No puedo estar de acuerdo con usted. Esa chica no es tan taimada, hasta sentí auténtica lástima por ella, se lo digo en serio.

—¡No es necesario que añada nada más! Como de costumbre, ha puesto usted a funcionar su corazón oculto, ese corazón tierno y compasivo que se apiada del culpable a la menor ocasión. ¿Por qué no funda usted una ONG a favor de los chorizos del mundo, «Delincuentes sin fronteras» o algo así? No sé si se le apuntarían muchos voluntarios para colaborar, pero usted se lo pasaría de maravilla.

—¡Es usted muy gracioso!

—¡Petra, por Dios!; esa chica es una pajarraca que se dedicaba a la prostitución con chulo y todo. No contenta con eso, drogaba y robaba a viejos indefensos. Yo no me sentiría nunca conmovido por alguien de esa calaña.

—Entonces es que no cree usted en nuestro trabajo. La cadena de la que formamos parte consiste en nuestro caso en llevar a una persona frente a un juez, y éste dictamina según la ley si es culpable o inocente. Si sale culpable, es condenado a cárcel con el objetivo de que se rehabilite. Y algunas veces lo consigue, ¿comprende?

—Ya, y se vuelve bueno de repente.

—¿Usted cree que uno nace bueno o malo, Garzón?

—¡No pienso dejarme liar en filosofías!; ahí me gana usted con los ojos vendados y una mano atada a la espalda. Dejemos aparte el lado humano del asunto y cuénteme qué teoría ha elaborado con las novedades de Ronda, porque o poco la conozco, o ha elaborado una teoría.

Tragué saliva para serenarme. Lo que me apetecía

en aquel momento era arrearle al subinspector con un taburete del bar en la coronilla, pero reprimido el impulso, argumenté:

—Alguien, por alguna razón que ignoramos, quería ver muerto a Siguán. Una venganza, una deuda no cobrada… es pronto para hacer afirmaciones de ese calibre. Quienquiera que fuera busca a un sicario, porque ese italiano alto y fuerte que mata sin preguntar después de haberse cerciorado de la identidad de su víctima tiene toda la pinta de ser un sicario. El sicario sigue instrucciones y contacta con Quiñones, porque sabe que se dedica con una joven prostituta a desvalijar casas de viejos. Le pide suplantarlo la noche de autos. Le promete que le pagará bien, muy bien, mucho más de lo que pueda obtener por cualquier robo. Además, le dará la oportunidad de esconderse una temporada en Marbella hasta que pase un tiempo y todo se haya difuminado. Es muy posible que no le confiese su intención de cargarse al empresario para que no se asuste. Le dice que quiere darle una paliza, un escarmiento, acojonarlo… no lo sé. Si sucedió de este modo, Julieta López no contactó con Siguán por casualidad, sino que iba claramente a por él, conociendo sus aficiones putanescas. Además, si sucedió de este modo, quedaría explicada la muerte de Abelardo Quiñones en Marbella, un tiempo después para disimular. La misma persona que lo utilizó se ocupó de mantenerlo callado a perpetuidad. Un plan perfecto.

Se quedó pensando un buen rato en silencio, apuró su café. Luego me miró con cara de preocupación.

—Hágame un favor, Petra: no le cuente nada de eso al comisario. Como teoría es impecable, pero no tiene ni una sola prueba que la avale. Si el italiano existió, y aceptarlo ya es un acto de fe, es más fácil pensar que era un colega de Quiñones y que le pidió que lo sustituyera esa noche porque él debía estar en otra parte, sin más adornos.

—No es lógico que un delincuente le encargue un delito a otro y tampoco es lógico que Quiñones no le cuente a la novia por qué va a ir otro tipo a hacer el trabajo, a no ser que desee mantenerla ignorante para protegerla de algo grave.

—La inteligencia es lógica, inspectora; pero la vida no. Parece mentira que no lo sepa. Y ahora sugiero que volvamos a comisaría. Coronas ha preguntado por usted de buena mañana porque quería que le diera el parte de su viaje a Ronda.

—¡Coño, Garzón!, ¿por qué no lo ha dicho antes?

—¿Desde cuándo un jefe ha de tener la información de un caso antes que un subordinado, sería eso lógico?

El comisario escuchó mi relato de modo rutinario, echando miradas nada disimuladas a la pantalla de su ordenador. Yo seguí el consejo de Garzón, que era de libro: nunca subas un escalón sin haber puesto los dos pies en el anterior. Sin pruebas no hay teorías, de modo que mi relación de los hechos de Ronda resultó breve. Lo único en lo que me aventuré fue al resaltar mi convicción de que Julieta López no mentía en torno al italiano, y tuve la clara percepción de que a Coronas le traía completamente sin cuidado.

—Muy bien, Petra, muy bien. Estamos haciendo lo que tenemos que hacer: todo bien revisado y paso a paso. ¿Ha escrito ya su informe?

—Aún no he tenido tiempo, señor.

—Pues hágalo en cuanto pueda, no vaya a ser que el juez lo solicite en cualquier momento. Me da en la nariz que este juez va a resultarnos un tanto puñetero. ¡Y páseme la lista de sus gastos de viaje, que tengo que firmársela!

Levantó la vista de mi persona, si es que alguna vez la había posado de verdad, pero volvió a mirarme al comprobar que no me iba.

—¿Se le ofrece algo más, inspectora?

—Usted cree que estamos perdiendo el tiempo porque aquí en realidad no hay caso; ¿es así, señor?

Elevó ambas cejas con el mismo escepticismo filosófico con el que debía hacerlo el propio Schopenhauer.

—En fin, mi querida Petra, ¿qué puedo decirle? Un comisario es un ser atribulado por mil y una obligaciones diferentes: hay que ser legalista, diplomático, justo con los subordinados, respetuoso con los superiores, cauto con los medios de comunicación y complaciente con los jueces. Cuando yo estaba en su puesto, como investigador de Homicidios, sí me planteaba muchas dudas y me hacía muchas preguntas sobre los casos que llevaba entre manos. Ahora, en el lugar que ocupo, prefiero dejar de lado cualquier especulación que me obligue a pensar demasiado. ¿Me comprende?

—Le comprendo muy bien.

—Y sin embargo, usted piensa que aquí hay caso, ¿verdad, inspectora?

—Cada vez lo creo con más firmeza.

—Entonces, todo lo que le he dicho sométalo a cuarentena, porque yo le aseguro que si me aporta pruebas de que estamos frente a un caso que en su día no se resolvió o se resolvió mal, pondré en sus manos todos los recursos necesarios para que atrape al asesino. Se lo prometo.

Quizá esperaba que me pusiera a aullar de placer ante semejante postura altruista, pero me limité a despedirme y salir, sintiéndome más sola que la una. A nadie parecía importarle la verdad, y si yo hubiera sido medianamente lista, la hubiera esquivado también. Pero a veces las intuiciones se forman en la mente con tal fuerza, con tal claridad, que debemos concederles espacio y crédito, aunque hacerlo vaya contra la racionalidad, un concepto lleno de buena reputación.

Empecé a redactar el informe de las narices que, cercenadas las subjetividades a las que me había librado sin medida, se convertiría en un inútil y sangriento muñón. Cuando estaba, ya resignada, cumpliendo con mi deber, apareció de nuevo Garzón.

—¿Qué tal le ha ido con el jefe?

—Me ha prometido que, si me porto bien, me dará un caramelo, aunque pequeño; recuerde que tenemos el presupuesto recortado.

—Un caramelo pequeño bien administrado puede endulzar muchas amarguras; todo consiste en chupetearlo con moderación.

Lo miré de través.

—¿Y a usted, cómo le ha ido con Rosario Siguán?

Se sentó frotándose las manos, como si se dispusiera a hincar el tenedor en un plato sabroso.

—Para empezar debo decirle que tiene usted una mente privilegiada. ¿Se acuerda de lo que me advirtió sobre las tres hijas del rey Lear? ¡Pues ha resultado exacto! La pequeña adoraba a su padre.

—Eso es algo de cajón. ¿Le ha parecido bien al menos a ésta que se haya reabierto el caso?

—Para nada. No tiene el más mínimo interés en la investigación. Dice que lo pasado es mejor no tocarlo para no sufrir.

—¿Y con respecto a su madrastra?

—No es mucho más misericordiosa con ella que la hermana mayor. No critica que su padre volviera a casarse, pero la Piñeiro no le cae bien. Hace un análisis idéntico al de Nuria: una mujer demasiado joven que se unió al padre por interés. Comentó que pasaba el tiempo haciendo cosas frívolas: salir de compras, jugar al tenis en un club, ir a la peluquería…

—Muchas mujeres ricas con el marido inmerso en el trabajo hacen cosas así. Tampoco veo en ello una excesiva crueldad mental.

—Pero una madrastra es una madrastra, inspectora. ¿No escribió Shakespeare nada sobre ellas?

—¡Joder si escribió! Y dígame, ¿cómo es Rosario Siguán?

—Nada que ver con la hermana mayor. Ésta es muy apocada, de aspecto insignificante, con vocecita de niña. Nunca te mira a la cara, baja los ojos al hablar y tiene tendencia a estrujarse los dedos de las manos. Al principio me pareció que estaba asustada, pero luego vi que era simple timidez. Me aseguró que no tenía ni idea de los negocios de su padre, pero insistió en que era un hombre íntegro y dijo algo que no sabíamos: Adolfo Siguán hacía obras de caridad.

—¡Hay que joderse!, no comprendo cómo a este tío no lo han beatificado ya. ¿Le preguntó sobre la afición a las putas jóvenes de su padre?

—No me atreví. ¡Parecía una chica tan frágil!

—No importa; por ahora es una toma de contacto suficiente. Nos queda la hija número dos. ¿Cómo se llama?

—Elisa. Pero le recuerdo que ésta vive en Nueva York; de modo que para hablar con ella tendríamos que viajar a Estados Unidos. ¿Cree que el presupuesto de comisaría dará para tanto?

—Pregúnteselo al comisario, hace tiempo que no lo oigo reír.

—A lo mejor la manda a usted sola.

—Sí, en primera clase. Vaya a verle y pregúntele qué métodos estamos autorizados a utilizar: teléfono, videoconferencia... Yo seguiré con el maldito informe.

Regresó al cabo de media hora. Las indicaciones oficiales determinaban que debíamos utilizar internet para comunicarnos con Elisa Siguán. El comisario se saltaba las reglas criminológicas que aconsejan llevar a cabo los interrogatorios siempre cara a cara con el fin de apreciar todos los estados de ánimo del interrogado. Como no se trataba de una sospechosa ni su testimonio podía considerarse básico, el chat bastaría. Garzón se encargó de organizarlo todo.

Las diferencias horarias entorpecieron un tanto el proceso, pero finalmente la psiquiatra se avino a concertar con nosotros una conversación en línea desde su despacho profesional. Garzón estaba encantado con todos aquellos adelantos tecnológicos, y cuando nos sentamos a chatear, glosó las virtudes del sistema desde su siempre estrafalario punto de vista:

—Esto del interrogatorio virtual tiene muchas ventajas, inspectora. Por ejemplo, no hay que disimular frente a la persona. Si se nos ocurre cualquier comentario sobre lo que va contestando la interrogada, pues lo soltamos y en paz. ¿Y qué me dice de la libertad de movimientos que nos proporciona? Podemos ir comiendo algún tentempié e incluso si hubiera un partido de fútbol interesante, tener una pantalla de televisión al lado de la del ordenador e ir dándole una miradita de vez en cuando.

—¿Quiere dejar de decir chorradas? Supongo que tendremos que ponernos mínimamente en situación, y no se me ocurre cómo puedo hacerlo con usted hablando de fútbol y arreándole al tentempié.

—Es usted aburrida, Petra. ¡Mire, ya estamos en línea!

El inicio de la conversación se desarrolló entre las convencionales fórmulas de saludo y cortesía. Luego vinieron las preguntas rutinarias, que resultaban mucho más absurdas en el lenguaje escrito. Garzón, sentado a mi lado, alargaba exageradamente el cuello hacia el ordenador. Arranqué la primera cuestión de cierto interés:

¿Cree usted que se justifica la reapertura del caso por el asesinato de su padre?

No tengo ni la menor idea.

¿Piensa que la versión que se hace de Abelardo Quiñones, el asesino de su padre, es cierta? ¿Opina que la muerte de éste en Marbella se produjo a manos de algún otro delincuente y nada tiene que ver con el crimen del señor Siguán?

Ya le digo que no tengo ni idea. Eso es lo que dijo en su momento la policía y yo lo creí. ¿De qué me habría servido hacer otro tipo de conjeturas?

—Oiga, Petra, esta chica parece de pocas palabras, por lo menos internet mediante.

Hice como si no hubiera oído al subinspector, pero sólo porque pensaba lo mismo que él. Había empezado a ponerme nerviosa, aunque disimulé. Escribí:

¿Qué clase de hombre era su padre? ¿Puede describirnos un poco su carácter, su forma de ser?

Pasaron casi cinco minutos sin que en la pantalla apareciera respuesta alguna. Garzón se movía incómodo en su asiento, consiguiendo que mi nerviosismo se acentuara. Maldije que estuviera prohibido fumar en el interior de la comisaría, un cigarrillo hubiera hecho más livianas las esperas. Encima, mi compañero tomó la inoportuna decisión de hablar.

—Yo creo que se está cachondeando de nosotros.

—¿Quiere hacer el puto favor de mantenerse en silencio? —exploté. En aquel momento, un largo mensaje iluminó el espacio:

Inspectora Delicado: Veo que es mejor que sea sincera con ustedes porque, de lo contrario, vamos a estar dándole vueltas a temas que no tienen ningún interés. Perdonen que vaya tan al grano, pero después de haber vivido muchos años en América, me he vuelto práctica como los americanos. Hay dos preguntas a las que puedo contestarle y que considero muy ilustrativas: ¿por qué me hice psiquiatra? Es una, y la otra: ¿Por qué me vine a vivir a Estados Unidos?

Me hice psiquiatra porque mi familia siempre ha sido patológica y yo abandoné Barcelona porque deseaba estar lo más lejos posible de ella. Si sirve para su investigación puedo darle más explicaciones.

—¡Toma! —exclamó por lo bajo Garzón, haciendo caso omiso de mi petición de silencio.

Esas explicaciones resultarán de gran interés para mí; por lo tanto, le ruego que sean lo más claras y extensas posible.

Esperamos de nuevo, esta vez con auténtica impaciencia. El subinspector, como un eco retardado de mis pensamientos, murmuró:

—¡Qué putada que ya no se pueda fumar en el trabajo!

Le contesté con un leve gruñido, pero al ver que no le mandaba callar de nuevo, se animó y dijo:

—Parece que esto va tomando un cariz interesante, ¿verdad, inspectora?

—¿Por qué no se va a fumar un cigarrillo a la calle?

—¡No diré nada más! Pensé que si hablaba reduciría su tensión nerviosa, pero veo que me he equivocado.

—Pruebe a hacer lo contrario, seguro que acertará.

Automáticamente irguió la espalda y forzó una cara de palo por completo antinatural. Lo miré con desesperación por el rabillo del ojo; era una mezcla perfecta entre Buster Keaton y un poste telefónico. Me juré a mí misma no volver a realizar ningún otro interrogatorio de aquel tipo a su lado. Entonces los dioses oyeron mis plegarias y la pantalla se llenó con un texto de nuevo.

Mi padre siempre fue un hombre dominante y autoritario. Su familia le importaba bien poco, lo único que tenía valor para él era el trabajo, su sacrosanta empresa. A mi madre, una mujer insignificante y dócil, la machacó a conciencia. La trataba como se trata, o mejor dicho como se trataba en el pasado remoto, a una criada. Creo que se casó con ella sólo porque era la norma y para que le diera hijos que pudieran heredar la fábrica. Mi madre tuvo la desdicha de que no naciera ningún varón, y a partir de ahí el desprecio de mi padre por ella se hizo aún más patente. En general tenía una opinión pobre y anticuada sobre las mujeres. Frecuentaba putas, jóvenes a ser posible. No sé qué le habrán dicho mis hermanas al respecto, pero yo le aseguro que mientras tuve noticias suyas, nunca abandonó su afición por las señoritas. Mi hermana mayor es parecida a él, le hubiera encantado participar en el negocio familiar, pero él nunca se lo consintió porque no confiaba en nadie, sólo en Rafael Sierra, que era como su perro. A Nuria únicamente le interesa el dinero, dudo que sienta cariño por alguien, incluido su marido. Rosario, la pequeña, ha sido la más perjudicada por el ambiente de mi familia. Ha crecido en un aire irrespirable, lleno de tensiones y desamor. No ha sabido sobreponerse a esa influencia nefasta. Siempre está triste, es pusilánime, se siente culpable. Creo que por esa razón ha escogido los temas sociales como salida profesional, para expiar una culpa que para nada le corresponde. Como puede deducir, yo me rebelé contra mi padre. Estudié Psiquiatría para intentar comprender lo que sucedía a mi alrededor y, en cuanto acabé la universidad, me largué a Estados Unidos. Le he dicho que Rosario no es culpable pero, en realidad, las tres hermanas lo somos porque nunca defendimos adecuadamente a nuestra madre, que murió amargada y psicológicamente hecha una piltrafa. Espero haberla ayudado con estos comentarios. ¿Quiere saber algo más?

Tecleé a toda prisa:

Dígame algo sobre la segunda esposa de su padre. ¿Qué opinión le merece?

Esta vez la espera fue más corta.

Carece de todo interés para mí. Sé que mis hermanas la detestan y que nunca fueron amables con ella. Piensan que se casó por razones materiales y supongo que llevan razón; pero cualquiera que haya sido esposa de mi padre lleva en el pecado la penitencia. Aunque debo decir que, al parecer, mi padre no se portó demasiado mal con ella, excepción hecha de la infidelidad sistemática que siempre practicó. Si me pregunta por qué Rosalía Piñeiro ha hecho que el caso del asesinato se reabra, le diré que no tengo ni idea, aunque quizá se pueda pensar que, pasado un tiempo, ha decidido perturbar la vida de mis hermanas y vengarse de ellas. No creo que el resentimiento que sin duda debe sentir se haya esfumado por sí solo. Psiquiátricamente está demostrado, inspectora: todos hacemos cosas para compensar el sufrimiento que padecimos en el pasado, del mismo modo que todos intentamos borrar los errores que cometimos. Lo malo es que las nuevas acciones suelen ser también erróneas. Errores sobre errores, ésa suele ser la vida de muchos. Para mí la única salida de esa cadena es analizar en profundidad nuestro pasado y afrontarlo con valentía, sin negar la verdad. Eso es lo que he intentado hacer siempre, y no me va mal.

Grabé aquella conversación y también la imprimí en papel. Miré al subinspector que seguía representando el rol de estatua de sal.

—¿Qué le parece todo esto, Garzón?

—¿Puedo hablar ya?

—Sí, y también puede dejar de hacer el tonto.

—Le diré que todo esto me parece jugoso, muy jugoso, pero no veo en qué puede ayudarnos.

—La verdad siempre ayuda. Por ejemplo, ahora tenemos una versión muy fiable de cómo era Siguán en realidad. Alguien por fin ha dicho que siempre frecuentó putas jóvenes. Lo que le sucedió no fue casual, estoy convencida, iban a cargárselo.

—No lo veo tan definitivo. Aún no estoy convencido de que tengamos caso.

—Da lo mismo, nosotros seguiremos investigando hasta que alguien nos ordene parar. De momento vamos a hacerle una nueva visita a un tipo que opina algo muy distinto de Elisa.

—¿A Sierra?, ¡pero si ya sabe lo que le va a decir sobre su magnífico jefe!

—No quiero que me hable del delicioso carácter de su jefe adorable, sino de si sus relaciones con sus clientes italianos siempre fueron impecables.

Como Garzón ya había finalizado su huelga de impasibilidad, mientras nos encaminábamos al Borne dio rienda suelta en diferido al entusiasmo que le producía la conversación virtual que acabábamos de mantener:

—¡Vaya folletinazo, Petra! La hija mediana se ha cargado todo el panorama familiar de un plumazo.

—De un plumazo psicoanalítico, cabría decir.

—¿Cree que es verdad todo lo que ha contado?

—Me parece un retrato muy plausible de un montón de familias de cierta generación. Supongo que, en esencia, todo es verdad, aunque Elisa le haya aportado cierto énfasis a los hechos.

—Claro, me imagino que si todos analizáramos a nuestras familias con conocimiento de causa psicológico, llegaríamos a consecuencias inesperadas.

—A consecuencias desastrosas, Fermín, de las de echarse a llorar.

—¡Hombre, inspectora, no sea tan taxativa!; debe de haber familias muy felices por ahí.

—No lo crea, toda familia es un nido de víboras por definición. Le expondré una parábola. Imagínese un barco que navega aislado en alta mar y del que uno no puede desembarcar de ninguna manera. Imagínese que a las personas que viajan contigo hay que amarlos a toda costa, aunque veas en ellos grandes defectos e incluso una actitud hostil hacia ti. Imagínese que sabes que tus propios defectos provienen de los otros viajeros la mayor parte de las veces. Imagínese que, si los viajeros son abominables y lo piensas, ya estás cayendo en falta y sintiéndote en falta a perpetuidad. Bueno, pues ese barco es la familia y los viajeros, lógicamente, todos sus miembros.

Se quedó pensativo, debía verse en alta mar junto a sus padres y hermanos, todos vestidos de marineritos. Luego saltó:

—¡Joder con la parábola! Pues yo tengo una familia cojonuda. Mi hijo vive en Estados Unidos, con lo que no me da el coñazo para nada, y con Beatriz soy felicísimo; es una mujer maravillosa, excepcional.

—¿Todo, absolutamente todo le gusta de ella? —pregunté por puro y malvado placer.

—¡Hombre, decir eso es decir mucho! Siempre hay cosillas sueltas... por ejemplo, no me gusta que me controle tanto la comida; claro que luego pienso que lo hace por mi bien. A veces se pone pesada con la cultura: exposiciones de arte, ópera en el Liceo, de vez en cuando alguna obra de teatro, me da libros para leer...

—Pero todo eso no tiene nada de malo.

—No, pero en ocasiones me da por pensar que tanto entrenamiento cultural se debe a que se avergüenza de mí.

—¿Ve?, en cuanto hacemos un análisis más profundo de la convivencia, el camino de la felicidad siempre se tuerce.

—Pero hay que tolerar y transigir, ése es el abc del matrimonio.

—Exacto, ¿y qué podemos opinar de algo que se basa en la capacidad de aguante?

—¡Joder, inspectora, me está poniendo nervioso! ¿Es que le va mal con Marcos?

—Estoy de acuerdo con usted en que transigir se revela como algo necesario; pero al final se convierte en una obligación que uno se autoimpone por el bien de la relación, lo cual resulta incómodo. Además, con el cónyuge también va uno en el mismo barco. La única diferencia con el barco de padre y madre es que de éste sí se puede desembarcar.

—No me diga que está pensando en divorciarse de nuevo.

—No; sólo le estoy tomando un poco el pelo.

—Pues no me hace ni puta gracia, la verdad.

Me reí de buena gana. Me encantaba jugar un poco con el subinspector; era tan bienintencionado y tan sincero que yo siempre llevaba las de ganar.

—Por cierto, Fermín, ¿dónde demonio estamos? Llevamos media hora caminando y aún no hemos llegado a ninguna parte.

—¡Claro, joder!, es que nos hemos pasado, hemos dejado atrás la dirección. Culpa suya; con todo ese galimatías del barco, la familia, el matrimonio y la Biblia en verso ya no sé ni dónde estoy.

Volví a reír a carcajada limpia. Nadie me hacía reír tan a gusto como Garzón. Él lo sabía, y estaba encantado de que así fuera, aunque se encargara de disimularlo frunciendo el ceño con falso enfado, y poniendo cara de mártir a punto de entregar su alma a Dios.

La descerebrada de la boutique Nerea enseguida nos reconoció, pero lejos de acercarse a nosotros, al menos para saludar, huyó despavorida hacia el interior, como si hubiera visto a un par de atracadores con la recortada bajo el brazo. Un segundo después, Rafael Sierra, con su estilo suave y pausado, nos invitaba a pasar a su despacho.

—¿Ha sucedido algo nuevo? —preguntó. Nadie suele darse cuenta de que preguntar eso a un policía en el trascurso de una investigación es una grosería cercana a la ilegalidad.

—Ya sabemos que las cuentas de su patrón quedaron perfectamente claras al disolverse la empresa; pero hay algo sobre lo que nos gustaría que hiciera usted memoria: sus clientes italianos. Antes de su muerte se había iniciado una recuperación en la facturación, y parece ser que fue gracias al incremento de negocio con Italia.

Se quedó con cara de no entenderme y me miró con prevención.

—¿Es que ha sucedido algo que justifique esa pregunta, inspectora?

Su insistencia en pedir información más que ofrecerla empezaba a mermar mis reservas de paciencia, siempre escasas en realidad.

—Señor Sierra, no estamos autorizados a contestar ningún tipo de pregunta sobre nuestro trabajo. Se supone que es usted quien debe hacerlo.

Pareció súbitamente horrorizado por su torpeza. Estiró ambas manos hacia mí. Se había puesto muy colorado.

—¡Perdóneme!; es sólo una manera de hablar. Contestaré a todo lo que quieran. Lo que ocurre es que me cogen desprevenido, hace tanto tiempo de aquello... bien, supongo que en nuestra relación comercial con los clientes italianos pudieron surgir a lo largo de los años algunas dificultades, siempre las hay: plazos de entrega reclamados, estampación no satisfactoria de alguna tela.., ¡qué sé yo!, lo habitual en el trabajo.

—No; me estoy refiriendo a la última época de la vida del señor Siguán y a inconvenientes más significativos: pérdida de algún cliente importante, desacuerdos económicos graves...

—¡Ah!, si se trata de eso ya puedo contestarle que no sin necesidad de consultar papeles. No, no sucedió nada grave en ese periodo ni en ningún otro.

—¿Cabe la posibilidad de que hubiera existido algún problema que el señor Siguán no le hubiera comunicado a usted?

—De ninguna manera, don Adolfo me informaba de todo. Además, siempre tuve acceso a toda la contabilidad y documentos de la empresa. Si hubiera sucedido algo extraordinario no hubiera escapado a mi atención.

—Todo fue perfecto, entonces.

—Lamento que suene un poco pretencioso, pero me temo que así es.

—No siempre lo que parece perfecto lo es, señor Sierra —intervino Garzón poniéndole en la mano las hojas impresas de nuestro chat con Elisa.

Sierra las mantuvo frente a su cara, leyéndolas a toda velocidad. Su rostro no cambió de expresión, pero era evidente que se había cubierto de sudor. Al final exclamó:

—No soy quién para decirlo, pero lo que está escrito aquí me parece del todo injusto. Adolfo Siguán no era ni mucho menos así. Pero ustedes saben muy bien que en todas las familias puede darse el caso de un hijo rebelde y Elisa siempre lo fue. Pero fíjense en que la chica estudió lo que quiso y tuvo libertad para administrar su vida sin que le faltara el apoyo económico y moral del padre. Eso es evidente: nunca tuvo que trabajar para pagar sus estudios, y cuando se marchó a Estados Unidos, el señor Siguán no se enfadó.

—¿Y lo que dice de las prostitutas? —remachó mi compañero.

—Nunca tuve constancia de eso —se limitó a afirmar, y cuando vio que su escueta respuesta no nos convencía, añadió—: Que estuviera muy unido a don Adolfo, que él depositara una gran confianza en mí no incluye todos los órdenes de la vida, naturalmente. Nunca entré en su mundo privado, como es lógico. Pero en fin, todos tenemos alguna debilidad, ¿no les parece?

A mí no me parecía nada. El tal Sierra cometía todos los errores típicos de la gente con respecto a los policías, entre ellos imaginar que nosotros juzgábamos moralmente a los implicados en un caso, o que la vida de los encartados desencadenaba sobre nosotros algún atisbo de curiosidad. No, a mí las circunstancias personales de aquel tipo me importaban un cuerno, y sólo preguntaba por ellas al intuir que tenían bastante relación con su asesinato.

Al salir de la tienda sentía un cansancio profundo, un gran cabreo también. De aquel hombre, agradecido y cabal, no obtendríamos gran cosa. Con toda probabilidad había cerrado los ojos ante los aspectos negativos de su jefe. Como suelen hacer los perros fieles, lamía la mano de su amo sin preguntarse si estaba limpia o no. El retrato psicológico de Siguán estaba resultando más monocorde de lo que esperaba. Era obvio que las principales voces que lo habían trazado estaban movidas por el interés económico. Ésa es la estela que un hombre rico deja tras de sí. Sólo se revelaba como inarmónico el testimonio de la hija mediana, aunque tenía amplios visos de realidad. Siguán el hombre había cumplido con el orden establecido y la sociedad casándose y teniendo hijos, aunque lo que le importaba de verdad era su empresa. En su lado oscuro estaban las putas jóvenes. Cierto que hubiera sido más presentable que su afición se hubiera limitado a coleccionar obras de arte, pero cada uno «actúa» según su sensibilidad, y la de Siguán no era obviamente la de un poeta.

Hurgar en los entresijos de aquel individuo empezaba a provocarme urticaria, algo que siempre me sucede cuando entro en contacto con gente que tiene un alma vulgar. Hubiera preferido de lejos tener entre manos una personalidad terrible, de tintes despreciables, a un hombre truculento, a un auténtico cabrón; pero esas elevadas aspiraciones casi nunca se cumplen. Lo usual es bregar con víctimas o culpables de lo más anodino, en cuyos ángulos anímicos nunca se encuentra el gran cáncer de la maldad, sino las emanaciones desagradables de forúnculos llenos de miseria moral, ambición o taras psicológicas menores. Garzón no decía ni pío, se limitaba a conducir con cara de fatiga.

—¿Quiere que tomemos una cerveza antes de irnos a casa, Fermín?

No se hizo de rogar. Aparcó el coche en el primer espacio vacío que halló con la seguridad de que, a menos de cien metros, habría un bar, una apuesta muy fácil de ganar en mi país. En esta ocasión fue una pequeña cafetería con aires de diseño moderno. Nos sirvieron dos cervezas heladas que bebimos sin habernos deseado salud previamente.

—¿A veces no le dan ganas de dejarlo todo, subinspector?

—Yo también estoy reventado hoy.

—Me refería a un cansancio más profundo. No me haga mucho caso, seguramente es esta historia del asesinato de hace cinco años. El que se trate de algo pasado potencia la sensación de inutilidad de ser policía. Corremos tras la quimera de erradicar el mal y reinstaurar la justicia, pero en realidad siempre estamos en el mismo punto.

—Supongo que eso pasa en todos los trabajos. Los maestros corren tras la quimera de que los niños se vuelvan sabios, los médicos de que los enfermos recuperen la salud; pero ¿qué pasa la mayor parte de las veces? Pues que los niños siguen siendo más brutos que la madre que los parió y los enfermos andan tirando con sus achaques. Pero no hay que confundirse, porque los unos son un poco menos brutos y los otros se encuentran mejor. De manera que nosotros no erradicamos el mal por completo, pero a algún que otro hijo de puta sí lo metemos entre rejas, ¿o no? Pues confórmese con eso porque es lo que hay.

—Si está intentando animarme no se esfuerce, Garzón, cada vez me siento más hundida.

—¿Se animará si nos atizamos otra cerveza?

—Probablemente, sí.

—Pues entonces vamos allá.

Salimos del bar con pinta derrotada. El subinspector me llevó a casa y con un simple gesto de los ojos, nos dijimos adiós.

La época en la que Marcos me preparaba todo tipo de manjares para cuando regresara del trabajo había pasado ya. Por fin había podido convencerlo de que esas muestras de cariño práctico no eran imprescindibles en la vida diaria. Él también había relajado de manera espontánea sus cuidados hacia mí. La convivencia de las parejas no se desarrolla de forma uniforme, sino que sufre variaciones en el ritmo y acoplamientos a la edad. Y eso no es negativo aunque lo parezca, porque impide perder el tiempo en un montón de detalles delicados que en el fondo aportan muy poco a la causa del amor.

Marcos estaba trabajando en su estudio cuando llegué. Me sonrió, me preguntó si estaba cansada y propuso que bajáramos a la cocina para tomar algo. Le pedí que me dejara tumbarme en el sofá mientras él seguía con lo suyo. Deseaba quedarme allí quieta, sin hablar. Me dio la espalda y continuó en el ordenador. Entorné los ojos, lo veía a través de las estrechas rendijas de los párpados: su espalda fuerte, los movimientos seguros de sus manos. Oía de vez en cuando los pequeños sonidos que emite un ser humano incluso estando en silencio: un suspiro, un carraspeo, el roce de los codos sobre la mesa. Tenía la impresión de ser una privilegiada pudiendo estar en la misma habitación con otra persona sin ninguna necesidad de hacer nada en común: conversar, comer, oír música, leer... El sueño me fue venciendo poco a poco.

De madrugada desperté con un sobresalto. Marcos ya no estaba en el estudio. Me había tapado con una manta, dejándome dormir a placer. Una buena decisión. Levanté mis huesos, que crujían, y puse rumbo al dormitorio. Tuve mucho cuidado en no despertarlo. Me tumbé junto a él y reinicié el sueño, sintiendo una extraña plenitud.

Capítulo 6

Eran casi las once de la mañana y no lograba ponerle fin al maldito informe. Me levanté de mi mesa para ir en busca de Garzón; una pausa y un café me vendrían bien. Mi compañero se dejó ganar fácilmente por la tentación y nos disponíamos a cruzar la calle hasta La Jarra de Oro cuando mi móvil empezó a sonar. Mi primer impulso fue no contestar, pero el sentido del deber prevaleció. Oí la voz de un hombre que, convulsa e histérica, se puso a chillar:

—¡La han matado!, ¿me oye?, ¡la han matado!

—¿Quién es usted?

—¡La han matado, está muerta, muerta!

—Dígame con quién hablo.

—Soy Juan Moreno. Han matado a Julieta, la tengo delante, está muerta.

—Tranquilícese. ¿Ha llamado a la policía?

—La estoy llamando a usted, ella tenía su número.

—Llame inmediatamente a la Guardia Civil de Ronda. Llegaré lo antes que pueda, pero no me espere, llame ahora.

—La han matado por su culpa, ¡maldita zorra!, ¿por qué tuvo que venir aquí?

Lo oí llorar, dar gritos desgarradores y después silencio, había colgado. Llamaba desde un móvil. Marqué el número pero nadie contestó.

—¿Se encuentra mal, inspectora? Se ha puesto usted más blanca que una sábana.

—Estoy bien. Acompáñeme al despacho de Coronas.

El comisario enseguida tomó cartas en el asunto. Telefoneó a la Guardia Civil de Ronda para que se personaran en el lugar del presunto crimen. Le contó al jefe en plaza las circunstancias de nuestro caso y mi visita a Ronda. Llamó al juez Muro para ponerlo al corriente y sacó en internet dos billetes de AVE para Garzón y para mí. Después de desplegar toda aquella actividad oficial, se volvió hacia nosotros:

—Bien, Petra, parece que sus impresiones eran ciertas: aquí hay caso, y además es muy grave. Caben dos posibilidades para explicar lo que ha pasado: o el presunto asesino la siguió a usted hasta la casa de Julieta López o la fuente que le dio la información de donde estaba esa chica ha vuelto a cantarla a alguien más. De cualquier modo debemos concluir que hemos levantado la liebre, de una manera sangrienta, pero la hemos levantado.

—No puedo decir que me alegre.

—¡No se monte historias, Petra!; no es la primera vez ni será la última en que una investigación provoca el efecto colateral de una muerte.

—De ésta me siento algo responsable.

—Si se deja llevar por la sensibilidad tendré que relevarla. Parece mentira que tenga que decirle estas cosas a usted, que ya es una veterana, pero en este trabajo no hay lugar para los sentimientos. Si lo mira de modo desapasionado, verá que la muerte de esta chica es en el fondo providencial para el desarrollo del caso Siguán. De momento, nos ha demostrado sin lugar a dudas que hay algo sin resolver en esta historia del pasado. Pónganse en marcha los dos ahora mismo, su tren sale a las tres.

—Hay tiempo para volver a Wad Ras y ver si esa mujer se ha ido de la lengua —apuntó el subinspector.

—Apresúrense; estaremos en contacto.

Una vez en Wad Ras, tras un trayecto en coche en el que no intercambiamos ni una palabra, Lola juró y perjuró que no había hablado del paradero de Julieta López con nadie más que con nosotros. Las funcionarias de prisiones nos confirmaron que no había hecho ni recibido llamadas y que nadie había ido a visitarla. Dimos por descartada la posibilidad. Obviamente alguien me había seguido hasta la granja rehabilitada sin que yo me percatara ni albergara la más mínima sospecha.

Al llegar a casa disparé sobre Marcos la noticia de que me iba de nuevo a Ronda, antes de que él pudiera comunicarme ningún plan para la noche. Me pareció un sistema de abortar los reproches, pero los reproches surgieron igual: «¿Es que no hay policía en Ronda?, ¿acaso todos tus compañeros están de vacaciones?». Yo iba contestándole bobadas en tono jocoso a fin de evitar un encontronazo mientras, a toda prisa, iba metiendo un mínimo de ropa en mi bolsa. Al concluir, sellé su boca con un beso y le sonreí.

—Te llamaré desde Ronda. Estaré de vuelta enseguida.

—Pero no te acordarás ni un minuto de mí.

—Me acordaré todo el tiempo.

Hizo un mohín de escepticismo y me besó. Lo más difícil para mí fue el instante de cerrar la puerta. Es curioso, las protestas amorosas deberían ser halagadoras para quien las recibe, pero a menudo sólo consiguen cargarnos de culpabilidad.

Garzón me esperaba en la estación de Sants cargado con una mochilita de piel muy elegante. Se había cambiado de ropa y presentaba el aspecto de un perfecto *gentleman* a punto de embarcar hacia las colonias de ultramar: pantalones deportivos de lona, cazadora a juego y unos lustrosos botines de cordones. Intenté recuperar el buen humor.

—¡Caramba, Fermín, viene equipado para una especie de safari!

—Es cosa de Beatriz. Cuando le dije que íbamos a una zona rural de Andalucía me preparó esta ropa.

—¿Siempre le prepara la ropa que se pone?

Su cara reflejó en un destello el fastidio que le producía haber sido cogido en falta de una manera tan tonta.

—Bueno, a ella le hace ilusión. Lo cierto es que opina que tengo muy mal gusto para vestir: no combino bien los colores, me pongo corbata cuando no toca, no sé distinguir el tipo de vestimenta que requiere cada ocasión... ya sabe, todas esas zarandajas.

—Y usted se deja querer.

—Para eso me casé, para querer y ser querido.

Le lancé una mirada irónica que él captó y dejamos el tema como estaba. De todas maneras, era ya la hora de subir al tren.

Al arrancar, el subinspector se extasió observando que lo hacíamos a la hora en punto. Lanzó diversas loas a la modernización del ferrocarril y del país entero. Me contó cómo, en sus tiempos, un tren tardaba horas y horas en llegar al punto de destino y se remontó a las máquinas de vapor, que también había conocido en aquellos tiempos suyos. De ahí al hambre ancestral padecida por los españoles había un solo paso, que intenté esquivar con una pregunta hecha al desgaire:

—¿Se ha traído algo para leer?

Echó mano de su mochila y me mostró las poesías completas de García Lorca.

—¡Más apropiado no puede ser! —exclamé.

—Las lecturas también me las prepara Beatriz. Dice que como tengo tantas lagunas en mi formación hay que ir rellenándolas aprovechando las ocasiones. ¿Que tenemos un caso en Andalucía?... leo a García Lorca y todo eso que me llevo por delante. ¿Que bebemos un vino un poco especial? Pues me proporciona información geográfica sobre la zona de crianza.

—¡Es un sistema espléndido!

—Un poco coñazo, si he de decirle la verdad. Nunca imaginé que la cultura estuviera por todas partes.

—Todo es cultura, ¡hasta comer!

—Pero saberlo todo sobre todo resulta un poco agobiante. Se disfruta más de lo que no se sabe. Pongamos como por ejemplo el comer, como usted dice: pues si voy a comerme un trozo de cordero al horno y conozco la raza del cordero, y las montañas en las que pace, y que es un símbolo cristiano, como me enseñó una vez Beatriz, y el número de proteínas que contiene su carne, y su ciclo reproductivo y todo lo demás, al final es como si le tomara cariño al puto cordero y me da cargo de conciencia hincarle el diente.

—Lo dudo —apostillé con maldad.

—Es un decir —ni se inmutó él.

—¿Sabe de lo que siempre se disfruta aunque no se sepa nada de ello?

—¡De echar un polvo! —exclamó a voz en grito.

—¡Por todos los demonios, subinspector, baje la voz que aquí se oye todo!

—Ya la bajo, pero ¿a que era eso?

—Sí, era eso; pero la expresión ideal es: hacer el amor.

—Es verdad, ya sólo faltaría que en pleno acto tuviéramos que pensar en los espermatozoides y toda la hostia.

Se rió por lo bajo, como un escolar malicioso al que se le ocurren miles de burradas que decir. Yo, un tanto horrorizada por haber destapado el tema sin saber hacia dónde podía derivar, saqué enseguida mi libro y me puse a reír. De vez en cuando, él me interrumpía brevemente, casi siempre para asombrarse sobre lo poco que habíamos tardado en llegar a las escasas estaciones en las que paraba el tren de alta velocidad. Por fin, harto de glosar el progreso de nuestra patria, se durmió.

Despertó cuando aún faltaba media hora para completar nuestro viaje y, como debían hacer los hombres primitivos cuando abrían los ojos en sus cuevas, declaró:

—Tengo hambre. —Y, levantándose, se encaminó a entablar algún tipo de lucha por la subsistencia. Unos minutos más tarde, ya lo tenía allí con dos cervezas, un sándwich vegetal y un tremendo bocadillo de chorizo.

—Me he imaginado que este sándwich tan asqueroso sería lo que le apetecería.

—No debería haberse molestado, Fermín.

—Yo soy así, pura delicadeza, aunque diga «echar un polvo» en vez de «hacer el amor». —Me devolvió la puya, de nuevo en voz demasiado alta. Luego le arreó tal mordisco al bocadillo, que de haber sido un vampiro en acción, le hubiera seccionado el cuello a su víctima. Degustando mi sándwhich le pregunté:

—¿Su esposa le hace reproches cuando tiene que viajar por trabajo?

—¡Qué va, le encanta! Eso le produce la sensación de que soy muy importante. ¿Marcos se los hace a usted?

—Me temo que sí; son reproches amorosos, quejas porque pasamos poco tiempo juntos... no le gusta que me vaya.

—Muy normal.

El pan se me quedó un tanto atascado en el esófago.

—¿Por qué es normal?

—Porque los hombres estamos acostumbrados a que sea la esposa quien pasa más tiempo en el hogar.

—Acaba usted de joderla, subinspector.

—No diga tacos tan alto que la van a oír; ¡y no me malinterprete!, he dicho que es una costumbre heredada del pasado, no que me parezca bien. Además, esos reproches no tienen la menor importancia y si Marcos se los hace, es porque está enamorado de usted.

No respondí. El próximo viaje lo haríamos en avión, hay menos ocasiones de entablar largas conversaciones reveladoras.

En la casa cuartel de Ronda nos esperaba el capitán Ricardo Frutos, que se había encargado de la muerte de Julieta hasta nuestra llegada. Nos informó rápidamente: había sido asesinada mediante un tiro certero entre ambos ojos disparado a pequeña distancia, unos veinte metros. Por el mismo procedimiento, esta vez a menor distancia, había sido muerto su perro, que tenía el disparo en el pecho. La teoría era que ama y perro habían sido sorprendidos cuando el asesino ya estaba muy cerca. Julieta se hallaba probablemente arrodillada, recogiendo astillas que metía en un saco. No oyeron al asaltante y, cuando el perro lo vio, se abalanzó sobre él y recibió el disparo en movimiento. Ella parecía haber permanecido en la misma posición. Cayó de espaldas, con las piernas encogidas. Ya habían realizado la autopsia y estaban analizando la munición, aunque según la opinión del capitán Frutos, era un 9 mm parabellum, proyectil habitual en el mercado negro. El novio la encontró al volver de la ciudad, adonde había ido a entregar unos muebles. Un detalle inquietante: el asesino había llegado al parecer caminando. Había tomado una escoba de la casa y había borrado las huellas de sus pies en la tierra, que se veía removida hasta la carretera, donde obviamente, había aparcado el coche en el que llegó. Ni una huella dactilar en el mango de la escoba. Todo parecía obra de un auténtico profesional del crimen.

—¿Dónde está el novio? —pregunté.

—En nuestras dependencias. No le hemos dejado marchar hasta que llegara usted. Nosotros ya lo hemos interrogado y creo que no tiene nada que ver. Está muy afectado.

Frutos era un hombre cabal. No tendríamos problemas de competencias con él, ni lucharía por llevarse el asesinato a su terreno ni me reprocharía mi visita anterior a Ronda sin haberle avisado. Colaboraba, eso era todo. Nos llevó hasta la sala en la que estaba Juan Moreno. Había un hombre sentado junto a la puerta. Se presentó como el cura que ayudaba a Moreno y me pidió que lo tratáramos bien, que no lo presionáramos. Se ofreció como garante de la inocencia y honradez del chico y aseguró que, al encontrarse destrozado moralmente por la muerte de su novia, volvía a ser una presa fácil para las drogas. Me lo quité de encima como pude, era un pelmazo. Dos guardias custodiaban la puerta y, en cuanto uno de ellos la abrió, vi cómo los ojos desquiciados de Juan Moreno se clavaban en mí. Dio un salto rápido y vino en dirección a mí con el puño levantado, dispuesto a golpearme. Garzón se movió con más celeridad que él y le agarró el brazo en el aire. Después, los dos guardias y el capitán Frutos se lanzaron sobre el chico en una auténtica *mêlée* y lo aplastaron contra el suelo. También el cura entró en la habitación y comenzó a implorar que lo soltaran con gritos lastimeros, mientras Garzón le tironeaba de la manga para que saliera. Ante semejante desbarajuste di un fuerte grito:

—¡Quietos, quietos, por favor. Déjenlo!

Me obedecieron. Los dos guardias levantaron a Moreno y lo mantuvieron en pie, atenazándole ambos brazos.

—Déjenme sola con él —pedí, ya más calmada.

—¡Ni pensarlo! —exclamó Frutos—. No podemos arriesgarnos a una agresión.

—Insisto Frutos, no pasa nada. Ha sido una reacción momentánea.

El cura estaba en medio, dándole consignas a Moreno:

—Juan, hijo, te lo ruego, tranquilízate. No te harán ningún daño, pero debes demostrarles tu buena voluntad. No hagas ninguna tontería.

—¿Quiere salir de una vez, padre? —le solté bastante fuera de mis casillas—. Espere fuera si lo desea, pero lárguese ya. Todos pueden marcharse, la situación está controlada.

Frutos les hizo un gesto a los dos guardias, que soltaron su presa. Moreno se convirtió entonces en el centro de atención: caminó hacia la silla donde estaba sentado al principio y se dejó caer pesadamente. Parecía profundamente conmocionado, ni siquiera recompuso su ropa, alterada en el rifirrafe. No miraba a nadie, se quedó muy quieto. El capitán le habló con la típica dureza policial:

—Te quedas solo con la inspectora porque ella me lo pide, pero recuerda que estamos todos ahí fuera; a la mínima gilipollez se te cae el pelo, ¿comprendes? Supongo que no hace falta que te lo repita.

Por fin enfilaron la puerta en una absurda procesión silenciosa, el cura iba en la retaguardia. Vi que Garzón hacía amago de quedarse conmigo y con un gesto firme de la cabeza le indiqué que saliera con los otros. Ya estábamos Moreno y yo solos. Él miraba fijamente las puntas de sus viejas zapatillas deportivas. En ese momento me di cuenta de lo nerviosa que me encontraba. Intenté respirar profundamente varias veces. Luego dije con voz aparentemente serena:

—Muy bien, Juan, si quieres pegarme ahora, ya puedes hacerlo. No gritaré, los de fuera no entrarán. Adelante. Quizá eso haga que te sientas mejor y podamos hablar con un poco de tranquilidad.

No me miró ni se movió y yo no hablé más, limitándome a esperar. Al cabo de un minuto eterno lo oí decir:

—No voy a pegarle, ¿para qué?; pero no debió venir nunca a nuestra casa. Si no hubiera venido, Julieta estaría viva aún, eso quiero que le quede claro.

—A lo mejor el culpable de su muerte eres tú. Voy a hacerte una pregunta: ¿arrastras problemas de cuando te movías en el mundo de la droga?

Levantó la cabeza con brusquedad.

—¿Qué coño está diciendo?

—Lo que has oído. Quizá te quedaste con algún alijo

que no era tuyo, quizá alguien te está buscando para ajustarte las cuentas del pasado y lo ha pagado la chica.

—Yo nunca trafiqué; estaba enganchado, nada más.

—Cuando uno está enganchado, las fronteras son difíciles de delimitar. Haces un favor a cambio de droga, empiezas a moverte en ese ambiente... ¿Te ganaste algún enemigo?

Se puso en pie, vino hacia mí. Temí que de nuevo intentara golpearme, pero se limitó a poner su cara muy cerca de la mía. Habló con furia:

—¿De verdad piensa que si hubiera una pequeña posibilidad de que alguien que estuviera en mi contra hubiera matado a Julieta, yo no se lo diría? ¿De verdad es capaz de pensar eso? Esa mujer era mi vida, inspectora, lo único que quería en el mundo. Si pudiera encontrar al asesino lo mataría con mis propias manos.

—¡Entonces ayúdame, Juan, ayúdame! —lo conminé vehementemente—. Ando tras el tipo que la ha asesinado. Quizá si me hubiera contado todo lo que sabía hubiera podido librarla de la muerte. Si a ti te contó algo sobre el asesinato de Siguán, debès decírmelo. Es la única posibilidad de que cacemos a su asesino. Piénsalo bien.

Miró de nuevo al suelo, desanduvo sus pasos, se sentó. Con cada uno de sus movimientos de repliegue sentía cómo iban desapareciendo mis esperanzas. Adiós a la pista principal del caso, pensé con desazón. Esperé más tiempo del lógico y por fin caminé hacia la puerta. Justo en ese momento pude oír su voz:

—Rocco Catania —musitó. Me volví hacia él:

—¿Qué has dicho?

—El nombre del italiano que se cargó a Siguán era Rocco Catania.

—Cuéntame más.

—No puedo contarle lo que no sé. Cuando sucedió todo, Abelardo Quiñones le dijo a Julieta que esta vez, para robar en casa de Siguán, iría un italiano llamado

Rocco Catania. No le dio ninguna razón, «ya te lo explicaré», creo que fue lo que le dijo. También le pidió que mantuviera la boca cerrada porque aquel tipo era capaz de cargárselos a los dos. Ella no sabía que el italiano pensaba matar al viejo; pero fue directamente a por él. Miró sus documentos y lo golpeó en la cabeza hasta que estuvo muerto. Julieta siempre vivió aterrorizada por que el italiano volviera a por ella, aún más cuando Quiñones apareció asesinado en Marbella. Por eso nadie, ni usted, pudo sacarle el nombre. Pero Julieta era inocente de aquel crimen; aunque al final ha dado lo mismo, ahora la han matado. Ese hijo de puta debió de seguirla a usted cuando vino a vernos.

Se tapó la cara y se echó a llorar. Las convulsiones agitaban sus hombros. Me acerqué pero no me atreví a tocarlo. Él levantó la vista, me miró con fiereza:

—¡Encuéntrelo, inspectora! Yo no puedo hacer nada, pero usted sí. Encuéntrelo.

—Lo encontraré, Juan, y pagará por lo que hizo, te lo aseguro.

Salí de allí, atesorando el nuevo dato con alegría, pero desfondada y triste por la escena que acababa de presenciar. Me dirigí hacia el cura:

—Padre, ¿puede llevarse a Juan un tiempo para que esté en un sitio seguro?

—No hay problema. Se quedará en la casa de rehabilitación. Allí estará siempre acompañado. Aún conserva amigos de cuando él estuvo acogido.

Asentí. Le pedí a Frutos que me acompañara. Juntos fuimos a la tienda de muebles donde había recibido la información. La dueña se quedó atónita cuando me vio entrar en compañía de la Guardia Civil.

—¿Le ha pasado algo a su prima? —preguntó. El atónito fue entonces Frutos.

—Soy policía —atajé—. Pídale a Abdul que venga, por favor.

Lo hizo en auténtico estado de shock. Cuando llegó el marroquí, les pregunté a ambos si alguien más había venido a husmear por la tienda. Negaron sin entender nada. Estaban tan sorprendidos y despistados que sin duda decían la verdad. Me aseguré inquiriendo de nuevo: ¿habían hablado con alguien sobre mi primera visita a la tienda?, ¿habían pasado a alguien más el dato de dónde vivía Moreno? Volvieron a negar, si bien la dueña afirmó, horrorizada:

—Yo le comenté a mi marido en la cena que una señora había venido preguntando por su prima y le conté la historia familiar; pero de la casa de Juan Moreno no le dije nada porque como no lo conoce...

—Está bien —dije y salimos sin más explicación.

Frutos, intrigado, quiso sonsacarme:

—¿Esa historia de la prima?...

—Cosas mías, no haga caso; quería conservar el anonimato. Puede ejercer una discreta vigilancia sobre esos dos durante unos días, aunque no creo que oculten nada.

—Son gente de Ronda de toda la vida, si supieran algo se lo hubieran dicho. ¿Quiere ver el cadáver de la chica?

—No me apetece demasiado.

—Hace bien, impresiona. Como era tan menudita de cuerpo parece un pajarito al que hubieran acabado de cazar. Era prostituta, ¿no?

—Lo fue, Frutos, lo fue, ya no lo era.

Garzón sí había visto el cadáver de Julieta mientras yo estaba con Frutos. Me lo contó en el viaje de vuelta a Barcelona.

—La pobre chica... casi se me saltaron las lágrimas al verla, y eso que no la conocía. Era tan frágil, y con aquel agujero atroz en la frente... ¡Dios, qué hijo de puta!

—Rocco Catania. Ahora tenemos su nombre. He pedido a Coronas que busquen antecedentes en España.

—Puede ser un nombre falso.

—Puede ser.

—Me siguió sin que me enterara. Debe ser hábil.

—Pero no la siguió desde Barcelona; eso es casi imposible, ¿cómo supo que iba a viajar a Ronda?

—La reapertura del caso Siguán ha salido en todos los periódicos; quizá nos ha seguido desde que empezamos a investigar.

—No sé qué piensa usted, Petra, pero yo este caso lo veo cada vez más complicado.

No respondí. Me dejé llevar por el paisaje que desfilaba a toda velocidad a través de la ventanilla: extensiones, montañas, valles… toda la belleza quedaba reducida a un simple instante. Abstraída en mí misma, me dormí. Al despertar vi que Garzón estaba dando cuenta de un enorme bocadillo. Me sonrió.

—No le he traído nada del bar porque dormía como una bendita. ¿Tiene hambre?

—No. ¿Se da cuenta, Fermín? De los protagonistas de aquella historia de Siguán ya no queda nadie vivo. Excepto el asesino, claro está.

—Veo que ha tenido malos sueños. No se preocupe Petra, lo encontraremos. Encontraremos a ese hijo de la gran puta aunque tengamos que viajar a Italia y poner patas arriba el Partenón.

—En Italia no hay ningún Partenón.

—Bueno, pues el Vaticano.

—No creo que se esconda allí; aunque sería interesante, lo confieso.

Horas más tarde y sin haber pasado por nuestras casas respectivas, el comisario nos hacía entrar en su despacho. Casi sin saludarnos, tecleó el nombre del italiano en el archivo común que comparte la Policía Nacional con la autonómica y la Guardia Civil. Nos mostró la pantalla vacía.

—Con ese nombre, ese tipo no tiene antecedentes en

España. Pónganse inmediatamente a trabajar. Necesitamos saber si con ese nombre ha viajado desde Italia hasta aquí en las fechas que nos interesan. Empiecen con las compañías aéreas nacionales: Alitalia e Iberia. Si no hay resultados, sigan con las privadas. Utilicen el protocolo habitual, pero por el procedimiento de urgencia. Si hay datos, comuníquenmelos enseguida. Se trata de una absoluta prioridad.

Fuimos al aeropuerto de El Prat. Afortunadamente, Garzón, siempre más avezado que yo en protocolos oficiales, sabía muy bien los pasos que debíamos dar. No fue demasiado difícil; el tal Rocco Catania había viajado en Alitalia hasta Barcelona y luego en Iberia hasta Málaga el mismo día que lo hice yo. Luego había regresado a Roma un día después del asesinato de Julieta. No se había arriesgado a utilizar una identidad falsa y el nombre que conocía la chica era el auténtico. Un fallo cometido por el asesino se convierte siempre en una ventaja que debemos utilizar. Di gracias al cielo. Garzón opinaba que no había falseado su nombre porque nunca llegó a pensar que Quiñones se lo diría a su novia.

—Este tipo es un sicario, Fermín, estoy casi segura. Y me siguió, estuvo siguiéndome todo el tiempo. Desde que llegó a Barcelona ése fue su cometido: seguirme; de modo que alguien le avisó. Sabía que usted y yo llevábamos el caso.

—Eso es algo que sabía demasiada gente. Coronas hizo declaraciones a los periodistas.

—Pero nunca dio nuestros nombres.

—Da igual, un tipo apostado junto a la comisaría pudo atar cabos al ver quiénes iban a según qué lugares. Le sugiero que vayamos a poner esto en conocimiento del comisario sin que trascurra ni un minuto más. Si tardamos demasiado, igual se pone como un tigre de Bengala; porque en Bengala hay tigres, ¿no?

—Eso creo.

—Es que después del patinazo del Partenón he perdido mucha seguridad.

—No se angustie, en Italia hay tantos monumentos que es casi seguro que tienen un Partenón en alguna parte.

El comisario Coronas estaba lanzado en esta oportunidad. Oyó nuestras informaciones sin cambiar de expresión y centró su mirada en la pantalla del ordenador, recitando como para sí mismo las decisiones que iba a tomar:

—Bien, hay que ponerse en contacto con el juez Juan Muro para que busque un juez corresponsal del caso en Roma. Luego hablaré con la policía romana para que busquen los antecedentes de este tío, si los tiene, que los tendrá. Luego seguiremos el protocolo habitual de investigación en el extranjero.

—¿En qué consiste? —preguntó el subinspector, cuya cultura protocolaria fallaba esta vez.

—Les asignarán una comisaría en Roma, y dentro de ella a dos agentes de la misma graduación que tienen ustedes. Deberán acompañarlos en todas sus gestiones, en todas. Eso significa que, sin ellos, no pueden dar ni un paso, ¿comprenden? No vayamos a liarla. ¡Ah y muy importante!, ustedes no pueden ir armados.

—¿Y ellos sí?

—Ellos, sí.

—Pues vaya —dijo Garzón a modo de escueta protesta. Luego preguntó absurdamente—: ¿Eso significa que viajamos a Roma?

Coronas lo miró con cara de pocos amigos:

—Eso parece, subinspector. ¡Y yo que no quería que este caso comportara muchos gastos! Me van a joder el presupuesto entre los dos. Pero viajarán en compañías de bajo coste, se hospedarán en un hotel normalito y quiero que me hagan cuenta de gastos diaria y detallada. Ahora, mientras les preparo el terreno italiano, váyanse a sus casas, descansen y comuniquen a sus familias que estarán un tiempo fuera por cuestiones de servicio. Ya les llamaré.

—¿Y si la policía italiana no encuentra a Catania en sus archivos viajaremos también? —preguntó mi compañero sin venir a cuento.

—¡Sí, también viajarán! —afirmó Coronas, empezando a cabrearse.

Al salir, Garzón se comportaba como un boxeador sonado, caminando en silencio y con cara de ensimismamiento. Yo no me encontraba en un estado mucho más satisfactorio. Sin embargo, los motivos de nuestras preocupaciones no eran parejos: yo pensaba en el caso y él en el viaje. Lo supe en cuanto empezó a hablar.

—No estaba preparado para este cambio de rumbo —confesó.

—Eso de buscar a alguien en un lugar que no conoces parece empresa difícil.

—Justamente Beatriz me dijo hace poco que este año, durante mis vacaciones, teníamos que ir a Italia. Le parece una barbaridad que a mi edad no haya visitado ese país. Espero que no se tome a mal que vaya por mi cuenta.

—Volverán juntos. No creo que tenga usted mucho tiempo libre para hacer turismo.

—¿Usted ya ha estado en Italia, Petra?

—Sí, varias veces.

—¿Con sus diferentes maridos?

—¡Carajo, Fermín; preguntado de esa forma parece que yo fuera una especie de Elisabeth Taylor!

—¿Ha estado con Marcos?

—Sólo en una oportunidad, un viaje corto. ¿Cuántas veces ha salido al extranjero, Garzón?

—¿Yo?, bueno, pocas. Aparte de ir a Moscú con usted por motivos de trabajo, una vez estuve en Lourdes acompañando a mi primera mujer, que ya sabe que era muy beata. Con Beatriz fuimos a Burdeos, a Londres y el año pasado estuvimos en Estoril. Pero en Italia, nunca.

—No se preocupe, su esposa comprenderá que son sus circunstancias de trabajo.

Fue Marcos quien no comprendió las mías. Entró en el dormitorio justamente cuando yo preparaba la maleta y su cara de pasmo ya me alertó sobre lo que iba a ocurrir.

—¿Te vas otra vez a Ronda?

—No, esta vez me voy a Italia.

—¿Qué? —exclamó como si hubiera recibido un insulto.

Le expliqué todas las circunstancias profesionales del viaje lo más resumidas que supe; pero no sirvió. Dijo:

—¡Pues me fastidia!, ¿qué quieres que te diga?, me fastidia que te vayas ahora, de repente y sin avisar.

—¡No puedo hacer otra cosa, Marcos, son órdenes del comisario! De todos modos, no comprendo por qué justamente ahora es un momento tan especial.

—Petra, en la convivencia de los matrimonios hay épocas buenas y épocas malas. Pues bien, creo sinceramente que ahora estamos en una mala. Nada importante, por supuesto, lo único que pasa es que no nos comunicamos lo suficiente. Tú vas a tus cosas, yo a las mías... a veces surgen malos entendidos... deberíamos hacer una pausa y descansar, estar más tiempo juntos, charlar, preguntarnos si está sucediéndonos algo fuera de lo normal...

Me invadió una ola de indignación que casi me ahogaba.

—¡Y me dices eso cuando estoy con un pie en el avión y no puedo hacer nada! ¿Qué pretendes, que me vaya preocupada, que siga estándolo todo el tiempo que pase fuera?

—¿Y cuándo coño quieres que te lo diga si no nos vemos el pelo?

—¿Es culpa mía que no nos veamos el pelo? ¡Claro!, quizá debería quedarme en casa todo el día por si a ti se te ocurre aparecer por aquí. A lo mejor debería sentarme a tus pies mientras trabajas en el estudio.

Sus ojos me observaron con dureza. Estaba muy serio. Dominó la ira que sin duda sentía y se dirigió a la puerta.

—Que te vaya muy bien el viaje. Ya nos hablaremos por teléfono.

Salió quedamente, caminando despacio. Soy una persona malhablada, casi todos los policías lo somos. Sin embargo, en mi boca los tacos son meras interjecciones sin sentido ofensivo. Por el contrario, Marcos nunca los usa. Por eso oírlo decir «coño», me parecía lo más grave que acababa de suceder. Me percaté de que llevaba un zapato en la mano, con la intención de meterlo en la maleta, y lo estampé contra la pared. Estaba confusa porque en mí afloraban sentimientos muy distintos que pugnaban por ocupar el lugar principal en mi mente. Por un lado, me embargaba un cabreo supino al percibirme a mí misma como víctima de una injusticia. No era el momento de que mi marido me soltara recriminaciones amorosas ni de ningún otro tipo. Si lo había hecho era porque palpitaban en él resabios machistas al ver que yo volaba por mi cuenta. Por otro lado, me encontraba triste. ¿Cómo hacían los matrimonios que llevan juntos más de treinta o cuarenta años para conseguir que su convivencia no les hiciera arrojar llamas por la boca cada dos por tres? ¿Y Marcos y yo, por qué nos enzarzábamos en discusiones absurdas sobre cosas que teóricamente estaban muy claras? Por último, habitaba en mí un sentimiento puramente práctico: después de aquel broncazo ridículo, mi estado de ánimo estaría alterado unos días y de esa circunstancia podía resentirse la investigación. Ante tal avalancha de pensamientos fúnebres, tomé una determinación: busqué el zapato pareja del anterior, y lo estampé de nuevo, esta vez contra el armario. Me sentí mucho mejor.

Como era de esperar, Rocco Catania tenía antecedentes penales en Italia. Nada, sin embargo, demasiado llamativo. Lo habían trincado robando en una tienda de electrodomésticos hacía cinco años, en compañía de otros delincuentes de poca monta. Había cumplido una condena breve, por ser la primera vez que se veía envuelto en problemas. Tenía cuarenta años, y su domicilio figuraba en una calle romana.

El comisario seguía en el mismo estado de actividad febril en el que lo habíamos dejado: todos los trámites para nuestro desplazamiento a Italia estaban en curso. Se le veía satisfecho y como con ganas de ponernos en órbita de una vez.

Mientras cogía la documentación del caso en mi despacho, pude comprobar que en aquella comisaría las noticias corrían como gamos. Llamaron a la puerta con los nudillos y se personaron Yolanda y Sonia, las dos jóvenes policías que en tantas ocasiones habían colaborado conmigo en distintas investigaciones. Venían a comunicarme su deseo de que les comprara in situ alguna cosa de diseño italiano. No importaba qué: una blusa, un bolso, un pañuelo... lo importante parecía residir en que el objeto adquirido exhibiera una de esas marcas que se habían convertido en mitos en el mundo entero: Dolce & Gabbana, Armani, Versace, Prada... Inútilmente intenté convencerlas de que todos esos modistos tenían comercios abiertos en Barcelona. «No es lo mismo», fue su respuesta. Querían diseño italiano comprado en Italia, aspiraban a una italianidad absoluta y radical que les garantizara sumergirse en el mundo del lujo y el buen gusto con los ojos cerrados. La intención era darme el dinero que tenían ahorrado: trescientos euros cada una, para que realizara las compras. Como no quería llevar todo ese dinero encima, les dije que yo adelantaría la pasta y luego ya me la restituirían. Además, les insistí en que no podía asegurarles que tuviera tiempo libre para recados de esa índole. Todo esto se lo dije con paciencia y buenos modos, si bien mi primera reacción cuando me contaron sus intenciones había sido enviarlas al cuerno. No me parecía de recibo que dos profesionales al servicio de la ley, hechas y derechas, confundieran una misión en pos de un más que seguro asesino, con un viaje en el que se podían realizar compras frívolas. Sin embargo, habiendo visto la luz que brillaba en sus ojos cuando citaban marcas y bolsos, comprendí que aquello era más que pura frivolidad. Para ellas, aquellos nombres representaban la misma idea de mundo nuevo y libertad que había sentido yo de joven frente a la idea de las democracias europeas, lejos del influjo franquista. Los tiempos cambian y los mitos varían. Pero no pensaba abismarme en comparaciones críticas ni acusar a las nuevas generaciones de superficialidad. Todos, en cualquier época, queremos huir de una cotidianeidad que nos parece pequeña, asfixiante, estúpida. Lo de menos es dónde pongamos las miras para autoconvencernos de que respiramos un soplo de aire fresco. Les prometí a las dos chicas, que si me resultaba factible, volvería con dos pedazos de glamur etiquetado con los gloriosos nombres.

Toda aquella tolerancia que desplegué y la consiguiente complacencia que sentí hacia mí misma al ponerla en práctica se vinieron abajo cuando me encontré con Garzón, que llegaba algo tarde a comisaría. Mientras mi equipaje constaba de una única maleta mediana, el suyo se diversificaba en una maletita pequeña y un enorme mochilón que pesaba como un pecado.

—¿Qué demonio lleva ahí? —sentí curiosidad.

—La mochila son libros de Arte e Historia: la Roma Imperial, la Roma Republicana, las esculturas de Miguel Ángel, Vidas de los emperadores... sí, ya sé lo que va a decir, pero le sugiero que coja el teléfono y se lo diga a Beatriz. Suya ha sido la idea. Me ha puesto la cabeza como un bombo con las cosas que debo saber sobre la Ciudad Eterna. La maletita es la ropa. No llevo casi nada: mudas interiores, un par de camisas y un pantalón. El que vaya casi en pelotas también es cosa de mi mujer, sostiene que en Italia está la mejor ropa de caballero del mundo y que debo comprarme todo lo que necesite.

—¡Cojonudo! —exclamé—. Aquí por lo visto todo el mundo se cree que nos largamos a Italia en viaje de placer.

—¿Y qué quiere que haga, salir de casa en pleno cabreo conyugal?

—¡No!, eso no se lo aconsejo, Fermín.

Se encogió de hombros y me sonrió. Formando la extraña pareja que siempre formábamos, el policía Domínguez nos llevó en coche hasta el aeropuerto.

Mientras esperábamos que saliera nuestro vuelo, dimos unas cuantas vueltas por la mastodóntica terminal 1 de El Prat. Volví a sentir lo que siempre siento en los aeropuertos: una enorme sensación de absurdo. Matrimonios ancianos de aspecto anglosajón, jóvenes ruidosos en pequeños grupos, hombres solitarios siempre consultando un ordenador, peruanos ataviados con su ropa étnica, un par de curas meditabundos, alguna mujer con dos o tres niños que se revuelcan por el suelo... ¿adónde va toda esa gente, qué les llama a sus lugares de destino? Nada, mi impresión es que no hay nada real que les haga tomar un avión, y que si se hubieran quedado quietos en sus lugares de origen, la vida y el mundo seguirían exactamente igual. Incluso nosotros, Garzón y yo, viajábamos sin un motivo plenamente justificado. Si en Roma teníamos que estar acompañados continuamente de dos policías, ¿por qué no podían hacer ellos solos el trabajo? ¿Por qué la presencia física de alguien parece ser tan importante en un mundo que se mueve a golpes de virtualidad? No quería comunicarle al subinspector mis pensamientos porque eran vacuos y fuera de lugar. Además parecía distraído. Ni siquiera dentro del avión habló. Cogió su tomo sobre la vida de los emperadores romanos y se puso a leer. Yo ni siquiera pude empezar la lectura que había llevado conmigo, enseguida me dormí.

Me despertó la voz del piloto anunciando que aterrizaríamos en un cuarto de hora. El subinspector miraba por la ventanilla con avidez. Empezaba nuestra aventura romana.

Capítulo 7

Mientras nos desplazábamos en taxi hasta nuestro hotel, mi cabeza se poblaba con imágenes del pasado en Roma. El subinspector llevaba razón; me sentía como una vieja actriz, célebre antaño, que va rememorando una ciudad al hilo de sus diferentes maridos. Con los tres había visitado Roma. Hugo, el primero, fue quien escogió Roma como destino de nuestro viaje nupcial. ¿Cuánto tiempo había pasado desde aquello? No soy buena poniendo fechas a los recuerdos, pero casi es mejor así. En aquella ocasión todos los lugares que recorrimos me remitían a asignaturas estudiadas, libros leídos, películas vistas, cuadros contemplados. Las calles, los monumentos, los museos, todo parecía extraño al corporeizarse. La presencia de la Roma auténtica luchaba por hacerse con un pedazo de realidad frente a los sueños de tantos artistas, los sueños de tantos viajeros. Todas las facetas de aquel inmenso diamante que era la ciudad devolvían la luz en forma de visiones ajenas. No era fácil formarse una idea propia de lo que se estaba viendo; interrumpiendo cualquier versión directa y personal se colaban en mi mente los delirios de Fellini, el romanticismo de Lord Byron, la grandiosidad circense de los romanos imperiales de Hollywood, las lecciones magistrales sobre el Quattrocento, el realismo de Vittorio De Sica y la imagen infalible de Audrey Hepburn junto a Gregory Peck, subidos ambos a una Vespa.

Hugo era ya al inicio de nuestro matrimonio un hombre seguro de sí mismo. Había estado anteriormente en Roma durante su época de estudiante; de modo que con la ventaja de aquel conocimiento previo me servía de guía. Era lo que más le gustaba en el mundo, guiar a los demás. Sus explicaciones resultaban tan prolijas y técnicas que a menudo yo me sentía como una alumna frente a su profesor. Semejante sensación hubiera debido hacerme atisbar nubarrones negros de cara al futuro, pero todo amor primerizo es reacio a dar crédito a las predicciones meteorológicas que anuncian tormentas. En cualquier caso, en Roma lució el sol durante nuestra estancia. Cierto que acabé el viaje un poco harta de piedras señeras y pasados imperiales, pero tomé el avión de regreso a España con una idea fija en la cabeza: «Volveré a este lugar».

Y volví unos años más tarde, esta vez con Pepe, mi segundo y joven marido. En esta oportunidad quien hacía de guía era yo, y como había aprendido que un guía no debe ser exhaustivo ni intimidarnos con su sapiencia, me limité a dar una vueltecita por los principales enclaves turísticos: el Coliseo, la Fontana de Trevi, el Vaticano y poco más. El resto del tiempo lo pasábamos comiendo o cenando en pequeños restaurantes del Trastevere, donde disfrutábamos de la pasta y el vino sin pensar demasiado si estábamos en Roma o en Estambul. A Pepe solía importarle muy poco el suelo que pisaba; llevaba su mundo con él, un mundo limitado y tranquilo, que no dejaba espacio para muchas aventuras. Era feliz con sus amigos, sus cigarrillos de grifa y un análisis simplista y gratificante de la realidad. Yo me encontraba constreñida en aquel espacio tan angosto, tan acolchado. Supongo que por eso lo abandoné. ¡Pobre Pepe!, hacía un montón de tiempo que ni siquiera lo llamaba por teléfono, y eso que me encantaba oírlo decir cuando descolgaba: «¡Petra!, ¿eres tú?», como si comprobar que, en efecto, era yo, le pareciera el colmo de lo sorprendente. Ahora vivía con una chica de su edad que había sido bailarina del Liceo y, una vez abandonada la actuación, se dedicaba a dar clases de ballet a las niñas de un colegio. Creo que era feliz.

A Marcos lo había acompañado el año anterior a un congreso de arquitectos que se celebraba en Roma. Como si cada uno de estos viajes hubiera sido una síntesis de lo que acontecía en mis matrimonios, aquél fue incompleto y lleno de trabajo. Marcos tenía que asistir a las sesiones del congreso y presentar su ponencia. Mientras tanto, yo me paseaba sin rumbo fijo por las calles de la ciudad, tomando capuchinos y cafés. Nos reuníamos por la noche para cenar. ¡Ésa debía ser nuestra maldición, la falta de tiempo!

Me percaté súbitamente que, durante los minutos en que yo había regurgitado todos aquellos recuerdos de Roma, el subinspector estuvo callado como un muerto, siempre mirando a través del cristal del taxi.

—¿Le gusta lo que ve, Fermín?

—Estoy acojonado, Petra, acojonado. ¿Usted ve lo mismo que veo yo? ¿Ha visto hace un rato un pedazo de fuente enorme con caballos volando?

—El monumento a Vittorio Emmanuele. A los romanos no les gusta demasiado.

—Me da igual lo que piensen los romanos, ¡es bestial! Pero lo que me ha dejado sin habla es el circo inmenso por el que hemos pasado. Lo conocía por las fotos y las películas, pero nunca hubiera podido imaginar tanta grandeza al verlo en la realidad.

—El Coliseo. Impresionante, ¿verdad?

—Impresionante es poco. Le aseguro que como cacemos enseguida a ese puto asesino y no me dé tiempo a echarle una ojeada a todo esto, soy capaz de soltarlo otra vez.

—Tendremos tiempo, no se preocupe. Mañana hemos quedado a las once en el Commissariato Generale. Si quiere, antes nos damos una vuelta por aquí.

Al día siguiente dimos la vuelta prometida antes de empezar el trabajo. Gracias a que corría el mes de noviembre, la afluencia de turistas no era excesiva. Al estar cerca del Coliseo, Garzón caminó hacia la construcción elíptica como en estado de trance. Cuando ya casi tocábamos las paredes de piedra, se volvió hacia mí:

—Estoy impresionado, Petra, casi no puedo hablar. Esto es la historia en vivo, es como volver siglos atrás. Por cierto, no comprendo cómo permiten que haya tráfico de coches alrededor de esta joya.

—Los europeos estamos acostumbrados a vivir entre nuestros restos, como los cerdos.

—No me parece una comparación muy afortunada.

Me eché a reír. Parecía evidente que aquel monumento había tocado en profundidad la sensibilidad artística del subinspector, una sensibilidad que yo ni siquiera sabía que poseyera. Al entrar en el circo volvió a extasiarse.

—¿Se da cuenta, inspectora? Entre estas piedras sucedieron cosas terribles, crueles pero grandiosas: luchas de gladiadores, fieras salvajes zampándose a cristianos, masas de gente aullando y pidiendo sangre... se me erizan los vellos sólo de pensarlo.

Dejé que se explayara en su ensoñación sin hacer ningún comentario; todos los que se me ocurrían hubieran podido ofenderlo. Él continuó con su rememoración secular de pacotilla.

—Estoy teniendo la sensación de que alguno de mis ancestros perteneció a este lugar. He notado algo muy especial al entrar aquí. Probablemente mi antepasado era un pobre mozo de cuadra de los que alimentaba a los leones, o un herrero que forjaba las armas de los que peleaban, pero algo me dice que en el pasado remoto yo estuve aquí de alguna manera.

—Es usted curioso, Fermín; cuando la gente se ubica en alguna época de la historia, siempre suele escoger los papeles de más lucimiento: un rey, el emperador, un noble o al menos algún poeta o filósofo. Sólo a usted se le ocurre imaginarse a sí mismo proviniendo de un pringado.

—Nunca me he hecho ilusiones sobre la alcurnia de mis antecesores, con toda seguridad eran clase de tropa: carpinteros, pastores, carboneros... ni un solo conde o marqués. ¡Y a mucha honra!, no crea. Siempre se lo digo a mi mujer cuando me echa en cara que no me comporto con la distinción suficiente. «Yo soy un trabajador, Beatriz, un hombre que gana el pan con el sudor de su frente. Tú eres de buena familia pero yo no, nunca lo olvides. En mi familia nadie era un perro de raza. Yo provengo de perros callejeros.»

Compadecí un poco a Beatriz por ser la depositaria de semejantes reivindicaciones dinástico-caninas, pero en aquellos momentos sólo me apetecía hacer rabiar un rato al subinspector.

—Sí, Fermín, su frente está sudorosa por el trabajo, pero también por jugar al golf, y dé gracias a que yendo a la ópera o cenando en restaurantes de lujo no se suda porque si no...

—No siga con el tema de mi aburguesamiento, inspectora, o acabaremos mal. Mejor cuénteme en qué papel se vería usted de volver al imperio romano.

—¿Yo? Yo sería sin duda una emperatriz, una de esas bordes y taimadas que le echaban veneno al esposo hasta en el agua de lavarse los dientes.

—Con usted es imposible hablar en serio. Me voy a recorrer las gradas yo solo.

—Le espero a la salida. Tiene un cuarto de hora para sus expansiones históricas, ni un minuto más. No podemos llegar tarde al Comissariato, causaría una pésima impresión. Piense que representamos a toda la policía española.

Me miró con escepticismo y superioridad. Luego se

alejó esquivando visitantes con la dignidad y el aplomo de un césar. Yo salí y encendí un cigarrillo junto a la entrada. Comprobé que mi espera se vería entretenida: unos individuos disfrazados de centuriones posaban previo pago para la cámara de un grupo de jóvenes americanas, muertas de risa. Pensé que los seres humanos, cuando nos enfundamos el hábito de turistas, somos capaces de humillarnos a nosotros mismos como no permitiríamos que nadie lo hiciera. Era, sin embargo, un espectáculo pintoresco que me mantuvo distraída mientras expiraba el plazo concedido al subinspector. Cuando éste se presentó, puntualísimo, se sumó a la contemplación de los centuriones y las turistas con aire divertido.

—Quizá sería una buena idea que nos hiciéramos unas fotos también nosotros con esos tipos. Las podíamos llevar a Barcelona y los chicos de comisaría se reirían un rato viéndolas.

Con una estúpida carcajada hice como que tomaba a broma su sugerencia, aunque estaba convencida de que hablaba en serio. Después lo agarré del brazo y tiré de él con fuerza, arrastrándolo sin contemplaciones hasta un bar cercano. Pedí un par de cafés y, como esperaba, al tragarse de un golpe el concentradísimo contenido de la taza Garzón exclamó:

—¡Cielos, esto es capaz de resucitar a un cadáver. Una auténtica bomba de cafeína!

—Hablando de cadáveres, pongámonos en marcha. Se acabó el tiempo dedicado al turismo. Vamos a tomar un taxi.

Estábamos a punto de conocer al *ispettore* Maurizio Abate y a su ayudante, la *viceispettora* Gabriella Bertano, que se convertirían en nuestra sombra durante más tiempo del que pensábamos.

Enseguida comprendí que una de las razones por las que Abate debía haber sido escogido para aquella misión, era que hablaba español perfectamente. Tal y como nos informó, su dominio de esta lengua provenía de haber estado casado quince años con una madrileña.

—A fuerza de querer olvidarlo todo supongo que el español también se me olvidará; pero dos años desde mi divorcio aún no es tiempo suficiente —dijo con ironía.

Me miraba de arriba abajo con infinita curiosidad que no disimulaba y en su rostro se veía, como pintada, una enigmática y continuada sonrisa. Era algo más joven que yo, cabello muy corto, veteado ya en blanco, ojos color miel, complexión atlética y vestimenta muy cuidada. Sin embargo, esas características físicas no daban pistas en absoluto sobre la impresión que causaba. Ni siquiera estaba segura de cuál era esa impresión: ¿nos encontrábamos ante un escéptico, un pícaro, un hombre sarcástico y divertido? No lo sabía, si bien su actitud consiguió que me pusiera inmediatamente en guardia.

La personalidad de Gabriella Bertano, lo que podía intuir de ella, me pareció mucho más tranquilizador. Era treintañera, bonita, seria y en su mirada se adivinaba una gran discreción. Me dijo que formaba pareja profesional con Abate muy frecuentemente y yo hubiera jurado que le servía de contrapunto. No hablaba español, pero entendía y se hacía entender con frases cortas y claras en italiano, que acompañaba con una mímica elocuente por sí misma. Pensé que no tendríamos muchos problemas con la lengua, si bien el subinspector andaba un poco despistado todavía y se hacía repetir las cosas.

Ambos *poliziottos* se encontraban informados a la perfección sobre los pormenores del caso Siguán, que habían estudiado en cuanto llegó nuestro informe al Comissariato. El objetivo del viaje era encontrar a un hombre; pero todo lo que llevábamos investigado sobre el mismo se revelaba como importantísimo para saber dónde buscarlo. No habían tenido mucho tiempo de hacerse una idea, pero parecía evidente que habían pasado las últimas horas profundizando en todos los detalles de nuestro caso.

Sin perder mucho tiempo en prolegómenos, Abate puso frente a nosotros la ficha policial de Catania. La fotografía mostraba a un hombre fornido de rostro canallesco e inexpresivo, nariz aguileña y cuello fuerte como el de un toro.

—Se trata de un delincuente común cazado por un delito de poca importancia por el que estuvo en la cárcel —comentó. Sin embargo, después se pierde su rastro por completo. ¿Qué consecuencias extraería usted de este hecho, inspectora?

No esperaba aquel examen imprevisto y me quedé callada, en espera de que fuera una pregunta retórica. Pero no, Abate aguardaba una respuesta, mirándome como un profesor inquisitivo. Un tanto irritada, respondí:

—Podríamos pensar que se mantuvo dentro de la ley durante todo este tiempo; pero para un delincuente común que con toda seguridad acaba de cometer crímenes en España tres años de honradez es un periodo excesivo. Algo sucio debió estar haciendo durante todo ese tiempo.

—*Brava!* —musitó Abate, taladrándome con la mirada e incrementando la intensidad de su sonrisa. Luego recuperó el aire ecléctico para decir—: Pero hay más. Si resulta cierto, que eso parece, que Catania asesinó a Siguán y luego a Quiñones actuando como sicario hace cinco años, hay algo que no concuerda. ¿Puede decirme qué es, inspectora?

Esta vez no pude soportar por más tiempo aquella especie de interrogatorio escolar y contesté:

—Puedo decirle lo que me parece a mí, querido colega, pero le agradeceré mucho que deje de tratarme como a una concursante televisiva. Si quiere saber hasta qué punto llega mi pericia como policía y cuáles son los límites de mi mente deductiva, le ruego que pase revista a la copia de mi expediente que obra en su poder. La información contenida ahí debería bastarle.

Garzón se había quedado sin habla, Gabriella me miraba, no muy segura de haber entendido, y sólo Abate continuó sonriente y feliz, jaleándome con más énfasis que la primera vez:

—*Brava, bravissima!*; pero no me malinterprete, sólo quiero estar seguro de que tenemos puntos de vista parecidos con el fin de adecuar nuestros métodos de trabajo.

—En ese caso le diré que me parece extraño el comportamiento delictivo de Catania. Si es un sicario profesional que actuaba por cuenta de algún enemigo de Siguán para quitarle la vida a éste y después a Quiñones, el único testigo, ¿por qué rebaja su categoría hasta el punto de tener que robar electrodomésticos en una tienda bajo el amparo de una pequeña banda? Ser sicario es muy lucrativo.

—¡Ésa es la cuestión! Le diré las posibilidades que veo: es plausible que Catania no fuera un sicario sino un desgraciado sin dinero que se topara casualmente con Quiñones y quisiera sacar partido de su montaje con la prostituta. Eso choca con los datos que usted posee: fue directamente a matar a Siguán después de haberlo identificado y no cogió nada de valor del lugar del crimen. También cabría pensar que, no siendo un sicario profesional sino un tipo bastante tirado, actuó eventualmente contra Siguán y Quiñones porque alguien le pagó.

—Le recuerdo que parece haber cometido un tercer crimen.

—Sí, pero el asesinato de Julieta López está relacionado con los anteriores. Lo cual reforzaría mi sospecha de que el tipo es sólo un imbécil, y no un avezado sicario profesional, y que sólo confía en él aquel que lo contrata: el presunto enemigo de Siguán.

—En ese caso vamos mal.

—Cierto, siempre es más fácil rastrear la estela de un auténtico profesional que la de un aficionado.

—¿Y de qué ha estado viviendo Rocco Catania desde que salió de la cárcel hasta que ha cobrado por matar a Julieta?

—No lo sé.

Intervino el subinspector por primera vez:

—El tal Catania se ha cepillado ya a tres personas; lo cual demuestra que, profesional o no, es un pedazo de asesino.

El *ispettore* Abate empezó a reírse a carcajadas, como si hubiera oído un chiste graciosísimo. Al comprobar la estupefacción de todos los presentes, aclaró:

—Disculpen, pero eso de «un pedazo de asesino» me recuerda el español más castizo, un registro lingüístico que me encanta.

Garzón se sintió inopinado protagonista y, halagado, respondió:

—Pues si le va a dar un ataque de risa cada vez que yo digo algo castizo, va a estar usted siempre de buen humor.

Para que la parte circunstancial de nuestro encuentro no opacara la profesional, dije enseguida:

—Saquemos conclusiones finales. ¿Cuáles son las suyas, *ispettore*?

—Creo que aquel a quien hemos llamado «el enemigo de Siguán» debe de ser italiano. De lo contrario, ¿por qué un enemigo español viene a buscar a Italia a un sicario no profesional? En España hay buenos sicarios, señores, y tengo entendido que también operan allí magníficos sicarios colombianos. ¿No es más fácil recurrir a ellos por proximidad y por lengua? Veamos, Petra... —me llamó por mi nombre—. Según sus investigaciones, ¿qué enemigos podía tener Adolfo Siguán en Italia?

—Sus únicos contactos en Italia eran, a primera vista, los profesionales, que además se incrementaron con éxito en los últimos tiempos antes de su muerte. Ya pedí una lista de sus clientes en este país, pero insistiré para que me manden los datos lo antes posible. ¿Le parece acertado?

—Eso es justo lo que debemos hacer.

—O sea, *ispettore*, que lo que usted sugiere es entrar hasta el fondo del caso Siguán, y no limitarnos a la búsqueda de Rocco Catania.

—Por supuesto que buscaremos a Catania, pero estará de acuerdo conmigo en que hay que profundizar en el caso que ustedes investigan para lograr resultados convincentes.

—Supongo que es consciente de que eso nos llevará más tiempo.

—Somos muchos, exactamente cuatro investigadores al servicio del caso.

—Pero como debemos ir juntos a todas partes según la legalidad internacional, nos veremos muy limitados.

Me miró sonriendo y no respondió. Dijo simplemente:

—Antes de dar el pistoletazo de salida hay algo que debemos hacer. El juez encargado del caso en Roma quiere conocerles. Propongo que vayamos al juzgado ahora mismo, y que después nos pongamos a trabajar.

Gabriella Bertano, que no había abierto la boca en todo el rato, se puso en pie y nos indicó el camino del aparcamiento.

Todos los fantasmas que se me habían aparecido desde que supe que investigaríamos en compañía de dos agentes romanos, se habían vuelto reales de golpe y porrazo. A aquellas alturas de mi vida profesional no hubiera debido dudar de que los problemas que se presentan como posibles, siempre acaban por suceder. ¿Cómo evitar que un inspector de policía que está en su propio país y se hace cargo parcial de un caso no intente imponer sus propios criterios? Abate quería meter cuchara en nuestro caso y no limitarse a una simple búsqueda. Yo nada podía hacer en contra de eso. Si protestaba o le enmendaba la plana con ahínco excesivo, le resultaría muy fácil no ayudarme como debía. Aquel jodido italiano iba a complicarnos la vida más de lo que yo había previsto. Y no sería culpa suya al cien por cien, sino de aquel sistema perverso que duplicaba esfuerzos sin ninguna necesidad. ¿No hubiera sido suficiente con que Garzón y yo informáramos de nuestros avances a la policía local y les solicitáramos ayuda puntualmente? ¡Pues no, allí estábamos como gilipollas privados de las armas reglamentarias y custodiados todo el día! En un momento en que tuve a tiro a Garzón se lo comenté en voz baja, pero él se limitó a bufar como un bisonte, encogiéndose de hombros.

Después vino el numerito del juez. Cierto es que en España los policías pecamos de querer mantener la máxima independencia con respecto al poder judicial, y tenemos la figura del juez un tanto desmitificada. Pues bien, en Italia no es así. En Italia un juez es el *sursum corda* y el *rien va plus* todo en uno. Como a una figura totémica, se le rendía pleitesía, tratándolo con un respeto reverencial. Allí nos esperaba, con más años que Matusalén y un traje negro blindado, igual que los que llevaba Garzón en sus tiempos de viudedad.

Fue por supuesto Abate quien dirigió la reunión por la parte policial, informando de todos los detalles que el magistrado quiso conocer sobre el caso. Lo curioso era que aquel impulsivo inspector no se impacientaba en absoluto, y en ningún momento pretendió acelerar el ritmo parsimonioso en el que se desarrollaba el encuentro. Yo empezaba a estar un poco hasta las narices de tanto formalismo, pero no tenía más remedio que seguir callada frente al rosario de preguntas que formulaba el anciano Cesare Bono. Al final, empezó a firmar una serie interminable de papeles y, antes de hacerlo, sacó del bolsillo superior de su terno unas gafas de lunares color pistacho fosforescente. ¡Cielos, ningún juez en España, joven o viejo, rápido o cachazudo, hubiera sido capaz de calzarse unas antiparras tan atrevidas en pleno acto profesional! Aquello fue una enseñanza clave de aquel viaje: los italianos adoptan la uniformización que un cargo impone, pero siempre introducen un detalle divertido, juguetón, que les hace desmarcarse un poco de las convenciones abrumadoras. Eso estaba bien, pensé, ojalá Coronas fuera capaz de hacer lo mismo.

Pero aún no habíamos acabado; vino entonces el capítulo de las recomendaciones. El juez Bono nos rogó que fuéramos prudentes, que respetáramos en lo posible la presunción de inocencia, que no forzáramos las situaciones, que tomáramos las cosas con calma y que lo informáramos bien. Creo que ni un padre tradicional se hubiera mostrado tan puntilloso con sus hijos díscolos. Cuando creí que ya había terminado, se puso a rememorar sus diversas estancias en Barcelona a lo largo del tiempo. Contrapunteaba sus recuerdos con profundos suspiros de nostalgia. Parecía echar de menos más a una amante que a una ciudad, lo cual no descarté. Luego empezó a hacernos preguntas: ¿Seguía palpitando en Las Ramblas aquel espíritu bohemio y sensual que él había conocido? Me privé de decirle que manadas de turistas habían convertido aquel paseo y todo el centro de Barcelona en un lugar intransitable y que, bordeando las aceras de las Ramblas había ahora tiendas de *souvenirs* y locales de *fast food*. No pude evitar, sin embargo, que Garzón le soltara lo cara que se había puesto la vida y hasta qué punto resultaba difícil aparcar. Por fortuna, creo que no lo entendió o no quiso entenderlo. Mejor así, no teníamos ningún derecho a pinchar el globo de la ilusión que aquel buen hombre había ido hinchando año tras año.

Dos horas más tarde salíamos de los juzgados. Me quejé a mi colega italiano pensando que opinaba lo mismo que yo.

—¡Hemos perdido un tiempo precioso!; creí que nunca iba a dejarnos marchar.

Abate me miró con suficiencia y noté cómo mi comentario le parecía inoportuno y superficial. Enseguida replicó:

—¡No hemos perdido el tiempo en absoluto! Para subir una escalera sin riesgo de caída no hay que saltarse ningún peldaño.

—¿El peldaño de Barcelona también era necesario?

—Ése era el principal. Los italianos, inspectora, confiamos mucho en la charla y el trato directo. Tras este agradable intercambio de impresiones, el juez Bono confiará en nosotros y no se permitirá a sí mismo ninguna intromisión. Ganaremos mucho tiempo porque no nos pedirá precisiones sobre nuestros avances y no reclamará informes cada dos por tres.

Lo miré de reojo: sonreía. ¿Qué había que decirle a aquel tipo para que se cabreara alguna vez? Mientras Gabriella iba en busca del coche, él seguía sonriendo como un bendito. Intenté de nuevo sacarlo de su beatitud.

—Veo que su asistente femenina le hace los recados de maravilla. ¿Es también buena policía?

Recogió perfectamente la pelota y, sin inmutarse, me la rebotó:

—Gabriella es la primera de su promoción. Domina la informática, ha hecho un máster en criminología y es cinturón negro. Si no la ha oído hablar mucho es porque estos días anda preocupada. Acaba de reincorporarse al servicio tras una baja de maternidad y esta semana es la primera que deja a su bebé con una *babysiter*. Como mujer ya sabrá de estas cosas. Las mujeres cambian después de ser madres, pasan una época fieras con la sociedad y sólo son dulces con su hijo.

Estuve a punto de decirle que aquello me parecía una soberana gilipollez pero me contuve. Una cosa era tocarle un poco las narices y otra caer en una confrontación directa e innecesaria antes de haber empezado a trabajar. Me contenté con responder:

—Puede que lleve razón, yo nunca he tenido hijos.

—¿Es usted soltera? —preguntó exagerando su presunta sorpresa.

Garzón tuvo que meter la pata y contestó por mí.

—¿Soltera? La inspectora Delicado se ha casado tres veces, tres. Aunque su tercer esposo aún le dura.

Rió un poco. Afortunadamente no tenía mi arma conmigo, de lo contrario Garzón no hubiera salido vivo de aquel trance. Hice un gesto enérgico con la mano:

—¿Qué les parece si cambiamos de tema?

Abate sonreía de oreja a oreja y tuve la impresión de que una especie de guerra fría se había desatado entre nosotros. Por fin llegó Gabriella, conduciendo, y subimos al coche casi en marcha. Garzón, no contento con haber hecho el ridículo a costa de mis matrimonios, abundó en su deseo de tocar temas personales y dirigiéndose a la joven policía, hecho un mar de zalamerías, le espetó:

—*Bambino, un piccolo bambino?*

La chica reaccionó con una carcajada y soltando una larga parrafada en italiano a toda velocidad de la que sólo pude comprender que el *piccolo bambino* se llamaba Lorenzo. El subinspector asintió varias veces y repitió, como un perfecto disminuido psíquico:

—¡Lorenzo, ah, Lorenzo, *bello, bello*!

Abate dijo que nos íbamos a comer, pero mi subalterno estaba dispuesto a echar el resto idiomático y, dirigiéndose a Gabriella, canturreó:

—*Si, mangiare, mangiare. Spaghetti, macarroni.*

No pude permanecer callada por más tiempo.

—Fermín, ¿qué tal si deja que Dante siga tranquilo en su tumba?

—Usted creía que no sabía decir ni una palabra en italiano, ¿eh, inspectora? ¿A que he conseguido sorprenderla?

—Sí, de hecho estoy más sorprendida que Carter en la tumba de Tutankamón; pero le ruego que deje de sorprenderme ya. No es bueno para mi salud.

Abate soltó una carcajada y vi cómo sus ojos color miel se clavaban en mí con malicia. Estaba pensando que era una borde rematada y probablemente llevaba razón.

Comimos en un pequeño restaurante de aspecto modesto en la Via dei Neofiti. Los platos de pasta estaban deliciosos. Garzón disfrutó como un cosaco frente a un vodka. Gabriella le mostró cómo anudarse la servilleta alrededor del cuello para no macharse de tomate, era una práctica permitida en el país. Ni que decir tiene que a mi compañero le encantó la modalidad y la siguió al instante. Mientras comía y, salvando todas las barreras idiomáticas, la bella italiana contestaba a sus preguntas sobre las diferencias entre los spaghetti al pesto y a la amatriciana. A partir de ahí tuve ya la seguridad de que una de las dificultades que ofrecería aquella investigación sería la tendencia fuertemente turística del subinspector.

—Esta tarde les presentaremos a nuestro comisario —dijo Abate.

Con una mirada de alarma, pregunté:

—¿Será una entrevista tan larga como la de Cesare Bono?

—No, será sólo un momento. Una cuestión de mera cortesía; pero una cortesía que no podemos evitar. Le recuerdo que el comisario Testi es nuestro jefe. —Aquí hizo una pausa significativa y me miró—. El suyo, también. Eventualmente, claro está.

Cada vez me parecía más evidente que aquel condenado Maurizio había emprendido conmigo la misma estrategia que yo había probado con él: procurar que me enfadara. Sin duda me lanzaba pequeñas y sibilinas provocaciones con el fin de que saltara sobre él. Por eso sonreí con aceptación absoluta y hablé con toda la calma que me fue posible.

—Espero que su comisario no haya visitado Barcelona con anterioridad; aunque me encanta servir de embajadora a mi bella ciudad, creo que no sería mala idea ponernos a trabajar cuanto antes.

—Así lo haremos, mi querida colega; no sufra por eso.

En su respuesta no se advertía ningún indicio de ironía, lo cual casi lamenté, porque me estaba acostumbrando a aquella floreada esgrima verbal.

El comisario Testi era un clon de Coronas: serio pero cordial, distendido pero con gesto de verse acuciado por una permanente responsabilidad. Supuse que a veces también sería malhumorado y faltón. Todos los comisarios del mundo deben parecerse entre sí. Nos atendió con amabilidad y puso todos sus recursos a nuestra disposición. Luego alabó las cualidades profesionales de Abate y Bertano. Bajo tanta diplomacia no conseguí saber si nuestra presencia le gustaba, le incomodaba o le resultaba indiferente; aunque era lógico pensar que verse privado de dos agentes por un asunto exterior no debía hacerle mucha gracia. Al final del encuentro, naturalmente, cantó las bondades de Barcelona asegurando que le parecía, sin duda, la ciudad más bella del mundo.

Recé para que las formalidades hubieran concluido y, en cuanto tuve un momento libre, llamé a Coronas. Tal y como había intuido, la petición que le formulé no lo volvió loco de alegría.

—¿Cómo, y para qué necesita ahora a Yolanda o a Sonia?

—Señor, se ha revelado como imprescindible tener la lista de clientes italianos con los que trabajaba Siguán. Se la pedimos a Rafael Sierra cuando lo visitamos por segunda vez, pero si no va nadie a darle la lata no creo que cumpla con el encargo.

—¿Y esa lista va a ayudarles a encontrar a Catania?

—Facilitará la búsqueda.

—Pues no lo entiendo, la verdad. Bien, usted sabrá lo que hace, Petra. Mandaré a Yolanda para que recoja esa lista, pero quiero que sea consciente de una cosa: están en Roma para buscar a Rocco Catania, no para llevar la investigación del caso desde ahí. ¿Me explico?

—Sí, señor, descuide. Ahora si no le importa, yo misma le daré indicaciones a Yolanda.

—Haga lo que tenga que hacer, pero centrando el tiro y sin perder tiempo.

Colgué con una enorme sensación de estupidez. Coronas llevaba toda la razón del mundo. Por una vez, las puntualizaciones que me hacía me parecían llenas de sentido común. «No están en Roma para llevar el caso desde ahí —yo hubiera podido incluso añadir—: Ni para que otros lo lleven por ustedes.» Me llené de propósitos e iniciativas: no podía seguirle la corriente a Abate y hacer lo que él juzgara necesario. Era yo quien debía llevar la voz cantante. Enardecida por mis propias consignas, entré en su despacho hecha una exhalación.

—Y bien, Maurizio, el asunto de la lista de clientes italianos está en marcha. Pero debe saber que ya se hizo en España una cumplida auditoría de las cuentas de la empresa de Siguán y no apareció nada relevante.

Abate asintió y como si oliera un peligro indefinido, se ofreció enseguida.

—Empezaremos a buscar a Rocco Catania ahora mismo.

En la misma amplia estancia estaba sentada Gabriella frente al ordenador, tecleando con furia. Garzón, colocado junto a ella y con síntomas de estar haciendo la digestión, pugnaba por mostrar algún interés. Al fin, la chica giró la pantalla hacia nosotros y exclamó:

—*Ecco* Rocco Catania.

—Ésta es la otra foto que conservamos de él. Pertenece al archivo de la prisión de Regina Coeli —comentó el *ispettore*.

Un individuo de unos cuarenta años, fuerte y de aspecto villanesco, nos miraba con ojos despiadados desde el ordenador. No encontré nada que decir, pero el locuaz Garzón, como si reinara entre nosotros una larga confianza ganada desde la infancia, exclamó:

—¡Vaya pinta de hijoputa!

Aquello hizo reír a toda la asamblea excepto a mí. Miré a mi compañero con censura y él se excusó, levantando ambas manos a la vez:

—Es sólo un modo de hablar, inspectora.

—Lo hemos entendido muy bien —terció Abate—. Y lo cierto es que el amigo Fermín lleva razón. Me gustaría que leyeran el informe del grupo policial que lo apresó. Cuando sus tres compinches y él mismo fueron interrumpidos por la policía mientras cargaban una camioneta con los electrodomésticos robados, Catania fue el único que se enfrentó a los agentes. Dio muestras de gran ferocidad cuando se le reducía y cuando, ya en el Comissariato, descendía del furgón, intentó atacar a patadas a un agente.

—Estamos pues frente a un hombre violento.

—Así era hace tiempo y no veo motivos para que haya cambiado. Un auténtico hijoputa, como muy bien ha señalado el subinspector. Ahora, Gabriella les mostrará las fichas y fotografías de sus cómplices en el robo.

El ordenador siguió emitiendo fotos y textos de dos hombres más y una mujer.

—¿Estaban constituidos en banda? —pregunté.

—No lo creemos. Hemos concluido que eran delincuentes menores que se unieron únicamente para dar ese golpe. Todos estaban fichados con anterioridad, pero no formaban parte de ninguna organización.

—Desde la época del robo, ¿han vuelto a detener a alguno de ellos?

—No, a ninguno.

—Me pregunto qué habrán estado haciendo todos éstos después de salir de la cárcel —dijo Garzón.

—Las visitas que nos disponemos a realizar pueden dar respuesta a esa pregunta. La preinvestigación que hemos llevado a cabo muestra que, excepto Catania, todos siguen viviendo en los lugares donde indicaron que tenían su domicilio.

Una lucecita de sorpresa se encendió en mis ojos.

—¡Vaya, Maurizio!, no me había dicho que había existido una investigación previa a nuestra llegada.

—Lo contrario hubiera sido falta de previsión, Petra. Simplemente hemos preparado el terreno para que ahora podamos caminar por él todos juntos y en unión. Supongo que no le parece mal.

—¡Me parece estupendo!, sólo que estoy impresionada.

—Quizá se había dejado llevar por los tópicos sobre los italianos.

—No sé a qué tópicos se refiere —afirmé con fingida inocencia.

—Los tópicos que nos califican como un pueblo lleno de desorganización, de improvisación, de informalidad.

—Tiraría piedras sobre mi propio tejado. Me temo que italianos y españoles compartimos muchos tópicos frente al resto del mundo.

Sonrió, luego dinamizó nuestro pequeño grupo con una propuesta:

—Creo que deberíamos repartirnos el trabajo. Dos de nosotros buscaremos al primer hombre y otros dos al segundo. La mujer quedará pendiente para mañana.

—Buena idea —afirmé—. Yo formaré equipo con Gabriella.

—Será mejor que Gabriella y el subinspector vayan juntos. De ese modo si hay esperas u otro tipo de tiempos muertos, usted y yo podremos aprovecharlos para avanzar nuevas estrategias.

—Pero está el problema del idioma —contesté un poco alterada.

—Por mí no hay ningún problema —replicó Garzón—. Me he dado cuenta de que comprendo el italiano casi perfectamente.

Mi primer impulso fue decirle a mi subalterno que se dejara de chorradas, pero tuve miedo de los comentarios irónicos que pudiera hacer Abate sobre mi sentido de la autoridad, de modo que me mostré comedida y amable.

Elaboramos un protocolo de preguntas que se extendió por más de dos horas. Por fin, todos con las ideas claras sobre lo que debíamos indagar, Bertano y Garzón fueron en busca de Piero Rossi, que vivía en el barrio de Testaccio, mientras Abate y yo nos desplazábamos a el de Centocelle para ocuparnos de Vincenzo Giannini.

Nunca en mis anteriores viajes a Roma hubiera pensado que visitaría zonas que nada tendrían que ver con la grandeza clásica, ni con el elegante Renacimiento, ni con el bello Barroco. Tampoco entonces hubiera podido atisbar que vería la parte más fea de la ciudad en compañía de un apuesto italiano. Pero la vida es así, sorprendente a cada paso: cuanto más crees haber descifrado sus claves, más puedes perderte en un laberinto.

Capítulo 8

A veces resulta curioso comprobar que el grupo, por muy pequeño que sea, puede influir decisivamente en el individuo. Le sirve de caja de resonancia, de acicate para mejorar o de escondite donde sus carencias tienden a pasar desapercibidas. No sé de qué nos servía al *ispettore* y a mí el grupo de cuatro que habíamos formado, pero lo cierto es que cuando nos quedamos solos él y yo, cambió el ambiente que nos rodeaba. Durante el trayecto en coche hasta casa de Giannini nos mantuvimos callados. Una especie de timidez o de prudencia se había instalado entre nosotros. Era como si las escaramuzas verbales que habíamos librado, todas ellas incruentas, pudieran convertirse en batallas más arriesgadas si continuábamos con la misma actitud. Era evidente que ambos percibíamos esa circunstancia, pero al parecer no éramos capaces de encontrar otro registro en el que comunicarnos con fluidez. Como no teníamos datos nuevos del caso sobre cuyo análisis coincidir o discrepar, nos limitamos a soportar el incómodo silencio como si fuera natural.

El barrio de Centocelle era de lo más corriente. Sólo ciertos áticos porticados y los colores ocre y amarillo en los que estaban pintados algunos edificios, indicaban que nos encontrábamos en Roma. También el eco de frases musicales entonadas por niños que jugaban en la calle.

Aparcamos frente a una iglesia y caminamos. El sol acababa de desaparecer, dando paso a una luz aguada. Busqué con la vista algún bar por si nos veíamos obligados a esperar, cosa más que probable, pero no había ninguno. Ahí sí se notaba que no estábamos en España; calculé que en los mismos metros cuadrados, en mi país tendríamos tres o cuatro donde escoger.

Giannini vivía en un tercer piso. Desestimamos tomar el ascensor y fuimos caminando por una escalera que estaba desierta. Llegados a la vivienda, Abate pulsó el timbre, pero nadie respondió. Entonces llamó a la puerta de enfrente. Una joven con un niño pegado a las faldas abrió por fin.

—Buscamos a los Giannini —dijo el *ispettore* en italiano.

La chica nos informó amablemente de que los Giannini no regresaban a casa hasta que habían acabado de trabajar, sobre las ocho. Tal y como había imaginado, habría una espera y tuvimos que buscar un bar, que no encontramos hasta varias manzanas más lejos. Era un pequeño local donde servían comidas, casi vacío a aquella hora. Nos sentamos y pedimos cerveza. Iba a ser violento seguir sin soltar palabra, así que inicié una conversación insulsa:

—De todas las cervezas italianas la que prefiero es la Moretti. Además, me hace gracia la etiqueta: un tipo con sombrero y pinta de mafioso. Es curioso que los fabricantes hayan elegido esa imagen.

Abate pareció no haber oído nada de lo que dije. De pronto, me espetó:

—¿Le caigo mal, inspectora?

Casi completamente fuera de juego a causa de la sorpresa, balbucí:

—¿Cómo, caerme mal? No, desde luego que no, en absoluto.

—Entonces le caigo bien.

Ya dueña de mi capacidad de reacción, puse cara de indiferencia para contestar:

—En fin, Maurizio, no había pensado demasiado en eso; nuestra relación es estrictamente profesional y por lo tanto...

—Sí, ya sé que nuestra relación es estrictamente profesional; pero entre colegas que están trabajando, hay momentos de cierta flexibilización en el trato.

—Claro, sin duda. ¿Le he parecido demasiado inflexible?

—Me parece alguien que estuviera siempre luchando porque nada de su interior saliera a la superficie.

—Soy reservada.

—¿Y no hay nada que la pueda hacer salir de su coraza protectora?

—Disculpe, *ispettore*, pero no le veo ningún sentido a esta conversación ni creo que vaya a llevarnos a ninguna parte.

—Probablemente le parezco un cínico, uno de esos italianos que figura en el imaginario de los españoles.

—No sé a qué se refiere.

—¡Vamos, no sea tan bien educada! Mi esposa era española y yo he estado muchas veces en su país. Debe reconocer que en el fondo existe un prejuicio contra los italianos: somos poco serios, vocingleros, casanovas baratos...

Hubiera debido cortar allí mismo aquella especie de acoso al que Abate estaba sometiéndome, pero por alguna razón que aún no comprendo decidí seguirle el juego.

—Querido amigo: los españoles somos trascendentes, aburridos, creemos que la seriedad total es una virtud. Los reyes castellanos vestían como monjes cuando podían hacerlo con sedas y colores; en fin, todo eso hace que tendamos a no valorar los talantes más alegres y festivos.

Me sonrió, frunciendo sus bonitos ojos de color miel.

—Pero yo le caigo bien.

Me eché a reír; realmente era hábil derribando barreras.

—Sí, usted me cae bien.

—¡Fantástico! Ha costado un poco pero ha sido hermoso oír cómo lo decía.

Mi teléfono móvil forzó una pausa que, no sé por qué, me pareció salvadora. Era Yolanda. Antes de saber su nombre ya reconocí su tono grave y enérgico.

—Inspectora, ya he hablado con Rafael Sierra. Me dice que no se ha olvidado de la lista que usted le pidió, pero que le está resultando difícil confeccionarla. Está sacando documentos de hasta debajo de las piedras, pero dice que muchas casas de modas de las que les hacían pedidos ya han desaparecido. Le he dicho que se dé el máximo de prisa posible.

—¿No ha puesto ningún inconveniente?

—No, al contrario; parece muy colaborador. Por cierto, he visto los vestidos horribles que tiene en su tienda y que valen un pastón. ¿Usted cree que alguien se va a gastar tanto dinero para llevar esas birrias?

—Dejémoslo, Yolanda, estoy trabajando.

—Vale, pero le quería preguntar una cosa. Como Sonia y yo ya estamos en antecedentes del caso y ahora tenemos poco trabajo, ¿qué le parece si les hacemos una vigilancia a las hijas de Siguán? A la que vive fuera no, claro, pero a las dos de aquí...

—De acuerdo, pero que todo sea muy discreto, y pedid permiso al comisario antes de hacer nada.

—Muy bien, así se hará. ¿Qué tal le va por Italia, inspectora?

—Ya te lo contaré en otro momento.

—Inspectora.

—¿Y ahora qué demonio pasa, Yolanda? —perdí la paciencia.

—Pues... que estoy preñada, inspectora, de tres meses.

No podía creer que hubiera elegido aquel momento para darme la feliz nueva.

—¡Ah, qué alegría, qué bien! —solté fingiendo entusiasmo.

—Sí, el agente Domínguez y yo estamos locos de contento.

—Perfecto; recibid los dos mi felicitación.

—Será un niño del Cuerpo de Policía al cien por cien.

Colgué tras improvisar una o dos más muestras de felicidad. Abate preguntó sin ni pizca de comedimiento:

—¿Un caso resuelto?

—No, una joven policía que quizá vea frustrada su prometedora carrera.

—¿Y por eso la felicita?

—La felicito porque espera un bebé, lo cual será el desencadenante del final de su carrera.

Se quedó de pronto callado, mirándose los nudillos del puño derecho.

—Yo tengo dos hijas, de siete y cuatro años; pero desde mi divorcio no las veo demasiado. Y creo que lleva usted razón, un policía no debe tener hijos. El tipo de vida que llevamos impide la estabilidad necesaria que requiere una familia.

—Sí —musité pensando en Marcos y sus reproches. Luego me lancé enseguida sobre el caso, era el momento ideal para salir de una vez por todas del terreno de lo privado.

—Mi ayudante Yolanda, que es la del bebé, dice que el hombre fuerte de Siguán, Rafael Sierra, acabará pronto la lista de clientes italianos. De todos modos, no creo que sirva para mucho.

—¿Ah, no?, ¿por qué cree que no servirá? —preguntó de pronto un Abate incómodo y pendenciero.

—Según mis asesores en el mundo de la moda —inventé—, las empresas pequeñas cambian con frecuencia de dueños y, si sus ganancias bajan por algún motivo, suelen cerrar. Le recuerdo que esos negocios se hicieron hacen años.

—¡Nada desaparece en el aire, Petra! ¡Todo tiende a dejar huellas! Si no fuera así quizá yo viviera más feliz, pero nada desaparece, créame. ¿Qué le parece si nos vamos?

No habló más. Estaba molesto y con aire fastidiado. Quizá no toleraba que le llevaran la contraria o quizá, y eso era más probable, había sido la mención a sus hijas el detonante de su mal humor.

A las ocho y media una pareja entró en el portal de Giannini. Abate me hizo un gesto con la cabeza y abandonamos la esquina en la que estábamos apostados. Les dejamos tiempo para subir, pero no el suficiente como para que su vecina les informara de nuestra visita. Naturalmente, el *ispettore* llevaba la voz cantante y en cuanto una mujer, aún con el abrigo puesto, nos abrió la puerta, le plantificó su placa identificativa frente a los ojos. Ella, unos cuarenta y tantos, de aspecto vulgar y cansado, ni siquiera se inmutó, limitándose a elevar la voz llamando:

—Vincenzo.

Vincenzo Giannini, otro ser que militaba en las filas de los desheredados, nos miró con poca curiosidad. Mi compañero repitió la maniobra de la placa. El hombre asintió y nos hizo pasar a una salita que no conocía las mieles del buen gusto decorativo. Entonces comenzó el interrogatorio, del cual se me escaparon algunas cosas debido a la endiablada velocidad con la que ambos hablaban. El resumen era, sin embargo, fácil de entender: desde que había salido de la cárcel por el robo de los electrodomésticos, había visto a Catania hacía ya tiempo y una sola vez. Los dos charlaron sobre la vida y sus planes futuros. Los de Giannini estaban a la vista, según él, se dedicaba a trabajar honradamente en una fábrica de rodamientos. Allí había conocido a Rosella y, como su esposa lo había abandonado, habían empezado una nueva vida juntos y en paz. Nunca más se había metido en nada sucio y ni había intentado siquiera volver a encontrar un hueco en el mundo del delito. Había acabado harto de la cárcel, de la mala vida y de ser considerado un sospechoso habitual. Estaba limpio y así seguiría. Abate le dejó que se autoexculpara sin urgirlo ni interrumpirlo ni una sola vez. En una actitud que me pareció novedosa y que prometí emplear alguna vez, lo escuchó con la mirada baja y dando golpes de cabeza, como haría un confesor. Así el hombre, al ver el respeto con el que era tratado, fue tranquilizándose progresivamente y acabó su relato habiendo cambiado su resquemor inicial por una agradecida docilidad. Ese punto fue aprovechado por Abate, quien volvió a la afirmación inicial como si todo lo demás no hubiera existido.

—Dices que hablaste una vez con Catania sobre la vida y los planes futuros. ¿Por qué vino a verte?

Giannini enfatizó que le había negado a Catania cualquier participación en un delito y volvió a explayarse sobre su rehabilitación. Yo empezaba a sentirme impaciente, pero Abate seguía imbuido de su paz sacerdotal.

—¿Te quería Catania para algo en concreto?

El interrogado divagó un buen rato sobre el carácter atrabiliario de Catania, sobre cómo se rió de él cuando le dijo que no quería delinquir de nuevo, sobre el miedo que sintió al negarse a hacer un trabajo para él. Abate volvió a preguntar, calmado:

—Dime Vincenzo, ¿para qué te quería Catania?

La respuesta que obtuvo fue: «No lo sé». Entonces, el policía levantó la mirada por primera vez y la clavó en aquel hombre. Su habla seguía siendo pausada:

—Vincenzo, amigo, no podía ofrecerte un trabajo sin contarte de qué se trataba.

Me di cuenta de que aquel tono reposado, que había servido para que el interrogado se tranquilizara, constituía ahora sin sufrir cambio alguno, una amenaza terrible. Giannini lo advirtió y empezó a ponerse frenético mientras se reafirmaba en su ignorancia. Entonces Abate explotó y con una violencia que me dejó francamente asustada, tomó al hombre por las solapas y lo levantó dos palmos del suelo. No gritó para decir:

—¡Basta, basta ya de tonterías! Dime todo lo que sepas o te detendré ahora mismo por complicidad en un asesinato.

Lo soltó derribándolo sobre un sofá, donde cayó sentado como un pelele. El tipo se puso a lloriquear y juntó las manos como si elevara una plegaria al cielo:

—Se lo juro, *ispettore*, se lo juro. Catania quería que le entregara un paquete a alguien sólo en una ocasión. No me dijo nada más aunque yo le pregunté. Dijo que era mejor que no supiera nada por mi propia seguridad. Entonces fue cuando le conté que me había rehabilitado y que no quería volver a las andadas. Se puso como una furia porque le había hecho perder el tiempo y me dio un golpe en la boca. Es un loco, *ispettore*, siempre lo fue.

—Si no me has dicho la verdad, se te habrá acabado la paz para siempre, para siempre. Lamentarás el día en que naciste, Giannini, te lo aseguro.

Dimos media vuelta y salimos sin decir nada. En el recibidor estaba la compañera de Giannini, llorando. Hizo ademán de escupir a nuestro paso. Abate no la miró. En la calle abrí la boca por primera vez:

—¿Está seguro de que no miente?

—¿Tú crees que miente? —me tuteó de manera imprevista.

—No lo parece.

—Eso mismo pienso yo.

Caminamos despacio en busca del coche. Yo estaba impresionada por su actuación. Aquella extraña mezcla de comprensión y enorme paciencia con la furia súbita que había explotado después, me pareció muy efectiva. Era un buen policía el tal Abate, bueno y peligroso como un volcán que de pronto entra en erupción.

—Hay un riesgo en lo que estamos haciendo —comenté—. Cualquiera de estos cómplices que estamos visitando puede avisar a Catania de que andamos tras él.

—No hay cuidado. Están los tres vigilados y les hemos intervenido el teléfono.

Me enfurecí, y apenas controlé mi enfado para soltarle:

—¿Sería demasiado pedir que me informaras sobre algo de lo que haces o piensas hacer? No está de más que te hagas cargo de mi situación: no puedo interrogar yo misma por cuestiones de idioma, desconozco los lugares de la ciudad adonde nos dirigimos, no puedo llevar mi arma reglamentaria y tengo que estar todo el día pegada a ti. Muy bien, es la ley, de acuerdo, pero te recuerdo que este caso es mío y al menos tengo derecho a saber los planes que se vayan haciendo sobre la marcha. ¿Te parece excesivo?

—Lo siento, se me pasó.

—No estoy a tus órdenes, Maurizio, debo tener en todo momento la misma información que manejas tú.

Pensé que me contestaría con un punto de inconveniencia, pero me equivoqué, lo que hizo fue emplear aquel tono melifluo que había empleado con Giannini.

—Petra, no me interpretes mal. Se me pasó y no hay en ello el más mínimo signo de desprecio o de querer controlar la información. Como estamos todavía al comienzo de nuestra colaboración pues…

Lo interrumpí a grito pelado:

—¡No me hables como un maldito cura!

Se quedó de una pieza.

—¡¿Cómo?!

—¿Acaso crees que no me he dado cuenta de tus estrategias? Me hablas como le has hablado al tipo de antes: primero, ese tonillo de sacerdote en confesión y luego, ¡mazazo en la cabeza! ¿Qué piensas hacer conmigo a continuación, pegarme un sopapo?

Estaba tan atónito que no lograba reaccionar. Para cuando desplegó los labios yo ya me había arrepentido de haber sido tan brusca y, sobre todo, tan trasparente.

—Pero, Petra, ¿cómo puedes pensar que te hablo de la misma manera que a un sospechoso?

—¡Porque no soy sorda! —reincidí en el error colérico. Intenté rectificar—: Pongamos un poco de sentido común en todo esto, Maurizio. Te ruego que me informes de todo lo que vayas decidiendo, y si encima me preguntas mi opinión antes de decidir, tanto mejor.

—Lo haré, y te pido disculpas por mi despiste.

Entramos en el coche. Sus manos de dedos largos y fuertes agarraron el volante. Se volvió con calma hacia mí:

—Si te parece correcto, llamamos a Gabriella y a Garzón para preguntar cómo van con lo suyo. Si han acabado, nos vemos todos juntos en el Comissariato, donde intercambiaremos informaciones.

—Perfecto —respondí.

No nos dirigimos la palabra en todo el trayecto, pero en el aire no había tensión. Yo, en el fondo, estaba contenta de haber dicho lo que tenía que decir, si bien un tanto pesarosa por haberlo dicho de malos modos. A él debía sucederle justo al revés.

En el despacho de Abate nos esperaban los otros dos expedicionarios. Ambos exhibían una sonrisa abierta y feliz, que enseguida contrastó con nuestra hosquedad. Para que empezaran a adaptarse a ella pregunté secamente:

—¿Qué tal con Piero Rossi?

Garzón sacó su tradicional bloc de notas y en el estilo oficialista que yo tan bien conocía leyó:

—El sujeto vive solo en un apartamento pequeño. Confiesa que, con anterioridad al robo en la tienda de electrodomésticos, siempre se había dedicado al pillaje, si bien nunca había sido atrapado por la policía. A raíz de su estancia en la cárcel, se siente profundamente traumatizado tanto más cuanto su familia, que nunca ha tenido relación con el mundo del hampa, le niega su apoyo, rechazándolo abiertamente. A resultas del daño moral que estos hechos le producen decide no volver a delinquir. Acude a los servicios sociales del Ayuntamiento de Roma para aprender el oficio de cerrajero. Obtenida una cualificación profesional, el propio Ayuntamiento le había buscado un puesto de trabajo en una empresa en la que continúa aún. Su historia es fácilmente comprobable porque tenemos la dirección y el teléfono de su patrón.

—Otro delincuente rehabilitado —comentó Maurizio.

El subinspector pasó del estilo oficial al coloquial desharrapado, que yo conocía igualmente.

—¡Hay que joderse, señores, cuánta alma cándida! Debemos haber topado con una vena de rehabilitados de las que no proliferan.

—Eso indica que ninguno de ellos era un delincuente demasiado serio —dijo el *ispettore*—. ¿Ha admitido haber visto a Rocco Catania en alguna ocasión?

—Nunca ha vuelto a verlo ni a saber nada de él.

Cuando el informe parecía haber concluido, Gabriella levantó un dedo como pidiendo permiso para hablar. Entonces contó que Rossi les había dado un dato importante: en la época del robo, Marianna Mazzullo y Rocco Catania estaban liados sentimentalmente. Abrí los ojos de par en par y el *ispettore* emitió un silbido.

—Es una buena razón para que se hayan visto a la salida de la cárcel, ¿no les parece? Creo que la visita de mañana a Mazzullo será muy interesante.

Yo estaba sorprendida por la torpeza de Garzón al no haber mencionado en su informe aquella precisión tan decisiva; pero al fijarme en él de modo más detenido, descubrí que miraba con arrobo a Gabriella mientras ésta hablaba. Parecía orgulloso con su intervención. Entonces comprendí que él se la había brindado, había callado lo más significativo para que la chica pudiera exhibirse un poco frente a nosotros. ¡Vaya con el subinspector!, ¿se estaba volviendo un viejo verde, o le había dado una vena paternal?

Aquella noche cenamos solos los dos en nuestro hotel y Garzón continuaba siendo presa de una suerte de euforia que yo no conseguía comprender. Al parecer había sufrido un flechazo descomunal con aquel país y el proceso de enamoramiento seguía adelante, cargándose de razones. Se pasó media hora diciendo que Italia era la cuna de la civilización, como si eso fuera algo que hubiera descubierto él y luego salió a relucir el motivo inmediato de su excitación. Como el interrogatorio de Rossi había resultado tan sencillo, Gabriella había empleado el tiempo restante en llevarlo a ver el Panteón y las Termas de Caracalla. Pues bien, mi amable subalterno había encontrado allí no sólo las raíces de la civilización, sino las suyas propias también.

—Es curioso lo que me ha sucedido, Petra, algo que ya advertí desde que aterrizamos en esta ciudad. He llegado a la conclusión de que soy un romano más. Todo esto me suena, es como si lo conociera desde hace mucho tiempo. Me siento muy cerca de la manera de concebir la vida de estas gentes, de su idea de la belleza, de sus logros arquitectónicos y su modo de organizarse.

—No es extraño. España estuvo completamente romanizada.

—Es algo más que eso lo que siento.

Lo observé con calma y escepticismo. Le lancé mi primer torpedo:

—¡Caramba, temo que de un momento a otro empiece a expresarse usted en latín!

No mordió el anzuelo envenenado; de hecho, creo que ni siquiera me oyó, enzarzado como estaba en loas, ahora más cercanas que las del imperio.

—¿Y de Gabriella qué le voy a contar? Aparte de ser lista, es dulce, cariñosa, trabajadora… ¡y guapísima! ¡Ojalá todas las chicas españolas fueran así! ¡Y cómo se desenvuelve en los interrogatorios, y de qué modo amoroso habla de su bebé!

—Está usted envejeciendo, Fermín, ya han empezado a subyugarlo las jovencitas.

Creí que se pondría como un basilisco, pero no fue así. Se quedó callado y su rostro se ensombreció un poco. Después asintió y dijo sonriendo melancólicamente:

—No piense que me gustaría ligar con esa chica, inspectora. No hay nada más lejano a mi intención. Me entusiasma su belleza, y su juventud, y la tomaría de la mano y me pondría a correr; aunque al mismo tiempo siento perfectamente cómo el tiempo de la belleza y la juventud ya se han pasado para mí.

Se quedó ligeramente compungido y yo, muy seria también, continué con su razonamiento:

—Sí, el mundo es cada vez menos tuyo, poco a poco le vas diciendo adiós. Las cosas hermosas, el deseo… Luego supongo que te despides de elementos menos sensuales… la comprensión del mundo, la curiosidad… Al final debe llegar un punto en que no entiendes un carajo y nada echas de menos. Es el momento de que cada uno tome el camino elegido.

—¿Cuál es su camino?

—Cuando sea muy vieja me iré a vivir al campo y allí me fundiré con la naturaleza y con los animales, procurando hallar la esencia de lo que soy: nada, un instante en la vida de un planeta.

Ambos nos encontrábamos sobrecogidos por las ciénagas profundas a las que nos había arrastrado nuestra conversación. Yo lo superé enseguida, no en vano era más joven que él, pero Garzón parecía haber caído en una sima hasta cuyo borde yo lo había conducido sin querer. Arrepentida, me pregunté con qué argumentos filosóficos o vitales podía sacarlo del agujero. Por fortuna, el camarero me los brindó con su llegada, y cuando nos preguntó si queríamos postre, le respondí:

—No, tráiganos dos grappas.

Empezó a citar una lista infinita de posibilidades, pero le hice parar:

—Dos grappas mórbidas.

Garzón, que seguía cabizbajo, se reanimó ante el talismán del vocablo.

—¿Mórbidas, y eso qué es?

—Eso es la hostia, Fermín; ahora mismo tendrá una nueva oportunidad de comprobar hasta qué cotas se elevó el imperio romano.

Nos arreamos tres mórbidas cada uno, y cuando subíamos a nuestras habitaciones, mi compañero se sentía otra vez como César Augusto, lo cual celebré. Yo, por mi parte, me sentía como Gala Placidia, y sólo salí de mi ensueño ante la necesidad de telefonear a Marcos antes de dormir.

—¡Petra!, ¿me echas de menos?

Aquel inicio de conversación me cogió desprevenida. ¿No quería mi marido saber qué tal estaba, cómo me iban las cosas?

—Claro, claro que te echo de menos.

—No es verdad.

Su segunda intervención hubiera debido mosquearme, pero enseguida me di cuenta de que en ella había más mimo que enfado. Obré en consecuencia:

—¡Qué más quisiera yo que estar mintiendo! He pasado un día espantoso, todo el tiempo pensando dónde estarías y qué harías.

Debía de estar sonriendo muy satisfecho, porque oí un ruido que recordaba el zureo de una paloma.

—Pues no te digo cómo lo he pasado yo, horrible. Sólo pensar en que cuando regresara a casa no te encontraría allí, me ponía melancólico.

Nunca se me han dado bien las palabras de amor que suenan a adolescente, es decir, todas; de modo que me quedé sin saber qué decir. Entonces pensé que las entonaciones adolescentes también servían, y arrastrando las sílabas como una niña tonta, pregunté:

—¿Qué has estado haciendo hoy?

—Una jornada de no parar: reunión general en el despacho, visita de varios clientes… y luego he estado toda la tarde rectificando unos planos y calculando las cargas de un edificio.

—Yo también he trabajado mucho.

—¿Va el caso adelante?

—No es tan fácil como parecía, pero la ayuda con la que contamos es muy competente.

—¿Y Roma está hermosa?

—Como una joya.

—¿Tienes idea de cuándo volverás?

—Todavía no.

—Marina está muy enfadada contigo. Dice que no te despediste de ella ni de los chicos.

—Espero que le contaras que tuve que irme con precipitación.

—Para que se quedara más conforme le dije que, prácticamente, tampoco te habías despedido de mí.

—Eso debió ser muy consolador.

Distinguí su risa a través del auricular, me reí yo también.

—No te enfades conmigo, Petra. Sólo dime que volverás pronto y que no te arriesgarás demasiado buscando malhechores.

—Te lo prometo.

—Y lo más importante, dime que estarás fastidiada y hecha unos zorros hasta que me veas.

—Estaré hecha un guiñapo, no te preocupes.

—Bueno, sin exagerar.

—Estaré destrozada en su justa medida.

—Bien. Te quiero.

—Yo también a ti.

—No, así no vale. Tienes que decirlo con todas las letras.

—Te quiero, mi amor.

Me había enamorado de Marcos y me había casado con él por muchas razones: era inteligente, formal, guapo, sereno… pero su virtud más importante siempre me había parecido su madurez. Lo veía como a un hombre seguro de sí mismo, poco proclive a dejarse llevar por sensiblerías y subjetividades. Y sin embargo, ahí estaba, diciendo tonterías impropias de nuestra edad y comportándose como un escolar. Me pregunté qué pensaría yo de haberse mostrado frío y ecuánime al teléfono. Tampoco me hubiera gustado. El amor es un desastre, pensé, y reaccionamos frente a él como suele hacerse frente a un pastel demasiado dulce. Lo deseamos al verlo, pero al probarlo nos empalaga y, sin embargo, volvemos a desearlo aun sabiendo que nos empalagará. Un desastre.

Capítulo 9

Apenas comenzada la mañana, recibí una llamada de Yolanda: Rafael Sierra había conseguido hacer una lista de todas las empresas italianas con las que habían tenido relación comercial. Le pasé la dirección electrónica a la que podía enviarla.

—Ahora hay otra cosa que debes hacer. Pásale la lista al inspector Sangüesa y que la compare con la contabilidad de Siguán que en su día ya auditó. Si hay algo que debamos saber que se ponga en contacto contigo y tú con nosotros. ¿Lo has entendido, Yolanda?

—Sí, inspectora, lo he entendido muy bien. ¿Y ustedes qué tal están?

—Estamos bien.

—Debe ser una pasada poder visitar esa ciudad.

—Yolanda, centrémonos en el trabajo, ¿de acuerdo? Eso es exactamente lo que estamos haciendo aquí: trabajar. Llámame en cuanto el inspector Sangüesa tenga conclusiones, ¿de acuerdo?

—Sí, inspectora. A sus órdenes, inspectora.

Cerré el móvil bruscamente. Empezaba a estar hasta las narices de aquella especie de acuerdo general sobre nuestro viaje. Imaginaba los comentarios en comisaría: ¡vaya privilegiados!, ¡lo nuestro sí era un buen trabajo y no patearse las calles de Barcelona!, no está mal pasar unas vacaciones en Roma... Prefería no pensar demasiado, porque lo realmente grave de aquellos cotilleos era que la actitud de Garzón los convertía en realidad. Aquella mañana me enteré de que, si nos quedaba tiempo libre a mediodía, Gabriella se había ofrecido a llevar a mi compañero a visitar la Fontana de Trevi. ¡Cielos!; estaba segura de que cuando regresáramos a Barcelona, Garzón no dudaría en contar todo aquello y se extendería sobre la grandeza del Coliseo, la belleza de las plazas romanas, de las fuentes... y en el peor de los casos igual le daba por repetir aquella gilipollez de que se sentía como un auténtico miembro del antiguo imperio con la toga virilis encasquetada. Yo nada podría hacer por evitarlo; por desgracia carezco de jurisdicción sobre la vida privada de mis ayudantes.

Abate, muy contento aquella mañana, tenía un plan de trabajo perfectamente trazado. Su primera decisión ya me resultó incómoda: acudiríamos los cuatro agentes a interrogar a Marianna Mazzullo. ¿Los cuatro? No podía acostumbrarme a investigar en grupo. Lo que más echaba de menos era la intimidad profesional con Garzón; el modo en que unas veces me hacía de *sparring* con sus malas ideas y otras, con las buenas, abría maravillosas posibilidades de investigación. Sin embargo, no tenía más remedio que adaptarme a las nuevas circunstancias, entre ellas, recibir órdenes de Maurizio.

Fuimos hasta un restaurante en el Testaccio donde Marianna trabajaba como pinche de cocina. Abate consideró que, estando en su lugar de trabajo, se sentiría menos coaccionada que en su domicilio. Nos llevó Gabriella, siempre chófer diligente, y el *ispettore* se encargó de hablar con el dueño y pedirle espacio en un rincón del comedor, vacío a aquellas horas, para poder hablar con la mujer. Sin embargo, antes de que ésta llegara, mi colega se percató de que el hecho de ser cuatro agentes para interrogar a una sola persona, producía un efecto intimidatorio que no le parecía deseable. Sin pensarlo dos veces, les dio libertad a

Gabriella y Garzón. Era evidente que se daba por sentada la existencia de dos grupos de investigación y que los integrantes de ambos siempre seríamos los mismos.

Cuando Marianna entró en el comedor, Abate y yo estábamos solos. Era alta, desgarbada pero esbelta, y hubiera sido hermosa si un cansancio infinito no hubiera estado impreso en su cara. Nos miró sin desconfianza, también sin interés. Maurizio la envolvió en una nube de palabras que explicaban nuestra presencia y lo que de ella queríamos. Lo escuchó con los ojos puestos en mí. Yo centraba toda su escasa atención. Al final del largo preámbulo, se me dirigió para preguntar de qué ciudad de España venía.

—De Barcelona —respondí. Entonces sonrió y repitió varias veces el nombre de la ciudad con aire de sentir una especie de ensueño. Luego dijo:

—Barcelona es una ciudad muy bella.

—¿Ha estado alguna vez allí? —pregunté en mi mal italiano.

—No, pero el cocinero siempre habla de Barcelona.

Sus ojos de mirada desvaída se perdieron en algún lugar lejano. Tenía el pelo estropeado, las manos descuidadas, la piel ajada. Su reinserción en la sociedad no parecía haberle aportado mucha prosperidad. Sentí una corriente de simpatía hacia ella, aunque debía tratarse sólo de piedad. Maurizio, práctico y profesional, le preguntó a bocajarro por sus vínculos con Rocco Catania.

—Era mi novio, pero de eso hace tanto tiempo que ya ni me acuerdo.

—Pero alguna vez debió verlo tras su salida de la cárcel.

—Nos vimos varias veces, pero todo se había acabado entre nosotros.

—¿Ha vuelto a verlo recientemente?

Negó con la cabeza, bajó la vista. Maurizio consideró que era el momento de apretar.

—Ese hombre ha cometido delitos muy graves, Marianna; si nos oculta información sobre él, puede verse involucrada o incluso imputada por sus fechorías. Hablo de asesinato, ¿comprende? Piense si, después de llevar una vida normal, le apetece volver a las andadas.

No hubo reacción. Abate, sentado a medias sobre una mesa, demostraba su nerviosismo agitando compulsivamente un pie. Intervine:

—¿Aún le ama?

—No.

—Pero llegó a quererlo mucho, ¿verdad?

—Sí. Cuando estaba en la cárcel, volver a verlo era lo único que me hacía soportar el encierro.

—Pero él la decepcionó.

—Nunca fue un buen hombre. Cuando los dos salimos de la prisión él ya había decidido llevar su vida y me abandonó.

—Fue una gran suerte para usted.

—No lo sé.

Oí un carraspeo impaciente saliendo de la garganta de Abate, pero no me alteré.

—¿Qué ha sido de él?

Tras un momento de silencio profundo, contestó mirando al suelo:

—Sí le he visto hace poco, hace sólo unos meses. Vino al restaurante a comer con varios hombres. Preguntó en la cocina por mí y el jefe me dejó salir un momento. Llevaba ropa buena y me dijo que todo le iba muy bien. Se sacó un fajo de billetes del bolsillo y quiso dármelo. «Por los buenos tiempos», me soltó; pero yo no se lo acepté. ¿Para qué quiero yo su dinero?

El *ispettore* se había quedado quieto como las piedras. No se atrevía a decir nada, casi ni a respirar. Probé a seguir, temerosa, sin embargo, de romper el mágico momento de sinceridad que se había generado. Le hablé en susurros:

—Marianna, ¿le contó él en algún momento algo de

su pasado, de los crímenes cometidos, de los delitos en los que había estado envuelto?

—Rocco estaba un poco desequilibrado. Nunca contaba nada de su vida. Yo nunca supe si tenía familia y una casa a la que volver. Si le preguntaba, me decía que había nacido ayer y que un día se moriría como todo el mundo. Siempre la misma contestación.

—¿Le comentó si había estado en Barcelona?

—Un día me dijo que Barcelona tenía una calle llena de flores, que llegaba hasta el mar, que alguna vez iríamos juntos y él me compraría todas las flores. ¡Fíjese qué tontería!

—¿No le dijo nada más?

—Nada más. Pero nunca me llevó a Barcelona, ni me compró ninguna flor.

—Algún día irá usted a visitar la ciudad, estoy segura.

Hizo un amago de triste sonrisa, me miró fugazmente y musitó:

—Quizá sí. —Luego observó a mi compañero y le preguntó si podía marcharse—. Si estoy mucho tiempo con ustedes, el patrón puede pensar que aún tengo cuentas pendientes con la ley.

En cuanto ganamos la calle, Abate se manifestó con entusiasmo:

—¡Felicidades, Petra, *chapeau!* Ha hecho usted hablar a esa mujer, y créame que tuve la impresión de que no nos diría ni media palabra. Un interrogatorio muy bien llevado. Sólo le pondría una falta: empatiza usted demasiado con el interrogado, y eso es peligroso, puede mentirnos con más facilidad.

—¿Hay algún consejo concreto que quiera darme?

Su cara acusó mi impertinencia y negó con seriedad.

—¿Puede llamar entonces a nuestros ayudantes? —sugerí.

—Me gustaría saber por lo menos qué conclusiones saca de lo que hemos oído.

—Las mismas que usted; son muy obvias: alguien le paga un buen dinero a Catania por hacer lo que hace.

—Es un dato obvio, pero no baladí.

—¡Me encanta que conozca la palabra «baladí»!

Se quedó mirándome, absolutamente desconcertado, y se echó a reír de buena gana. El fantasma del enfrentamiento había sido ahuyentado una vez más.

Nuestros ayudantes no se habían alejado demasiado. Maurizio los localizó por teléfono en la plaza Santa María Liberatrice, visitando la iglesia. Al reencontrarnos, Garzón profirió los típicos comentarios de turista emocionado, si bien a las alabanzas arquitectónicas, añadió cosas muy de su idiosincrasia:

—No se lo pierda, inspectora, aquí al parecer las iglesias están llenas de gente. Cuando le he dicho a Gabriella que en España están siempre vacías excepto algún ratito los domingos, no podía creérselo. Pero es que aquí los curas se lo curran. Para empezar los templos están siempre abiertos, cosa que no sucede en Barcelona. Y, no se lo pierda, Petra, hemos visto a un cura ¡cantando! Y los feligreses le respondían cantando también. ¡Eso sí que son actividades eclesiásticas!

—Se dice culto, Garzón —intervine imprudentemente.

—Eso, pues en España no hay culto que valga, cuatro beatas aburridas y en paz. Una auténtica tomadura de pelo.

—Quizá eso no sea tan malo en realidad. En nuestro país la influencia de la Iglesia es excesiva —comentó Abate.

—Sí, supongo que tener al papa tan cerca debe ser un problema.

—Un día voy a llevarle al Vaticano, Garzón.

—¡Me encantaría, *ispettore*!

—¿Qué les parece si trabajamos un poco, señores? —interrumpí.

—¿Es que sólo piensa usted en trabajar, Petra? —inquirió Maurizio—. Ha llegado el momento de hacer una pausa. Voy a llevarles a una *trattoria* estupenda. Debemos reponer fuerzas.

—¡Me encantaría que fuera usted mi jefe! —exclamó el subinspector.

—Apuesto a que la inspectora es demasiado dura en el ejercicio de la profesión —soltó Abate mirándome con ironía.

El cabestro del subinspector, que se sentía coreado en sus ocurrencias, respondió poniendo cara de mártir:

—¡Es una jefa terrible! Si nuestra arma reglamentaria fuera un látigo, lo usaría sin pensarlo contra sus ayudantes.

Rieron de buena gana mientras yo no le encontraba ninguna gracia a la situación. Caminamos por el barrio hasta llegar a un pequeño restaurante en el que, al entrar, nos embargó un delicioso perfume a comida recién hecha. El subinspector seguía con su ánimo gozoso y parlanchín. Yo le hubiera asesinado, pero mis colegas italianos parecían encantados con su humor.

Pedimos ensalada de pulpo, verduras rebozadas y pasta. A instancias del *ispettore*, a mi compañero le sirvieron un enorme plato con diversas especialidades que él devoró como si hubiera padecido de hambre milenaria. A los postres, el propietario del establecimiento se llevó a los hombres a la bodega para mostrarles todos los tipos de grappa que atesoraba. En cuanto desaparecieron, Gabriella sacó el móvil e hizo una llamada a la cuidadora de su bebé. Hablaron un momento y después mordisqueó una galleta con aire preocupado.

—¿Sucede algo malo? —le pregunté.

—No, pero el niño es tan pequeño que siempre tengo la sensación de que puede necesitarme. Me siento culpable.

—La institución de la maternidad puede ser peor que la propia Iglesia, le advierto.

Me miró, estupefacta. Temí que fuera a enviarme al infierno por meterme donde no me llamaban, pero se limitó a comentar, sonriendo:

—Es usted una mezcla extraña de dureza y dulzura, inspectora Delicado.

—Creí que todos los policías éramos por el estilo. ¿Y su jefe cómo es, duro o dulce?

—El *ispettore* es muy duro consigo mismo. Se culpa del fracaso de su matrimonio y de no ver a sus hijas lo suficiente.

—¡Qué barbaridad! Yo me he casado tres veces y nunca se me ocurrió que pudiera tener culpa de nada. Supongo que mi concepto de la culpa es poco consistente. Hay que tener cuidado con la culpa, Gabriella, te puede cortar las alas sin que te enteres; y sin alas no se vuela, siempre te arrastras.

Me observaba con atención, abducida por mis palabras. Iba a preguntar algo pero llegaron los señores y Abate dispuso:

—¡Ahora sí es momento de ponerse a trabajar! Con el estómago lleno, las fuerzas repuestas y toda la tarde a nuestra disposición para analizar esa lista de empresas que les han enviado desde España. *Andiamo?*

—Yo me hubiera tomado una grappa —protestó Garzón.

—¡Ah, subinspector, es increíble lo pronto que interioriza usted las costumbres de nuestro país!

Reímos todos. Era cierto que la camaradería que brota de comer en compañía de tus colegas suele crear un clima provechoso para una investigación, pero yo empezaba a ponerme nerviosa por el ritmo lento con el que todo se iba desarrollando. Así se lo comenté a mi subalterno en un aparte, pero él me contestó con desfachatez: «El ritmo le parece lento porque no lo marca usted». Me quedé tiesa ante tamaño desacato; aunque en el fondo llevaba razón: Abate hacía y deshacía a su aire y yo le seguía sin poder comprobar que sus pasos eran los que hubiera marcado yo.

En el Comissariato estudiamos la lista de empresas que Rafael Sierra había facilitado y repasado el inspector Sangüesa. Eran cinco en total. Abate nos repartió un papel y tomó la palabra.

—Estuve consultando en la Cámara de Comercio. Una de las empresas clientes de Siguán corresponde a unos grandes almacenes muy conocidos en Italia. Otras tres son empresas pertenecientes a diseñadores con tienda propia. La quinta, que ven ustedes subrayada, viene a nombre de Elio Tramonti. Consultada su ficha en la Cámara, hemos comprobado que dio de baja su actividad en el mismo año del asesinato de Siguán, un dato interesante. Su emplazamiento comercial figura en la Piazza Copérnico, en el barrio del Pigneto. La *viceispettora* Bertano ha llamado al teléfono que se facilita y ha contestado una voz de la compañía telefónica avisando de que ese número ya no existe.

¡No podía creerlo, lo había hecho otra vez! ¡Había adelantado la investigación por su cuenta y sin avisar! Guardé silencio, me contuve. Si protestaba, sería evidente que era mi amor propio lo que me preocupaba, no el bien de la investigación. Abate canturreaba ojeando papeles, mientras iba mordisqueando sus labios carnosos.

—Veamos, veamos... creo que deberíamos indagar en los grandes almacenes y los negocios de los dos diseñadores que aún están en activo. Y por supuesto, hay que darse una vuelta por la dirección del diseñador desaparecido. No creo que encontremos nada, pero nunca se sabe. Para no perder mucho tiempo en estas pesquisas, propongo que nos dividamos en nuestros dos equipos habituales.

—¿Habituales? —pregunté con sarcasmo—. Nunca hubiera imaginado que en Italia se crearan los hábitos con tanta rapidez.

—Pues así es desde tiempo inmemorial, mi querida inspectora, ¿para qué ir acumulando experiencias si con una o dos tenemos bastante?

Después de aquella demostración de desparpajo, vi cómo Gabriella y Garzón partían, encantados, hacia los establecimientos aún abiertos, mientras Abate y yo íbamos tras las huellas del misterioso Elio Tramonti.

El barrio de Pigneto no me pareció notable por ninguna característica. No era miserable ni tenía pinta de lugar de perdición, pero nadie hubiera dicho que era el emplazamiento ideal para abrir un negocio de moda. Cuando estuvimos frente a la casa en la que figuraba la antigua sede de la firma, la impresión de falta de idoneidad se vio corroborada. Se trataba de un pequeño edificio de dos pisos, vetusto y deteriorado, en el que no se veía ninguna traza de un antiguo glamur. Sin embargo, el *ispettore* se negó a descartar por completo que allí hubiera existido un almacén de ropa elegante.

—Durante estos últimos años, Petra, los diseñadores han proliferado en Italia como hongos tras la lluvia. Sería infantil pensar que todos eran como Armani o Ferré. No, a veces pequeños talleres del extrarradio cobijados en locales no mucho mejores que esta casa, probaban fortuna e incluso lograban ser competitivos. Más me sorprende que Elio Tramonti no figure en internet, que el hecho de que hubiera ocupado este edificio.

—Nunca hubiera imaginado que sabía usted tanto sobre el mundo de la moda.

—Un policía, como un periodista o un buen conversador, debe saber un poco de todo.

—Pues esta casa tiene aspecto de llevar mucho tiempo abandonada.

—En cinco años de descuido un inmueble antiguo se deteriora más de lo esperable. ¿Ve?, también tengo nociones de construcción. Ya que estamos aquí intentaremos preguntar a algún vecino, pero lo más probable es que nos toque recurrir al padrón para averiguar quién es el dueño.

—¡Vaya, es raro que no lo haya hecho usted ya!

—No tuve tiempo.

—Pues lo lamento, detesto todo ese tipo de gestiones oficiales.

—Tiene la suerte de que alguien las hará por usted.

—Me siento como una artista invitada.

—En cierto modo lo es.

Preferí no incidir más en las ironías; Maurizio Abate daba la sensación de no querer comprenderlas. Hicimos una primera batida, siempre juntos, entre los vecinos de los pisos contiguos al edificio. Nadie recordaba haber visto actividad alguna en el lugar: ni camionetas de carga, ni gente entrando o saliendo, ni luz en el interior. Un anciano que ocupaba el principal fue incluso más categórico que el resto de inquilinos:

—Llevo más de treinta años viviendo aquí y puedo asegurarle que esta casa hace más de quince que está deshabitada.

—Alguien nos aseguró que estuvo un tiempo alquilada.

—Intentaron alquilarla, durante unos meses estuvo colgado el cartel de una inmobiliaria, pero luego desapareció. Supongo que los dueños esperarán a que vengan tiempos mejores para probar de nuevo.

—Supongo que no recuerda el nombre de la inmobiliaria —afirmó Abate.

—¡Pues claro que me acuerdo! Cavalieri, la agencia se llama Cavalieri. Si dan una vuelta por el barrio verán que tienen más pisos en venta o alquiler. Yo, desde que hace poco murió mi esposa, doy un paseo cada mañana y siempre los veo aquí y allá.

Abate, impasible, apuntó el nombre. Yo miré al viejo con cara de circunstancias y le susurré:

—Lamento lo de su esposa.

—Gracias. ¿Usted también es policía?

—Formo parte de la policía española.

—¿De qué ciudad?

—Barcelona.

—¡Ah, Barcelona, una bellísima ciudad! Yo estuve cuando era joven, pero debe de estar muy cambiada.

—Supongo que así es. ¿Cómo hace para conservar tan buena memoria?

—La gente es estúpida, señora. A menudo me tratan como si fuera Matusalén, pero me acuerdo de todo. En mi juventud fui partisano, y no digo que ahora pudiera dirigir el país, pero aún lo haría mejor que algunos de los políticos que tenemos. Y es que…

Abate lo interrumpió con una carcajada ficticia y le palmeó la espalda como a un viejo amigo:

—Sí, sí señor, su mente es extraordinaria. Le agradecemos mucho su ayuda. Ha hecho usted un gran servicio a España y a este país.

—Lo de España me alegra, pero en cuanto a este país…

El *ispettore* volvió a cortar su discurso por lo sano:

—Buenas tardes, querido amigo, y mil gracias otra vez.

Como el viejo vio que Abate daba media vuelta y se disponía a levantar el vuelo, se acercó con rapidez hacia mí y me besó la mano.

—Ha sido un placer, señora. Es usted un ejemplo de la belleza de las españolas.

Sonreí tontamente y tuve que correr para alcanzar a mi compañero. Éste me recibió con mal humor.

—¿Se ha vuelto loca, Petra? ¡A quién se le ocurre darle conversación a ese buen hombre! Los viejos italianos se pirran por hablar de política y poner verde el país.

—Yo no veo el problema, ha sido muy amable.

—Muy amable, sí; pero hemos corrido el riesgo de que nos contara todas sus experiencias en un rato, incluida la guerra. Decididamente es usted una especie de Teresa de Calcuta policial.

—¿Y no será, *ispettore*, que lo que le molesta es que

haya tomado una simple iniciativa, aunque sea pequeña? He llegado a la conclusión de que no le gusta a usted trabajar junto a mujeres. Sólo viendo cómo trata a Gabriella ya lo sospeché.

En aquel momento el *ispettore* Maurizio Abate perdió la compostura, se puso rojo como la grana y gritó a viva voz en medio de la acera:

—¡No tiene ni idea de lo que está diciendo, ¿me oye?, ni idea! Da la casualidad de que casi siempre he trabajado con policías mujeres y nunca he tenido ninguna queja ni he hecho el menor distingo con los varones! ¡Es usted quien saca las cosas de quicio, quien ve fantasmas y me acusa de todo lo que le pasa por la cabeza!

—Entonces, ¿soy yo el problema? —chillé a mi vez.

Una señora que caminaba por la calle junto a su hijo pequeño aceleró el paso con cara de susto. Maurizio se pasó las manos por el pelo en un gesto desesperado y bajó el tono de voz:

—Inspectora, por favor, esto es ridículo. Comprendo que no aprueba usted mi modo de trabajar, que le incomoda mi trato, que no le gusto. Lo acepto, hay cosas que no se pueden evitar. Pero estamos encadenados el uno al otro por este caso. Le aseguro que si vamos a ver al comisario y le pedimos que me cambie porque nos llevamos mal, sólo conseguiremos soliviantarlo. Debemos tolerarnos el uno al otro lo mejor que podamos, firmar un pacto de no agresión.

—No tengo ningún inconveniente; pero antes retire lo de Teresa de Calcuta.

—Lo retiro, reconozco que ha sido un comentario fuera de lugar.

Nos quedamos callados. Abate sacudió la cabeza como intentando volver en sí. Suspiró imperceptiblemente y se me dirigió con gran respeto:

—¿Le parece que vayamos a la agencia inmobiliaria antes de que cierren?

—Me parece muy bien —musité, un poco exhausta tras la breve pero intensa discusión.

Sacó su tableta electrónica y buscó la dirección en internet. Un minuto más tarde íbamos ambos en el coche, charlando sobre el tráfico y el tiempo atmosférico. El silencio nos resultaba demasiado violento de soportar.

La empleada de la agencia Cavalieri buscó el dato por el que nos interesábamos y su respuesta nos dejó perplejos: la casa se había alquilado siete años atrás a un tal Elio Tramonti para un taller de costura. Estuvo alquilada dos años, después el contrato quedó rescindido. El dueño del inmueble era un viejo señor milanés con muchas propiedades en Roma que no se interesaba demasiado en la suerte que corrían sus negocios inmobiliarios con tal de que las cantidades del alquiler fueran satisfechas. En este caso siempre lo habían sido, con toda puntualidad.

—¿En efectivo? —preguntó Abate.

—Sí, el dinero se ingresaba desde bancos diferentes, pero nunca falló.

—¿Hay algún registro de todas esas transacciones?

—Bueno, tengo la fotocopia del carné de identidad de Elio Tramonti y el número de la licencia de actividades empresariales. Como ven, todo es legal.

Buscó los documentos y los fotocopió para nosotros. Luego cometió el error de preguntar:

—¿Hay algo más que pueda hacer por ustedes?

Quizá intentando demostrar que no era tan condescendiente como Abate pretendía, le solté a aquella chica con sequedad:

—Sí, acompáñenos a ver el local.

La pobre se quedó petrificada. Balbució:

—Pero señores, ya casi vamos a cerrar, quizá si vuelven mañana…

—Una investigación policial no tiene horarios —sentencié.

La recepcionista buscó ayuda en Abate con la mirada, pero él remachó:

—Vaya en busca de la llave. Si no puede acompañarnos iremos nosotros solos. Se trata de una simple inspección ocular. Se la devolveremos esta misma tarde.

—Tengo que consultar con mi jefe.

—Hágalo.

Desapareció, reapareciendo tras un minuto con cara de alivio:

—Mi jefe dice que hagan lo que tengan que hacer; él no tiene inconveniente.

Nos pasó la llave y salimos de allí. Abate apuntó:

—Sean los que sean los asuntos que se han cocido en ese local, la agencia inmobiliaria no parece estar implicada.

—Tampoco el dueño.

—Tampoco el señor milanés.

La calle me pareció más lóbrega que antes porque estaba anocheciendo. El *ispettore* aparcó frente al local con dos ruedas subidas a la acera y me pidió la llave, que guardaba en mi bolso. Abrimos la puerta con cierta dificultad; el interior estaba oscuro como el estómago de una ballena. Buscamos a tientas el cuadro de luces, pero la luz había sido cortada. Abate echó mano a su pantalón y del bolsillo sacó una linternita que me pareció el colmo de lo previsor. Extendió el pequeño haz de luz en todas direcciones. La habitación estaba vacía. Subimos al piso superior, donde vimos un par de cajas de madera, vacías. Olía a rata muerta y a humedad. Las paredes, ennegrecidas por el tiempo y el moho, armonizaban con un suelo desgastado y cubierto de mugre. Abate se frotaba las manos, intentando desembarazarse del polvo que se le había adherido al abrir la puerta principal.

—Es evidente que aquí no se han realizado actividades comerciales ni de ningún otro tipo desde hace muchos años —comentó.

—¿Más de siete?

—Y más de veinte también. El viejo llevaba razón. Aquí no ha habido ningún taller de costura, ni mucho menos el almacén de un sofisticado diseñador. Elio Tramonti es una tapadera; aún no sabemos de qué, pero lo es. Puede estar segura de que el carné de identidad será falso y el número de licencia fiscal también. Salgamos de aquí, este lugar apesta.

Sonó mi móvil en cuanto ganamos la calle. Era Garzón.

—Inspectora, aquí reportándose el equipo B. Ya hemos terminado con todas las empresas. Hemos ido deprisa porque no se han presentado contratiempos. La agente Bertano ha tomado nota de todo, como yo no hablo italiano… En principio todo parece legal, pero hemos cogido una copia de la contabilidad de la época.

—Perfecto, Garzón. Nos vemos en el hotel dentro de un rato.

—Con respecto a eso, inspectora… resulta que Gabriella es tan amable que me invita a cenar a su casa. Dice que así conoceré al bebé y a su marido. ¿A usted no le importa cenar sola?

—En absoluto. Mañana nos veremos.

Busqué a Maurizio con la mirada. Batallaba con la llave, intentando cerrar. Di un paso hacia el coche y en ese momento observé que una moto con la luz apagada venía hacia mí. Me quedé contemplándola como embobada. Cuando estaba muy cerca advertí que el motorista, un hombre cubierto con su casco, llevaba en la mano una pistola. Mi reacción fue sacar la mía inmediatamente, pero mi mano se encontró con un cinturón vacío. Entonces el tipo disparó y, casi al mismo tiempo, alguien me agarró por las piernas y me tiró al suelo. El cuerpo de Maurizio pesaba sobre mí y el ruido de los disparos de su pistola resultaba ensordecedor junto a mi oído. La moto huía. Abate se levantó y corrió tras ella disparando, pero el hombre desapareció en la esquina a toda velocidad.

En ese momento el italiano regresó hasta donde yo estaba y se arrodilló junto a mí.

—¿Está bien, Petra, está bien?

—Estoy bien, no se preocupe.

Hubiera debido decir relativamente bien, porque el placaje de mi compañero me había dejado bastante magullada. Me puse en pie.

—¿Y esto, qué significa esto?

—No lo sé —me respondió y se sentó en el bordillo de la acera. Me senté a su lado.

—¿Ha podido ver algo?

—Sólo que era un hombre corpulento. ¿Y usted, Petra?

—Me pareció que llevaba la matrícula tapada. De todos modos, Maurizio, ya ve hasta qué punto es ridículo que yo ande sin mi pistola. Me he sentido indefensa, desnuda.

—Lo sé, Petra; pero la ley es la ley.

—¿Es Catania quien ha intentado matarme?

—Eso creo. Pero si un delincuente se atreve a tirotear a un policía en plena calle, sólo hay dos razones: o está desesperado o tiene una organización detrás.

—Lo positivo es que hemos hecho salir al conejo de la madriguera. Ahora únicamente falta cazarlo. A no ser que él nos cace antes a nosotros.

Abate se puso a buscar los casquillos de bala. El tipo había disparado dos veces. Creyó ver los impactos en nuestro coche. Llamó a balística y, en cuanto llegaron y recuperaron los proyectiles, parabellum, nos marchamos.

—No sé usted, pero yo necesito una copa —dijo mi colega.

Nos dirigimos a una coctelería cercana a mi hotel. Pedí un whisky y me lo bebí de un trago. Permanecimos en silencio.

—Me voy a dormir, ha sido un día muy largo.

—¿Puedo pedirle un favor, Petra?

—Siempre que no tenga que hacérselo ahora mismo...

—¿Por qué no nos hablamos de tú de una maldita vez? Yo he hecho algún intento, pero usted…

—Considerando que me has salvado la vida, no me parece mal.

Sus ojos de color miel sonrieron con un destello de simpatía. Yo hice un gesto de despedida con la mano y volví al hotel.

Antes de meterme en la cama llamé a Marcos para darle el parte amoroso del día; un parte del que fue completamente expurgado el capítulo del tiroteo. No me gusta preocupar a la gente. Mucho menos tener que tranquilizarla después.

Capítulo 10

No fue necesario que informara a Garzón sobre lo sucedido la noche anterior; ya lo sabía por medio de una llamada de la *viceispettora*. Me sorprendió que, aun reconociendo que se trataba de algo grave, no se echara las manos a la cabeza ni clamara en contra del culpable como era su costumbre. No, lo único que parecía contrariarle era que hubiera sido el *ispettore* y no él quien me lanzó contra el suelo. Intercambiadas unas cuantas frases, pasó a contarme lo que de verdad parecía acaparar todos los rincones de su mente: la maravillosa cena en casa de Gabriella. El esposo era un joven encantador que le había hecho los honores a la perfección, amén de demostrar un conocimiento sobresaliente sobre la liga de fútbol española. El niño, monísimo. La casa, acogedora, pero lo mejor de todo habían sido las especialidades de cocina tradicional que habían salido a la mesa: *zuppa minestrone*, *linguine* con una salsa sobrenatural, *tagliata* sabrosa y tierna… para acabar con una *cassata* siciliana que no se la saltaba un gitano. Escuché con paciencia y asentí con más paciencia aún, porque lo que de verdad me apetecía era abroncarlo por ser tan insensible a los peligros arrastrados por su jefa. Sin embargo, el subinspector había desarrollado todas aquellas actividades en su tiempo libre, de modo que no me sentía autorizada a hacerle ninguna recriminación laboral. Lo intenté con una ironía ligera:

—Espero que sus contactos con la policía italiana reviertan positivamente en el decurso de nuestra investigación.

No pareció haber recibido dardo alguno. Como si la cosa no fuera con él, prosiguió tan campante:

—¿Sabe lo que pienso, inspectora? La institución familiar es mucho más auténtica en este país que en el nuestro. Nosotros hemos perdido los valores por culpa del consumismo salvaje y la influencia americana. En Italia no es así, aquí las tradiciones siguen teniendo un gran peso específico.

Lo miré sin dar crédito a lo que oía. El jodido Garzón estaba más pendiente de analizar y comparar estilos de vida nacionales que del caso Siguán. Pero yo no podía luchar contra eso. Comprendía además que se sintiera fascinado por Italia e intentara desentrañar sus claves, y me fastidiaba el representar siempre el papel de represora. Opté por un recordatorio exento de hostilidad.

—Todo eso es muy cierto, Fermín, pero deberíamos centrarnos en el caso. No sé si se da usted cuenta de que las cosas se están poniendo muy feas.

—¡Cómo no voy a darme cuenta si está usted viva de milagro!

—¡Joder, pues no parece usted demasiado afectado! —eché por tierra mis buenos propósitos.

—No me ve afectado porque estoy compensado. Por una parte, me horroriza que le dispararan; pero por la otra me llena de felicidad que no acertaran. Mi ánimo se encuentra pues sereno y estable.

Había que admitir que si estaba pitorreándose de mí, lo hacía con cierto estilo y buen gusto.

—Pues rompa un poco la serenidad y apure su café porque llegaremos tarde al trabajo.

En el Comissariato nos aguardaba un panorama desolador. Según nos sopló Gabriella en un breve conciliábulo, el *ispettore* había montado en cólera nada más llegar aquella mañana. Al parecer, nadie le había avisado de una llamada recibida la noche anterior. Marianna Mazzullo había dejado un recado para él que nadie consideró importante: Rocco Catania la había visitado en las últimas horas. Su reacción al enterarse fue inmediata: mandó dos policías a casa de la mujer para comprobar que estaba bien y luego se puso como un basilisco recordándole a todo el mundo que eran una panda de incompetentes. Nosotros lo encontramos ya un tanto apaciguado, pero aún nervioso y vibrante como la varilla de un zahorí.

—Han tardado mucho en llegar —nos espetó como primera providencia.

Antes de que Garzón le pormenorizara los problemas de tráfico en la ciudad, intervine enseguida:

—Ahora ya estamos aquí. Pongámonos de acuerdo en lo que hay que hacer y hagámoslo enseguida —dije con firmeza. No iba a permitirle que espolvoreara los últimos restos de su enfado sobre nosotros y quería dejar bien claro que tampoco aceptaríamos órdenes ciegas.

Contrajo los rasgos de su rostro varonil en un rictus violento. Quizá había supuesto que el hecho de salvarme la vida me haría cambiar de actitud. Por fortuna, el acuerdo era fácil: debíamos poner rumbo sin dilación al piso de Marianna.

En la entrada estaban haciendo guardia los dos policías que el italiano había enviado. Se reportaron afirmando que la mujer se encontraba bien y nos esperaba en su casa.

Decir que Marianna Mazzullo estaba bien era una aseveración optimista. En realidad la mujer se hallaba en un estado lamentable. Tenía la cara hinchada a causa del llanto y las manos le temblaban continuamente. Se colocó frente a Abate nada más verlo y le habló en susurros rápidos y angustiados.

—¿Por qué alguien como yo no puede tener un poco de paz?, ¡dígamelo!, ¿por qué se han metido ustedes en mi vida? Les llamé anoche al teléfono que usted me dio para decirles que Rocco había estado aquí, pero nadie me hizo caso. Ahora me arrepiento de haberles avisado. Él volverá y me matará, lo sé. Casi estuvo a punto de hacerlo anoche. Sabrá que les he llamado y me pegará un tiro, lo sé.

Maurizio la tomó por los hombros y le habló con serenidad y entereza:

—Nadie va a hacerle nada malo, Marianna. A partir de ahora tendrá vigilancia policial continua. Vamos a coger a Catania en cuestión de días, de horas, pero es preciso que se tranquilice y nos cuente todo lo que sucedió anoche con ese hombre.

El tono de autoridad moral que había empleado hizo su efecto. La Mazzullo respiró profundamente y se recompuso. Nos señaló unos sillones y nos invitó a sentarnos.

—Voy a hacer un poco de café.

—Hágalo, Marianna, nos vendrá bien a todos.

Al quedarnos solos, Abate habló en voz muy baja:

—Esa mujer hubiera podido ser asesinada esta misma noche. La llamada al Comissariato corresponde a las diez treinta, después de que Catania disparara sobre nosotros. Pudo haber llegado a esta casa loco de frustración y...

—Estuvo siguiéndonos todo el tiempo.

Marianna sirvió el café mucho menos nerviosa de lo que estaba, el temblor de sus manos había desaparecido. Inició su relato sin necesidad de preguntas.

—Llegó cuando me preparaba para acostarme. Me dio un susto de muerte. Estaba frenético, muy alterado. Sudaba y se movía sin parar por esta habitación. Desde el principio ya empezó a chillarme. Sabía que ustedes eran policías. Iba armado con una pistola y me la ponía delante de la cara. Quería saber qué me habían preguntado. Cuando le dije que preguntaron por su paradero me amenazó con matarme si abría la boca. Le hice comprender que no podía abrir la boca porque no sé dónde vive ni tengo su número de teléfono. En vez de calmarse se puso más fuera de sí que nunca y me dijo que me mataría de todas maneras. Yo creí que había llegado mi hora porque estaba como loco. Insistía en saber si alguien más había venido para preguntarme por él. Yo negaba y negaba y él insistía e insistía. Al final me creyó, pero dijo que si les contaba algo de su visita vendría para pegarme un tiro. Dijo: «Soy un hombre acosado por todas partes, Marianna, así que no me costará nada arriesgarme para darte tu merecido». Luego se fue. No estuvo aquí más de cinco minutos.

—Bien, Marianna, bien —respondió Abate a su relato—. Eres una mujer valiente y has hecho lo que debías. No va a pasarte nada, te lo garantizo. Dos de mis hombres te seguirán a todas partes. Sigue con tu vida normal y si tienes que introducir alguna variación en tus rutinas, coméntaselo.

—¿No me dejarán sola?

—Si te sucediera algo yo me suicidaría, Marianna, fíjate lo seguro que estoy.

Me quedé estupefacta ante aquella *boutade*, pero sorprendentemente a la Mazzullo pareció agradarle porque, por primera vez en todo aquel tiempo, sonrió. Era innegable que el italiano tenía sus propios métodos, y que no todos ellos entraban dentro de la completa ortodoxia.

Al salir, dio instrucciones a los policías. Luego se alejó un momento para hacer una llamada telefónica. En el coche, volviendo al Comissariato me habló con gravedad:

—He pedido ayuda a uno de nuestros mejores especialistas, Petra.

—¿Especialista, en qué?

—En temas de mafia.

Giré el cuerpo entero en mi asiento para verlo mejor. No bromeaba, en realidad nunca lo había visto tan serio.

—¿Por qué Catania está acosado por todas partes? ¿Por qué quería saber si alguien más andaba buscándolo en casa de Marianna? Estoy convencido de que ese tipo forma o formaba parte de alguna organización. Quizá ya formaba parte de ella al comienzo de toda esta historia.

—¿Quieres decir cuando mató a Siguán?

—La hipótesis del sicario cobra fuerza, y quizá fue una organización mafiosa quien lo envió contra ese hombre.

—No lo entiendo. ¿Por qué un viejo empresario español tendría que tener cuentas pendientes con la mafia?

—Ni idea, pero los negocios de las mafias se extienden por ramas insospechadas. Pueden tener intereses hasta en los jardines de infancia del Polo Norte, ¿quién sabe? De cualquier modo creo que necesitamos un buen asesor.

¡Dios, de la manera más tonta íbamos a liar un cisco internacional de mucho cuidado! Me fastidiaba, y no por la internacionalidad en sí misma, sino porque, aunque no lo reconozcamos, a todos los investigadores nos fastidia que un caso tome derivaciones imprevistas. Puede que aquél, que estaba revelándose como complicado y llamativo, nos hiciera apuntarnos un tanto y apuntalar nuestra reputación, pero para eso había primero que resolverlo.

Al regresar, la inactividad de la que habían gozado nuestros subalternos terminó. Abate ordenó a Gabriella llevarle al comisario Stefano Torrisi todos los informes del caso Siguán, incluidos los de reciente factura y asegurarse de que los leía. Yo, por mi parte, le pedí a Garzón que hablara con el inspector Sangüesa rogándole que incidiera en la investigación de la firma Elio Tramonti en las cuentas de la empresa Siguán.

—Una vez que se lo haya dicho —añadí—, llámele cada veinte minutos para recordárselo.

—Lo de los veinte minutos será un decir —replicó.

—Ni hablar, cada veinte minutos de reloj.

—Me mandará al infierno.

—Dígale que es orden mía.

—Entonces la mandará a usted.

—Da igual, no estaré al teléfono para oírlo.

—¡Pero yo sí!

—¿Quiere hacer el favor de cumplir mis órdenes y largarse ya?

—Vale, pero eso puedo hacerlo acompañando a la agente Bertano.

—¡Lárguese!

Dio media vuelta y salió, esbozando un saludo militar en plan bufo. Por el rabillo del ojo vi como Abate se reía. Puse cara de resignación.

—Increíble, ¿verdad? Sería capaz de discutir hasta el borde de la tumba.

—A mí el subinspector me parece muy gracioso, y una buena persona, además.

—No encontrarás en el mundo mejor persona que él. Lo malo es que nos conocemos demasiado, solemos investigar siempre en pareja.

—¿Os ataca el típico aburrimiento de la pareja?

—No es fácil aburrirse junto a Fermín; el problema radica en que ambos conocemos los puntos flacos del otro. Eso a veces es divertido, pero otras puede ser demoledor.

—Todo lo que estás diciendo me suena a matrimonio.

—No quiero traerte malos recuerdos.

En cuanto hube pronunciado esa frase me arrepentí. Abate se quedó mirándome con sorpresa. Luego sonrió desmayadamente.

—A veces los recuerdos buenos hacen más daño.

Me encogí de hombros. Miré el reloj por hacer algo.

—¿Qué hacemos ahora? —pregunté.

—Ir al bar de la esquina a tomar una copa.

—¿Y si mientras tanto llega el comisario Torrisi?

—¿No tenéis en Barcelona ningún sistema para que alguien te avise cuando estás en el bar?

—Sí, el policía de guardia en la puerta viene a buscarnos.

—¿Y qué te hace pensar que aquí es diferente?

Un minuto después, dos cervezas heladas se presentaron ante nosotros con su promesa de frescor y suave atontamiento. Metí los labios en la mía como una ávida abeja libando una flor. Cerré los ojos a causa del placer que sentía y cuando los abrí, me di cuenta de que Abate me miraba con una sonrisa.

—El corazón de hielo de la enérgica inspectora sólo se derrite ante una cerveza.

—Eso significa que te parezco una especie de sargento de caballería, ¿verdad?

—Quizá, pero se adivina una gran ternura detrás de los galones.

—Te equivocas, no soy una mujer tierna. Puede que lo fuera en mi juventud, pero enseguida comprendí que la vida no acepta debilidades.

—¿La ternura es una debilidad?

—Sin duda alguna. El pan tierno es maleable y yo no quiero que nadie haga una pelotita conmigo y me tire a un rincón.

—Pero mientras alguien te moldea te está acariciando.

—¿Desde cuándo los hombres reivindicáis la ternura? Eso es nuevo; me temo que los tiempos corren demasiado deprisa para mí.

—Te gustan los tipos duros, ¿eh?

—Como rocas.

Se bebió toda la cerveza que le quedaba de un tirón. Dio un golpe con el vaso en la mesa y me miró con cara de broma:

—¿Así de duros?

Me eché a reír. Llamó al camarero y pidió más bebida.

—¿Y si no estás en condiciones cuando llegue Torrisi? —pregunté.

—Aguanto el alcohol como un vikingo, conduzco a

toda castaña por la carretera, no doy limosna a los mendigos y siempre les gano a mis amigos cuando echamos un pulso. ¿Crees que es suficiente dureza como para que te caiga al menos un poco bien?

El sonido del móvil interrumpió mi carcajada. Era Marina, mi hijastra de ocho años.

—Petra, ¿puedes hablar conmigo?

La sorpresa y aquella vocecita de tono formal me emocionaron:

—¡Marina, cariño, qué alegría! ¿Cómo está mi pequeña?

—Bien. Como hace mucho tiempo que estás de viaje y nunca me llamas quería saber qué haces.

—¡Cielo!; es verdad que no te he llamado pero…

Mientras mis palabras surgían espontáneamente, proporcionándome un placer mayor que el de la cerveza, advertí que Maurizio tenía los ojos fijos en mí. ¡Joder, podía haberse apartado de la mesa, ir al lavabo…! Pero no, allí estaba con una sonrisita irónica presenciando cómo el sargento de caballería con las botas lustradas se despepitaba ante una niña, mostrando una cara inédita de mujer bobalicona. Frené al instante mis desvaríos cariñosos.

—… pero pensaba que tu padre ya te habría contado que tengo mucho trabajo.

—Sí, nos ha contado a mí y a los chicos que estás en una misión muy importante en el extranjero. Hugo y Teo también querían llamarte para ver si te sacaban información sobre la misión esa, porque como papá no cuenta nada…

—Pues espero que no me llamen porque, como te digo, tengo mucho trabajo.

—Petra: mi madre es idiota. Ahora quiere apuntarme a clases de ballet, y las clases de ballet son un palo y una cursilada. Te hacen vestirte con unas mallas que pareces una salchicha cruda y…

La interrumpí con frialdad:

—Marina, no puedo hablar ahora. Lo siento.

Con gran dolor de corazón, vi cómo su voz reflejaba la decepción y la tristeza:

—Bien, Petra. Me voy, adiós.

Durante un instante odié al italiano por el simple hecho de su presencia. Sin embargo, enseguida desvié hacia mí misma el objetivo de los reproches. ¿Por qué me importaba lo que aquel hombre pudiera pensar de mí? Encontré una respuesta: porque demostrarle que era una mujer fría lo mantendría alejado. Surgió otra pregunta: ¿por qué debía mantenerlo alejado? A eso no pude contestarme racionalmente porque se trataba de una intuición, pero era una intuición que se presentaba con gran fuerza. Ahora Maurizio estaba mirándome, de modo que me vi obligada a darle una explicación:

—Era Marina, mi hijastra. La hija menor de mi marido.

Se ensombreció de pronto, miró al suelo.

—Al principio de nuestro divorcio mis hijas me llamaban a cualquier hora. A veces me interrumpían en el trabajo y no podía contestarles como hubiera querido. Dejaron de llamarme con tanta frecuencia. Ahora no lo hacen casi nunca. Voy a recogerlas algún fin de semana, comemos en restaurantes... ¿Tú crees que nuestra profesión permite llevar una vida familiar como la de todo el mundo, Petra?

—No lo sé. Yo nunca he tenido problemas porque mis sucesivas familias no tenían una estructura convencional. No he tenido hijos. No he pretendido fundar algo trascendente.

—Yo sí lo intenté, pero salió mal; mi esposa me abandonó.

—¿Por qué te abandonó?

—Por las razones más obvias, pero no por obvias menos importantes: mis horarios anárquicos, mi poca disponibilidad como padre, mi descuido como marido.

—Pero ella tampoco lo haría todo bien.

—Me temo que sí. Era buena profesional, buena madre, una esposa atenta y comprensiva… hasta que se hartó y siguió harta una buena temporada, pero yo no cambié. Se dio cuenta de que había llegado al límite del hartazgo cuando se enamoró de otro hombre. Y se largó, claro; ahora las mujeres no tenéis los problemas de conciencia que antes teníais.

—¿Te hubiera gustado que se quedara junto a ti por problemas de conciencia?

—No, pero un abandono duele mucho.

—Debería doler sólo la ruptura, con independencia de quién la decida.

—Como teoría está muy bien. Dime una cosa, Petra, ¿te sientes más mujer que policía?

—¡Vaya pregunta, por supuesto que sí! Primero soy mujer, luego viene todo lo demás.

—Yo no lo tengo tan claro. El hecho de ser policía invade mi vida por completo.

—Los hombres compartimentáis mal. Las mujeres solemos cumplir con muchos papeles a la vez, estamos acostumbradas a poner fronteras entre unas cosas y otras.

—¿Y el orden de prioridades?

—Ése es nuestro talón de Aquiles. Nos creemos con fuerzas para hacerlo todo al mismo tiempo, sin introducir un orden de prioridades; y claro, la mayor parte de las veces eso no es verdad.

—¿Y…?

—Pues nada, acabamos todas medio locas; pero hace falta estar un tanto loco para vivir.

Soltó una carcajada, me miró. Era atractivo. Me sentía a gusto en aquel momento. No podía decirle lo que pensaba de verdad: que los hombres pivotan toda su vida en torno al trabajo porque necesitan el triunfo social para creer en sí mismos mínimamente. Por eso él se aferraba al mando, por eso intentaba llevar con mano de hierro el caso Siguán. Por eso, también, me había tratado como a una niña tonta al conocernos. Le sonreí y nos quedamos un rato en silencio, disfrutando del escalón de intimidad que acabábamos de ascender.

—Tenemos que marcharnos —dijo por fin—. El comisario Torrisi debe de estar al caer.

Stefano Torrisi había caído ya. Nos esperaba en una sala de juntas, acompañado de Gabriella y Garzón. Era un hombre fornido y muy alto, bastante calvo, de unos cincuenta y tantos, con ojos bondadosos y, según me informaron, un fuerte acento de su tierra natal, Sicilia, que yo no era capaz de detectar. Parecía cansado pero, aun así, estuvo bromeando un buen rato con Abate. Luego, desmoronó su cuerpo en una silla y me sonrió:

—He estado preguntando al subinspector Garzón por Barcelona. ¡Ah, qué bella ciudad! También le he preguntado por el Barça, antes de que llegara usted. No sé si a las mujeres españolas les gusta el fútbol.

—Les gusta a las que son más jóvenes que yo.

—¡Nadie puede ser más joven que usted, inspectora! Las mujeres bellas no tienen edad.

Me eché a reír. Me costaba comprender cómo aquel ser que emanaba bonhomía y calma por los cuatro costados, podía ser el mejor especialista en un tema tan espinoso como las mafias. ¿Cómo se las apañaba para conciliar aquella paz que trasmitía con la brega diaria de los delitos? Había leído a vuelapluma el informe Siguán y la *viceispettora* lo había informado de algunos pormenores. Lo primero que hizo fue plantearle sus dudas a Abate, que completaba las lagunas con respuestas cortas y concretas. Él le escuchaba como un viejo médico rural escucha a su paciente: concentrado, inmerso en su ciencia, intentando colocar cada pieza del diagnóstico en su lugar. Cuando se vio en condiciones de emitir una opinión, su cabeza potente afirmó:

—Sí, el asunto tiene muchos visos de estar relacionado con alguna mafia. Es posible que ese individuo, ¿cómo se llama?

—Rocco Catania.

—Es posible que Rocco Catania haya sido utilizado por alguna mafia como sicario sin pertenecer a la organización.

—¿Una organización mafiosa se permite hacer uso de un tipo que no pertenece a ella? ¿Y si luego se va de la lengua? —pregunté.

—El tipo no suele saber nada de para quién trabaja ni de qué está haciendo. Se limita a matar y a cobrar.

—¿Por qué habría contratado la mafia a un tipo externo? —volví a inquirir.

—La razón más común es que la misión que debe llevar a cabo sea demasiado arriesgada para uno de ellos. Por ejemplo, asesinar a alguien fuera del país podría ser algo considerado como muy peligroso. Recurren entonces a un delincuente común y le ofrecen una cantidad suculenta. Si la policía lo caza… el sicario sabe poco que pueda contar. Si tiene éxito, le pagan y adiós.

—¿Es factible que el mismo hombre sea contratado para dos misiones? —quiso saber Abate.

—Es factible si ambas misiones están relacionadas entre sí. Es menos arriesgado que contratar a un nuevo hombre. —Nos miró con su aspecto sereno de profesor universitario. Luego blandió su índice en el aire, reconviniéndonos—. Pero ustedes, queridos colegas, no me hacen la pregunta que yo quiero contestar: ¿qué pasa si al sicario contratado no lo coge la policía y va acumulando error sobre error hasta que se hace peligroso para la seguridad de la organización?

—No le entiendo —saltó de pronto Garzón, y ninguno de nosotros sabíamos si se refería a sus dificultades con el italiano o la intención de Torrisi. Gabriella, su intérprete personal, le dijo en voz baja:

—*Sciocchezza, stupidaggine*.

—*Capisco, capisco* —chapurreó el subinspector—. Lo que no *capisco* es qué tipo de *stupiditàs* pudo hacer Catania.

—Supongo que la primera... —respondió Torrisi— fue dejar con vida al novio de la chica que asesinó en Ronda y que les ha dado su nombre. Debía haber sabido que vivía con alguien, esperar su regreso y matarlo también. Y después viene el error garrafal, la madre de todas las *stupidaggines*: intentar matar a la inspectora Delicado. Eso apunta directamente a la mafia, pocos delincuentes comunes se atreverían a una cosa así. Los ha señalado con el dedo, probablemente sin querer.

—¿Y ahora?

—Ahora la mafia busca la ocasión de cargárselo y si no lo detienen ustedes, estén seguros de que lo hará.

—¿No pudo ser directamente la mafia quien quisiera liquidar a la inspectora?

—De momento, es improbable; pero si los errores de Catania siguen sucediéndose...

—¿Por qué una mafia organizada querría hacer desaparecer a un empresario catalán, aparentemente intachable? —intervino Garzón.

Torrisi sonrió de modo autosuficiente.

—Ustedes no ignoran que las mafias italianas ya están introducidas de modo muy estable en España. Para instalarse allí necesitan empresas falsas que blanquean su dinero. Lo más habitual es que compren restaurantes, hoteles, discotecas. Piensen que desde España acceden con más facilidad al narcotráfico hispanoamericano y... muy importante: dominan el mundo de la cocaína en el sur de Europa. España, señores, es un punto estratégico muy codiciado. En cuanto a su empresario intachable... bien, si los mafiosos no tienen necesidad de comprar nada sino que actúan desde el interior de una empresa ya constituida cuyo dueño sigue al frente... la posibilidad de que alguien sospeche se reduce enormemente.

—¿Siguán prestó su empresa para los manejos de la mafia, eso piensa?

—Vivimos tiempos convulsos, inspectora. Los vaivenes económicos pueden llevar a la ruina a cualquier empresa y una inyección continuada de dinero siempre es bienvenida; si no se es de verdad intachable, por supuesto.

—¿Y cuál sería entonces el motivo de cargarse a Siguán?

—Cualquiera, Petra, cualquiera. Un desacuerdo en las cifras, un deseo de abandonar... Esos hombres no dudan demasiado si una muerte les parece necesaria para sus intereses. Además ni siquiera arriesgan su propio pellejo, ya lo ve, contratan a un desgraciado y...

—Todo cuadra —dije—. Detrás de Elio Tramonti hay una mafia; por eso la empresa de Siguán había remontado en los últimos tiempos.

—Sí, pero el hecho de que cuadre no nos ayuda de momento a cazar a los culpables —argumentó Maurizio con cierto desespero.

—Cierto, *ispettore*. En primer lugar pueden ser tres las organizaciones mafiosas responsables: la Cosa Nostra, la Camorra y la 'Ndrangheta. Las tres tienen métodos similares y las tres operan en España, si bien la Cosa Nostra en menor medida ya que prefieren su propio terreno. Sin embargo, las otras dos son muy expansivas. En teoría la 'Ndrangheta prefiere Madrid y la Camorra, Barcelona; pero eso son aproximaciones teóricas que no siempre resultan exactas. Para que se hagan una idea de la envergadura del problema: ¿saben cuántos jefes mafiosos de diversas organizaciones han detenido en España conjuntamente nuestras dos policías? ¡Treinta y seis desde el año 2000! No está mal, ¿verdad?

—Eso demuestra que no es imposible echarles el guante.

—¡Por supuesto que no es imposible, subinspector!

¿Qué cree que hago yo día a día, cocinar platos de pasta? Pero necesito más datos para poder actuar. Investiguen a fondo el entorno de Siguán. Sigan con su caso y cualquier pista que surja: una carta, un fragmento de contabilidad, un testimonio de última hora... llámenme inmediatamente, debemos seguir en contacto.

—Antes hay que atrapar a Rocco Catania —susurré como si recitara un mantra obsesivo.

Torrisi se puso en pie, hizo un gesto amplio con ambas manos a modo de conclusión y sonrió beatíficamente:

—De momento, poco más puedo hacer por ustedes. A no ser que... a no ser que acepten cenar esta noche en mi casa. Mi esposa se pondrá loca de contento si le llevo a dos ciudadanos de Barcelona. Y, por supuesto, mis colegas italianos también están invitados.

Sorprendida ante tanta hospitalidad balbucí excusas poco creíbles:

—Pero comisario, somos muchos, no podemos cargar a su esposa con tanto trabajo.

—¡En ningún momento voy a dejar sola a mi esposa! Antes he dicho que no me paso la vida cocinando, pero muy bien podría ganarme la vida haciéndolo. Deben saber que hago la mejor pasta de toda Sicilia; lo cual quiere decir de toda Italia, porque en ninguna parte se come mejor que en mi querido lugar de origen.

La cena fue una fiesta, una auténtica fiesta donde sobresalieron la gastronomía y la amabilidad. La esposa de Torrisi, Nada, era encantadora y hermosa y ambos conseguían que los invitados nos sintiéramos acogidos y felices. Parecían francamente enamorados y, después de la conversación con Maurizio, me pregunté cómo se las apañaban, siendo Torrisi un policía con tanta responsabilidad. La comida también era espléndida y el único peaje que tuvimos que pagar por tanta delicia fue la inevitable glosa sobre Barcelona y sus múltiples bellezas. Como todo no podía ser perfecto, en medio de la sobremesa sonó mi móvil. ¿Sangüesa a aquellas horas? Pedí excusas y salí al pasillo.

—¡Joder, Petra. El cabronazo de tu subalterno ha estado llamándome todo el día cada veinte minutos!

—Ya lo sé, fui yo quien le ordenó que lo hiciera.

—Me lo imaginaba. He intuido tu fino estilo detrás de esa insistencia. Bueno, te llamo tan tarde porque he estado escarbando en las cuentas de Elio Tramonti con Siguán. Veamos, Petra, me ratifico en lo dicho: no hay nada ilegal, tampoco nada que llame especialmente la atención. Es verdad que aparece como el cliente que más pedidos hace durante los últimos dos años de vida de la empresa, con una diferencia abismal con respecto a las otras tres que también facturan. Pero... no existe nada ilegal, insisto.

—¿Y si te dijera que Elio Tramonti no existe?

—¿Es una tapadera?

—Sí.

—Pues te diría que es una tapadera contablemente muy bien diseñada, y te diría más, si Elio Tramonti es una tapadera, toda la empresa Siguán lo es también ya que de ningún modo podría haber subsistido sin los contratos con Tramonti. Y si no fabricaba telas para Tramonti... ¿qué carajo hacía?

—Como ves, no te he dado la lata por las buenas.

—Lo sé, sé que tú siempre das la lata por motivos justificados pero ¡qué bien la das, Petra, con cuánto empeño y sofisticación!

—Vete al infierno, Sangüesa.

—Yo también te quiero. ¿Volveréis pronto a Barcelona?

—Eso creo; no parece que esta investigación vaya a durar mucho más.

Desde el pasillo de los Torrisi oía las alegres voces del comedor cuando colgué. No estaba tan claro que aquel asunto fuera a durar poco. De hecho, estaba complicándose tan endiabladamente que quizá tendríamos que trasladarnos a Roma para siempre. Miré el reloj: eran las once de la noche; no demasiado tarde para llamar a España. Marqué su número de móvil y, por el modo soñoliento en que me contestó Yolanda, comprendí que debía de estar ya en la cama. Preferí no averiguarlo.

—Yolanda, desde mañana por la mañana a primera hora, tú y Sonia debéis hacer una vigilancia continuada sobre Rafael Sierra y Nuria Siguán. A excepción de las noches, debéis seguirlos todo el tiempo. Yo avisaré al comisario Coronas para que os autorice y no os encargue ningún trabajo más.

Estuvo casi un minuto farfullando frases inconexas que casi me llevaron a la exasperación.

—¡Yolanda, por todos los demonios! ¿Te has enterado de lo que te he dicho o te llamo en algún momento en el que tengas todas tus neuronas en su lugar?

—Me he enterado, inspectora; pero es que como a veces tengo náuseas me había acostado temprano y...

Corté de raíz cualquier noticia sobre su embarazo.

—¿Te encuentras en condiciones de prestar servicio? Si no estás al cien por cien será mejor que pidas una baja temporal. Éste es un asunto muy importante.

—Estoy bien, inspectora Delicado, y me he enterado de todo. Llevaremos a cabo esas vigilancias. ¿Desea que la informe día a día?

—Sí, por escrito. Buenas noches.

¡Ah, no estaba dispuesta a ceder frente a las debilidades maternales! Justamente el día anterior lo había comentado con Gabriella, como aviso de navegantes. Las chicas actuales tienen su primer hijo a los treinta y tantos e inmediatamente autogeneran la conciencia de que la sociedad les debe una especie de gratitud. ¡Ah, no!, conmigo pinchaban en hueso. Parir siempre me había parecido una actividad femenina ancestral y cotidiana; de modo que no veía ninguna necesidad de tratar a las neomadres como si fueran una especie en extinción.

Aquella noche en el hotel, intentando recuperar mi cara amable, llamé por teléfono a Marcos. Me hubiera apetecido descargar todas las tensiones del día sobre él. Finalmente, ésa es una de las principales utilidades del matrimonio. Sin embargo, me abstuve. ¿Qué podía decirme mi marido si le trasmitía mis inquietudes sobre el caso Siguán? «No te preocupes, cariño, todo se arreglará.» Una respuesta así me hubiera puesto mucho más nerviosa. Tampoco creo en las condiciones terapéuticas de la conversión. Contar algo no te libera por las buenas. Lo mejor era callarse y cuando él me preguntara cómo iban las cosas, responder: bien. Y eso fue lo que dije: Bien.

Capítulo 11

A la mañana siguiente Garzón no bajó a desayunar. Lo hice yo sola y, al terminar, pregunté por él en recepción. Me dijeron que se había marchado temprano, dejando un mensaje para mí. Mi intriga era total cuando leí: «Inspectora: estoy atendiendo a un asunto privado y llegaré un poco más tarde al Comissariato. No se inquiete, será poco rato. Un abrazo: Fermín Garzón». Naturalmente me inquieté, si bien mi inquietud estaba tornasolada por los rayos de un incipiente cabreo. ¿Un asunto privado?, ¿qué asuntos privados podían reclamar en Roma la presencia de mi compañero? Telefoneé a Abate.

—Maurizio, ¿ha llegado ya el subinspector?

—Todavía no.

—¿Y Gabriella, ha llegado Gabriella?

—Sí, está en el despacho. ¿Hay algo que vaya mal?

—Nada; sólo que me reuniré un poco más tarde con vosotros.

—Que no sea demasiado, hay una incidencia que debemos comentar. Pero, Petra, quizá sería mejor que te acompañara adonde quiera que pienses ir.

—No es necesario, hasta luego.

Colgué a toda prisa y me prometí a mí misma que si Abate me llamaba, no le contestaría. Aquella cooperación policial estaba virando hacia una especie de custodia perpetua que empezaba a soliviantarme.

Salí a la calle y el aire fresco me despejó, al menos lo suficiente como para que mi intuición y conocimiento del ser humano se pusieran a funcionar a pleno rendimiento. Tomé un taxi.

—Al Coliseo —le indiqué al conductor.

Cuando llegamos, le pedí que diera una vuelta alrededor de todo el circo. Y sí, al lado del Arco de Constantino le hice parar. Pagué, bajé y me acerqué al lugar procurando quedar emboscada por las nubes de turistas que a aquellas horas ya abarrotaban los aledaños del monumento. Aprovechando el lento y borreguil avance de un grupo de japoneses que se aproximaba a mi objetivo, me planté a pocos metros de Garzón sin que él lo advirtiera. Allí estaba, había supuesto bien. Iba tocado con un yelmo romano tan brillante como recién salido de un bazar oriental y a sus dos costados se veía a un par de astrosos gladiadores que se fotografiaban con él. En la mano blandía una lanza con orgullo manifiesto y exhibía en el rostro una sonrisa triunfal. Era un triunvirato estremecedor.

En ese momento los japoneses siguieron mansamente y en manada a su guía y yo me quedé sola, a pocos metros de aquel cuadro siniestro. Garzón tardó un poco en percatarse de mi presencia; pero al final comprendí que me había visto al comprobar que su sonrisa de combatiente victorioso trocaba en la cara de angustia de un condenado a muerte por decisión imperial. Con casco y todo, vino hacia mí y me dijo:

—¡Inspectora, ¿puede saberse qué demonios hace aquí?!

—¡Atrás, no se me acerque con esa pinta! —exclamé como si repeliera a toda una legión.

Retrocedió. Fue a buscar las fotos que habían hecho sus miserables conmilitones y les pagó. Luego se puso de nuevo a mi lado aparentando que la situación era de lo más natural. No dudé en pedirle explicaciones.

—¿Ha perdido usted la chaveta, Garzón?

Se enfurruñó al instante. Miró más allá de mi hombro como si yo fuese un mineral y habló con la dignidad de un procónsul a quien se ha intentado ofender:

—Sólo pretendía compartir una pequeña actividad lúdica con mis compañeros de Barcelona.

—Espero que en ningún momento haya tenido la tentación de enviar esas fotos por internet.

—No, pero las enseñaré en el Comissariato cuando volvamos.

—Y a Beatriz, ¿también se las enseñará?

Me lanzó una mirada aviesa.

—Usted no tiene autoridad para preguntarme lo que hago o dejo de hacer en mi vida privada.

—¡No está en Roma para un viaje privado, sino para trabajar!

—A usted no le importa nada el tiempo que haya podido perder, lo que le molesta es que haga el hortera. Y supongo que Beatriz piensa igual. Pero quiero dejar una cosa bien clara: ¡yo soy hortera, sí! Me gusta comer a dos carrillos, hacer el turista típico y ver partidos de fútbol por televisión. ¡Y me jode la cultura tragada a grandes dosis! Además, me revientan los museos, para que lo sepa, me hacen pensar en que todos los que están allí ya se han muerto. De modo que no pienso visitar ningún maldito museo de esta ciudad. A la mismísima Beatriz se lo diré esta noche cuando la llame.

Se quedó casi jadeante y elevó los ojos al cielo en una aparatosa pausa final. Como me pareció que estaba seriamente alterado, procuré quitar hierro al asunto.

—Deje en paz a su esposa y no se me ponga reivindicativo. ¡Y salgamos de aquí de una maldita vez!

Su silencio en el taxi hizo que me sintiera culpable. Al fin y al cabo, el pobre subinspector no hacía daño a nadie siguiendo sus impulsos naturales. Incluso era posible que tuviera algo de razón cuando se sentía un tanto acosado por los intentos varios de convertirlo en un ser lleno de refinamiento y distinción. Claro que yo no podía permitir que se largara libremente a disfrazarse de «miles gloriosus» cada vez que le pasara por las narices. Decidí permanecer yo también callada, y no contar nada de lo sucedido a nuestros compañeros italianos.

A Maurizio se le veía deseoso de controlar su impaciencia. Nos hizo sentarnos alrededor de una mesa y comenzamos la reunión de trabajo que, sin dudarlo ni un momento, dirigió él.

—Lo primero es poner en su conocimiento algo que, no por esperado, es menos importante. Los departamentos de balística de Barcelona y Roma han determinado que la pistola que mató a Julieta López y la que usó el motorista el otro día es la misma. Eso nos demuestra con toda fiabilidad que fue Rocco Catania quien intentó matar a la inspectora. Hay otra novedad, el teléfono de Marianna Mazzullo, que tenemos intervenido, registró esta mañana una llamada de Catania. Por desgracia la hizo desde una cabina pública, de manera que no ha podido darnos pistas.

—¿Qué le dijo? —se adelantó Garzón sin poder contenerse.

—Estaba muy nervioso. Yo diría que sonaba como un tipo que ha perdido la razón. Acusó a la Mazzullo de estar conchabada con nosotros. Dijo que tarde o temprano la mataría. También dijo que mataría a la policía española que está siguiéndolo. Vamos a oírlo.

Activó una grabadora. Una voz sibilante y agitada se extendió por el aire de la habitación, enrareciéndolo al instante. Me estremecí. Casi no entendía su italiano cerrado y rapidísimo, pero podía advertir la vibración encrespada que produce el odio, o la desesperación. Fue un mensaje breve, escupido más que pronunciado.

—¿Por qué hace esto si con toda probabilidad sabe que tenemos el teléfono pinchado?

—No lo sé, Petra, yo creo que nos enfrentamos a un loco.

—Nunca se había comportado como un loco. Es listo y tiene sangre fría. Me siguió hasta Ronda, se cargó a Julieta...

—Que sea taimado no significa que no esté loco. Puede que la presión a la que se ve sometido ahora haya puesto en marcha algún mecanismo patológico en su mente. Voy a pasar esta grabación a algunos de los psiquiatras que colaboran con nosotros para que la analice. Puede ser una aportación interesante.

—¡Dejémonos de aportaciones teóricas, *ispettore!* —dije con vehemencia—. Es hora de pasar a la acción. Estamos estancados.

—El comisario Torrisi cuenta con muchos confidentes en el mundo de la mafia y...

—Puede que Torrisi nos desvele un montón de detalles importantes, pero eso no nos hará atrapar antes a Catania.

—Muy bien, inspectora, ¿qué sugiere?

—Hay que ponerle a Catania un caramelo cerca de la boca y dejar que se acerque para comérselo. Y ese caramelo muy bien puedo ser yo.

—¿Qué quiere decir con eso, Petra? —intervino Garzón dando muestras de alarma.

—Quiero decir que si Catania quiere matarme hay que darle la oportunidad de hacerlo. Una oportunidad controlada, por supuesto.

Hubo un silencio absoluto que evidenció el interés que habían creado mis palabras. Abate, serio como la muerte, apuntó:

—Ya lo había pensado. Quizá la mafia está presionando a Catania para que te mate con el único propósito de que el muerto sea él.

—Matar, matar... ¿y todas esas muertes hasta dónde nos conducen? —preguntó el subinspector, bastante fuera de sí.

—Tanto la mafia como nosotros andamos tras ese

hombre; la única diferencia es que nosotros lo queremos vivo y ellos, muerto.

—¡Eso ya lo sé, *ispettore*, no soy tonto! —replicó Garzón, perdiendo las formas—. Lo que quiero decir es que en ningún momento se le habrá pasado a usted por la mente arriesgar la vida de la inspectora Delicado.

—Por supuesto que no —dijo Abate con tono enfadado—. La protección de la inspectora me compete más que a nadie, incluso más que a usted.

Deshice aquel absurdo pique sin ocultar mi mal humor.

—Señores, me veo en la obligación de informarles de que mi padre murió hace mucho tiempo. Lloré mucho su pérdida pero nunca he sentido el deseo de tener ningún padre más.

Gabriella debió entenderme perfectamente porque se le escapó una risita, que enseguida estranguló. Yo proseguí, procurando no parecer impulsiva ni inquieta.

—No piensen que me ha dado un ataque de heroísmo policial y que estoy dispuesta a morir por la causa. Lo que pido es que se fragüe un plan lo suficientemente perfecto como para que yo sirva de cebo al pez, pero sin que el pez se me zampe.

—¡Me niego! —fue la dramática expresión del subinspector.

—¡Pero, Fermín, ¿quién se cree que es, Superman?!

Gabriella volvió a reír, abiertamente esta vez.

—Al menos tendremos que llamar al comisario Coronas para pedirle permiso antes de hacer cualquier plan.

—¡Ni lo sueñe, subinspector! Oigan, ¿por qué no nos dejamos de discusiones ociosas y pensamos en algo concreto?

Abate ya debía de llevar algo en mente, porque se arrancó con rapidez:

—Parece un hecho que Catania se acerca de algún modo a casa de Marianna y ve nuestra vigilancia policial. Cómo lo hace, no lo sé. Quizá se disfraza, quizá pasa en coche a cierta velocidad... Propongo que traslademos a la mujer a un hotel, donde permanecerá custodiada, y que quitemos el retén policial que hay frente a su casa. Si Catania actúa como imagino, al ver que ha desaparecido la vigilancia, la llamará. Entonces habrá que pedirle a la Mazzullo que colabore con nosotros. Fingirá querer pactar con él: si la deja en paz definitivamente, ella le dirá dónde la hemos trasladado y le dará el lugar y la hora exacta en la que pedirá a la inspectora que vaya a verla. Allí lo esperaremos con un operativo especial.

—Me parece demasiado arriesgado —objetó Garzón—. Además, es posible que él no la llame.

—¿Usted nunca tiene intuiciones, Fermín? —replicó Abate.

—Sí, pero lucho contra ellas. El trabajo policial no consiste en correr peligros gratuitos.

Ambos hombres me miraron, como si fuera yo quien debiera dirimir sus diferencias de criterio.

—Haremos lo que dice el *ispettore* —sentencié.

Levantamos la sesión y me fui al lavabo. Al salir, encontré a Gabriella secándose las manos.

—Ha sido muy divertido cuando los dos compañeros pretendían protegerla —dijo sonriendo.

—Sí, a los hombres les encanta protegernos cuando la protección consiste en prohibir: «Cuidado, no hagas esto, no hagas lo otro...». Si la protección consiste en hacer algo, lo llevan mucho peor.

Se reía a carcajadas, y a mí me hacía gracia verla reír con tan poco disimulo. Cuando se recompuso, exclamó:

—¡Ah, inspectora, me gustaría pensar como piensa usted!

—Ése es el pensamiento de las mujeres de mi generación.

—Cierto, las chicas de mi edad en Italia somos demasiado convencionales.

—Las jóvenes españolas también lo son. Habéis vuelto a creer en el amor y la familia como los auténticos valores que mueven a la sociedad y eso os mantiene en el redil. En fin, sois más equilibradas, menos impetuosas, mejor preparadas profesionalmente... algún defecto tendríais que tener.

Esta vez no rió, sino que me miró con una cierta tristeza. Supongo que se compadecía de mí: una mujer de mediana edad privada de cosas tan básicas como ser madre... Entonces, para no permitirle que se recreara en mis desgracias, le pedí que me hiciera un favor.

—Vamos a tu despacho, Gabriella.

Una vez allí le pedí que buscara uno de los pedidos de Elio Tramonti en su ordenador. Lo miré con atención y no me pareció algo demasiado difícil de falsificar. Naturalmente, pensaba en Gabriella, porque mis habilidades informáticas dejan mucho que desear. La italiana se lo encontró hecho: copió, pegó, duplicó, añadió un falso pedido de telas y finalmente lo editó. Era perfecto. Buscamos un sobre en blanco y ella puso la dirección de la tienda Nerea y el remite de Elio Tramonti. Grabriella metió aquella maravilla en su bolso y, ambas unidas y contentas, fuimos a reencontrarnos con Abate y Garzón.

Seguían peleando, por supuesto, esta vez sobre los detalles del plan recién nacido. Hubiera debido imaginar que así sería porque Garzón estaba genuinamente preocupado por mi seguridad. No atribuí, sin embargo, todas sus inquietudes al cariño que por mí sentía sino a una posibilidad que debía helarle la sangre: regresar a Barcelona acompañado de mi cadáver y enfrentarse a todos en esa tesitura.

—Señores, ¿qué les parece si vamos a tomar algo? —interrumpí—. Nos ayudará a aliviar tensiones.

Milagrosamente me hicieron caso. Gabriella, al volante, condujo hasta un buzón de correos y depositó allí la carta que habíamos falsificado. Nadie preguntó qué hacía. Al llegar a la pizzería que habíamos escogido para comer, me quedé un poco atrás y llamé a Yolanda con disimulo. El mensaje: extremar la vigilancia sobre Rafael Sierra en los próximos días. Luego, tomamos una pizza en santa paz.

La paz duró poco, y mientras empezamos a elaborar el plan aquella misma tarde, surgió el inevitable tema de las armas, sacado a colación por el subinspector. ¿Con qué autoridad moral pretendía Abate ponerme al alcance de Catania con una diana pintada en la frente y sin pistola? Discutimos, contradiscutimos y finalmente conseguimos que Abate aceptara una solución idónea, aunque completamente ilegal: Garzón y Gabriella se mantendrían cerca del lugar del encuentro. Yo llevaría encima la pistola de Gabriella. En caso de que me viera obligada a utilizarla, cosa que debía evitar más allá de lo razonable, ella se personaría inmediatamente y asumiría la autoría del disparo.

Fue una tarde larguísima, llena de palabras, discusiones y café. Pero por fin el plan quedó listo para ser intentado. Todo dependía de que Marianna Mazzullo quisiera colaborar con nosotros. Y todo dependía de que Catania reaccionara llamando a Marianna Mazzullo al ver que la vigilancia policial había desaparecido de su calle. Todo dependía, en suma, de cosas ajenas a nosotros: del ansia de verse libre que sintiera la chica, de los deseos de matar que tuviera el sicario, de que las secuencias se ordenaran y realizaran a nuestro favor. Recé porque la Mazzullo quisiera de corazón volver a su vida tranquila. Recé porque aquel loco lo estuviera de verdad y se metiera en la boca del lobo. Recé por quedar viva al final. Mucho rezo, debía ser la influencia del Vaticano, que había empezado a gravitar sobre mí.

Capítulo 12

A la mañana siguiente Marianna Mazzullo confirmó que colaboraría con nosotros. Abate se había encargado de convencerla. Lo felicité por haberlo conseguido con tanta facilidad, apenas una hora de conversación, pero él no quiso ni hablar del tema y le restó cualquier importancia. Según él, Marianna no tenía mucho que perder ayudándonos. No corría riesgo físico, y las posibilidades de que Catania fuera apresado resultaban elevadas. Era su ocasión para verse libre de aquel loco. Nos pusimos en marcha a toda velocidad.

A mediodía un policía subió hasta su piso disfrazado con un uniforme de mensajero y le entregó a ella otro igual. Marianna salió así vestida unos minutos después sin levantar ninguna sospecha y se dirigió hacia un coche, con otros policías al volante, que estaba aparcado varias calles más allá. Fue conducida al hotel dei Fiori, próximo a la estación Termini, donde ocupó una habitación que le había sido reservada con nombre falso. No hubo dificultad. Abate había previsto el ardid de los disfraces para garantizar la seguridad de la chica. No podíamos estar seguros de que Catania no tuviera un informador o un compinche en algún edificio contiguo a su domicilio. Nos instalamos en una habitación del dei Fiori.

A partir de ahí el tiempo empezó a pasar con una extraordinaria lentitud. Trascurrió el día entero, trascurrió la noche. Garzón, Gabriella, Abate y yo nos turnábamos para dormir. Nadie conseguía hacerlo con profundidad. Trascurrió el segundo día. Empezamos a pensar que la intuición del *ispettore* había fallado: Catania no llamaría. Sin embargo, él parecía no preocuparse demasiado. La fe que tenía en sus ideas o quizá en sí mismo lo mantenían relajado, como si esperar tanto tiempo fuera lo natural. A las 9.30 de la segunda noche, cuando ya íbamos a organizar el primer turno de sueño, el móvil de Marianna sonó. Abate hizo un signo con la mano y se calzó los auriculares. Abrió el sonido para toda la habitación. Era Rocco Catania, hablando desde un número no identificado.

—Marianna, soy yo.

—Rocco. ¿Qué quieres ahora?

—No contestas al teléfono de tu casa y los polis que había allí se han marchado.

—Por fin me han dejado en paz.

—¿Dónde estás?

—¿Cómo quieres que te lo diga si amenazas con matarme?

—Te han llevado a otra parte.

—No. Me he ido yo.

—¿Tienes el teléfono intervenido?

—Te digo que no, Rocco, te lo juro. Esos hijos de puta me han dejado por fin tranquila.

—No me fío de ti.

—¿Crees que hablaría así si estuvieran oyéndome?

—No me fío de ti. Voy a cambiar de cabina, te llamo de nuevo en un instante.

Colgó. Respiramos todos con intensidad, nos movimos, estiramos los miembros, tosimos, como si la tensión acumulada nos obligara a una pequeña eclosión. Yo me encontraba maravillada por las dotes de actriz de la Mazzullo. Realmente había decidido colaborar con todas las de la ley. No se limitaba a pretender su papel frente a nosotros, estaba poniendo el alma en ello. Su teléfono volvió a sonar:

—Marianna, dime dónde estás.

—Rocco, ¿por qué quieres matarme, por qué quieres matar a esa policía?

—Ellos me lo exigen como una prueba.

—¿Que me mates a mí también? Eso no es cierto, Rocco. Pero si quieres matar a esa policía, yo te ayudaré.

—¿Cómo?

—Tengo mis condiciones.

—¿Cuáles son?

—Que me dejes tranquila, que no vuelvas a amenazarme, a buscarme o a acercarte por mi casa, nunca más.

—Volveré a llamar dentro de cinco minutos.

En esta segunda interrupción, Abate se quitó los auriculares y pude observar cómo dos surcos profundos se le habían formado bajo los ojos, extendiéndose por ambos lados de la nariz. Marianna miraba al suelo, sin ocultar el asco que sentía, quizá por sí misma. Nuevo sonido en su teléfono, nueva tensión general.

—De acuerdo —dijo Catania—. ¿Cómo es esa ayuda?

—Esta noche a las once estarán ella y el policía italiano en el hotel dei Fiori, de la vía Volturno. Entrarán en el hotel por la puerta de servicio, que está en un callejón lateral a la derecha. Allí dejarán el coche. Ésa es tu ocasión, antes de que salgan a la calle principal.

—¿Quién te ha dado esa información?

—Ya puedes imaginártelo, pero no me hizo falta, yo lo había oído antes de que se largaran y me dejaran en paz.

—Si me preparas una encerrona…

—No te traicionaré, Rocco. ¿Qué ganaría con eso? Nunca lo he hecho aunque creas lo contrario. Te lo juro por los viejos tiempos.

Colgó. El *ispettore* se quitó los auriculares e hizo entrar a un guardia que había en la puerta para que se llevara a la mujer. Cuando ésta pasó por delante de él, le dijo algo que no pude comprender, pero que por su cara adiviné como un insulto. Cuando nos quedamos solos los cuatro, Garzón, que no había comprendido bien todo lo dicho, pedía explicaciones a Gabriella. Yo me dirigí hacia Abate:

—¿Cómo conseguiste que esa mujer cooperara con ese nivel de aceptación?

—Le hice comprender que Catania nunca dejaría de acosarla si no lo atrapamos.

—Hay otra cosa que quiero preguntarte, cuando Catania dijo que ellos le exigían que me matara. ¿Se refería a la mafia?

—Es posible, no lo sé.

—Marianna pareció comprenderlo enseguida.

—Le ordené que le siguiera la corriente, sin preguntar.

Asentí. Miré a mi alrededor. Todos teníamos una pinta siniestra después de aquellos dos días.

—Vámonos a descansar, lo necesitamos.

—Pero mañana a las siete de la mañana…

—Lo sé, Maurizio, lo sé. Mañana a primera hora tenemos que seguir preparando mi asesinato.

Un estremecimiento general me hizo advertir que nadie a aquella hora y en aquellas circunstancias apreciaba mi sentido del humor.

En mi mente se apelotonaban tantas dudas y reservas que temí no conciliar el sueño. Sin embargo, caí como un montón de plomo sobre mi cama y nada pudo privarme de esa cosa dulce y maravillosa que es el dormir.

A la mañana siguiente el comisario Stefano Torrisi asistió a nuestra primera reunión.

—No tengo ni idea de por qué la mafia querría matarla, inspectora —contestó a las preguntas de Abate—. Es posible que en su intento de cargarse a Catania quiera que colabore usted.

—No le entiendo.

—Si le han puesto como prueba de perdón que la mate a usted será porque saben que puede resultar muerto en el intento.

—Pero eso es arriesgarse a que lo atrapemos con vida y pueda cantar.

—Quizá no tenga gran cosa que cantar, querida Petra.

—Y entonces ¿por qué quieren matarlo?

—Como castigo por sus errores. Quizá la están utilizando como cebo.

—Debo ser una especie de cebo universal en el que pican todos los peces.

—Todo esto es muy confuso, pero por si acaso... ¿ha puesto usted vigilancia suficiente para su plan, *ispettore*?

—La vigilancia debe ser discreta si queremos que el plan surta efecto. Si Catania se huele algo...

—Eso me preocupa un poco, Maurizio, se lo confieso.

—No debe preocuparse, Stefano. Apostaré a dos tiradores en el primer piso del hotel.

—Como en los viejos tiempos, ¿eh? Ha tenido que venir una bella policía española para que volvamos a trabajar a lo grande.

—Es sólo para impresionarla —replicó Abate.

—En cualquier caso les recuerdo que lo necesitamos vivo para nuestra investigación en España. Y, de paso, me gustaría salir viva yo también.

—¿Cree que su comisario en Barcelona nos perdonaría devolverla en malas condiciones?

—Supongo que no y espero que mi esposo tampoco los perdonara.

Rieron los dos. Torrisi exclamó de pronto con aire de misterio:

—Para que esté contenta le diré que voy avanzando en las averiguaciones de quién estaba detrás de Elio Tramonti.

—¿Y no puede avanzarme sus avances?

—Sólo hay una cosa más impenetrable que una mafia italiana, Petra; y es la policía italiana que se ocupa de ellos.

—Italia entera tiene un punto impenetrable para un extranjero, comisario.

—*Bravissima!*, eso es verdad.

Se despidió con besos en la mano y parabienes varios, pero sin soltar ni una palabra de información. Me conformé. El tiempo volvió a pasar despacio. Desde que conocía a Maurizio nunca lo había visto tan nervioso como aquella mañana. No se trataba de un nerviosismo electrizante de los que inducen al individuo a moverse sin motivo o hablar sin necesidad. Lo suyo era más bien una alerta, una concentración mental exacerbada. Sus ojos se veían muy vivos, muy brillantes y sus mejillas presentaban una suave coloración continua. Pensé que aquel estado de hiperconciencia lo hacía muy atractivo. Yo, por el contrario, estaba tranquila, quizá demasiado. Era como si, en el fondo, mi escepticismo natural me impidiera creer que aquel plan contaba con la más mínima posibilidad de llevarse a cabo. Todo aquel andamiaje creado con tanta precisión podía venirse abajo en cualquier momento. De hecho, durante la conversación telefónica que Marianna había mantenido con Catania, en ningún momento éste había aceptado verbalmente su proposición. Era evidente que aquellos policías conocían mejor que nosotros la idiosincrasia de sus delincuentes y la del país; pero a mí seguía pareciéndome un episodio de ciencia ficción el que Catania se presentara ante nosotros dispuesto a matarme y a Maurizio o a sus tiradores les diera tiempo a disparar sobre su mano armada o sus piernas. Mi opción, con la lógica hispana que manejaba, era que el sicario no se presentaría en el callejón.

A las siete de la tarde, Abate recibió una llamada: los tiradores ya estaban en el primer piso del hotel. Faltaba menos para que nos pusiéramos en movimiento. Garzón no paraba de hacer visitas a la cafetera y yo evitaba por todos los medios quedarme a solas con él. No me interesaba que me llenara la cabeza con sus preocupaciones. Sin embargo, una vez que fui al lavabo me topé con él en un pasillo. No dudé que había estado esperándome y su primera frase me lo ratificó:

—Créame, inspectora, no puedo dejar de pensar en que va a correr usted un peligro muy serio.

—Tranquilícese, Fermín, todo está muy medido.

—¡Y todo esto se va a llevar a cabo sin que el comisario Coronas lo sepa!

—¿Para qué vamos a preocuparlo?

—¿Quién se cree que es Coronas, nuestro abuelo o algo así? No se trata de preocuparlo o no preocuparlo, ¡es nuestro superior, no podemos actuar sin su permiso!

—¡Joder, Garzón! Se supone que estamos llevando un puto caso, ¿no? Y si aquí tenemos que cargar con dos carabinas italianas que lo hacen todo, y encima tenemos que pedir permiso a España para cualquier cosa...

—¡Cualquier cosa! ¿Es cualquier cosa un plan en el que usted puede caer abatida de un tiro?

Sin poder evitarlo me eché a reír. Garzón me contemplaba con rencor creciente.

—Perdone, Fermín; no es que quiera burlarme de su inquietud, pero eso de «caer abatida» me ha sonado como si yo fuera una corza en una partida de caza.

—Sí, pitorréese todo lo que quiera; eso sólo demuestra su inconsciencia.

—En caso de caer abatida, como usted dice, quiero que me incineren aquí, y que usted mismo esparza mis cenizas desde las siete colinas de Roma. Un poco de ceniza desde cada una de las colinas, se entiende. Calcule bien la cantidad, no vaya a quedarse sin restos mortales a mitad de la operación.

—Consigue ser odiosa cuando se lo propone.

A las ocho salimos todos a cenar a una *trattoria* cercana. ¿Por qué no? Hasta las once no se iniciaba el plan y estábamos hasta las narices de nuestro encierro en el Comissariato. Salir, comer y charlar nos aportaría cierta distensión.

Sentados a la mesa, el subinspector Garzón, aquejado de un interminable ataque de prudencia, planteó una cuestión imprevista:

—Quizá Gabriella debería quedarse en su casa o en el Comissariato durante la ejecución del plan. No sabemos exactamente qué puede pasar, y si usted, inspectora, tiene que hacer uso de su arma, luego ella es posible que tenga problemas.

Lo miré sin dar crédito a lo que oía.

—Pero Garzón, que esté cerca de mí forma parte del plan.

—Lo sé, y eso es lo que me hace dudar. Debemos tener en cuenta que ella tiene un bebé en quien pensar. Quizá el *ispettore* podría...

Su alegato extemporáneo llegó justo hasta ahí, porque de repente la joven policía rugió en un italiano difícil de entender:

—¿Cree que voy a irme ahora a cambiar pañales? ¡Ni en sueños! Formo parte de este plan como cualquier otro policía y si tengo un bebé es una cuestión privada que para nada atañe al servicio.

Me miró como buscando mi aprobación y yo no correspondí a su gesto. El subinspector tenía la boca abierta.

—¡Pero bueno!, ¿qué he dicho que sea tan afrentoso? No sé si a usted le pasará lo mismo, *ispettore* Abate, pero yo cada vez entiendo menos a las mujeres. Cuanto más intentas estar de su lado, más agresivas se vuelven. Da igual que sean jóvenes, viejas o de mediana edad, nunca sabes a qué atenerte con ellas.

Maurizio esperaba que fuera yo quien pusiera paz, pero al toparse con mi sonrisa irónica, comprendió que le estaba pasando un testigo envenenado.

—Les ruego que se calmen un poco. Todos estamos

nerviosos, pero no podemos consentir que una tontería ponga en peligro la cohesión de nuestro equipo.

Fue una intervención demasiado convencional, pero al menos sirvió para que acabara la cena sin ninguna otra agresión. Mientras regresábamos al Comissariato, Abate y Garzón iban delante, Gabriella y yo, detrás. Por los gestos de mi subalterno deducía que su catilinaria contra el eterno femenino seguía su curso. Abate, por su parte, asentía dando golpes de cabeza con la pesadez de un buey. A aquellas alturas debía de estar preguntándole a Dios por qué había permitido que aquellos locos españoles entraran en su mundo profesional.

De pronto, Gabriella me dijo muy seria:

—¿Ha visto, inspectora? He comprendido que usted tenía razón, el hecho de que tengas un bebé no puede convertirse en el centro de tu vida.

Di un respingo y respondí con frialdad.

—Yo doy opiniones propias, Gabriella, en ningún caso consejos, y no quiero cargar con la responsabilidad de que alguien confunda las dos cosas.

Me miró como si fuera a echarse a llorar, pero no lo hizo. Fijó la vista en el infinito y no hablamos más.

A las nueve treinta, Gabriella y Garzón salieron hacia el hotel dei Fiori. Repasamos en última instancia su sencillo papel en el plan: quedarse en una habitación, haciendo especial hincapié en que no saldrían de allí hasta que no recibieran alguna llamada nuestra.

Abate y yo seguimos charlando, procurando no dejarnos arrastrar por la tensión.

—Es raro que tu jefe no haya insistido en venir —comenté.

—Ni siquiera lo propuso. Que haya autorizado este plan no significa que lo apruebe.

—¿Tú asumes la responsabilidad?

—Sólo si sale mal.

—Conozco el sistema. Espero que esto no vaya a

causarte problemas. Es nuestro caso, nosotros hemos llegado hasta aquí y…

—Cambiemos de tema.

Preferí dejar de hablar y esperar sola en la sala de juntas. Estaba desierta, alguien había dejado sobre la mesa un par de vasitos de café vacíos. La luz fluorescente del techo ronroneaba. ¿Y si resultaba verdad que alguien me quitaba de en medio?, pensé. No era muy probable, pero no había nada seguro cuando un plan con armas se pone en movimiento. Llamé a Marcos.

—¡Qué raro que me llames a estas horas! Te esperaba más tarde. ¿Algo va mal?

—Todo va bien; es sólo que he tenido un rato libre y quería oír tu voz. Te parecerá una tontería pero de repente no me acordaba de cómo suena exactamente tu voz.

—Me parece una tontería maravillosa. ¿Cuándo vuelves a casa?

—Pronto, muy pronto. Te lo diré mañana con más seguridad. Marcos, ¿crees que podría llamar a Marina a su casa?

—Pues claro, ¿por qué no?

—¿Y si su madre se cabrea?

—Nunca contesta ella al teléfono. Llama a Marina, se pondrá muy contenta. Petra, tengo unas ganas locas de verte.

Recordé sus ojos sinceros y profundos, el suave olor a colonia que siempre desprendía, la holgura de sus chaquetas de punto, en las que yo solía meter las manos al abrazarlo.

—Yo también —musité.

Llamé a casa de Marina, pero se puso su hermano Teo, que debía estar de visita.

—¡Petra!, ¿aún sigues en el extranjero?

—Volveré pronto. Cuéntame novedades.

—A Hugo lo han seleccionado en el equipo de baloncesto del colegio.

—¡Fantástico!, ¿y tú?

—A mí me han escogido para representar un fragmento teatral en la función de Navidad.

—¿Qué personaje tienes?

—Antes era obligado que fueran clásicos españoles o catalanes; pero hay una nueva profesora que nos deja elegir lo que queramos.

—¿Y qué has escogido?

—Haré de Ricardo III, de William Shakespeare.

—¡Demonio, Teo!, ¿tú has leído esa obra?

—Vi un trozo representado en televisión y la leí. Ricardo III es cojo, manco, jorobado, y se carga a todo el mundo. ¡Me encanta!

Reí de buena gana. Muy en su línea. Le pedí que Marina se pusiera al teléfono. Tras unos segundos me emocionó distinguir su tono pausado, reflexivo.

—¿Hoy tienes tiempo de hablar conmigo, Petra?

—Hoy, sí. ¿Cómo va todo?

—¿Te acuerdas de que te dije que el ballet era una cursilada? ¡Pues es verdad! No me gusta nada, nada. Claro que por lo menos no vamos con tutú, sino con mallas negras.

—Te equivocas, ya te irá gustando; y al final podrás bailar cosas preciosas como *El lago de los cisnes*, *Cascanueces*, *Copelia*. Te imagino saltando por los aires como si pesaras menos que una pluma.

—Sí, pero las compañeras me dicen que se te hacen bolas en las piernas, y yo no quiero tener bolas en las piernas.

En ese momento Maurizio abrió la puerta.

—Petra, hay que salir ya.

Me quedé en suspenso, ¿quién era aquel hombre? Como siempre que me ensimismaba en una de las facetas de mi vida, el resto parecía no existir. Lo miré como si no comprendiera de qué me hablaba. Repitió con un deje de preocupación:

—Petra, hay que salir ya.

Balbucí un par de frases de despedida con gran esfuerzo, y a la pregunta reiterada de la niña: «¿Cuándo volverás?, ¿cuándo volverás?», sólo pude responder: «Pronto».

Antes de salir hacia el hotel, Maurizio comprobó por teléfono que todo el operativo estuviera listo. Luego, sin la más leve sonrisa, pero sin aparentar tensión me dijo:

—Es la hora, vámonos.

Condujo en silencio. Yo tampoco abrí la boca. Aparcamos en el callejón contiguo al hotel dei Fiori. Eran las once menos cinco. No había ni un alma. Descendió del coche y tras él lo hice yo. Caminamos despacio hacia la puerta de servicio, de espaldas a la calle principal, sin mirarnos. Dos pasos, tres, cuatro... al quinto oímos un pequeño rumor. Abate giró en redondo, con la pistola ya en la mano. Giré yo también. Un hombre alto, fuerte, del que sólo distinguía la silueta por culpa de la oscuridad, apalancó las piernas, uniendo las manos frente a sí.

—¡Alto, tira el arma! —gritó Maurizio y casi al mismo tiempo, disparó. El estruendo fue terrible. Saqué la pistola. Únicamente tuve la mirada en mi bolsillo un segundo, pero al levantar los ojos otra vez, vi que el hombre yacía en el suelo. Mi compañero salió corriendo hacia él. Lo imité. Nos arrodillamos junto al cuerpo exánime.

—Está muerto —dijo como para sí mismo—. ¿Cómo es posible?, ¡he apuntado a las piernas!, ¿cómo es posible!

—Alguien más ha disparado —dije.

Se puso en pie de golpe y corrió hacia las ventanas laterales del hotel. Los dos tiradores de la policía estaban asomados a la del primer piso.

—¿Habéis disparado vosotros? —preguntó.

—Negativo, *ispettore*. Creemos que un par de tiros pudieron venir de allí. —El policía señaló a las ventanas del edificio frente al hotel.

Al volverme, me di cuenta de que Gabriella y Garzón estaban a nuestro lado. Gabriella me pidió la pistola con urgencia. Se la devolví lanzándola por el aire. La cogió y salió corriendo hacia la calle principal con la velocidad de una ráfaga de viento. Garzón intentó seguirla con su pesado cuerpo. Descendieron los dos tiradores, se colocaron a nuestro lado. Abate había vuelto a arrodillarse junto al cadáver.

—Es Rocco Catania —musitó—. Pero ¿cómo es posible que…?

Estaba totalmente ido, como si su mente vagara muy lejos de allí. Hubiera jurado que no era capaz de ver ni de oír. De pronto se llevó las manos a los ojos con un gesto de horror y me cogió del brazo.

—Vamos, date prisa.

—¿Adónde?

—A la puerta principal del hotel. —Se volvió hacia los policías—. Llamad a una ambulancia, al forense, al juez, ¡y al comisario Torrisi! ¿Habéis entendido?

Empezamos a correr. En la esquina sonó mi móvil. Era Gabriella. Hice parar a Abate, contesté:

—No llegué a tiempo, inspectora. El edificio de al lado es una vieja casa de vecindad. Las ventanas que dan al callejón corresponden a los rellanos de la escalera. La del segundo piso estaba abierta. La puerta principal se queda abierta hasta las doce, cualquiera puede entrar. El subinspector y yo estamos preguntando a los vecinos. La volveré a llamar.

Se lo conté al *ispettore*, pero no me dejó acabar. Volvió a estirar de mi brazo. Corrí tras él. Al llegar a la puerta principal no tardamos en descubrir a los dos centinelas de la Mazzullo. Abate se dirigió a ellos con extrema dureza, como si fuera a guillotinarlos al hablar.

—¿Sigue la Mazzullo en el hotel?

—Pues claro, *ispettore*, no ha salido de su habitación —respondió uno de ellos, pero enseguida sus rasgos se tensaron.

—Número de la habitación —inquirió Maurizio imperativamente.

—La trescientos doce.

Los policías hicieron ademán de seguirnos cuando empezamos a caminar, pero su superior los detuvo con un gesto:

—Permaneced aquí, con los ojos abiertos.

Tomamos el ascensor. Ni siquiera en aquel pequeño espacio nos miramos. Al llegar al tercer piso Abate se precipitó hacia la habitación. Llamó repetidas veces con la mano, aporreó la puerta con el puño.

—Naturalmente ya no está aquí —dijo a media voz, como anunciando una evidente fatalidad.

Fuimos a la recepción. Abate enseñó su placa policial a la recepcionista. No había visto a Marianna Mazzullo ni nadie había preguntado por ella, ni siquiera sabía de qué le estaba hablando. Pidió una llave de la trescientos doce. Ordenó reunir en recepción a todas las personas que hubieran estado de guardia aquella noche. Regresamos a la habitación y el *ispettore* abrió la puerta con el mismo ímpetu con que hubiera podido derribarla a patadas. Entré tras él. La cama estaba deshecha y por todas partes se veían, diseminadas, prendas de mujer. Hizo una breve inspección en el lavabo y salió de allí portando un hermoso ramo de flores.

—Ha volado —fue su único comentario.

Regresamos a recepción, portando las flores, que no llevaban ninguna etiqueta de floristería. Allí había sido reunido el personal de guardia: dos muchachos jóvenes que aún no habían abandonado el hotel después de su turno de servicio. Abate les preguntó:

—Alguien trajo estas flores para la habitación trescientos doce, ¿cierto?

—Sí —contestó uno de los chicos—. Sobre las ocho de la tarde. Yo estaba aquí. No era el empleado de una floristería, era un mensajero de uniforme.

—¿De alguna mensajería conocida?

—No creo; bueno, no lo sé, era una especie de mono

rojo. Preguntó por la señorita Rimini. Yo llamé a la habitación advirtiendo que había un mensajero con un ramo. La señora dijo: «Déjelo subir». Y eso fue lo que hice, dejarlo subir.

—¿Lo vio salir después?

—Desde lejos, vi que atravesaba la puerta de la entrada. Llevaba el casco de motorista ya puesto.

—¿Quiere comprobar si hubo llamadas telefónicas desde o para la habitación?

Su jefa buscó en la pantalla. Al cabo de un momento anunció:

—El teléfono de la trescientos doce no se usó.

Mi compañero volvió la espalda a los presentes. Ni siquiera les dio las gracias, lo hice yo. Regresamos a la habitación. Abate dirigió la mirada al desorden reinante. Advirtió entonces que todavía llevaba las flores en la mano y en un acceso de cólera, las estampó contra el suelo. Se esparcieron en todas direcciones. Entonces llegó hasta la cama y se dejó caer como un fardo. Sentado, se tapó la cara con ambas manos.

—Maurizio, ¿por qué no intentas calmarte un poco?

—Estoy calmado, lo suficiente como para darme cuenta de la estupidez cometida.

—Ha sido un exceso de confianza, no una estupidez.

—Ante nuestras propias narices, Petra. La mafia nos ha utilizado de manera brillante.

—Pero ¿quién podía saber que Marianna...?

—¡Yo debería haberlo sabido! Soy italiano, trabajo en Italia y debería haber sospechado.

—Lo único que puedo decirte es que me sorprendió que confiaras en que la Mazzullo nos ayudara con tanta facilidad.

—Hay algo que tú no sabes: jugué sucio con ella. La amenacé, le dije que habíamos acumulado pruebas falsas contra ella que la harían volver a la cárcel. ¡Por eso confiaba tanto en su participación!

—Maurizio, déjalo, no pienses más.

—¿Cómo quieres que no piense, Petra? Desde que me hice policía me enseñaron que no hay que confiar nunca en nadie. Me he comportado como un imbécil. Ha sido un juego de niños para ellos.

—Pero ¿cómo pudo Marianna avisar a sus compinches de la mafia? Estaba vigilada y su teléfono intervenido.

—Es obvio que tenía otro teléfono que no localizamos.

—En cualquier caso, era imposible sospechar que Marianna perteneciera a ninguna mafia. La encontramos en su casa, trabajando por un pequeño sueldo.

—Eso no tiene nada que ver, Torrisi te explicará ese tipo de detalles; pero te ruego que no intentes restar importancia a lo que ha sido un fracaso en toda regla. Y, encima, como final irónico, la han sacado del hotel por el mismo método con el que la metimos nosotros: disfrazada de mensajero. Me siento como un imbécil, créeme.

—Muy bien, *ispettore*, pues sigue ahí tildándote a ti mismo de imbécil, de fracasado, lo que quieras. Si eso te hace sentir mejor... Pero yo estoy convencida de que no podíamos hacer nada más. A veces existen dificultades insuperables contra las que no se puede luchar.

Se levantó violentamente, le propinó un puntapié a varias flores que estaban tronchadas sobre el parquet. Luego me gritó como un loco:

—¡Quizá para ti ésas fueran dificultades insuperables, pero yo suelo ser más inteligente en mi trabajo!

Sentí que la sangre se me agolpaba en la cara. Tragué saliva y, procurando que mi voz no subiera de tono ni un instante, respondí:

—Si es así como encaras la vida y cómo tratas a las personas que intentan ayudarte, no me extraña que tu esposa te abandonara. Me voy a mi hotel. Buenas noches.

No sé cómo reaccionó porque no le miré a la cara. Bajé la escalera a toda prisa. Al salir, pasé por delante de varios policías. Caminé hasta que vi un taxi libre y lo cogí.

Capítulo 13

Al llegar a mi habitación hice un inmediato asalto al mini bar y me serví un whisky. Tras un par de tragos terapéuticos me sentí mejor. Llamé a Garzón.

—¡Inspectora! Ni siquiera me atrevía a llamarla. ¿Dónde está?

—A punto de irme a la cama. ¿Dónde está usted?

—Aún en el lugar de los hechos. He seguido todas las diligencias: el levantamiento del cadáver, la llegada de Torrisi. Gabriella y yo hemos estado preguntando a todos vecinos del inmueble pero todos son ancianos y no…

—¡No me cuente ahora nada, se lo ruego! Mañana me enteraré. Hoy ha sido un día terrible y necesito descansar.

—Este país es complicado, ¿verdad, Petra?

—¡Ni me hable!, y sus ciudadanos también lo son. Tengo ganas de largarme cuanto antes.

—Buenas noches, inspectora. Descanse bien.

El pobre subinspector debía pensar que, por lo menos, él no era el destinatario de mis iras en aquella ocasión. Apuré el whisky y di varias vueltas por la estancia. Lo de irme a dormir no estaba tan claro. Me sentía despejada como una estudiante ante la inminencia de un examen. Puse la televisión, intentando dejar mi mente en blanco. Una presentadora muy bella y muy maquillada hablaba a una velocidad inverosímil mirando siempre a cámara. Sentí deseos de asesinarla y cambié de canal. Fue peor. Ahora, un político cuya cara denotaba infinitas operaciones rejuvenecedoras, sonreía haciendo afirmaciones que no comprendí. Me di cuenta de que hubiera podido dispararle sin el menor escrúpulo. Apagué la televisión y busqué más whisky en el minibar. No había más, las diversas botellitas de alcohol eran cada una de bebidas diferentes. Probé con el vodka. No estaba mal. Empecé a respirar con más calma y me vi capaz de hacerme preguntas: ¿por qué me sentía tan mal en mi piel? Supuse que yo también estaba afectada por no haberme dado cuenta de toda aquella maquinación que se había desarrollado frente a nosotros sin hacernos sospechar. Me fastidiaba también no comprender hasta los posos todos aquellos sistemas de la mafia que parecían ser trasparentes para los italianos, aunque de poco les había servido. Yo no estaba exenta de culpa por el fracaso. En todo momento me había dejado llevar por las iniciativas de Abate sin plantarle cara jamás, sin aportar novedades o ideas estimulantes. Para colmo de males, Catania estaba muerto, y se llevaba a la tumba un montón de posibles soluciones para los misterios del caso Siguán. Pero si me empeñaba en un análisis exhaustivo, concluía que mi discusión con Maurizio ocupaba el puesto puntero como desencadenante de mi malestar. Nadie me apeaba de la convicción de que él se había puesto borde, victimista, autoflagelante y faltón. Sin embargo, yo no tenía ningún derecho a soltarle una carga de profundidad sobre su vida privada. Era un compañero, que en un momento de sinceridad me había ofrecido datos personales. ¿Y qué hacía yo?: utilizar sus confidencias como munición.

Eran las tres de la mañana y aún no había pegado ojo. Descarté una nueva incursión en la nevera. Si probaba otra bebida, me haría un agujero en el estómago.

De repente, perdí o quizá gané un pulso contra mí misma, cogí el móvil, marqué el número de Abate, dejé que el timbre sonara una sola vez y luego colgué. Un segundo después él me estaba llamando.

—Petra, ¿has sido tú quien…?

—Sí, perdona, pero es que no puedo dormir.

—Yo tampoco.

—Creo que no puedo dormir porque necesito pedirte disculpas. En ningún momento debí decirte lo que te he dicho.

—Yo provoqué la tensión; y en momentos de tensión uno dice cosas que en realidad no piensa. Bueno, por lo menos eso espero.

Me eché a reír.

—Claro que no pienso lo que dije; pero me ratifico en que es inútil culparse de todos los fallos profesionales. La vida nunca está al cien por cien en nuestra mano. No todo se puede prever. Si tuviéramos en nuestras manos las riendas de todo… sería terrible.

Guardó un momento de silencio. Luego, preguntó:

—¿Quieres venir a mi casa, Petra? Podemos charlar y tomar una cerveza; quizá eso nos ayude a dormir.

—Prefiero un terreno neutral.

—El bar del hotel Majestic está abierto hasta la madrugada. ¿Con media hora tienes suficiente para llegar?

—Allí estaré.

Y allí fui. Todo el mundo en el bar estaba vestido con elegancia, pero eso no me incomodó, también Maurizio llevaba la misma ropa que cuando nos habíamos separado. Pedimos dos cervezas.

—Ha sido una buena idea que nos viéramos. No hay que dejar que los malos entendidos tomen carta de naturaleza. Lo mejor para seguir adelante es el olvido.

—Más que un malentendido ha sido un absurdo —musité—. Te aseguro que yo soy poco indulgente conmigo misma, pero verte tan hundido… no sé, me deprimió.

Me miró fijamente a los ojos. Su mirada estaba preñada de ironía, de simpatía hacia mí, de juego.

—Firmaremos un acuerdo de paz —susurró.

Yo le devolví la mirada, llena la mía de descaro, de comprensión, de juego. Entonces lo oí decir:

—Eres encantadora, Petra, encantadora. Me gustaste en cuanto te vi, y cada vez me gustas más.

Sus ojos color miel se paseaban por mi cara sin escrutarla, sólo explorándola como para disfrutarla mejor. En aquel momento sentí hacia él un deseo violento, acuciante, adolescente, brutal. A mí también me gustaba aquel hombre. No sabía si me había gustado antes ni si seguiría gustándome después, pero en aquel justo momento sus labios encendidos, los ojos vivos, el pelo trigueño y la expresión gozosa me indujeron a besarlo en la boca sin esperar más. Lo deseaba, deseaba su vigor y su cuerpo, aunque en aquel instante me pareciera un desconocido. No tenía una clara noción de haberlo visto antes, ni de cuál era exactamente su identidad. Tampoco me importaba, sabía quién era yo: alguien cuya existencia se había resumido en un deseo loco, maravilloso en sí mismo, expeditivo, imbatible.

—¿Vamos a mi casa? —preguntó tras haber hecho un esfuerzo por hablar.

—Toma aquí mismo una habitación —respondí hecha fuego.

Hicimos el amor en un rapto, en un ataque de inconsciencia consciente, en un acto que era humano a fuerza de ser animal. Lo sentí en cada músculo, en cada poro, en cada roce de la piel. Me alejé de mí misma como dicen que ocurre al poco de morir. Me sacié, me vacié, me envolví en la vida y, tras apartarme de él, me sentía en total plenitud. Había renunciado a las complejidades del yo, a la fantasía de una identidad que reconocemos como propia porque los demás te dicen que lo es. Me reí para mis adentros. La vida sería más auténtica si no tuviéramos nombre, ni recuerdos, ni apoyos, ni deberes. Cuerpo nada más.

Maurizio se había dormido sobre la almohada. Allí estaba a mi lado, hermoso, rendido, abandonado a su debilidad. Permanecí un buen rato observándolo desnudo. Se había ofrecido, empleado, entregado y ahora descansaba lleno de paz.

Tras un intervalo de tiempo que no puedo concretar, volví a habitar mi cerebro de siempre. Allí estaba mi conciencia, esperando alarmada, devolviéndome todas mis circunstancias en un momento, no fuera que pudieran esfumarse en el aire. Miré el reloj. Zarandeé suavemente a Maurizio por un brazo.

—Maurizio, buenas noches. Me voy a mi hotel.

Se removió como un gato perezoso y abrió sólo un ojo para decir:

—¿Por qué te vas? Quédate a dormir esta noche conmigo.

—No.

—¿Por qué no?

—Porque lo mejor para seguir adelante es el olvido. Lo dijiste tú.

—¿Y ya quieres empezar a olvidar?

—Cuanto antes, mejor. ¿Tú te acuerdas de algo?

—De nada —dijo con tristeza.

Me vestí y salí de la habitación sin una palabra de despedida, que él tampoco pronunció. Pedí un taxi y, cuando iba a toda velocidad por las hermosas calles de Roma, me sentía bien. Tantos siglos de historia deben contener muchos olvidos, pensé, y seguí pensando que sólo la vibración intensa de dos cuerpos hace que desaparezca la sensación de fugacidad de la vida, la angustia de la muerte. Únicamente vence la muerte el vivir unos minutos sin ninguna filosofía, sin ninguna moral, negándote a ser un animal trascendido por el soplo de un presunto Dios.

Al día siguiente tenía un sueño de mil demonios, pero desayuné a la hora en punto con Garzón. Lo primero que hice fue pedirle que no comentáramos los hechos de la noche anterior. Se quedó sorprendido, pero respetó mi voluntad. La emprendió con el futuro:

—¿Y ahora qué hacemos, inspectora?

—Atar cuatro cabos sueltos y regresar a Barcelona.

—Me siento fatal, las cosas no han salido como debían. Aunque por lo menos ese hijo de puta de Catania ha pagado por sus crímenes.

—Ahora es un cadáver silencioso que de nada nos sirve.

—¿Usted cree que los mafiosos que se lo cargaron quedarán impunes?

—Hay que confiar en los colegas italianos, ahora todo queda en sus manos.

—Procuraré confiar —dijo, y se atizó un cruasán relleno de crema, poniendo un poco de dulzura en sus amargos pensamientos—. ¿Qué órdenes hay para hoy? —preguntó después, mojando el bigote en su denso capuchino.

—No hay órdenes, pero sí un favor personal. ¿Por qué no llama usted a Coronas y le cuenta todo lo que ha sucedido? Yo no me encuentro con ánimos.

—¡Joder, inspectora, mucho favor es ése! Se pondrá como un basilisco y la emprenderá conmigo.

—Usted sabe tratarlo mejor que yo.

—Pero un tema tan complicado, y sin haberlo puesto en antecedentes con anterioridad... me va a caer una bronca del copón.

—Cuando acabe de hablar con él, tómese la mañana libre para hacer turismo.

Aquella compensación que le ofrecía tuvo el efecto deseado, si bien Garzón intentó disimular su gozosa aquiescencia.

—Es cierto que usted tiene la virtud de poner al comisario un tanto nervioso; quizá yo consiga que no se suba tanto a la parra. Además, me vendrá bien un tiempo libre para ir de compras.

—Muy bien, Fermín, organice su tiempo.

Gabriella me esperaba para advertirme de que el comisario Testi quería hablar conmigo. Me pregunté si, habiéndome librado de la bronca de mi propio jefe, iba a caer en las fauces de uno ajeno. Pero no, el comisario sólo quería decirme que desde aquel momento iban a empezar a buscar a los culpables de la muerte de Catania, también Marianna Mazzullo se había convertido en objeto de búsqueda y captura. Seguiríamos en contacto ambas policías, seríamos informados de cualquier novedad. Se lo agradecí. Una vez cumplimentadas todas las reglas de la diplomacia, en el pasillo me encontré de nuevo con los ojos inquisitivos de Gabriella.

—El *ispettore* Abate está en la morgue. Van a hacerle la autopsia a Catania. Me ha pedido que la acompañe si quiere usted echarle una ojeada al cadáver.

—Sí, vámonos. Aquí ya no tengo nada que hacer.

Llegamos a tiempo de ver a aquel hombre entero todavía. Lo miré con aprensión y curiosidad. Desnudo sobre una camilla metálica, era un enigmático mensajero de la muerte. Me fijé en los rasgos duros de su cara, en la piel bruñida y gruesa, en las toscas manos de dedos fuertes. ¿Así de rudo era un asesino despiadado, o yo lo veía así porque sabía que había matado sin el menor atisbo de piedad? Maurizio se acercó por detrás y me dijo al oído:

—Terrible pinta, ¿verdad?; es como una especie de bárbaro. Hemos pasado el dato de su identidad y su muerte a los periódicos, pero dudo de que alguien venga a reclamar su cuerpo. Con ese aspecto parece que estuviera predestinado a ser un matón.

—Eso no lo hace menos culpable. Necesitaré fotografías para llevármelas a España.

—Ya las tienes preparadas.

Le sonreí y me sonrió, pero nuestras sonrisas eran neutras, amables, carecían de connivencia secreta o segunda intención. Ambos estábamos en proceso de olvido, dispuestos a seguir nuestras vidas en líneas paralelas que nunca volverían a encontrarse. Sentí una corriente de camaradería hacia él, deseé que todo le fuera bien, que encontrara la felicidad allí donde creyera que le estaba esperando. Abate debía estar experimentando sensaciones parecidas, porque su mirada me trasmitía autenticidad y emoción.

—Petra Delicado, generala de caballería —dijo riendo.

—*Ispettore* Maurizio Abate, policía hasta el tuétano —reí yo.

Sólo entonces advertí de que estábamos intercambiando muestras de afabilidad frente a un cadáver desnudo. No me escandalicé, así es la vida. Aquel rústico de Catania podía considerarlo como un homenaje.

—¿Puedo hacer algo antes de volver a Barcelona? —pregunté humildemente.

—Nada, Petra. Vete a dar una vuelta por Roma. Yo tengo trabajo, pero a mediodía podemos encontrarnos todo el equipo y comer juntos como despedida. ¿Te parece bien?

—Siempre que no sea una orden… —bromeé.

Callejeé por Roma, lentamente, sin ninguna premura por ver, visitar o recordar. Observé a la gente, los contrastes. Turistas disfrazados de turistas junto a viandantes locales. Un repartidor en una esquina hablando con el portero de un inmueble. Ejecutivos apresurados con el *telefonino* insertado en la oreja. Bellísimas mujeres jóvenes. Elegantísimas mujeres mayores. Motocicletas circulando a toda velocidad. El olor a café. Un pueblo que comparte su historia con todo el orbe. Curioso. El papa. Las tiendas de helados.

Compré una corbata de seda para Marcos, dulces para los niños… no me olvidé de los encargos de las chicas de comisaría. Me senté en la terraza de un bar. Fui feliz un buen rato, sin pensar en nada.

A mediodía nos encontramos en el Comissariato Garzón y yo. Estaba muy orgulloso por la pericia que había demostrado como comprador y lo bien que se había desenvuelto en italiano. Pasó revista a sus compras.

—No sé si le parecerá bien, pero he comprado un par de cosas para los hijos de nuestros compañeros italianos.

—¡Fermín, es una idea magnífica! ¿Me dejará participar en los gastos?

—Sí, pero no sé si he sido muy original. Al *bambino* de Gabriella le he comprado un osito de peluche, y como no conozco los gustos de las hijas de Abate he optado por una gran caja de bombones. En mi época a los críos les encantaban los dulces.

—Eso no ha variado, y en cuanto al osito, muy acertado, los bebés se pirran por las especies en extinción. Supongo que le habrá comprado algo a Beatriz.

—Un perfume muy caro.

—¿De qué marca?

—No me acuerdo, pero se llama «Notte d'amore». Me pareció muy sugerente.

Al rato llegaron los italianos y fuimos los cuatro a una *trattoria*. Se habían disipado los malos efluvios de la investigación, y si alguno quedaba, estábamos dispuestos a ahogarlo en alcohol. El primero en alzar la copa para un brindis fue el subinspector:

—¡Por nuestros queridos compañeros de la policía italiana! Agradezco su ayuda en esta misión y prometo no olvidarlos jamás. ¡Salud!

Dimos un buen tiento al excelente vino que Abate había hecho traer. Entonces fue Gabriella quien levantó su copa:

—Yo sólo diré que voy a echarlos de menos a los dos. Mucho, de verdad.

Si hubiera utilizado una frase más larga, creo que hubiera acabado llorando. Como Abate no hizo ademán de lanzarse al ruedo, consideré que era mi turno.

—Por dos magníficos profesionales en los que hemos descubierto magníficas personas.

Quedó ecléctico, pero era la síntesis de lo que realmente pensaba. En ese momento Maurizio tomó la palabra:

—No quiero elevar más el tono emocional de esta despedida porque vamos a acabar todos entre lágrimas. Pasaré a lo profesional para darles una buena noticia: el comisario Torrisi acaba de enviar un informe en el que dice que cree estar seguro de que la mafia que ha operado en el caso Siguán es la Camorra napolitana. Como última prueba nos informa de que el proyectil extraído del cuerpo de Catania pertenece al tipo de munición que utiliza este grupo criminal que es, por otra parte, el más presente en Barcelona. Por lo tanto, considera que la ayuda que puede prestar la policía italiana en el caso Siguán no ha acabado ni mucho menos. Por lo tanto, no se despidan demasiado porque seguiremos en contacto.

Era en verdad una buena noticia y brindamos por ella. Ya un poco achispados, comenzamos una comida espectacular: ensaladas, encurtidos, pasta con trufa y *tagliata* de cerdo. Como postre, un surtido de dulces que nos llevaron a soltar exclamaciones de placer.

Detesto las despedidas. Las suprimiría de la lista de acciones de mi vida. Demostrar sentimientos siempre tiene un punto impúdico para mí. Mientras Garzón se fundía en abrazos eternos y ruidosos con los italianos, yo me limité a besarlos en las mejillas de modo simétrico. Y eso fue todo. Después corrimos a recoger nuestras maletas en el hotel porque nuestro vuelo salía aquella misma tarde.

En el aeropuerto, mi mente ya estaba situada en Barcelona. Llamé a Yolanda.

—Sí, inspectora; ha habido actividad por estos andurriales. Sierra ha visitado a su socia cuatro veces en dos días, poco rato. Nos hemos dividido el trabajo entre Sonia y yo. Yo vigilo a Sierra y ella a Nuria Siguán. Sierra se queda todo el tiempo en Nerea, y luego vuelve a su casa. La Siguán es más complicada, como todas las mujeres: va a la peluquería, al gimnasio, de compras... ha ido tres veces a un bloque de pisos de la calle Aribau.

—¿Sabéis qué hace allí?

—No, pero se queda al menos un par de horas. No hemos podido averiguar a qué piso sube porque la finca tiene portero. Sonia lo intentó una vez cuando la sujeto tomó el ascensor, pero el tipo enseguida le cortó el paso para preguntar adónde iba.

—¿Y llamadas telefónicas?

—Ni una. Ni siquiera se llaman entre ellos dos.

—Está bien, mañana quiero que hagamos una reunión.

Garzón dormitaba a mi lado, con la cabeza vencida sobre el pecho. No comprendí cómo lo conseguía, con todo aquel barullo a nuestro alrededor. Yo intenté relajarme hasta la hora del embarque, pero fue inútil, mi mente se hallaba demasiado llena de hipótesis, de descartes, de interrogantes que se estrellaban contra el muro de la ignorancia, una y otra vez. Rafael Sierra y Nuria Siguán tenían muchas cosas ocultas bajo la alfombra, pero ¿por dónde levantarla al menos un poco para poder vislumbrar la porquería? Advertía con dolorosa claridad que regresaba al lugar de los hechos con las manos vacías de certezas. Encima, una apatía abrumadora lastraba mi ánimo. Es importante para cualquier investigación que las pruebas vayan aflorando, pero la fuerza mental del investigador, su resolución y su rabia son imprescindibles para que las cosas vayan adelante, y yo no me encontraba en ese estado de gracia. La aventura italiana me había desubicado, había insuflado en mí un aire de irrealidad.

El subinspector se despertó de repente, sobresaltado. Miró hacia todas partes como si no supiera dónde estaba.

—He tenido una pesadilla —dijo al descubrirme

junto a él—. Yo era un gladiador en medio de la arena y de repente me soltaban un pedazo de león de aquí te espero. Los dos nos mirábamos a los ojos y girábamos el uno en torno al otro; pero entonces el león...

Lo interrumpí, de un humor infernal:

—¿Por qué no vuelve a la realidad de una maldita vez? El viaje se acabó, Fermín, y usted no es un romano sino un poli de Salamanca.

—¡Era un sueño, inspectora!

—Pues manténgase despierto y así no soñará. Puede que su cerebro no sea la clave para la resolución de los casos, pero lo necesito en el trabajo. Así que olvídese de Roma, de Nerón y de Italia entera y regrese a su vida normal.

Para mi sorpresa, no se enfadó, ni se rebeló ni me dijo que era injusta con él. Se quedó callado, y al cabo de un rato dijo con voz doliente:

—Reconozco que en Italia no he estado todo lo atento al trabajo que hubiera debido, pero también es cierto que no se me dio demasiado protagonismo. Usted y Abate lo hacían todo. De cualquier modo, inspectora, si cree que he desatendido mis obligaciones y que debe dar cuenta al comisario de mi proceder, lo entenderé y lo asumiré.

—¡Váyase al infierno, Fermín! Me duele la cabeza y los aeropuertos me revientan. Deje de darme la tabarra o soy capaz de volver a Barcelona en tren.

Puso cara de Dolorosa y abrió una *Repubblica* que alguien había abandonado en un asiento. Enseguida pareció que las noticias en italiano le interesaban más que nada en el mundo. Lo dejé en paz. Siempre sería un misterio para mí de dónde sacaba la paciencia para soportarme.

Llegamos a Barcelona con puntualidad, recogimos nuestras maletas y salimos de la zona internacional de El Prat. Allí estaba Marcos esperándome y a su lado Beatriz, que sonreía como una niña encantada de dar una sorpresa. ¡Y la dio!, el subinspector, como si fuera un personaje de comedia musical, corrió hacia ella, y rodeando su talle, que ya no era muy esbelto, la elevó por los aires. Ella reía y se ruborizaba:

—¡Suéltame, Fermín!, ¿estás loco? ¡Todo el mundo nos mira!

—Pues les dedico esto —soltó, triunfal y, acto seguido, estampó un largo beso en los labios de su esposa.

Marcos y yo reíamos tanto que nos faltaba tiempo para arrumacos. Por fin él me abrazó y yo hundí la cara en su pecho. Reconocí enseguida la calidez de sus brazos, su perfume tranquilizador, el roce picante de su barba y me sentí feliz, mucho más feliz de lo que nunca había pensado.

En casa ni siquiera cenamos. Pasamos inmediatamente a hacer el amor. Después me dormí profundamente y al despertarme me di cuenta de que ni un día había descansado tan bien durante el tiempo pasado en Italia. Miré el reloj: eran la siete de la mañana. Fui a darme una ducha. Al volver a la habitación, Marcos se frotaba los ojos con fuerza.

—No sé cómo voy a apañármelas para trabajar hoy. Creo que los planos de una casa van a parecerme una especie de arcano —dijo.

—Por lo menos entenderás algo cuando te hayas despejado. Yo me enfrentaré a un caso del que cada vez entiendo menos.

—Observarás que he tenido el detalle de no preguntarte nada sobre el caso ni sobre tu estancia en Roma.

—Has hecho muy bien. Sólo pensar en ese asunto me saca de quicio.

—¿Tan complicado es?

—Exasperantemente complicado.

—Petra, ¿eres feliz?

—Soy feliz cuando las investigaciones se me resisten menos.

—Mi pregunta va por otro lado; ¿eres feliz conmigo?

—Claro que soy feliz. Tú me das las dos cosas que más necesito: amor y libertad.

Se quedó un momento valorando mi respuesta y saltó de la cama con brío. Por fortuna no pidió ninguna explicación sobre mis necesidades vitales.

En comisaría encontré al equipo completo. Yolanda y Sonia corrieron a saludarme. Garzón había estado enseñándoles fotografías y se precipitó a cerrar el ordenador antes de dar los buenos días.

—¿Qué tal, inspectora, lo ha pasado bien en Roma? —preguntaron las chicas.

—Hemos avanzado un poco en el caso —respondí para centrarme en el trabajo desde el principio—. Supongo que el subinspector ya os ha informado de todo.

—Estaba en ello —musitó Garzón con gesto culpable.

—Pues siga ocupándose del tema mientras yo despacho con Coronas.

No había previsto ninguna estrategia concreta frente al comisario. Si se ponía furioso conmigo aguantaría el chaparrón sin rechistar. Finalmente había vulnerado un montón de normas y merecía una reprimenda oficial. Sin embargo, los caminos del Señor son inescrutables, y los de los superiores en ejercicio, mucho más. Coronas, que era un hombre proclive al nerviosismo, no emitió berridos cuando entré. Tampoco dejó caer indirectas ni sarcasmos. Me hizo indicación de que me sentara y continuó leyendo un papel que sostenía en la mano. Como mi conciencia no estaba tranquila, comencé un rito autoinculpatorio:

—Comisario, sé que la información que hemos enviado a España durante estos días no ha sido uno de los puntos fuertes de nuestra misión en Roma, pero...

Me interrumpió en un tono inusitadamente sereno.

—No es necesario que diga nada, Petra. Mi homólogo italiano me ha informado profusamente. Un gran profesional, el tal Testi, hemos quedado muy amigos. De todos modos, el que usted interviniera en una escaramuza peligrosa sin decírmelo fue una decisión excesiva por su parte. Sé, sin embargo, que cumplía órdenes de Testi.

Sería polémico determinar si él tenía mando sobre usted y si ese mando anulaba el mío, pero en cualquier caso usted hizo bien aceptando su autoridad. No queremos conflictos diplomáticos con ninguna policía europea, pero mucho menos con la italiana, con la que colaboramos a menudo en asuntos de mafias.

—Yo, comisario... —empecé humildemente sin saber qué iba a decir, pero mi jefe volvió a interrumpirme:

—También sé que el sospechoso al que andaban buscando ha muerto sin poder ser interrogado. Sin embargo, Testi me ha asegurado que gracias a la intervención del comisario Torrisi, máximo experto en mafias, las perspectivas de nuevos datos que lleven a una resolución del caso quedan abiertas. Con un poco de suerte, nuestras dos comisarías pueden marcarse un importante tanto internacional.

—Sí, eso pienso yo también —dije, creyendo en la providencia de Dios, de Buda y Alá, todos juntos.

Mi salida de un despacho, que momentos antes me había parecido funesto para mis intereses, fue por completo triunfal. No era lógico pensar que Testi, con quien apenas había tratado, hubiera mentido a mi favor sobre aquella historia de las órdenes. No, supuse que el ala protectora de Maurizio Abate había encontrado la manera de enderezar las cosas para que nadie me pidiera responsabilidades al llegar a Barcelona. Dejé para más tarde la decisión de llamarle y darle las gracias.

El segundo encuentro con mi equipo no se pareció para nada al primero. Al entrar en la sala vi a las dos chicas enfrascadas en las explicaciones que mi subalterno les estaba dando. Todos parecían volcados en su labor y yo, de un humor espléndido, exclamé:

—¿Es que vamos a ponernos a trabajar sin abrir siquiera los paquetes que hemos traído de Italia?

Yolanda y Sonia se miraron entre sí, intercambiando sus serias dudas sobre mi salud mental. Garzón, más acostumbrado a la imprevisibilidad de la vida, se limitó a rascarse una oreja y susurrar: «¡joder!», en voz casi inaudible. Fui a buscar la bolsa que había llevado conmigo y de ahí saqué lo comprado para Sonia: una bufanda de minúsculos lunares verdes que hacía juego con unas medias de lana. Se quedó mirándolas como si formaran parte del vestuario de un buzo.

—La marca es Marnie, un icono de la Italia chic —anuncié. Sólo entonces lanzó una sonora exclamación de júbilo y se enroscó la bufanda en torno al cuello.

—¡Maravilloso!, ¡es lo más bonito que nunca he tenido en la mano!

Acto seguido, le pasé a Yolanda un discreto envoltorio que ella abrió sin pronunciar palabra. Eran unos guantes de finísimo tafilete en un despiadado color pistacho. Se echó a reír, complacida:

—Sólo en Italia se pueden fabricar unos guantes así —declaró con suficiencia.

—Hay algo más —dije, dándole un segundo paquete.

Lo desenvolvió con extrañeza y casi se echó a llorar al descubrir un pijama de bebé estampado en manchas de jirafa.

—¡Dios mío, inspectora, cómo se lo agradezco! Mucho más viniendo de usted.

—¿Eso qué significa, que tengo fama de Herodes femenina?

—No, en absoluto, es que me he expresado mal.

Sonia intentó sacarla del apuro metiendo la pata según su costumbre.

—Yolanda quiere decir que a usted los niños ni fu ni fa; como no ha tenido hijos propios…

—Tampoco hace falta criar un cerdo para que te guste el jamón —dije con mala uva.

Yolanda, oliendo el peligro, derivó la cuestión hacia otros derroteros.

—El subinspector nos ha traído crema corporal perfumada y unas cajas de dulces que se llaman «Dolci baci», que quiere decir dulces besos.

—¿A que tiene gracia? —subrayó Sonia.

—Infinita —sentencié.

—Ahora es el momento de que nos digan cuánto ha costado todo esto para pagarles cuanto antes.

—Lo mío son regalos —dijo Garzón—. No hay nada que pagar.

—Y lo mío también.

—¡Pero eran encargos! —protestaba Yolanda muy digna.

—¡Se acabó el tiempo de ocio y frivolidades. Ahora todos a trabajar! —concluí, y empezamos a trabajar con el ánimo festivo y la cabeza en otra parte, condiciones fatídicas donde las haya para iniciar cualquier tipo de dilucidación.

Capítulo 14

La estrategia a seguir no brindaba muchas posibilidades de elección; era además una estrategia chata, a corto plazo y sin garantías de éxito. Sin embargo, abordamos el plan aparentando cierto entusiasmo, quizá para no desaprovechar el buen clima que se había creado en el equipo tras nuestro regreso.

El objetivo teórico era averiguar por qué mi carta con el falso pedido había desencadenado más visitas de Sierra a su socia, algo difícil de conseguir, y por qué Nuria Siguán había estado varias veces en un inmueble de la calle Aribau que no figuraba en sus movimientos anteriores. Ni Garzón ni yo podíamos acudir en persona al lugar porque la Siguán nos conocía y podíamos encontrarla de modo imprevisto. El protagonismo de la acción recayó pues en nuestras jóvenes agentes.

El método era necesariamente pedestre. Aquel mediodía, a plena luz y mientras el portero abandonaba su puesto para ir a comer, Yolanda se coló dentro aprovechando la entrada de un señor que no le planteó ninguna pregunta. Asegurándose de que nadie la veía, hizo una foto en la que se apreciaban con claridad los nombres escritos en los buzones para el correo.

Nuestra intuición nos decía que quizá la hija de Siguán estaba utilizando alguna empresa como tapadera de la propia, demasiado vigilada a aquellas alturas. En comisaría estudiamos con detenimiento aquellos nombres de la fotografía. Sólo dos, los dos entresuelos, pertenecían a empresas: Interdata y Fesisa. Internet nos proporcionó los detalles de sus respectivas actividades. Interdata se ocupaba de las soluciones informáticas que podía necesitar cualquier tienda, empresa o institución. Fesisa era una organizadora de fiestas y eventos. Como no pensábamos que Nuria tuviera humor para celebraciones, nuestra primera incursión se centró en Interdata.

Decidí que Yolanda y Sonia no estaban lo suficientemente inmersas en el caso como para llevar a cabo ellas solas la visita. Lo que harían sería vigilar a la Siguán y avisarnos inmediatamente si se encaminaba hacia la calle Aribau. Fue Garzón el escogido para entrar en el inmueble mientras yo lo esperaba en el coche. ¡Todo era tan clásico en aquella acción! La ciencia y la tecnología dotan de un sinfín de recursos la praxis policial, pensé; pero a la hora de la verdad, la omnipotente figura del portero de inmueble surge en todo su esplendor.

Fumé un cigarrillo, ojeé el periódico y por fin apareció en la calle Garzón negando con la cabeza.

—Ni puta idea —dijo como abrupto comienzo de su informe oral—. Les he pedido un presupuesto para montar en red los ordenadores de mi empresa. Cuando la chica estaba tomándome los datos, le he soltado que unos clientes suyos: Sierra y Siguán, me habían aconsejado sus servicios. Ninguna reacción. He vuelto a repetírselo al cabo de un rato y entonces me ha dicho que debía de estar en un error: ellos no tienen ningún cliente con esos nombres. Y no me ha parecido, inspectora, que por parte de la chica hubiera disimulo u ocultación. Simplemente no tenía ni pajolera idea de quiénes son esos dos.

—Y el portero, ¿qué tal es?

—No sé, bajito, normal.

—¿Le ha preguntado adónde iba?

—Ha saltado enseguida sobre mí, pero cuando le he dicho el nombre de la empresa me ha dejado pasar.

—¿Le ha parecido cotilla, abordable, de los que charlan si les das pie?

—No sé, inspectora, no he tenido tiempo para tanto. Tampoco era cuestión de significarme delante de él.

—De acuerdo, vamos a tomar un café y ahora iré a Fesisa.

Nos metimos en un bar gallego, O Brindis, donde la variedad y suculencia de las tapas expuestas en la barra enseguida dieron al traste con el supuesto café del subinspector. Pidió cerveza y un trozo de tortilla de aspecto glorioso para acompañarla.

—Creí que ya sólo iba a comer espagueti el resto de su vida. ¿O ya no es usted un romano? —le pinché.

—Estoy en proceso de readaptación a la patria.

—Ya veo.

—¿Sabe qué le digo, inspectora? Quizá no hemos hecho bien viniendo a hacer esta gestión personalmente. Ahora el portero nos conocerá y si hemos de volver por alguna razón… ¡Hay que joderse que después de tanta pesquisa internacional hayamos de acabar en las manos de un conserje!

—Así es la vida, Fermín, hoy tocas el cielo y mañana te estrellas. Me voy. ¿Espera aquí o en el coche?

—Aquí puedo estar un rato tranquilo.

—Sí, y metiéndose entre pecho y espalda todas las tapas del bar.

—¡Es usted Torquemada!

—Está bien, quédese; pero aplíquese un poco de contención.

Más contento que contenido me vio marchar hacia la pequeña expedición en la que ninguno de los dos confiábamos demasiado.

Me atendió una chica de unos treinta años. Ella y un muchacho de parecida edad, cada uno frente a su ordenador, daban la sensación de ser la dotación completa de la empresa. La chica, muy maquillada y sonriente, gorjeó de placer cuando le dije que quería que organizaran para mí la celebración de un cumpleaños. Como si yo no me hallara segura de por qué había ido allí, me lanzó un discurso larguísimo sobre las ventajas de organizar los cumpleaños con ayuda exterior. Puede que Garzón la hubiera cortado en seco, pero ¿cómo podía interrumpir yo a aquella oradora compulsiva cuyas frases parecían formar una barrera continua? Finalmente logré insertar en su arenga unas sílabas errantes que la obligaron a escuchar.

—Quiero que la celebración tenga unas características parecidas a la de la persona que me recomendó esta empresa.

—¿Quién era?

—Nuria Siguán, no sé si la conoce.

Ante mi pasmo absoluto, dio un gritito:

—¡La señora Siguán!, últimamente viene mucho por aquí.

—¿A Fesisa?

—No, la señora Siguán es amiga de la señora Roca, Margarita Roca, que vive en el segundo. La señora Roca nos contrató para la celebración de la boda de su hija y, como quedó tan contenta, se lo dijo a la señora Siguán cuando ella quiso celebrar la inauguración de una tienda que tiene. Pues bueno, estos días pasados me he encontrado dos veces en la portería o el ascensor con la señora Siguán que iba a ver a su amiga. ¡Me acordaba de ella y ella de mí! Y es que cuando uno ha celebrado un evento con nosotros surge mucha complicidad. Por cierto, que en la fiesta de la señora Siguán pusimos una carpa verde manzana en el patio interior. ¿A usted le gustaría?

—¿El qué?

—Pues la carpa, ¿qué va a ser? ¿Es su cumpleaños el que se celebra?

—No, el de mi marido.

—¡Qué ilusión!, ¿y cuántos cumple?

—Veintiuno —dije con una sonrisa.

Por primera vez desde que nos habíamos visto, la encargada de Fesisa se calló. Sus cálculos matemáticos y posteriores consideraciones mentales sobre la cuarentona y el veinteañero la mantuvieron en estado de silencio el tiempo suficiente como para que me levantara de la silla a todo correr.

—¿Ya se va? ¡Pero si aún no le he enseñado los menús ni hemos hablado de los detalles!

—Vendré con él para que pueda opinar, pero estoy convencida de que quedará cautivado por las carpas verdes.

A Garzón le encantó la *boutade* del marido de veinte años. Le gustó menos que las visitas de Nuria se realizaran a una amiga, porque podía darse el caso de que fuera una amiga sin más.

—¿Y se pone a visitarla compulsivamente después de recibir mi falso pedido? No lo creo, Fermín.

—Podría ser una abogada a la que le consulta sobre su situación.

—No lo sé; déjeme pensar y de paso piense usted también.

—Pero yo es que pienso en voz alta, inspectora. Y por cierto, ¿por qué no me comentó su feliz idea del falso pedido?

—Eso es agua pasada. Hemos de pensar cómo abordamos a Margarita Roca. No creo conveniente levantar la liebre aún, puede que lo mejor sea un primer acercamiento cauteloso.

De vuelta a comisaría me di cuenta de que no tenía la menor seguridad en cuanto a cómo obrar. Estábamos varados: los indicios de criminalidad económica en la tienda Nerea eran más que evidentes, pero dar un paso en falso en aquellos momentos podía comportar un fracaso final. Añoré a Maurizio Abate; de buena gana le hubiera preguntado qué hacer. Había sido agradable que alguien a mi lado asumiera la responsabilidad. Pero no, ahora detentaba al cien por cien un mando estúpidamente deseado días atrás; era la capitana de la nave y mis tres marineros esperaban órdenes reunidos en torno a una mesa. Les pedí ideas. Sonia, los tontos son más atrevidos, sugirió hacerse pasar por vendedora puerta a puerta, ganarse la confianza de la señora Roca y sonsacarla después. De buena gana me hubiera quitado un zapato para golpearla con él en la cabeza. Preferí seguir calzada y taparle la boca con una ironía:

—Podrías hacerte pasar por testigo de Jehová y decirle que si habla su alma quedará pura; pero dudo que funcione.

—¿Y si voy yo diciendo que soy inspectora de gas y le echo al menos una ojeada a la casa? —Intentó Yolanda disimular la torpeza de su compañera con una torpeza casi mayor.

—¿Qué piensas sacar con una ojeada? O la señora tiene montada una casa de juego clandestino con tapetes verdes y todo o mirar de poco servirá.

—¿Qué me dice de ir yo a ver al portero y, apretándole las clavijas….

Interrumpí aquella lluvia de incongruencias con un suspiro y un gesto de la mano:

—No, sólo tenemos un camino y, en el fondo, todos sabemos cuál es. Iremos a casa de Margarita Roca a cara descubierta como policías y la interrogaremos sobre las visitas de su amiga Nuria Siguán. Registraremos la casa. Si no tiene nada que ocultar, mejor para ella y peor para nosotros; pero es un riesgo que debemos correr.

—¿Y si esperamos a una nueva visita de la Siguán para pescarlas a las dos in fraganti? —apuntó Yolanda.

—No creo que sea una buena idea, será mejor pillar sola a la señora Roca y analizar sus reacciones, aparte de lo que pueda decir; ya sabemos que la otra resiste bien cualquier presión. Pero vayamos sobre seguro. Subinspector, vaya usted a ver al juez Muro y pídale una orden de registro.

—¿Y si no ve suficientes indicios sospechosos como para dármela?

—Entonces cuéntele que nos las estamos viendo con toda la maldita mafia internacional: la Camorra, la 'Ndrangheta, la Cosa Nostra y el Copón divino. Lo que quiera, pero traiga la orden.

—¡La traeré! —afirmó con el vigor de un converso.

—Yolanda y Sonia, seguiréis vigilando a Sierra y a Siguán; no vaya a ser que sean ellos quienes nos pesquen in fraganti en la calle Aribau. Procederemos por la mañana si la orden está lista. ¿Entendido?

Yolanda y Garzón dieron un cabezazo afirmativo, pero Sonia soltó uno de aquellos «a sus órdenes, inspectora» que tanto me crispaban los nervios. Me callé, me puse la gabardina y salí por la puerta con aire de derrota. «Adiós, muchachos —pensé—, quizá mañana pueda aguantaros de nuevo, pero es suficiente por hoy.»

Al llegar a casa me esperaba una sorpresa: Marina estaba allí. Aunque habitualmente era una niña poco expresiva que contenía sus impulsos de cariño, se lanzó a mis brazos en cuanto me vio. La apreté con fuerza. Pasados los primeros momentos de emoción, ambas nos asentamos en nuestros estados habituales de sobriedad.

—Has tardado mucho en volver —me dijo con un punto de desaprobación.

—Era un trabajo muy complicado.

—¿Y ya lo has terminado?

—La parte de Italia, sí.

—¿Y la de Barcelona?

—Estamos en ello.

Caminamos hasta la cocina y, mientras yo me servía una cerveza, Marina me miraba con sus ojos azules y curiosos.

—¿Italia es muy cultural, Petra?

—Mucho, muy cultural —dije sin saber a qué estaba contestando exactamente.

—Mi madre quiere que un año de éstos vayamos a Italia para hacer un viaje cultural. Parece que en Italia hay más cultura que en todos los demás países juntos; pero mi madre dice que mucha gente viaja allí y no se entera de nada porque se pasan el tiempo comiendo espaguetis y comprando *souvenirs* horribles.

—Supongo que tu madre lleva razón.

—Tú no compraste ningún recuerdo de esos horribles, ¿verdad, Petra?

—No, pero espaguetis comí un montón; están buenísimos.

—Pero por comer no pasa nada, ¡no te ibas a llevar un bocadillo desde Barcelona!

—¿Le contaste a tu madre que yo estaba en Roma?

—Sí que se lo conté, y fue entonces cuando empezó a darme la paliza con lo cultural.

—La cultura nunca es una paliza —maticé para no convertirme en su cómplice de críticas maternas.

—¡Si te oyera mi madre! Ella cree que todos los policías son como los de las películas, que se pasan el día diciendo tacos y bebiendo cerveza.

De repente fijó la vista en mi vaso y puso cara de apuro, como si no encontrara la manera de rectificar. La ayudé un poco: bebí un buen sorbo, me limpié la boca con la mano de modo grosero y solté:

—¡Ah, cojones!, pues eso sí que no es verdad.

Marina se echó a reír. Yo lo hice también y le di un beso en la mejilla. Sin embargo, no estaba dispuesta a soltar el hueso de la crítica con facilidad.

—¿Y lo del ballet, qué te parece lo del ballet? Hugo y Teo me dicen que estoy ridícula con las mallas y que el ballet clásico es una payasada.

—¿Desde cuándo haces caso a las bromas de tus hermanos?

—¡Pero es que es verdad, estoy ridícula y no tengo ninguna gracia para moverme! Hasta la profesora me lo dice.

—Bueno, eso suele pasar con el ballet clásico, pero cuando sepas un poco más podrás pasarte a la danza contemporánea.

—¿Danza contemporánea?

—Sí, seguro que lo has visto en televisión. Hacen movimientos raros pero muy bellos. Es lo más moderno que hay.

—¿Y tú crees que mi madre sabe eso de la danza contemporánea?

—Claro que lo sabe.

No respondió; al oír cómo se abría la puerta de la casa, salió corriendo y gritando: «¡Ya están aquí!». Segundos después, Marcos, Hugo y Teo entraban cargados de paquetes. Tras los besos y saludos fui informada de que aquella noche celebrábamos una cena para darme la bienvenida. Habían pasado por una tienda italiana donde se habían aprovisionado de todo tipo de comestibles típicos: lasaña preparada, mortadela, pizza, quesos… Me sometí entonces a la tradicional rueda de preguntas de mis hijastros gemelos que, como era también tradicional, versaba sobre los pormenores policiales del caso que llevara entre manos. Marcos se impacientó:

—¡Siempre la misma historia! Sabéis perfectamente que Petra no puede contar nada de su trabajo, pero insistís e insistís.

—Un día que esté durmiendo la siesta le preguntaremos cosas por si habla en sueños —bromeó Teo.

Padre e hijos varones organizaron un zafarrancho importante en la cocina porque querían ocuparse de todo. Marina y yo pusimos la mesa. Cuando nos sentamos a cenar los ánimos rozaban la euforia, y la conversación giró inevitablemente sobre Italia.

—Mi profesora dice que todo el mundo tendría que ir a Italia una vez en la vida para ver el arte —afirmó Teo.

—Lo que yo no entiendo es por qué a los pintores del siglo XVI se les llama del Quinquecento —comentó Hugo—. ¿No tendrían que ser los del XV?

—¡Porque los siglos van así, burro! —puntualizó Teo—. Por eso los años mil novecientos eran el siglo XX.

—¡Yo no soy ningún burro!

Marcos lanzó una amenaza nada velada:

—Sería una lástima que en la cena de bienvenida de Petra alguien tuviera que irse a cenar a la cocina.

Pero su intento de restablecer la paz fue infructuoso porque Teo comentó:

—Las chicas de mi clase leen libros de un italiano que se llama Federico Mora.

—¡Hablando de burros!, se llama Moccia, no Mora —se apuntó un tanto Hugo.

—Bueno, como se llame. El caso es que los libros son una plasta espantosa llena de amores, bodas y novios. —Hizo un gesto de vómito.

—Papá dice que no se hacen cosas que den asco en la mesa —intervino Marina. Teo imitó su tono de voz, ridiculizándolo. En ese momento Marcos se puso en pie y levantó su copa:

—Propongo un brindis: «Por los días de calma y felicidad que Petra ha pasado en Italia, rodeada de los más terribles mafiosos y despiadados malhechores. Seguro que, comparado con los hermanos Artigas, hasta el propio Provenzano debe parecerle hoy una compañía de mesa agradable».

Reímos todos y brindamos. Tras los postres se produjo la dispersión general típica de los ágapes comunitarios en nuestra casa. Hugo se levantó y encendió la tele. Teo fue a tumbarse en un sofá y Marina corrió a un rincón con su teléfono móvil. Los retazos de su conversación que pude captar me pusieron los pelos de punta.

—Sí, es lo más moderno que hay…. hacen movimientos raros… si no enseñan esa danza en el colegio, podrías apuntarme en una academia.

Al cabo de un momento vi que asentía de mal humor e iba a sentarse frente a la tele. Sólo a la hora de las despedidas vino a darme el parte sobre su charla telefónica.

—Dice mi madre que no le complique la vida con tonterías, y que mientras sea pequeña haré lo que ella me mande.

—¿Y sobre qué hablaba tu madre?

—Sobre la danza contemporánea.

Hubiera podido soltarle un discursito moralizante, recordarle que lo de la danza contemporánea era sólo una opción en el futuro; pero a aquellas alturas ya estaba convencida de que lo mejor era callar en lo tocante a las relaciones de Marina con su madre. Y eso hice. A pesar de todo, la noche me había parecido maravillosa.

Aquella mañana no pasamos por comisaría sino que fuimos directamente a la calle Aribau. Garzón llevaba la orden del juez en el bolsillo. Llegamos a las nueve y media, hora que al subinspector le parecía demasiado temprana para irrumpir en un hogar. Según su teoría, si queríamos entrar de buen talante en casa de Margarita Roca, no debíamos sorprenderla a una hora inconveniente. De la aplicación de aquella teoría, que no discutí, se deducía que teníamos tiempo de tomar un café, así que entramos de nuevo en O Brindis, donde bullía una animada clientela matinal. El dueño, un gallego enjuto y de gran bigote negro, se acordaba de nosotros:

—Buenos días, señores. ¿Qué van a tomar?

—Dos cortados bien calientes —decidió mi compañero.

—Si quieren algo bien caliente también tengo caldo gallego. Acaba de hacerlo el cocinero.

—¡Hombre si me lo pone usted tan a mano!

Miré a Garzón como si se hubiera vuelto loco y él me dijo por lo bajo:

—Tardo lo mismo en tomar un café que un caldito.

—Imposible; el caldo lleva patata, alubias, grelos, tocino, chorizo…

—¡Bah, cuatro tropezones que me engullo en un momento!

El dueño colocó un tazón humeante frente a él:

—¡Que le aproveche; esto puede revivir a un muerto!

—¡Mientras el muerto no sea Franco… —soltó el subinspector, y ambos rieron ruidosamente su ocurrencia. Miré cómo se dedicaba al caldo con placer sensual y me vino al pensamiento su capacidad tradicional para desconectar la mente del trabajo. Lo admiré y envidié. Quizá por esa característica suya había podido salir indemne de tantos años de práctica policial. Yo no era así; de hecho, aquella noche había tomado la determinación de pedirle a Coronas que me relevara del caso si no se producían avances sustanciales. Habían sucedido demasiadas cosas en el maldito asunto Siguán y, sin embargo, siempre nos encontrábamos embarrancados en el mismo hoyo. La frustración empezaba a parecerme intolerable. Comprendí que mi modo de ser me impediría llegar a la jubilación dentro del Cuerpo de Policía; y no supe si debía tomar aquel anticipo de futuro como maldición o bendición.

Eran las diez y media cuando entrábamos en el inmueble de la calle Aribau. El temido conserje nos aseguró que la señora Roca aún estaba en casa; de modo que subimos al segundo y llamamos a la puerta. Nos abrió una mujer de cincuenta y muchos, bella todavía, elegantemente vestida como para salir. Cuando nos presentamos como policías, evidenció la sorpresa habitual en estos casos.

—¿Unas preguntas? —farfulló sin saber qué pensar.

—Sobre su amiga Nuria Siguán. Porque es su amiga, ¿verdad?

—Sí, claro que es mi amiga. Lo que pasa es que yo ya me iba a la tienda, soy anticuaria. Abrimos a las once y a las diez y media suelo llegar.

—Son preguntas de trámite, no tardaremos mucho. Como debe saber, se ha reabierto el caso por el asesinato del padre de su amiga.

—Sí, lo sé. Pero pasen, por favor.

Nos instaló en un vasto salón lleno de cuadros y tallas de épocas diversas. Se sentó, mirándonos con curiosidad, sin el más mínimo resquemor. Por la manera en que iba reaccionando yo estaba casi segura de que no tenía nada que ocultar. Hablé en tono amable.

—Señora Roca: hemos sabido que Nuria ha venido a verla muchas veces últimamente.

—Sí, es verdad.

—¿Puede decirnos por qué motivo?

—¿No se lo ha dicho ella?

—No la hemos visto aún. Primero se interroga al testigo y luego al interesado —inventé sobre la marcha.

—¡Ah, pues es muy sencillo! Nuria se quejaba de que estos días hay familiares de su esposo alojados en su casa. Armaban mucho jaleo y no podía trabajar. Me pidió que le prestara una habitación para poner su ordenador hasta que volviera la calma a su domicilio. Naturalmente le dije que sí y hasta le di una llave para que viniera aunque yo estuviera en la tienda.

—¿Podemos ver esa habitación?

Nos llevó a una habitación de invitados con una cama y una mesa de trabajo. Sobre ella, refulgiendo como una joya, había un ordenador portátil. Garzón y yo nos miramos fugazmente, con los ojos desorbitados por la sorpresa y la excitación. Él dijo, aparentando naturalidad:

—¿Es ése el ordenador?

—Sí, me dijo que no valía la pena andar trayéndolo y llevándolo. Lo dejó aquí.

Nunca un objeto inanimado me había causado tanta

conmoción. Seguí quieta y callada como una estúpida. Fue Garzón quien se adelantó, goloso, hacia la máquina.

—Vamos a tener que llevárnoslo.

La señora se puso tensa por primera vez:

—¡Hombre, sin permiso de la interesada...!

—Tenemos una orden de registro del juez —objetó mi compañero, alargándole el documento.

—Pero una cosa es que registren mi casa y otra que se lleven una cosa que una amiga me ha confiado. ¿Qué dirá cuando vuelva por aquí? ¿Saben qué podemos hacer?: ¡vamos a llamarla por teléfono y le pedimos permiso!

Mi compañero, rápido de reacciones, se puso muy serio y digno:

—No, señora; eso no puede hacerse así. Si tenemos que consultar a alguien debe ser al juez. Le llamaré y le diré que estamos en su casa, que venga por aquí, le tome a usted declaración y dictamine qué es lo correcto.

Margarita Roca puso la misma cara de asco que si le hubiéramos propuesto meter un buey putrefacto en su salón. Sonrió con evidente falsedad:

—No creo que sea necesario. Miren, hagan lo que tengan que hacer. No quisiera que nadie interpretara mi actitud como un intento de poner trabas a la justicia. Además, estoy segura de que Nuria estará encantada de que se ocupen del esclarecimiento del caso de su padre.

—Eso puede darlo usted por sentado —enfatizó Garzón, poniendo punto final a una conversación donde nada era lo que parecía. Acto seguido, tomó el ordenador bajo el brazo y nos despedimos entre muestras de cortesía.

Mi compañero había estado sembrado hasta el último momento. En la calle, yo me sentía como si saliera del Louvre llevando la *Monna Lisa* en el bolso. Él se mostraba mucho más tranquilo.

—No falla con los burgueses, Petra; en cuanto ven la

menor posibilidad de verse implicados en un asunto legal, son capaces de regalarte a su madre envuelta y con un lazo.

—Por lo pronto ya nos ha regalado a su amiga. Estoy deseando llegar a comisaría para ver qué contiene este chisme. ¿Está seguro de que podíamos llevárnoslo sin pedir un permiso específico?

—¡Los valientes viven sin permisos, Petra!

—¡Y los expedientados sin cobrar!

Rió entre dientes, muy satisfecho de sí mismo. En cuanto llegamos a comisaría pasamos el ordenador al equipo de informática, que lo abrió con facilidad. Había una sola carpeta con contenidos y una conexión de correo electrónico, el resto estaba en blanco. Me temblaba la mano cuando abrí la carpeta, pero lo primero que leí casi me hizo cantar de felicidad:

«Cuidado. Estamos siendo controlados por la policía española. Escribidme siempre aquí; de momento, es seguro. Seguid sin enviar ninguna contabilidad a Nerea. Aquí os paso las cifras de este mes.»

Seguían unas cifras y la Siguán se despedía en italiano: «*Ciao. Grazie*». La dirección a la que enviaba el correo acababa en «.it». Me volví al subinspector, que miraba por encima de mi hombro.

—Envíe inmediatamente una copia de este correo a Torrisi y Abate. Explíqueles brevemente cómo ha llegado a nuestro poder.

Corrí en busca de Sangüesa, que me acompañó al despacho con total rapidez. Observó el mensaje, inspeccionó las cuentas en él incluidas y dictaminó:

—Está muy claro: han aplicado un diez por ciento a determinadas cantidades con el resultado final de quince mil euros. No puedo saber si es la cantidad que les adeudan o que ellos adeudan. Toda la factura corresponde al mes pasado.

—¿Y las cantidades de dónde salen?

—¿Cómo voy a saberlo, Petra? No figura concepto alguno. ¡No soy Dios!

—Pues yo llevo muchos años rezándote.

—Sin motivo. Cualquiera sin formación económica hubiera podido interpretar estas cuentas. Lo que ocurre es que todos os ponéis muy nerviosos cuando se trata de números o informática, como si no acabarais nunca de fiaros de lo que tenéis ante a los ojos.

—Informáticos y economistas sois los nuevos chamanes de la tribu.

—Pues ser chamán a sueldo no es ninguna bicoca, te lo juro.

Salió con una carcajada, mientras el subinspector tenía pintada en la cara una sonrisa de circunstancias:

—Lo que ha querido decir es que otro día no lo llamemos para chorradas.

—Olvídelo, Fermín. Voy a informar al comisario.

Coronas, tras leer el mensaje, sopesó la situación. No parecía muy seguro de cuáles debían de ser sus instrucciones. Le horrorizaba la posibilidad de meter la pata en un asunto con semejantes implicaciones.

—Pedir ya una orden de detención es prematuro.

—A mí no me lo parece, pero si lo prefiere podemos proceder a un interrogatorio inmediato y obrar en consecuencia.

—¿Usted cree que Nuria Siguán se cargó a su propio padre, inspectora? A mí eso me parece demasiado fuerte.

—Yo no he dicho tal cosa, comisario, pero lo que sí es cierto es que disponemos de indicios más que suficientes para imputar a la Siguán y su socio de tratos con la mafia.

Se mesó los cabellos como en una tragedia griega.

—¡No quiero ni pensar en el cristo que puede armarse! ¡Todos los periodistas del país vendrán a mojar pan en esta salsa! Hay que ir con cuidado, Petra, paso a paso y ninguno en falso. Si la cagamos, nos lloverán las bofetadas.

—Asumo la responsabilidad, señor.

—Usted no asume un carajo que yo no le permita asumir. La policía es un colectivo y nadie puede hablar a título personal. Si hay fracaso, es de todos y si éxito, también. Pero los grandes marrones me los como yo. ¿Lo ha entendido?

Salí de allí preguntándome si realmente valía la pena pertenecer a un colectivo cuyo jefe era tan grosero. Preferí no hacerme ninguna pregunta más.

Capítulo 15

Nos dispusimos a visitar la casa de Nuria Siguán. El subinspector sostenía que su amiga Margarita no la habría avisado de nuestra charla ni de la incautación de su ordenador.

—¿Cómo puede estar tan seguro?

—Lo estoy. Margarita Roca ha decidido dejar de pensar en las consecuencias de lo que ocurrió. Si Nuria la llamara, respondería diciendo que nosotros la obligamos a callar y se pondría llorosa, jurando que había hecho lo que le parecía mejor para su amistad.

—Me deja usted estupefacta, Fermín. ¿Desde cuándo tiene tantos conocimientos de la psicología femenina de origen burgués?

—Veo a las amigas de Beatriz. ¡Son todas unas zorras!

—¡Subinspector!; supongo que no se lo dice a ella.

—¡Pues claro que se lo digo!, pero no me hace caso. Me contesta que soy un pedazo de bruto y que no se puede ir por el mundo diciendo la verdad. Lo cual me mosquea por la parte que me toca, se lo confieso.

Soltó una carcajada sonora. Lo miré y sacudí la cabeza como dejándolo por imposible.

—Me gustaría saber por qué está tan alegre. Que hayamos cazado a la Siguán en una actividad delictiva no significa que el asesinato de su padre quede automáticamente aclarado.

—¡Dios está con nosotros, inspectora! ¿Acaso no representamos el bien? ¿Y quién suele salir victorioso de la lucha del bien contra el mal?

—¡Joder, Garzón!, no creo que pueda aguantarlo todo el día en este estado. Necesito que me acompañe a casa de la sospechosa porque ser dos da más empaque, pero en cuanto la traigamos a comisaría quiero que se largue. Desarrollaré el interrogatorio yo sola.

—Soy su esclavo. ¿Qué ordena que haga mientras usted interroga?

—Vaya a Nerea y traiga a Rafael Sierra.

—¿Y qué le digo?

—No le diga nada.

—¿Cómo? No puedo prenderlo sin decirle nada, queda fatal.

—¿Prenderlo? ¡Dios! Ya que le gusta el vocabulario desfasado, dígale que lo prende por afrentas a las leyes del reino de España.

—No está mal, veré si puedo mejorarlo.

Como tantas veces en que nuestro humor difería, en mi mente brincaba una pregunta: ¿era Garzón un optimista que con su actitud intentaba mejorar las situaciones más graves?, ¿o sólo un inconsciente que podía poner en peligro nuestro trabajo con su negación de la realidad? Para colmo de dudas sobre su idoneidad profesional, el subinspector pretendía tomar un café cuando llegamos al domicilio de la sospechosa. Me negué en redondo; no hubiera podido perdonarme que una sirvienta nos dijera: «La señora ha salido» por haber perdido tiempo en un café. Sin embargo, como decía mi compañero, Dios debía haberse puesto por fin de nuestra parte, porque la puerta la abrió la propia Nuria Siguán.

Le comunicamos nuestro deseo de hacerle unas preguntas, a lo que ella contestó desabridamente con un: «Iba a salir». No dije nada, me quedé mirándola con fijeza hasta que se apartó del vano de la puerta, franqueándonos el paso con un gesto de la mano. Iba vestida con su habitual elegancia ecléctica y no parecía realizar ningún esfuerzo por erradicar de su cara un rechazo evidente. Nos condujo a través del pasillo, taconeando con decisión por delante de nosotros y cuando nos sentamos advirtió:

—No tengo mucho tiempo.

—Entonces seré muy concreta en mis preguntas. Últimamente ha visitado usted con frecuencia el domicilio de su amiga Margarita Roca; ¿puede decirnos por qué motivo?

—Margarita Roca es una buena amiga.

—Sí, pero ¿por qué motivo la ha visitado con tanta frecuencia?

—Esta conversación es estúpida. ¿Por qué se visita a una buena amiga?

—Lo cierto es que la señora Roca afirma que usted ha estado en su casa para trabajar en un ordenador personal —intervino Garzón.

De los ojos de la interrogada surgió un destello de sorpresa y preocupación que neutralizó inmediatamente entornando los párpados.

—¿Hay algo ilegal en eso?

—Señora Siguán, dejémonos de historias. Su ordenador está en nuestro poder y hemos leído sus correos electrónicos. ¿Le suena la frase: «No enviéis correspondencia a mi dirección habitual ni a Nerea?».

—Espero que tuvieran ustedes permiso para quedarse con mi ordenador personal porque de lo contrario…

—¿Puede decirnos qué significa esa frase, por favor?

—No, no puedo decirles nada. Quiero llamar a mi abogado.

—Puede hacerlo. Dígale que estará en comisaría, allí puede reunirse con usted.

—¿Estoy detenida?

—Por el momento, sí.

Me parecía mentira estar llevándome a la hija de Siguán en el coche policial. La observaba por el retrovisor: estaba tensa, miraba a la gente con aire de humillada superioridad, como una reina destronada a la que condujeran al patíbulo. Si no hubiera sido por evitar problemas con el comisario, le hubiera puesto las esposas alrededor de las manos. Eso hubiera minado un poco más sus defensas de dama intocable.

La instalamos en la sala de interrogatorios y Garzón fue en busca de Rafael Sierra.

—¿Qué hago con él cuando lo traiga?

—Métalo en un despacho y que espere. Procure que no se vean las caras con la Siguán ni siquiera en un pasillo.

Me lavé la cara, me peiné y procuré que mi personalidad empezara a salir de plano. Aquella mujer tenía un carácter fuerte y frío y yo debía tratar con ella como inspectora de policía; como Petra Delicado persona corría el riesgo de agredirla. Sin saber por qué, los conceptos que había aprendido en la Academia volvían a mi mente como si fuera una joven estudiante todavía: atacar por el flanco más débil, no perder la calma, variar la estrategia cuando fuera necesario…

Entré en la sala de interrogatorios fresca como una flor. Esperaba que el mundo de la Siguán hubiera dado un vuelco tal al verse privada de privilegios, que estaría dispuesta a ponerse a mi merced. No sentía piedad por ella, no me gustan los que siempre ganan.

—¿Se encuentra a gusto aquí, Nuria?

—Mi abogado aún no ha tenido tiempo de llegar.

—Bien, pues mientras se presenta, tenemos tiempo de charlar un rato.

—No tengo nada que hablar con usted.

Era fuerte y había decidido hacerme frente. Me apetecía un cigarrillo que no podía fumar. Sonreí, segura de que mi boca dibujaba una mueca desagradable.

—Hablaré yo.

—No se prive. Supongo que después de tanto tiempo

de buscar infructuosamente a un supuesto asesino, tiene muchas cosas que contar.

El embarazo que había demostrado durante la detención se había evaporado por completo. Ahora su rostro era una máscara inexpresiva. Sonreí de nuevo y procuré que mis palabras sonaran con total neutralidad.

—Así es, tengo muchas cosas que contar. Mis conclusiones después de todo este tiempo de investigación son las siguientes: cuando don Adolfo Siguán empezó a encontrarse con serias dificultades económicas en su empresa, tomó contacto con la mafia más operativa en Barcelona: la Camorra napolitana. O quizá me equivoco y fueron ellos quienes fueron en busca de su padre, da igual. Sea como fuere, ambos llegaron a lo que podríamos denominar un acuerdo de cooperación: los mafiosos blanqueaban el dinero de sus negocios ilegales en Barcelona amparados en la honorabilidad empresarial de Tejidos Siguán y dicha firma recibía una aportación económica que la mantenía viva. ¿Me sigue?

—Sí, la sigo. Es muy entretenido. Una novela policiaca con mafia y todo es más de lo que podía esperar.

Parecía representar el papel de cínica ingeniosa con desenvoltura natural. Me puse a su altura.

—Vayamos pues al segundo capítulo. En el acuerdo entre ambas partes hubo algo que se rompió. No sabemos todavía en qué consistió el desencuentro: quizá el dueño de Tejidos Siguán necesitaba aumentar las cantidades que recibía o quizá simplemente se cansó de aquella estresante colaboración. En cualquier caso, el señor Siguán manifestó el deseo de ser libre de nuevo; pero como usted sabe por su afición a las novelas policiales, de una mafia no se sale así como así. Es posible que el señor Siguán, enconado en su postura, se permitiera amenazar a los mafiosos con denunciar sus actividades en un acto de pública contrición. Si así fue, en ese momento firmó su sentencia de muerte. ¿Puedo seguir?

—Puede hacer lo que quiera, inspectora; pero ¿qué tengo yo que ver en todo ese cuento de hadas?

—Tenemos pruebas de que la colaboración mafiosa no fue abortada tras la muerte de su padre sino que fue recogida por la tienda Nerea que ahora blanquea dinero para la Camorra con puntualidad.

Se tensó ligeramente pero no perdió el control. Me miró con desprecio:

—Eso es absurdo. Nuestra facturación y todos los documentos de la empresa están claros como el agua.

—De eso ya hablaremos, Nuria. Déjeme terminar con la novela porque el desenlace es la parte más grave. Según el orden lógico de las cosas cabe pensar que si su socio y usted siguieron con el negocio mafioso es porque estuvieron de acuerdo con el asesinato de Adolfo Siguán y quizá incluso tuvieron complicidad en él.

En ese momento su calma aparente se quebró y su rostro impenetrable se convirtió en una temible representación de la Gorgona: los ojos se le agrandaron, se le dislocó la boca y toda su tez adquirió una fuerte tonalidad grana.

—¿Cómo ha dicho? Es posible que tenga la indecencia de insinuar que yo participé en la muerte de mi propio padre?

—Estoy haciendo algo más que insinuarlo, señora Siguán. Estoy afirmándolo.

—¿Por qué no ha llegado aún mi abogado? ¡Usted no tiene derecho a acusarme de nada! ¿Dónde está mi abogado? ¡Quiero que venga ya! —chilló.

—No se preocupe, estará al llegar —dije con voz suave, y salí de la habitación.

Crucé inmediatamente a La Jarra de Oro con la intención de tomar algo que me tranquilizara o estimulara, no estaba muy segura. De todas las labores que comporta la investigación de un crimen, la que me somete a una mayor presión psicológica es el interrogatorio de sospechosos. Nunca lo he llevado bien. La lucha soterrada de personalidades, la búsqueda de contradicciones, la observación de los más mínimos cambios en la cara del otro, el intento de abrir pequeños resquicios por los que penetrar, la continua alerta interior… me dolía la cabeza, las cervicales… Opté por un café que me ayudara a tragar una pastilla de ibuprofeno. Durante un buen rato, sentada en la barra del bar, no fui consciente de lo que sucedía a mi alrededor. Las voces de los parroquianos me sonaban lejanas, incomprensibles las órdenes del camarero. Por fin, el contacto de una mano en el hombro me sacó de aquel estado de irrealidad. Era Garzón.

—Ya estoy de vuelta, inspectora.

—¿Dónde está Sierra?

—Lo he dejado en un despacho. Ha dicho que no quiere abogado por el momento.

—¿Cómo reaccionó cuando lo detuvo?

—Hizo como si no comprendiera nada, pero se puso muy nervioso. Yo lo dejaría un rato reflexionando antes de interrogarlo.

—Bien. Voy a hablar con el juez. Necesitamos una orden de detención que nos permita mantenerlos un tiempo bajo nuestros amables cuidados. Habrá que interrogarlos varias veces.

—¿No le ha ido bien con la Siguán?

—Le contestaré con dos frases hechas: dura como una piedra, fría como un témpano. Aguantó perfectamente el tirón, pero cuando la acusé del asesinato de su padre, perdió el norte por completo.

—No es para menos, que le acusen a uno de haberse cargado a su padre debe ser brutal; no es algo que ocurra todos los días.

—Pero ocurre, Fermín, está en la naturaleza humana. Veo que aún no ha leído a Shakespeare.

—¿También eso está en Shakespeare, como lo de las tres hijas?

—Todo está en Shakespeare, subinspector, lo bueno y lo malo de lo que el ser humano es capaz.

—Habrá que leerlo, sí, aunque luego tenga pesadillas.

Tal y como maliciaba, la visita al juez Muro se movió entre altibajos. No consideraba que las pruebas fueran suficientes como para que los dos sospechosos ingresaran en prisión. Tampoco podíamos mantenerlos más de cuarenta y ocho horas retenidos. La única promesa que pude arrancarle fue que, según como se desarrollaran los interrogatorios, podía meterlos en chirona con una fianza. Y, por supuesto, la acusación se fundamentaría en la colaboración mafiosa, de asesinato Muro no quería ni oír hablar. Me conformé y, tal y como estaban las cosas, incluso consideré aquellas cuarenta y ocho horas como una victoria. Blandiéndola me presenté ante Garzón.

—Voy a interrogar de nuevo a Nuria Siguán, y esta vez quiero que esté conmigo. ¿Ha llegado ya su abogado?

—Está ahí dentro, con ella. Se llama Octavio Mestres y es del tipo capullín: miembro de un importante bufete corporativo, no más de cuarenta años, engominado, traje bueno y cuando habla contigo arruga la nariz como si hubiera olido amoniaco.

—Bien, ese prototipo lo tengo clasificado. Llevaré yo la voz cantante, pero participe cuando quiera.

Al entrar vi que Octavio Mestres estaba de pie, hablando por un móvil de última generación, mientras la Siguán se encontraba sentada y, hubiera jurado que, abatida. Interrumpió enseguida su conversación y vino hacia nosotros:

—Señores, me temo que aquí ha habido una seria irregularidad. No se le ha mostrado a mi cliente ninguna orden de detención y además…

Lo interrumpí, elevando con suavidad una mano en el aire:

—Abogado Mestres, soy la inspectora Petra Delicado y él mi compañero el subinspector Fermín Garzón.

Acabo de hablar con el juez Muro, del juzgado número once, y todo es perfectamente legal. Póngase en contacto con él si quiere estar seguro.

Como todos los abogados a quienes Garzón había englobado en el grupo «capullín», se sorprendió al ver que no le hablaba de modo zafio y desconsiderado como debía pensar que la bofia siempre hacía. Siguió con su protesta:

—Puede que sea legal, pero el modo en el que ustedes se han incautado del ordenador personal de mi cliente presenta dificultades de forma sobre las que pienso presentar impugnaciones.

—Hágalo, abogado; si cree que el protocolo de la detención o cualquier otro asunto no han sido correctos está en su derecho; pero ahora siéntese, por favor. Está usted autorizado a estar aquí para presenciar el interrogatorio de su defendida, no para charlar conmigo.

Me dirigí a la mujer. Parecía cansada, pero se recompuso hasta recuperar cierto brío y descaro.

—Señora Siguán. Repasemos algunos conceptos. ¿Es cierto que fue usted a visitar varios días seguidos a su amiga Margarita Roca que vive en el número 214 de la calle Aribau?

—Sí, es verdad, la visito con cierta frecuencia.

—¿Incluso con una frecuencia de varios días seguidos?

—No lo sé. No suelo contar las visitas que hago a mis amigos ni las que ellos me hacen a mí.

—De acuerdo y, dígame ¿con qué objetivo visitaba a la señora Roca?

—Con el objetivo con el que se suele visitar a cualquier amigo: charlar, intercambiar impresiones, tomar un café…

—¿No iba usted allí con el objetivo de trabajar?

—Tengo otros sitios en los que trabajar.

—La señora Roca nos indicó que usted iba a trabajar a su casa durante un tiempo porque en su domicilio habían recibido visitas familiares que le robaban tranquilidad, parientes de su marido más concretamente. ¿Es eso cierto? —intervino Garzón con buen tino.

—No lo recuerdo.

—¿No es capaz de recordar una cosa tan reciente?

—Quiero decir que no recuerdo qué le dije a Margarita. Necesitaba paz y ella tiene una casa muy silenciosa. Supongo que inventé una excusa para que no pensara que estaba abusando de su hospitalidad.

—Comprendo. —Cogí el testigo admirando su habilidad, y añadí—: ¿No es tranquila su casa, Nuria? A mí me lo pareció cuando estuve allí.

—Hay veces, inspectora, en las que una mujer precisa variar completamente de ambiente para no pensar en las cosas cotidianas. Nuestra casa no deja de ser una prolongación de nuestros deberes diarios.

—Cierto, a mí me sucede exactamente igual, aunque suelo solucionarlo acudiendo a alguna cafetería. Quizá a partir de ahora acuda también a casa de una amiga. Y dígame, ¿en qué trabajaba durante sus estancias en casa de Margarita Roca?

—Exactamente no era trabajar lo que hacía. Escribía algunos retazos de ficción, siempre me ha gustado escribir y navegaba por internet, me relaja.

—Y los textos que descubrimos en su ordenador eran trozos de ficción que enviaba a algún amigo italiano para que juzgara su calidad literaria. ¿Cierto?

—Cierto.

—Señora Siguán, hemos podido observar que hay un paralelismo curioso entre dos hechos: desde que usted recibió una carta de Elio Tramonti proveniente de Italia, empezó a necesitar la paz que le ofrecía la casa de su amiga.

El abogado saltó como un felino que avista una presa:

—¡Vaya, esto es lo que me faltaba por oír! ¡Han violado ustedes la privacidad del correo electrónico de mi cliente!

—Lo siento, señor Mestres, pero no me refería al correo electrónico sino al postal y no existe ningún problema de privacidad porque esa carta la envié yo desde Roma. Me permití hacer un pedido imaginario suplantando el nombre de un cliente del señor Siguán que, por supuesto, nunca existió: Elio Tramonti. Un bonito nombre bajo el cual se escondía con toda seguridad la Camorra. Pensé que ese fantasma del pasado inquietaría un poco a su defendida. ¿Y sabe cuál fue su reacción al recibir la carta? Dejó de utilizar los medios de comunicación de los que habitualmente se servía: su conexión de internet, su teléfono… y fue a esconderse en casa de una amiga para iniciar una correspondencia que no fuera rastreable.

El abogado lanzó una mirada fulminante sobre la Siguán, que permanecía impasible.

—Todo esto me parece muy irregular, inspectora Delicado, y mucho me temo que será usted quien tenga que responder varias preguntas ante el juez.

—No se preocupe, señor Mestres, responderé a todo lo que sea necesario; pero ahora quiero saber por qué sintió su clienta tal pánico al recibir la carta que incluso se escondió en casa de la señora Roca con un nuevo ordenador. ¿A quién le escribía desde allí, Nuria? Dígamelo.

Mestres había perdido bastante de su contundencia y seguridad, alguna duda parecía haberse instalado sobre su férrea actitud inicial. Era evidente que su clienta no le había hablado de la carta. Nervioso, se puso a gritar:

—¡No contestes a nada, Nuria, no contestes!

—¡No grites, Octavio! —lo increpó ella—. ¡Ya te he entendido!

—Quiero hablar a solas con mi clienta.

La situación tomó un giro que no esperaba. Nuria Siguán me pidió que no me fuera aún y dirigiéndose a su abogado, le dijo con impaciencia mal contenida:

—No has dejado claro lo que te dije. Habla ahora.

Mestres parecía haber perdido los papeles. Se sentía bailoteando sobre un terreno que ya no era firme. Miró a la mujer con crispación y, controlándose, se dirigió a mí para recitar como una lección aprendida:

—Mi clienta quiere hacer hincapié en que su familia es muy influyente en Barcelona; de modo que si vuelve usted a insinuar siquiera que ella tiene algo que ver en el asesinato de su padre, puede verse en problemas. Es más, una acusación semejante sin pruebas puede significar el fin de su carrera profesional.

Sonreí, me rasqué el mentón.

—Les agradezco infinitamente su interés por mi carrera profesional, aunque yo, de ustedes, no me preocuparía. Hemos terminado por hoy.

—Me quedaré unos minutos hablando con mi defendida.

—No más de media hora, abogado. Después, su clienta será conducida a nuestras dependencias.

—¿Qué son sus dependencias? —preguntó la Siguán con alarma.

—No se inquiete —soltó Garzón—. No se trata de una mazmorra ni de un foso de tortura. Estará muy cómoda.

Salimos al pasillo. Ordené a Domínguez que interrumpiera la entrevista del abogado tras media hora justa. El subinspector me miró.

—¿A La Jarra de Oro? —fue su escueta pregunta. Asentí.

En el bar afloró todo mi cansancio. Me senté sobre un taburete y pedí un whisky sin hielo. El ardor que sentí al beberlo fue colocando todas mis neuronas en su lugar habitual. Mi compañero tragaba un gran vaso de cerveza como si acabara de llegar de una expedición por el desierto. En cuanto su boca estuvo libre, exclamó:

—¡Todo va bien, inspectora! El tal Octavio no tiene ni puta idea de los manejos de su clienta con la Camorra.

—Yo he tenido la misma impresión. ¿Y eso le parece positivo?

—Muy positivo. No hay muchos abogados de prestigio que quieran defender una causa mafiosa. Yo diría que incluso puede dimitir.

—No lance las campanas al vuelo. Si es hábil podría buscarnos las cosquillas con la obtención ilegal de pruebas y atrincherarse ahí.

—¿Enviar una carta trampa es ilegal?

—No tengo ni idea. Creí que mentar la carta frente a ella sería suficiente para que se derrumbara; pero lleva una coraza inexpugnable. Le aseguro que me encantaría meterle mi pistola en la boca y hacerla cantar de puro terror.

—Aún nos quedan veinticuatro horas para resquebrajarle la coraza, ¡y nos falta interrogar a Rafael Sierra!

—En cuanto acabemos de beber iremos a por él.

—¿No será mejor esperar a mañana, inspectora?

—Márchese si quiere, puedo hacerlo yo sola.

—Justamente no pensaba en mí, sino en usted. No creo que se encuentre en las mejores condiciones para continuar con los interrogatorios. La veo alterada y un tanto agresiva. Es capaz de arrearle dos hostias al sospechoso y dadas las circunstancias…

—Puede que lleve razón; dejémoslo para mañana. Sólo me faltaría que me cayera una demanda por malos tratos. ¿Tomamos una copa en otro sitio?

—A ésta la invito yo. Voy a decirle a Domínguez que lleve a Sierra a las dependencias. A lo mejor es bueno hacerlo esperar un día más; puede que eso vaya comiéndole la moral.

Hacía tiempo que Garzón y yo no tomábamos copas después del trabajo. Escogimos para hacerlo una whiskería cutre que no había conocido las mieles del diseño minimalista. Estaba tan desconchada y era tan deprimente que hacía juego con la habitual desesperanza del bebedor nocturno, lo cual me pareció adecuado a mi estado anímico. El subinspector me caló enseguida:

—La veo un tanto hundida, Petra.

—Lo estoy. Este caso reabierto esta pudiendo conmigo.

—Creí que con usted no podía ni dios.

—Pues se equivocó. Seguimos empantanados y pendientes de un hilo y todo después de haber corrido tras los acontecimientos llegando siempre tarde. Me siento humillada y ofendida.

—Pues Coronas ni se ha planteado sustituirnos por otro equipo.

—A veces creo que no quiere que se sepa la verdad.

—No permita que el trabajo la influya tanto, jefa.

—Usted es un campeón en eso, algún día me contará cómo lo hace.

—Puedo hacerlo ahora mismo. Es muy simple: todo consiste en no perder de vista la realidad, y nuestra realidad es la de dos privilegiados. Gozamos de buena salud, vivimos más que holgadamente, nuestro trabajo nos absorbe, señal de que nos gusta y además contamos con nuestro sentido del humor, que es lo ideal para ir tirando. Todas esas cosas por sí mismas no están mal, pero es que encima tenemos dos parejas estupendas. Beatriz es un sueño y Marcos siempre me ha parecido un hombre cabal que la adora. ¿Qué más podemos pedir? Formamos dos matrimonios leales el uno con el otro. La tranquilidad de conciencia que eso proporciona no puede compararse con ninguna otra felicidad.

Noté una fuerte punzada en el estómago. El maldito y odioso y jodido Garzón había golpeado en un clavo intacto hasta el momento: mi culpabilidad. Yo no había sido leal con Marcos. Sin embargo, encontraba montones de razonamientos con los que podía eludir la culpabilidad de cara a él: no pertenecemos a nadie, nuestra vida es nuestra, un encuentro sexual carece de importancia... era frente a mi compañero con quien me sentía culpable. Todos aquellos argumentos quedaban en nada con un hombre sencillo como él. Si le hubiera contado a Marcos mi escarceo con Abate, hubiera podido comprenderlo. Garzón, jamás. Es lo malo de alternar con personas que no tienen tus mismos planteamientos vitales: temes escandalizarlos, y es peor el escándalo que la callada deslealtad. Arranqué mis pensamientos de raíz: la culpabilidad para los culpables, yo soy como soy. Decidí engolfarme en la broma como toda contestación:

—¡Sí, mucha felicidad conyugal y mucha leche!, pero cuando no estábamos casados, usted y yo nos pegábamos nuestros buenos copazos después del trabajo y ahora fíjese, lo de hoy es por completo excepcional.

—En eso lleva más razón que un santo; claro que siempre podemos rectificar. Quizá deberíamos fijar un día a la semana para una libación a la hora del cierre.

—Lo que yo echo de menos no es la libación en sí, sino la libertad de poder libar cuando me pase por las narices, sin miedo a que estén esperándonos y sin dar explicaciones al llegar a casa.

—¡Ah, pero ésa es la libertad del solitario! Uno sólo es libre de verdad si al llegar a casa únicamente le esperan las paredes. ¿Eso le gustaría?

—Es obvio que no porque he vuelto a casarme; pero lo que ha planteado es una simplificación, porque donde decimos «paredes» bien puede haber un buen libro, el disco favorito, una película o una mascota.

—Mire, inspectora, amor o libertad, las dos cosas a la vez es imposible. Y la soledad es muy jodida cuando no se ha buscado.

Me eché a reír, tanta condensación filosófica me había dado dolor de cabeza, o quizá fuera el segundo whisky.

—Vámonos a casa, Fermín. Quiero dormir bien para seguir interrogando mañana.

—¿Interrogándose sobre la libertad?

—No, interrogando a esos hijos de puta que me tienen hasta el moño.

—¡Menos mal, ya me voy más tranquilo! ¡He aquí de nuevo a la auténtica e indestructible Petra Delicado!

La auténtica e indestructible Petra Delicado llegó a casa a medio destruir. Allí la esperaba su esposo, que habiendo acabado de trabajar, tomaba un aperitivo tranquilamente.

—¿Quieres que salgamos a cenar por ahí? —fue su primera pregunta.

—Preferiría que nos quedáramos en casa, querido. Estoy cansada, frustrada por el día que he llevado y, en consecuencia, me siento de pésimo humor.

—Nada más fácil de arreglar. Nos quedamos en casa tan ricamente y pedimos una pizza por teléfono. Mientras nos la comemos me cuentas, si te apetece, los motivos de tu frustración. Luego, descansas un rato, charlamos y así tu humor se va poniendo cada vez mejor hasta llegar a ser óptimo. ¿Qué te parece?

Lo amé sinceramente y con plena convicción. Comparado a un buen libro, mi disco favorito o incluso una mascota, aquella noche llevaba todas las de ganar.

Capítulo 16

Dormí bien aquella noche, como un tronco, como una marmota, como un adolescente en una conferencia sobre heráldica. Sin embargo, esa reparadora desconexión que es el sueño no tiene las propiedades suficientes como para cambiar la realidad. Cuando sonó el despertador, la perspectiva de otro tenso interrogatorio hizo que el cielo me pareciera cavernoso aunque lucía el sol. Rafael Sierra. ¿Por dónde meterle mano? ¿Intentar intimidarlo, buscar su complicidad, despertar su deseo de expiar culpas o su instinto de huir de la quema? Lo realmente infernal de un interrogatorio es desconocer por completo el suelo que se pisa; eso obliga a caminar a tientas por un pasillo oscuro con el miedo perpetuo de tropezar, y Rafael Sierra era un desconocido absoluto para mí. Las ocasiones en las que nos habíamos encontrado, siempre me parecieron anodinas, como si aquel hombre careciera por completo de personalidad. Nuria Siguán era el polo opuesto: autoritaria, seca, reticente, con un dominio asombroso de sus emociones… una tipa de armas tomar. En su caso resultaba fácil elaborar una estrategia; pero Sierra… educado, inexpresivo, políticamente correcto y aburrido a morir. Tenía la esperanza de que esos mínimos rasgos apreciables a simple vista se correspondieran con los tópicos que a ellos solemos asociar: miedo al qué dirán, cobardía, falta de imaginación y autoestima baja. Pero ¡quién podía saber!, le dispararía desde todos los ángulos hasta que el ruido de los tiros le hiciera temblar. Me daba pereza empezar un nuevo día así, pero si cuando era joven las dificultades me enardecían, en aquellos momentos de mi vida subir pendientes excesivas sólo me provocaba desmotivación. Para colmo de males, mientras nos encaminábamos a la sala de interrogatorios, Garzón me lanzaba consignas pretendiendo animarme:

—¡Dele caña, inspectora! Este tipo tiene que cantar. ¡No se corte ni un pelo, acogótelo!

—¡Por Dios, Fermín!; parece usted un entrenador de fútbol.

—Únicamente pretendo infundirle coraje.

—Inténtelo por trasmisión de pensamiento, funcionará mejor.

Rafael Sierra se puso en pie al vernos, como un alumno respetuoso con el profesor. No emitió ni una sola protesta por haber pasado la noche detenido sin explicaciones. Le hice una indicación para que se sentara y nos sentamos nosotros frente a él.

—¿Insiste en no desear la presencia de un abogado? —inicié.

—No creo que vaya a necesitarlo —respondió.

—Eso ya se verá —cuchicheó Garzón, y yo le dirigí una mirada severa para que se moderara.

—Señor Sierra: ¿la contabilidad de la tienda Nerea, que usted nos facilitó, es la única que existe?

—Sí, claro está.

—La impresión que produce su negocio es que no entran muchos clientes a comprar. ¿Se mantienen ustedes bien a pesar de ello?

—Nuestros géneros son muy selectos y nuestras clientas, también. Se realizan muchas compras *on line*, como habrá visto en las cuentas, porque las compradoras son mujeres importantes con trabajos de responsabilidad que no pueden abandonar para venir a visitarnos personalmente. De ahí habrá sacado usted la impresión de que la tienda está muy vacía.

—Comprendo. Y dígame una cosa, Rafael, en los días recientes, ¿ha tenido usted la sensación de estar siendo vigilado?

La pregunta le desconcertó. Titubeó levemente, luego contestó con firmeza:

—No, en ningún momento he tenido esa sensación.

—Se entrevistó usted varias veces seguidas con su socia la señora Siguán y después dejaron de verse por completo y no hubo entre ustedes ni siquiera comunicación telefónica.

—Son cosas del trabajo. Mi socia y yo sólo nos reunimos cuando hay una razón empresarial concreta.

—¿No estaba usted intentando esquivar la vigilancia de la policía ni evadir una interceptación en su teléfono?

—Ni se me hubiera ocurrido una cosa así.

—Señor Sierra, ¿no le sorprendió a usted recibir un pedido desde Italia a nombre de la empresa Elio Tramonti? Tengo entendido que dicha empresa trabajaba con ustedes en la época del señor Siguán y se habían roto todos los contactos.

—Hay veces que ocurren esas cosas, pedidos de antiguos clientes que se traspapelan... no le di más importancia, la verdad.

—Durante los años que trabajó para Adolfo Siguán, ¿alguna vez le pareció que éste llevaba a cabo negocios ilegales?

—Jamás. Ya les dije que don Adolfo era un empresario honesto y cabal.

—Sin embargo, según nuestras investigaciones, la empresa Elio Tramonti nunca existió. Era una tapadera, como también lo era Tejidos Siguán. Detrás había un negocio de blanqueo del dinero que la Camorra ganaba en Barcelona con sus manejos ilegales.

—Eso es absurdo.

—No lo es. Le explicaré algo más: cuando la Camorra llegó a un desencuentro con su jefe el señor Siguán, los mafiosos decidieron asesinarlo con el fin de que sus asuntos tuvieran continuidad en las personas de Rafael Sierra y Nuria Siguán. Una vez eliminado el obstáculo, la nueva tapadera se llamó Nerea.

—No sé de qué está hablando.

—Iré un poco más allá para ver si consigo hacerme inteligible. Si la Camorra mató al señor Siguán y siguió operando con ustedes, sólo cabe una explicación: ustedes fueron cómplices en el crimen. Es posible incluso que Nuria y usted contrataran personalmente al sicario italiano que vino a hacerse cargo del viejo.

En aquel momento, la relativa tranquilidad de la que había hecho gala le abandonó. Las mejillas se le colorearon de un rojo intenso y asió los reposabrazos de su asiento con ambas manos.

—¡Eso es una infamia! —balbució con furia.

—¿Infamia? ¡Te va a caer una acusación de asesinato que te vas a quedar acojonado! —intervino breve pero contundentemente Garzón.

—¡Quiero llamar a mi abogado!

—¡Ahora sí necesitas un abogado!, ¿eh, gilipollas? —siguió mi compañero en tono carcelario. Lo reconvine con la mirada.

—Ahora podrá llamarlo. Hemos terminado por hoy. Le aconsejo que medite detenidamente sobre su situación.

Fuera de la sala, mi subalterno dio rienda suelta a su enfado.

—¡Joder con este tío! ¡Ya está bien de ser educados y comedidos; hubiera tenido que darle un par de leches! ¡Este caso me tiene hasta las bolas, inspectora! ¿Hay que tratarlos con guante blanco porque son gente bien? ¡Un poco de marcha es lo que necesitan estos tipos!

—Cálmese un poco, Fermín, no vayamos a joderla al final.

—¿Al final, a qué final, inspectora? Como a uno de estos dos hijos de puta no le dé por cantar, nos enredaremos en cuestiones legales y el final será el nuestro porque estaremos como al principio.

—Bonito juego de palabras. Vamos a La Jarra de Oro a ver si se tranquiliza de una vez. ¿Qué se toma a esta hora del día?

—¡Cicuta!

—Veo que ha seguido con *La vida de los emperadores romanos*. ¿Qué conclusiones va sacando?

—Pues que para crear y mantener un imperio hay que ser más bestia que la madre que te parió. También que siempre ha habido clase de tropa y privilegiados.

—Y usted se siente como uno de los privilegiados.

—Ya no. Justo ahora me siento como el pobre desgraciado que limpiaba las boñigas de los leones en el circo.

—¡Garzón, no sea tan basto!

—Perdóneme, estoy en un mal momento. A ver si el café me hace un poco de efecto.

Mientras disolvíamos el azúcar con nuestras cucharillas pensé que también el subinspector era víctima de los estados de ánimo cambiantes propiciados por el trabajo. Le molestaba la inacción, ver cómo algo evidente se deslizaba entre sus manos como arena imposible de asir. No lo había visto, sin embargo, rozar nunca los extremos: ni se desesperaba ni se ponía eufórico. Sus enfados sí los había presenciado mil veces, y procuraba compensarlos. Para eso se trabaja en equipo, para ir equilibrando las subidas o bajadas anímicas de tus compañeros. De repente, alguien me sacó de mis cavilaciones tocándome un hombro con suavidad. Era Domínguez.

—Inspectora Delicado, dice el comisario que cuando tengan a bien salir del bar, pase a verlo por su despacho.

—Gracias, Domínguez. ¿Quiere un café?

—No puedo faltar de la puerta, inspectora. Gracias de todos modos.

En cuanto nos dio la espalda, Garzón rezongó:

—Ya sólo nos faltaba el jefe tocando los cojones. ¿No puede llamarla a usted por el móvil? ¡No, tiene que enviar a Domínguez con el recado socarrón de «cuando tengan a bien salir del bar»! ¡Debería darse cuenta de que eso nos resta autoridad!

—Fermín, por favor; no vale la pena ponerse como una hidra cada dos por tres.

—¿Una hidra, qué es una hidra? ¡Usted siempre soltándome términos cultos para comerme la moral!

—Una hidra es un animal mitológico. Tenía siete cabezas, y si le cortaban una, volvía a crecerle de nuevo.

Se quedó pensando y luego soltó la carcajada tontorrona de un crío.

—¡Jo, pues se le dispararía el presupuesto con las aspirinas! ¡Y en peluquería también! ¿Tenía pelos la hidra, inspectora?

—Esperaba un comentario más inteligente de un hombre que lee la vida de los emperadores —comenté aparentando desdén—. Quédese aquí comiendo un bocadillo mientras yo me las ingenio con Coronas.

Esperaba que la ingesta de un bocadillo, junto a la mención de la hidra peluda, acabara de mejorar su humor. Era más que probable que necesitara su compensación emocional después de haber hablado con el comisario.

Todo mi pesimismo se confirmó cuando nada más poner un pie en el despacho del comisario le oí graznar:

—Usted a su aire, ¿eh, inspectora Delicado? Ni pruebas legales, ni ilegales ni pollas en su tinta. Y cuando le parece que hay que enchironar a un sospechoso se le enchirona y en paz.

—Tengo la orden del juez Muro.

—No quiero ni preguntarle cómo la consiguió. De todos modos, va a servirle de poco si todas las acusaciones contra esos dos provienen de la incautación del ordenador personal de Nuria Siguán.

—Tenía una orden de registro.

—¡Cojonudo! Pero parece que incautarse del objeto y rastrear en su interior presenta problemas legales y que la defensa va a impugnar la prueba. De modo que, a lo mejor, nos quedamos con las manos vacías. No lo comprendo, Petra, de verdad. Si ha obtenido datos secretos de modo dudoso, ¡guárdeselos y úselos en la investigación, pero no abra el juego como lo ha hecho! ¿En qué estaba pensando?

—Era consciente de lo que hacía, señor. Mi apuesta se centraba en que exhibiendo el contenido del ordenador frente a la sospechosa, ésta se derrumbaría bajo la presión y acabaría confesando en los interrogatorios.

—¿Ah, sí? ¿Y qué ha obtenido en esos interrogatorios?

Tenía sus ojos fijos en los míos. No los bajé.

—He observado que cuando les hablo a los dos sospechosos sobre sus presuntos delitos económicos y asociación con organización criminal, aguantan bien la presión. Sin embargo, cuando paso al tema de la posible implicación en el asesinato de Siguán, pierden completamente los estribos.

—Sí, es extraño. Cuando a uno lo acusan de haber asesinado a su padre o a su benefactor la reacción lógica es un aleteo de pestañas y quizá un suspirito de impaciencia. ¡Abra bien los oídos, Petra, escúcheme con atención!: haga un último intento con esos dos y, si no ocurre nada, suéltelos. Cuando se tiene a un pelagatos detenido al borde de la legalidad, la cosa tiene una importancia relativa; pero estos tíos no son pelagatos, pueden causarnos problemas. No agote el tiempo de detención. Ahora puede marcharse.

Detestaba a Coronas cuando se ponía en plan cínico y gracioso, aunque no podía negar que llevaba unas moléculas de razón. Yo había pecado de un exceso de confianza en mis conocimientos sobre la psicología humana, y debía evitar la reincidencia. Llamé al subinspector y, por su forma rumiante de contestar, deduje que aún estaba con el bocadillo.

—Fermín, acabe de comer y prepárelo todo para un careo entre Sierra y Siguán.

—A la orden, inspectora.

El careo, como toda técnica policial, tiene sus reglas teóricas que uno debe ir adaptando a la acción. La principal es saber qué tipo de relación existe entre ambos sospechosos. De ese modo, la primera regla se convertía en la primera dificultad. No teníamos ni idea de cómo se trataban aquellos dos tipos. ¿Sierra seguía viendo a Nuria como la hija del gran jefe, sintiéndose subordinado a ella?, ¿quizá esa subordinación de tantos años le había causado un rencor casi inconsciente que podía rebrotar en un momento de máxima tensión? Y Nuria, ¿consideraba a aquel hombre como un vínculo con el mundo de los negocios, o lo ninguneaba por su falta de carácter? Cualquier combinación psicológica era posible, incluso aquellas en las que no habíamos pensado. Había que fiarlo todo a la intuición, y mi intuición, mal nutrida de indicios (nunca los había visto juntos a los dos), se presentaba escuálida como la muerte.

Garzón lo había preparado todo como era prescriptivo: los detenidos no se verían antes de entrar en la sala y se había advertido a sendos abogados. Al de Siguán ya lo conocía y el de su socio no me sorprendió. Se trataba de un hombre de bastante edad, trajeado a la antigua y con un bigote de los que pueden ser atusados sin carencia de vellos. Bien, por lo menos no era un lechuguino con corbata de Hermès.

Tuve tentaciones de dejar fuera de juego al subinspector, pero me di cuenta de que sus salidas de tono, su vocabulario a veces grosero y su falta de diplomacia podían funcionar como contrapunto entre gente tan circunspecta.

Cuando Nuria entró en la sala, yo ya me encontraba en el interior. La taladré con la mirada y ella me correspondió con un taladro de idéntico calibre. Intercambiamos saludos, ella acompañó el suyo con una sonrisa sardónica. No parecía que una noche encerrada hubiera socavado su gélida fortaleza. Tras un instante entró Sierra, custodiado por el subinspector. Parecía despistado, tenía mala cara, lanzaba miradas en todas direcciones como si buscara un cabo al que asirse. La Siguán deslizó sus ojos sobre él con un punto de desprecio.

—¿Desde cuándo se conocen ustedes? —fue mi primera pregunta. Sierra la contestó al instante:

—Conocí a Nuria cuando ya hacía años que trabajaba para su padre. El mismo señor Siguán nos presentó un día que ella visitaba la fábrica con sus hermanas. Entonces las conocí a las tres.

Miré a la encartada, que permanecía con una media sonrisa en el rostro, como si no acabara de tomar en serio todo aquello.

—¿Cómo reaccionaron ustedes al saber que la empresa Tejidos Siguán estaba en dificultades? Ésta es una pregunta que deben contestar los dos.

—Me limité a esperar las órdenes de mi jefe, como era mi costumbre —dijo Rafael.

—Yo le aconsejé a mi padre que se deshiciera de la empresa y se retirara a disfrutar de un descanso merecido. No me hizo caso, por supuesto.

—¿Cuándo y cómo decidieron asociarse para montar un negocio juntos?

—Cuando mataron al señor Siguán y las hijas decidieron liquidarlo todo, yo pensé en montar una tienda y le brindé a Nuria la posibilidad de asociarse conmigo. De las hijas del señor Siguán era la única interesada en los temas empresariales. A mí me venía bien una aportación de capital y me hacía ilusión no desvincularme del todo de la familia Siguán.

—¿Por qué aceptó usted el ofrecimiento del señor Sierra?

Hizo un vago ademán de no comprender el motivo de la pregunta, luego dijo en tono casual:

—Inspectora, soy hija de un hombre que levantó una gran empresa; formar parte de un pequeño negocio no es una decisión que deba meditar demasiado.

Observé si Rafael Sierra se sentía ofendido ante semejante afirmación desdeñosa, pero lo único que hizo fue parpadear varias veces seguidas como si fuera imbécil. Empezó a cargarme el sometimiento de Sierra hacia el clan Siguán.

—O sea, que para usted ser socia de la tienda Nerea carece de la menor importancia —remaché por si conseguía hacer reaccionar a aquel hombre.

—Así es —dijo ella, y él no reaccionó.

—No se ocupa usted del día a día.

—Sólo de vez en cuando.

—De manera que si el señor Sierra cometiera alguna irregularidad en el trabajo o hiciera alianzas con quien no debe, usted no se enteraría.

El viejo abogado enseguida saltó:

—Inspectora Delicado, esa pregunta no me parece pertinente; parece hacer a mi defendido culpable de algo.

—Está bien, haré la pregunta de otra manera: ¿estaba usted al corriente de los contactos y citas que el señor Sierra tenía en su trabajo diario?

—Inspectora… —volvió a interrumpir el abogado de Sierra—, después de la pregunta anterior, ésta viene teñida por…

—Le ruego que me deje interrogar a la sospechosa sin presiones, abogado, de lo contrario me veré obligada a…

—Con el debido respeto, inspectora, creo que…

—¡Cierre el pico! —exclamó inopinadamente Garzón—. ¡Aún no estamos en ningún maldito juicio!

La asamblea en pleno sufrió un escalofrío de escándalo. Sólo Nuria Siguán ponía cara de estar riéndose interiormente. Adoré al subinspector por aquella cuña tan bien calzada, nadie como él dominaba el registro de guripa bochornoso. Aproveché el pasmo general para recalcar:

—Si cualquiera de los dos abogados vuelve a interrumpirme, los expulsaré a ambos de la sala y seguiremos el interrogatorio sin su presencia.

La distracción general había propiciado una relajación en el crescendo de preguntas que aproveché para atacar por sorpresa:

—Las pruebas que hemos ido acumulando en nuestra investigación nos han llevado a pensar que alguno de ustedes dos colaboró en el asesinato de Rafael Siguán.

Se hizo un silencio durante el que devoré las expresiones de sus caras, ignorando las de horror en los abogados. Nuria estaba seria, Rafael, triste.

—No responda, Nuria —tronó Mestres.

—¡Usted tampoco! —secundó el otro abogado.

—¡Cállense! —aulló el subinspector.

Me armé de valor:

—Tengan la bondad de salir al pasillo; el interrogatorio continuará sin ustedes.

Formaron un dueto de protestas no ensayadas; pero me importaba un cuerno que me acusaran de ilegalidad. Hasta aquel momento había intentado hacerlo todo con el mayor respeto hacia los protocolos legales y aun así, habían surgido dudas sobre mis métodos. Pues bien, en esta ocasión lo haría mal a sabiendas. El último consejo cantado a dos voces por los letrados había sido no contestar a nuestras preguntas; pero algo me decía que podían no seguirlo. Ataqué de nuevo:

—Un sicario contratado por la Camorra mató a Adolfo Siguán. La versión de que el chulo de la prostituta que estaba con él acabó con su vida hace mucho tiempo que la hemos descartado. Fue la mafia quien no toleró que Siguán cumpliera sus deseos, quizá salir de la organización.

Ustedes tenían entonces tratos con la Camorra. Siguen teniéndolos ahora mediante la tienda Nerea. Uno de ustedes dos colaboró con los italianos para que Siguán permaneciera definitivamente callado, quizá fueron los dos. Una confesión es la única salida que tienen ahora, la mejor para ustedes.

Rafael Sierra miró al suelo, sacudió la cabeza con tristeza:

—Nunca, en todos los días de mi vida, hubiera llegado a pensar que alguien me acusara de la muerte del hombre que más he respetado. Es terrible, con gusto me echaría a llorar con solo oírla, inspectora.

Nuria Siguán hizo un movimiento brusco con el cuerpo, luego increpó a su socio, escupiéndole las palabras con desprecio:

—¿Que te echarías a llorar? ¡Despierta, Rafael! Están acusándonos de asesinato y lo único que se te ocurre decir es que te echarías a llorar. No tienen la más mínimo prueba contra nosotros, todo esto es una trampa asquerosa, ¿no te das cuenta?

Sierra continuaba cabizbajo y en silencio. La mujer subió un punto su tono de voz:

—¡Haz el favor de negar que hayamos tenido nada que ver con la muerte de mi padre!

—Todo esto es demasiado para mí, Nuria. ¿De verdad crees necesario que niegue algo semejante?

—¡Sí, y con energía!, a no ser que... a no ser que tú...

Sierra levantó la vista y se quedó mirando a su compañera con auténtico horror.

—Pero ¿qué dices, Nuria, qué dices?

La Siguán se serenó de pronto y guardó silencio. Yo estaba esperando una frase más, una palabra; pero ella sólo balbució:

—Lo siento, perdóname. —Después se volvió hacia mí—. Se arrepentirá de este acoso al que nos somete, inspectora, no sé cómo pero conseguiré que se arrepienta.

—¿Me amenaza?

—No, sólo quiero que tenga algo muy claro: ni este hombre ni yo hubiéramos consentido jamás que alguien le hiciera daño a mi padre.

—Muy bien, pueden regresar a sus casas.

Les sorprendió el permiso súbito para marcharse. Salieron. Cuando la Siguán pasó frente a mí, su mirada hubiera podido matarme. Le sonreí cínicamente.

Garzón se levantó y dio un paseíto por la sala; por fin se puso a mi lado, en actitud pensativa.

—¿Qué le ha parecido? —pregunté.

—No sé qué pensar. Quizá si usted hubiera seguido presionándolos un poco más...

—Sin pruebas concluyentes y con los abogados en el pasillo era difícil. Pero que no estén detenidos no significa que no podamos interrogarlos cien veces más. En cualquier caso, dudo de que el hombre esté implicado. Ella... démosle tiempo; parece tenerlo todo bajo control pero salta de vez en cuando. Si llenamos el globo de suficiente aire, al final explotará.

Miré por la ventana, se había nublado. Suspiré en un rapto melancólico. Garzón bostezó en un rapto difícil de identificar.

—¿Por dónde vamos a seguir ahora? —inquirió.

—Alguien dijo: «Si no quieres que todo continúe igual, no hagas siempre lo mismo»; pero no recuerdo quién.

—Sería Shakespeare.

—Quizá.

—Fuera quien fuese, ¿qué significa la frase?

—Significa que vamos a introducir un cambio de sesgo interrogando al marido de Nuria Siguán. Es posible que debiéramos haberlo hecho hace tiempo. Voy a buscar mi gabardina.

—Oiga jefa, creo que también fue Shakespeare quien dijo: «Cualquier cosa que quieras hacer, no la hagas sin comer».

—Dudo de que el genio hubiera compuesto una cosa tan ramplona; pero de acuerdo, tenemos tiempo para un sándwich.

No tenía hambre, la tensión del interrogatorio y los cafés ingeridos me habían dejado un difuso dolor de estómago. Estaba segura de que con un poco de relajación me sentiría mejor, de modo que le pedí al subinspector que no fuéramos a la bulliciosa La Jarra de Oro. Acabamos en un local ecléctico en el que él se tragó un sándwich de tres pisos sin el menor cargo de conciencia. Entre bocado y bocado, y mientras regueros de mayonesa se precipitaban sobre su plato en caída libre, quiso saber por qué me había dado de pronto por interrogar a Juan Codina, marido de nuestra sospechosa número uno. No supe darle demasiadas razones que fueran lógicas, quizá había visto algo inusual en el modo en el que se trataban Rafael y Nuria, una especie de familiaridad que me pareció ir más allá de la que dos socios usaban en sus relaciones. Además, me llamaba la atención que durante los dos días que su esposa estuvo detenida, aquel próspero ejecutivo no hubiera hecho acto de presencia jamás, ni siquiera para saber cómo estaba. Aquella iniciativa hacía que Garzón se encogiera de hombros, para él sólo con más presión se abrirían las bocas de los sospechosos, y hablar con Juan Codina era una estrategia inútil que nos desviaba de nuestro camino. Aun sin estar de acuerdo, fue a buscar la dirección de Codina mientras yo telefoneaba al juez Muro. Ya que no le había enviado informes últimamente, al menos debía mantenerlo informado sobre la situación. En cuanto oyó mi resumen dio los primeros síntomas de desánimo:

—No sé, Petra, no sé. Todo esto no está conduciéndonos a ninguna parte. ¿Está usted segura de lo que hace?

—Todo lo que se puede estar en un caso tan endiablado como éste.

—¡Sí, y pensar que era un caso que descansaba en

una cajón desde hacía cinco años! No pierda usted ni un minuto, Petra, acelere cuanto pueda las investigaciones; aunque los hechos vengan del pasado, el factor tiempo siempre es de importancia supina. La viuda, con su intuición, ha hecho que el delito salga de nuevo a la superficie.

—¿A qué viuda se refiere?

—¡Pero bueno, inspectora!, ¿a qué viuda voy a referirme? ¡A la de Adolfo Siguán! Si ella no hubiera venido un día a verme, el caso seguiría durmiendo el sueño de los justos.

—Es cierto, y quizá hoy Julieta López seguiría viva.

—¿Quién era Julieta López?

—Déjelo, juez, está visto que cada uno olvida y recuerda según su sensibilidad.

—Oiga, Petra, por cierto; yo aprecio mucho sus llamadas telefónicas para ponerme al día, pero no estaría de más que me enviara un informe escrito de vez en cuando. ¡Hace la intemerata que no recibo ninguno!

—Lo haré, juez, lo haré.

El trabajo moderno en equipo, de cualquier especialidad, consiste en que los unos vayan ejerciendo presión sobre los otros de manera continua o intermitente. El juez lo sabía y yo también, sólo me hacía falta que se acumulara la cantidad de presión necesaria para ponerme en marcha.

Juan Codina trabajaba como gerente en una gran compañía. Un alto ejecutivo que, como tal, tenía su despacho en el último piso del edificio World Trade Center, junto al puerto de Barcelona. Nuestras placas policiales fueron abriendo los muchos controles de seguridad que se oponían al paso de extraños. Únicamente la última barrera, consistente en una joven recepcionista, se nos resistió.

—¿Tienen cita con el señor Codina?

El subinspector, harto ya de la carrera de obstáculos y quizá sensibilizado por la cara de asco con que la chica nos dio la bienvenida, se impacientó:

—La policía sólo pide cita cuando va al dentista, señorita.

—Pero…

—Si no avisa inmediatamente al señor Codina de que queremos verle, volveremos dentro de una hora con la orden de un juez. ¿Me capta?

La chica, inexperta en aquellas cuestiones y probablemente en otras muchas más, se puso en pie, sofocada pero digna. Abrió una puerta que había tras ella y antes de desaparecer dijo mirando al tendido:

—Veré si el señor Codina quiere recibirles.

Garzón se encendió como un líquido inflamable:

—¿Ha oído eso, inspectora? ¡Tres cojones le importa que seamos policías! Estoy convencido de que si vinieran el papa o el rey a ver a su jefe, les diría lo mismo: «Veré si el señor Codina quiere recibirles».

La voz atiplada que puso para imitar a la de la chica me hizo reír.

—Las grandes empresas privadas son otro mundo, Fermín. Dentro de ellas rigen otras leyes e imperan otros valores. Aquí el jefe es el único dios.

—¡Pues que esa nena se ande con cuidado! ¡Si vuelve a mirarnos con cara de repugnancia voy a pegarle un bufido en toda regla!

Aquellos cabreos espontáneos de Garzón seguían tomándome por sorpresa y divirtiéndome al mismo tiempo. Nunca podía afirmar cuáles serían los estímulos que lo pondrían en estado tonante, y resultaba bien cierto que semejantes reacciones podían ser peligrosas según dónde y qué circunstancias se produjeran, pero verlo enojado frente al mundo me parecía tonificante.

La chica reapareció seguida de otra, ésta de más edad y maneras más estudiadas. Nos hizo saber que era la secretaria personal de Codina.

—Tienen suerte; el señor Codina les recibirá enseguida.

—¿Suerte? —preguntó mi compañero—. ¿Es que recibe por sorteo?

La secretaria soltó una risita desganada:

—No, pero tienen suerte de que el señor Codina no esté de viaje; suele ser lo habitual.

Nos dejó aposentados en el tresillo de una antesala moderna, entró en un despacho y, segundos después, hizo un gesto con la mano para que la siguiéramos. Al hacerlo, me arrepentí enseguida de haber escogido el terreno de juego del contrario para interrogarlo. El despacho de Codina era impactante, descomunal, amenazador. Si las catedrales góticas fueron construidas para que el pobre feligrés se sintiera tan anonadado como en presencia del gran Dios, el despacho de Codina conseguía al instante disminuirte psíquicamente. Era un lugar donde no se iba a exigir sino a implorar, no a charlar sino a escuchar, no a mandar sino a sugerir. Detrás de la enorme mesa de madera maciza, un ventanal se abría al mar. En aquel marco, Codina aparecía como la figura imponente de un ser superior. Quizá semejante montaje le hacía falta, porque cuando se puso en pie para recibirnos se hizo evidente que era un hombre bajito y de aspecto insignificante. Nos dio la mano y de modo exquisitamente cortés nos invitó a sentarnos.

—¿Puedo ofrecerles café?

—Es una buena idea.

Pidió café por un interfono y se volvió hacia nosotros. Era curioso comprobar cómo su rostro adolecía de la misma impavidez que el de su esposa. Ni se mostraba molesto ni sonreía. Llevado por las dotes de mando que sin duda practicaba ampliamente en su vida profesional, fue él quien empezó a hablar.

—Vienen ustedes a visitarme en relación con el caso reabierto del asesinato de mi suegro. ¿Cierto?

—Cierto. ¿Está usted al corriente de los acontecimientos, señor Codina?

—Sí, más o menos. He hablado con mi mujer.

—¿Y qué le parece todo esto?

Me miró con cierta sorpresa, probablemente no esperaba un planteamiento tan coloquial.

—¿Puedo hablar con franqueza? —inquirió.

—Se lo ruego.

—La reapertura de este caso me parece una manera de tirar el dinero del contribuyente.

—Es extraño que diga eso, tras haberse reabierto el caso dos personas han sido asesinadas. Eso demuestra hasta qué punto fue cerrado en falso.

—Lo sé, inspectora, lo sé; pero todas esas personas que han muerto pertenecen a un mundo marginal en el que morir no es nada tan extraordinario. Prostitutas, maleantes… Son gente que se expone a ello. Puede que mis palabras les suenen duras, pero son la realidad.

—¿No está interesado en saber quién mató a su suegro y por qué lo hizo? Su suegro no pertenecía al mundo marginal ni se exponía a ser liquidado.

—Eso es algo que afirma usted, inspectora, no yo.

Entró la secretaria con el café, dejó una bandeja sobre la mesa. Codina permaneció callado durante toda la operación. Cuando la mujer hubo salido y mientras él llenaba las tazas, le pedí una aclaración de sus últimas palabras.

—Mi suegro, en sus buenos tiempos, fue un empresario estupendo, de los mejores de España; pero su época de decadencia resultó desastrosa. Abandonó poco a poco el cuidado de su negocio, y aquella costumbre suya de frecuentar jóvenes prostitutas de ínfima condición… en fin, lamentable. No piensen que soy un hombre chapado a la antigua; creo que una persona puede dejar de lado las normas morales, pero siempre con la discreción con la que le obliga su puesto en la sociedad. Hay mujeres profesionales, bellas y discretas, a las que él hubiera podido recurrir. No tenía ninguna necesidad de descender a los infiernos.

Garzón me lanzó una mirada cómplice que decidí ignorar. Continué con mis preguntas, procurando no mostrar ninguna emoción.

—Señor Codina, ¿no cree que su suegro, aparte de esas... lamentables inclinaciones, pudo haberse metido en algún asunto sucio de tipo profesional?

—Nuria me ha contado que ustedes lo acusan de haber estado en tratos con la Camorra. También que la acusan a ella y a Sierra de haber seguido con esas supuestas actividades en la tienda Nerea. Pues bien, les diré que, si así fuera, yo no tuve ni tengo el más mínimo conocimiento.

—Discúlpeme, pero eso se me hace difícil de creer, Nuria Siguán es su esposa.

Apuró su café de un sorbo y se limpió pulcramente la boca con una servilleta de papel. Suspiró.

—Inspectora Delicado, no sé cómo ser claro, pero estoy seguro de que, sin entrar en detalles embarazosos, ustedes me comprenderán. Digamos que el contacto íntimo entre mi esposa y yo hace tiempo que se cortó de mutuo acuerdo. Seguimos casados porque eso nos ayuda a ambos desde el punto de vista social, pero hace muchos, muchos años que Nuria no me comunica los pormenores de su vida, y yo hago otro tanto.

—¿Tampoco estaba al corriente en su día de las actividades de su suegro aun dedicándose ambos al mundo empresarial?

—Para contestarle me veo obligado a seguir con las explicaciones familiares y personales; no me gusta, pero supongo que es necesario. Yo soy un hombre hecho a sí mismo, como suele decirse. No contaba con fortuna ni herencias cuando inicié mi vida. No negaré que cuando me casé con Nuria tenía muy presente que emparentar con una familia conocida en Barcelona le iría bien a mi carrera. Pero nunca quise entrar a formar parte de Tejidos Siguán. Tenía mis propias ambiciones.

—Eso no excluye que supiera usted algo sobre las actividades de Tejidos Siguán.

—No, es verdad, pero digamos que fue una intuición que, cuando conocí más profundamente a la familia de mi esposa, se confirmó.

—¿Puede explicarse?

—Como hombre de origen humilde no he perdido dos características básicas en mi forma de actuar: soy práctico y amante de la sencillez. Ambas me han ayudado en mi carrera. Por eso cuando descubrí las características de aquella familia: el autoritarismo de mi suegro, la dolorosa sumisión de su esposa, el odio feroz de mi cuñada Elisa hacia su padre, la admiración teñida de resentimiento que le profesaba mi propia mujer, la naturaleza temerosa de la hermana pequeña... En fin, no me parecieron la familia ideal y decidí mantenerme al margen de todos ellos. El tiempo me ha dado la razón. Tampoco quise estar informado de la empresa de Adolfo Siguán, ni posteriormente de la tienda Nerea. ¿Me comprende?

—Creo que sí. Hay una pregunta que quiero hacerle; es un tanto subjetiva, pero... ¿Se sorprendió usted ante la acusación de pertenecer a la Camorra que hemos lanzado sobre Adolfo Siguán?

Hizo una pausa. Miró en el fondo de su taza de café. Se mordió el labio inferior. Luego dijo con voz fuerte y clara:

—No. Él hubiera hecho cualquier cosa por mantener viva su empresa. No me sorprendió.

—¿Y si acusáramos a su esposa del asesinato de su propio padre, eso le sorprendería?

Por primera vez su rostro fue denotativo de una emoción que no supe discernir con claridad: miedo, escándalo, horror... Sin embargo, dijo con firmeza:

—A eso no voy a contestarle.

—Está usted en su derecho.

—¿Lo pregunta porque hay algún indicio que así lo indique?

—A eso no voy a contestarle yo.

Nos quedamos mirándonos mutuamente, seguros de haber agotado todas nuestras posibilidades de comunicación. Le sonreí, pero él no me devolvió la sonrisa. Garzón no había dicho ni una palabra. Carraspeó entonces oportunamente llenando el incómodo momento de silencio.

—Gracias por su cooperación, señor Codina.

—Pediré que los acompañen a la puerta de salida.

En el aire fresco de la calle Garzón sacudió con fuerza la cabeza, como un perro recién mojado. Luego sonorizó unas gárgaras extrañas, soltó un berrido. Sólo entonces hizo uso del lenguaje humano para decir:

—¡Vaya tipo! ¿Se ha fijado qué displicencia, qué frialdad? Nunca había visto a nadie tan calculador. ¡Es un trepador social!

—Que sea un trepador no significa que mienta. A mí todo lo que ha dicho me ha sonado a verdad, aparte de ayudarnos muchísimo.

—¿Ayudarnos, en qué?

—Nos ha señalado un camino por el que, con tanto asesinato y tanta mafia, no habíamos podido transitar con calma.

—Pues no caigo.

—La familia, Fermín, la familia. No hemos indagado lo suficiente en esa familia oscura, asfixiante, siniestra. Quizá saben más de lo que dicen. Hoy, pulsando una tecla familiar, hemos sacado un acorde inesperado: los Siguán están separados de hecho.

—No tan inesperado, usted se lo maliciaba, por eso hemos interrogado a este tipo, ¿no?

—Lo hemos interrogado por el modo en que se trataron Nuria y Rafael en el careo.

—Yo no vi nada especial.

—Yo creí intuir algo. No me sorprendería que fueran amantes.

—¡Joder, vaya familia!

—¡Toda familia esconde un pequeño o gran estercolero bajo la alfombra!

—¿Eso también lo dijo Shakespeare?

—¡En fin, Garzón, tampoco en Shakespeare va a encontrar usted hasta la receta de la fabada!

—¡Pues lo siento, seguro que era mejor que la de Asturias! ¡Shakespeare es mucho Shakespeare!

Nos despedimos riendo hasta el día siguiente. Cuando me puse al volante del coche y dejé de estar pendiente de lo externo, tuve una desagradable toma de conciencia: el dolor. Me dolía la cabeza, los ojos, los oídos, todos los huesos del cuerpo. Debía tomar un analgésico en cuanto llegara a casa, y descansar: al día siguiente había decidido interrogar a la hija menor de Siguán y había que hacerlo temprano.

Mi espectacular cansancio fue captado inmediatamente por Marcos:

—Pareces un trasgo —me espetó al verme.

—Ya lo sé —respondí.

—¿Hay algo que pueda hacer por ti? —preguntó con sorna.

—No decirme que debería cuidarme un poco. No hablarme demasiado ni en voz demasiado fuerte. No preguntarme si me apetece algo para cenar. No ejercer sobre mí la más mínima presión, amorosa o de cualquier tipo.

—Bien, ya voy comprendiendo la situación. Al menos podré proponerte que tomemos una copa.

—Eso sí, y un par de aspirinas también. Pero sin hablar, todo sin hablar. Sólo besos, abrazos, caricias y, si te apetece, hacer el amor.

—Es un plan que me gusta.

Seguimos el plan, que consiguió quitarme cualquier

resto de mal humor pero aumentó mi cansancio. Aun así, el sueño tardó en llegar. Yací mucho tiempo boca arriba con los ojos abiertos. En mi cabeza resonaba una sola palabra: familia, familia, familia…

Capítulo 17

Al despuntar el día me debatí con fuerza intentando abandonar el sopor en el que estaba hundida hasta el cuello. De repente comprendí que el ruido que oía era el timbre del teléfono. Marcos no estaba en su lado de la cama y el correr del agua de la ducha me indicó dónde estaba. En un acto de heroísmo descolgué el auricular. Era Marina.

—Petra, te llamo para decirte que es mi cumpleaños, y así puedes felicitarme.

Desembarazándome como pude de los restos del sueño, intenté convertir mi voz aguardentosa en un trino feliz:

—¡Marina, qué alegría, muchas felicidades! Cumples ocho, ¿verdad?

—Nueve —pronunció escuetamente en un tono que amalgamaba la decepción con las más justa de las reivindicaciones.

—¡Claro, nueve!, ¿en qué estaría yo pensando? Perdona pero es que acabo de despertarme y aún no he conectado del todo mis mecanismos cerebrales. ¿Vas a venir a cenar esta noche?

—No, mamá no me deja. Haremos una cena aquí en esta casa y vendrán todos mis primos.

—Lo pasarás muy bien.

—Papá ha pedido permiso en el colegio para que pueda salir a mediodía a comer con él. ¿No te lo ha contado?

—No, ayer estaba tan cansada cuando llegué que ni siquiera pudimos hablar. Es que estoy llevando un caso muy complicado que me toma mucho tiempo.

—¿Eso quiere decir que no podrás comer con nosotros?

—En este momento no puedo asegurártelo, Marina, pero te prometo que voy a hacer todo lo posible, de verdad.

—Bueno —monosilabeó, y esta vez el cóctel tonal estaba compuesto de decepción y escepticismo.

—¿Quieres que se ponga tu padre? Creo que ya ha acabado de ducharse.

Penetré entre las nubes de vapor que había en el cuarto de baño y vi a Marcos frotándose el cuerpo desnudo con una toalla.

—Tu hija al teléfono. Ha llamado para que la felicitemos.

Salió hacia el dormitorio con una sonrisa pintada en la cara. Aproveché para ocupar su lugar en la ducha.

Durante el desayuno el tema de charla fue la llamada de Marina.

—¿Le has comprado algún regalo? —quise saber.

—No, lo haré esta misma mañana.

—¿Qué le comprarás?

—No sé, algo caro. Ya sabes que los padres divorciados siempre tenemos que hacer regalos caros a nuestros hijos. ¿Podrás librar un rato al mediodía para venir con nosotros al restaurante?

—Lo procuraré por todos los medios.

—A ella le haría ilusión, y también a mí, comer solo con los niños en plan divorciado me deprime.

Lo observé mientras untaba mantequilla en su tostada. Desde mi asiento olía la colonia cítrica que siempre usaba.

—Hoy estás muy sentencioso sobre divorcios.

—Voy a escribir un libro de autoayuda: *El padre divorciado. Trucos y recetas*.

—Puede ser un best seller.

—Si quieres colaborar, habrá un apartado sobre madrastras.

—No, yo escribiré mi propio volumen: *La policía despedida. Manual de supervivencia*. Me voy, es tardísimo.

Mientras conducía iba pensando en Marina. Sin pretenderlo, la pobre estaba ejerciendo una nueva presión sobre mí. Todo cariño, por pequeño que sea, genera una obligación en quien lo recibe, y esa obligación puede estar sólo fundamentada en que no deseamos quebrar la buena imagen que de nosotros tiene quien nos ama. Quizá la única manera de vivir en libertad absoluta sea vivir sin ningún vínculo amoroso.

Garzón me esperaba en comisaría pues, como de costumbre, había llegado antes que yo. Tenía un día eficiente porque enseguida me contó que ya había previsto y pactado las circunstancias del interrogatorio a Rosario Siguán. Esta vez sería ella quien acudiría a nuestro territorio en evitación de posibles mansiones suntuosas que pudieran imponernos con su empaque. Había sido citada por mi compañero a las doce del mediodía, la hora que ella escogió, para que no se sintiera urgida y su testimonio resultara menos natural. Acepté el horario, pero no pude por menos que pensar en la comida con Marcos y Marina. Tendría el tiempo justo, pero tampoco esperaba grandes revelaciones en el interrogatorio de la hija pequeña de Siguán; de modo que adapté mentalmente un horario: acabaría el interrogatorio como máximo a la una treinta, a las dos me iría a comer y durante la mañana acabaría los informes escritos que ya reclamaba el juez. Me puse a ello.

A las once, en vez de salir a tomar café con Garzón, corrí a unos grandes almacenes cercanos con la intención de comprar algún regalo para Marina. Mi despiste sobre regalos a niños era total, de modo que deambulé como una zombi por las diversas secciones de juguetes sin que me llegara ninguna inspiración. Finalmente, me incliné por un valor seguro y acudí al departamento de papelería y libros. Enseguida escogí un fantástico plumier repleto de lápices de colores, que hubiera comprado para mí misma, y un libro de cuentos tradicionales agrupados por países. Empecé por los cuentos japoneses, los recordaba sanguinarios y terribles de mi lectura infantil. Cuando ya iba a salir, descubrí en los estantes para adultos una biografía: *Isadora Duncan. Precursora de la danza moderna*. ¿Por qué no? Siempre me había parecido una majadería que a los niños ya mayorcitos se les suministre un pienso espiritual fabricado especialmente para ellos. Lo compré.

Llegué a comisaría con los brazos cargados de paquetes. No había leído mi predicción zodiacal para aquella mañana; de haberlo hecho, un riesgo difuso me hubiera aconsejado cruzar las oficinas con menos espectacularidad. En el pasillo me topé con Coronas:

—¡Hombre, Petra!, ¿ha ido de tiendas?, ¡qué bien! Lástima que los informes que solicita el juez Muro lleven una semana de retraso.

—Lo siento, comisario; estaba en ello; pero es que hoy es el cumpleaños de mi hijastra y…

Me miró de través y siguió su marcha, rezongando:

—Antes del final del día quiero que esos informes estén sobre la mesa.

—Lo estarán —susurré, y maldije mi suerte por lo bajo.

Rosario Siguán llegó puntualmente a las doce, y lo hizo acompañada de su marido. Le indicamos que pasara a mi despacho y fue entonces cuando nos comunicó su pretensión de que el marido estuviera con ella todo el tiempo. Nos cogió por sorpresa y dudamos. Garzón me miró levantando las cejas en plan interrogativo y yo me negué. El resultado de mi negativa quedó enseguida reflejado en el aspecto de la testigo: su cuerpo ya frágil y delgaducho, se encogió un poco más. Tenía unos ojos profundos y temerosos que dirigía hacia nosotros como temiendo que la atacáramos en cualquier momento. Se sentó en el borde justo de la silla. Componía una imagen tan indefensa y patética que me pregunté cómo se las apañaba para andar por la vida. Empecé con voz suave, procurando no asustarla.

—Rosario, no sé si alguien la ha informado de que se han producido novedades en el caso del asesinato de su padre.

Permaneció callada, mirando al suelo y en una inmovilidad tan absoluta que parecía desear mimetizarse con el aire. Insistí delicadamente:

—Algo le habrá contado su hermana Nuria, ¿no es así?

—No —dijo en bajísima voz—. Me lo contó mi hermana Elisa.

—¿La que vive en Estados Unidos?

—Nos escribimos correos electrónicos de vez en cuando.

—Ignoraba que ella estuviera tan al corriente del caso.

—Se lo cuenta mi hermana Nuria.

—¿Y a usted no?

—Tiene miedo de que me impresione si hay noticias sobre mi padre. Sabe que lo quería muchísimo y que llevé su muerte muy mal.

—¿Y su hermana Elisa no teme lo mismo?

—Elisa es más práctica —dijo de forma casi inaudible.

—¿Podría hablar un poquito más alto? —preguntó cortésmente Garzón.

—Sí —soltó demasiado fuerte esta vez.

—¿Se encuentra mal, Rosario? —inquirí. Negó y yo proseguí.

—¿Ve con frecuencia a su hermana Nuria?

—No mucho.

—¿Por qué?

—Las dos tenemos mucho trabajo, pero a veces tomamos juntas un café.

—Pero no están enfadadas ni hay entre ustedes desavenencias.

—Ninguna desavenencia. Todo es normal.

—Cambiemos de tema. Antes de la muerte de su padre ¿tuvo usted la impresión de que algo le iba mal? Si lo quería usted mucho, supongo que se encontraba al tanto de sus problemas y estados de ánimo.

—Papá, quiero decir mi padre, quería cerrar la fábrica porque estaba cansado.

—No quería cerrarla porque le fuera mal económicamente.

—La fábrica iba bien, pero él estaba cansado.

—¿Alguna vez pensaron en la posibilidad de heredar las tres hermanas la fábrica en funcionamiento?

—Mi padre quería cerrar.

—¿Y sus hermanas no estaban de acuerdo?

—No lo sé.

—¿No lo sabe?

—Yo no me interesé nunca por la empresa familiar. Era el trabajo de mi padre y punto.

—¿Sus hermanas tampoco se interesaban?

—Ellas hablaban a veces, como eran las mayores...

La cara de niña aturdida no parecía ser un artificio para eludir responsabilidades. Su inocencia y desvalimiento eran probablemente auténticos y hubieran debido moverme a piedad; sin embargo, estaban empezando a soliviantarme. ¿De dónde había salido semejante mosquita muerta? ¿Cómo se las apañaba para mantenerse tan desvinculada de la realidad? «Era el trabajo de mi papá. Yo quería mucho a mi papá...» ¡Con gusto le hubiera dado un par de sacudidas como se hace con un árbol para que caiga la fruta madura! Decidí pegarle al menos una arremetida.

—Rosario, ¿cuántos años tiene usted?

—Treinta y cinco.

—¿Y no se da cuenta de que, a su edad, no resulta creíble que no se entere de nada ni nada le interese?

Hubo un momento de estupefacción, del que el más afectado fue el subinspector. Me miraba como si me hubiera cargado un pajarito a mordiscos. Un instante después, Rosario se echó a llorar, pero no lo hizo de manera silenciosa y dolorida, sino con una parafernalia de hipidos, llantos y suspiros berrendos que alborotó el espacio de la sala como la sirena de una alarma. Entonces se abrió la puerta abruptamente, y vimos cómo el policía de vigilancia interceptaba el paso a un hombre furioso que forcejeaba con él. Garzón clamó:

—Pero ¿qué coño pasa ahí?

El policía, que tenía asido al hombre por los hombros, respondió entrecortadamente:

—¡Es el esposo, subinspector, quiere entrar!

—Déjelo —ordené.

El marido, bastante mayor que Rosario, se precipitó al interior como un basilisco y acunó a la mujer entre sus brazos con palabras susurrantes. Después me dirigió una mirada de odio y preguntó:

—¿Qué le han hecho?

—Preguntas —contesté, procurando no alterarme—. Y ninguna justifica que se haya puesto en ese estado.

Dio la impresión de tranquilizarse. Besó a la mujer y me dijo en un tono del que había desaparecido cualquier agresividad:

—¿Podemos hablar un momento a solas?

—Mi compañero también trabaja en el caso.

—Me refiero a mi esposa. ¿Puede salir un momento para calmarse?

Asentí. Él le pidió a Rosario que le esperara fuera con expresiones cariñosas. Cuando hubo desaparecido, se pasó las manos por el escaso cabello y por la cara como si quisiera borrar su estado de ánimo sustituyéndolo por otro más sereno.

—Perdonen la manera de entrar; pero cuando he oído llorar a Rosario he sufrido un ataque de preocupación.

—Se ha preocupado innecesariamente, aquí no maltratamos a las personas. Su mujer ha tenido una reacción por completo imprevisible.

—Lo sé, inspectora, lo sé. Rosario es una persona especial, muy sensible, muy frágil. Por eso quería estar yo presente cuando hablara con ustedes. En realidad ella no sabe nada del asesinato de su padre porque siempre hemos intentado preservarla al máximo de las cosas malas.

—¿Es que los demás saben algo que ella ignora?

—¡No, no, inspectora! Ninguno de nosotros sabemos nada, lo que quiero decir es que con ella siempre se procuró en la familia hablar poco sobre el tema.

—Ya le entiendo.

—¿Entonces no es normal de la cabeza? —preguntó Garzón utilizando un eufemismo que sonaba mil veces peor que el término al que intentaba suplir. El hombre se revolvió como picado por un escorpión.

—¡Por supuesto que es normal, es una mujer muy inteligente! Lo único que ocurre es que su equilibrio psicológico no es consistente, tiende a la depresión. Visita a un psiquiatra regularmente y la medicación que toma le permite llevar una vida normal. La única salvedad es que las emociones fuertes no le sientan bien.

—¿Puede trabajar sin problemas?

—Sí, da clases en una guardería de niños desfavorecidos. No cobra por ello y su labor es excelente. Se vuelca en esos pobres niños, y ellos la adoran. Y yo… —bajó la voz—, yo la adoro también.

Se hizo un silencio embarazoso. Él continuó, ya en tono completamente confidencial.

—Mi esposa y yo somos muy felices. Procuro que nada la altere y ella me da toda la esperanza de su juventud.

—¿A qué se dedica?

—Soy médico, especialista en pediatría. Me llamo Roberto Cortés. Si quieren seguir interrogando a Rosario yo puedo estar presente. Se encontrará más tranquila y les responderá.

—No creo que sea necesario, señor Cortés. Y dígame, ¿hace mucho tiempo que su esposa tiene esas tendencias depresivas?

—Desde jovencita. Yo ya la conocí con su enfermedad. Sin embargo, mejoró mucho cuando nos casamos. En nuestra casa hemos conseguido que reine un ambiente muy sereno.

—¿No era sereno su ambiente familiar?

—En fin, inspectora, ¿cómo puedo contestarle a eso? Nunca he frecuentado mucho a mi familia política y Rosario nunca habla sobre ella. Sin embargo, es fácil deducir que mi esposa vivió en su casa paterna situaciones especiales: la muerte de su madre, el carácter difícil de mi suegro, las tensiones en el negocio familiar... supongo que nada de eso le hacía ningún bien.

Cuando le dimos suelta a Cortés me quedé absorta en mis pensamientos que oscilaban entre la duda y la estupefacción. Garzón me sacó de ellos con su voz campanuda, en la que la duda no encontraba lugar:

—¡No me fío ni un pelo de este tío!

—¿Puede saberse por qué?

—La historia que nos ha contado es muy bonita: amor, buenos sentimientos, atención desinteresada a los niños desvalidos... pero los hechos son que Cortés ha irrumpido en la sala hecho una furia y nos ha quitado a la testigo de delante de nuestras narices justo cuando la voluntad de ella empezaba a flaquear.

—Yo no lo veo tan claro. A mí sí me ha parecido que ese hombre deseaba protegerla de sí misma más que de nosotros, y mi pregunta es ¿por qué?, ¿por qué Rosario es como es?

—¡Coño, pues porque está como un puto cencerro! ¡Su mismo marido se lo ha dicho! A mí ya me lo pareció cuando la interrogué yo solo.

—Amigo Garzón, tiene usted la misma sensibilidad que un burro muerto.

—¡Son los hechos, inspectora, los hechos!

—Pero usted no me había comentado que esta chica estuviera tan mal después de haberla interrogado la primera vez.

—No se puso tan fuera de sí como hoy. Pero desde luego yo no la presioné como ha hecho usted.

—¿Yo?

—¡Los hechos, inspectora, los hechos!

—No se olvide de que es la mente quien manda sobre los hechos.

—Se me olvidará todo si no como algo inmediatamente. Con tanto follón se han hecho las dos y media y estoy muerto de hambre.

—¿Las dos y media? ¡Me largo inmediatamente, Fermín!

—¿No viene conmigo? Qué pasa, ¿le disgusta comer con burros muertos?

—¡Como con Marina. Es su cumpleaños!

Tomé un taxi a la carrera y cuando pasábamos por delante de una pastelería hice parar al conductor. Compré una mastodóntica caja de bombones y seguimos hasta el restaurante. Al entrar, vi que Marcos y la niña estaban ya comiendo el primer plato; pero las prisas habían valido la pena, porque la cara de Marina se iluminó con una sonrisa.

—¿Ves como sí ha venido? —le dijo a su padre evidenciando la falta de fe de éste en mis promesas. La besé, le estiré nueve veces de la oreja como es prescriptivo en un cumpleaños y, dejándome caer en el asiento, pronuncié mi primera palabra:

—¡Cerveza!

El trago inicial fue largo e intenso como un beso de pasión. Luego respiré, sonreí y pedí una pizza de setas.

—¿Cómo llevas tu cumpleaños?

—Bien. Me han regalado muchas cosas.

—¿Qué te han regalado tus hermanos?

—Federico me ha enviado un cuento en inglés. Hugo, unas zapatillas de deporte y Teo una camiseta con un letrero que pone: «NO».

—¿No, así por las buenas? ¡Muy típico de él!

—Ha estudiado a Gandhi en clase de Historia y dice que siempre hay que contestar «no», aunque sea sin enfadarse.

—¡Dios nos coja confesados!

—Eso mismo dije yo —apuntó su padre.

Le di todas las bolsas que había llevado conmigo y ella fue abriéndolas entre exclamaciones placenteras.

—Los bombones son para que los compartas con los chicos —dije en evitación de conflictos de intereses. Abrió y cerró varias veces el plumier, ojeó los cuentos japoneses y al llegar al libro sobre Isadora Duncan, preguntó:

—¿Quién es?

—Una bailarina que ya murió. Se la considera una adelantada de la danza moderna. Ésta es la historia de su vida.

—¿Es una adaptación para niños? —preguntó Marcos con síntomas de alarma en la voz.

—No —me limité a decir, un tanto incómoda. A mi marido le entró de pronto un ataque de locuacidad.

—Las biografías son muy instructivas y están muy bien. Hay muchos personajes cuyas vidas merecen ser conocidas. ¿Sabes qué podemos hacer, Marina? Dejaremos este libro en nuestra casa y así vas leyéndolo cuando vengas. De ese modo no te aburrirá y si te surgen preguntas, Petra podrá contestártelas.

—Sí, y así mamá no lo verá —echó la niña por tierra

los ardides diplomáticos de su padre—. Si ya se puso histérica cuando le hablé de la danza moderna, no te digo nada si sabe que Petra me ha regalado un libro sobre quien la inventó.

Marcos y yo intercambiamos irónicas miradas adultas. Marina seguía impresionada por el tema Isadora. Pronunció su nombre en un susurro y luego preguntó:

—¿Creéis que Hugo y Teo saben quién era?

—Lo dudo —contestó Marcos.

—¡Estupendo, así me vengaré! Cuando ellos estudiaron a Gandhi y les pregunté quién era, me soltaron que un tipo que llevaba pañales. Me enfadé. Luego busqué el nombre en internet y no entendí muy bien lo que había hecho Gandhi, pero desde luego no ponía que llevara pañales.

—Bueno… —intervino su padre, conciliador—, Gandhi era indio y vestía un traje típico de allí que consiste en unos pantalones que podrían confundirse con lo que nosotros entendemos por pañales.

El desencanto de la pequeña se convirtió enseguida en firme determinación:

—Pero no llevaba pañales.

—Naturalmente que no.

—¿Qué te ha regalado tu padre? —me interesé por salir de aquella historia.

—Un chándal blanco muy bonito.

—¡Vaya regalo tan genial! —exclamé, valorando sinceramente la falta de conflictividad de un regalo neutro.

No hubo tiempo para mucho más. Tomamos un tiramisú y devolvimos a Marina a su colegio. Luego, Marcos me llevó a comisaría. Antes de salir de su coche me dijo:

—Espero que Marina tenga el discernimiento necesario para leer el libro que le has regalado.

—Cuando tomas el hábito de padre te vuelves tremendamente puritano —le respondí.

Pasé el resto de la tarde acabando de poner al día los informes, pero el sueño me embargaba. Me ponía en pie, luchando contra la somnolencia, hacía viajes hasta la máquina de café, cambiaba una y mil veces de posición en mi asiento... me hubiera tumbado con gusto en el suelo adoptando la posición fetal con tal de dormir un rato. Sólo me despejé cuando mis resúmenes escritos llegaron al interrogatorio de Rosario Siguán. Ahí mi mente volvió a cavilar: ¿qué tipo de familia era aquélla? Ninguna de las tres hijas parecía demasiado normal. La mayor, un témpano de hielo metida en sucios negocios. La mediana, huye al otro extremo del mundo llena de odio hacia su padre. La pequeña, psicológicamente incapaz de vivir una vida normal. Y sin embargo, aquella familia tenía todas las características que, tradicionalmente, deben llevar a la felicidad: dinero, educación, costumbres organizadas, enraizamiento total en la sociedad... ¿Qué causaba entonces todos aquellos desarreglos de carácter: el autoritarismo del padre, la sumisión de la madre o el hecho de que Siguán frecuentara de mayor jóvenes prostitutas? ¿Tanto influía en los hijos el comportamiento paterno? ¿Tanta razón llevaba el jodido Freud? En aquel momento cruzó por mi mente el recuerdo de mi hijastra. ¿Y si le daba por volverse alocada y pasional tras leer el libro sobre Isadora? ¿Tendría eso una influencia nefasta en su formación, sería yo la culpable, me perseguiría por los siglos la madre de Marina con un bate de béisbol en la mano para darme mi merecido? ¡Al infierno!, pensé, la obligación de ser correcta con los hijos de Marcos estaba pesando demasiado sobre mí. ¡No sería yo quien se volviera intransigente por causa de un decálogo moral que en el fondo detestaba en su mayor parte! Mi conciencia estaba tranquila.

Miré el ordenador. El cursor seguía pidiéndome datos y más datos mientras mi mente había volado hacia mi vida personal. No me sentía capaz de seguir con el trabajo, al día siguiente continuaría con la descripción de aquella triste criatura que era Rosario Siguán.

Llegué exhausta a casa. Recordaba que Marcos me avisó de que aquella noche tenía una cena. No lo lamenté demasiado, mi único deseo seguía siendo dormir, así que tomé el libro que estaba leyendo y me metí en la cama. El contacto con las sábanas suaves me deparó un momento de extrema felicidad. En aquel momento nadie me reclamaba, ningún ser humano pensaba en mí, no se suponía que debía estar haciendo nada en ninguna parte. Puede que los ascetas lo pasaran fatal en el desierto comiendo insectos crudos a pleno sol, pero nadie podía negarles la felicidad de las noches solitarias, despanzurrados en su cueva como unos marajás.

Tras aproximadamente media hora de lectura, me encontraba tan relajada que el libro empezaba a caérseme de las manos. Entonces, como si el destino jugara con mis pensamientos, burlándose de ellos, sonó mi teléfono móvil. Miré la pantalla: era Abate.

—Petra, lamento mucho llamarte por la noche, pero es que tengo una buena noticia para ti.

—Adelante —dije saliendo de todo sopor.

—El equipo de Torrisi ha localizado por fin al destinatario de los mails de Nuria Siguán. Ya están detenidos: es Camorra pura.

—Sigue.

—Mañana tendremos la orden del juez Cesare Bono y procederemos al interrogatorio de esos tipos.

—¡Es una noticia magnífica! Me pregunto cómo podré dormir ahora.

—¿Ya estabas en la cama?

—Sí.

—¿Estás sola?

—Sí —respondí esta segunda vez con cierta reserva.

—Te imagino perfectamente —dijo en un tono soñador que no hizo sino intensificar mis resquemores—.

Petra, me gustaría que supieras que he pensado mucho en ti y en lo que sucedió entre nosotros.

—Maurizio —le interrumpí—. ¿Sabes lo que más me gustó de lo que sucedió entre nosotros? Pues que parecías haberlo olvidado por completo.

—Pero no era así.

—Pues entonces lo que me gustó fue tu interpretación perfecta de que lo habías olvidado.

—¿Podemos negar la realidad?

—Sí cuando es intrascendente.

Rió un poco del otro lado del hilo, con un deje divertido y burlón:

—Brava!, ma... dura comme una pietra!

—Buona notte, caro amico, ciao.

Colgué y, aunque parezca mentira, a los cinco minutos ya estaba durmiendo, y es que tengo la conciencia más blindada que el coche de un gánster.

Capítulo 18

Fue un nombre propio lo primero que me vino a la mente al abrir los ojos aquella mañana: Torrisi. Estuve repitiéndolo a ratos mientras me duchaba y luego tomaba un café: Torrisi. Incluso por un pelo no le llamé Torrisi a Marcos cuando apareció en la cocina frotándose los ojos.

—¿Por qué te vas tan pronto? —me preguntó.

—Anoche me llamaron desde Roma; parece que hay novedades importantes en el caso.

—Estoy deseando que acabes con este caso.

—¿Y qué más te da?; después de éste vendrá otro.

—Pero en éste siempre existe el peligro de que tengas que marcharte a Italia, y no me apetece que te vayas.

—Me siento halagada, querido, pero pierde cuidado: voy a hacer lo imposible por no irme. Si alguien tiene que regresar a Roma, le pasaré la pelota a Garzón. ¿No dice que se siente más romano que Julio César? ¡Pues démosle la oportunidad de visitar de nuevo su tierra de adopción!

Me miró divertido, y yo le besé la punta de la nariz. Lo que había dicho iba completamente en serio, no pensaba, además, que Coronas se negara a mandar al subinspector como emisario, había seguido todos los detalles del caso y nuestro papel en la detención de los mafiosos era secundario. Sería Torrisi quien los interrogara y nosotros sólo deberíamos introducir precisiones en algunas preguntas. Para eso la presencia de mi compañero era más que suficiente. Fuera como fuese, yo no volvería a Roma. La conversación telefónica con Abate me había causado una alarma imprecisa. Una parte de mi fina intuición me decía que no debía verlo de nuevo. Los hombres comprenden y aceptan con naturalidad una aventura pasajera siempre que sean ellos quienes le ponen punto final. Claro que, pensándolo bien, sucede exactamente igual con las mujeres: si yo hubiera sentido el más mínimo deseo de reincidir en el encuentro amoroso, ¿no me hubiera decepcionado un poco la falta de interés por parte de Abate? Ni me atreví a pensarlo seriamente. Mi consigna era: «No volveré a Italia».

Cuando en mi despacho le conté al subinspector la llamada de nuestro homólogo italiano, se mostró impaciente por establecer nuevo contacto con él; pero había que esperar, era necesario darle tiempo a Torrisi, de modo que nos instalamos cada uno en nuestro cubículo y yo intenté poner fin al informe atrasado, pero no había manera, en cuanto iniciaba la redacción del interrogatorio de Rosario Siguán, se me paralizaba el sentido común. Había algo extraño y profundo que me impedía hacer una descripción objetiva del carácter de aquella mujer y de lo acontecido durante nuestro encuentro.

Había colocado mi teléfono móvil sobre la mesa y no podía resistirme a mirarlo de vez en cuando, como si el influjo de mi mirada pudiera hacerlo sonar en la realidad. Pero el cacharro parecía inmune a cualquier magnetismo; eran las doce menos cuarto y seguía callado. Entró el subinspector.

—Petra, ¿por qué no llama al *ispettore?* A ver si va a pensar que no ponemos interés.

—Vuelva a su despacho, Fermín.

—¡Joder, es que eso de esperar no está hecho para mí! ¿Por qué no vamos por lo menos a La Jarra de Oro?

—Vaya usted. Si me llama Abate cuando estemos en

La Jarra, no me enteraré de un carajo, ya sabe el follón que siempre hay allí.

—Bueno; pero si surgen novedades, avíseme enseguida.

Por si yo no estaba lo suficientemente atenazada por el nerviosismo de la espera, sólo me faltaba Garzón dándome la lata. Empecé de nuevo la descripción de Rosario Siguán: «Una mujer joven pero que no parece poseer el ímpetu propio de la juventud...». Por fin sonó el teléfono, y casi me da un ataque de cólera al comprobar que era de nuevo mi compañero:

—Inspectora, que he pensado en comerme un bocadillo de jamón, pero no sé si me dará tiempo, porque si Abate llama inmediatamente....

Como fondo, se oía la algarabía típica del bar a aquellas horas. Lo interrumpí, intentando no incluir ningún insulto en mis palabras:

—Oiga, Fermín, cómase el cerdo entero si quiere, pero no vuelva a llamarme.

En cuanto colgué, sonó el teléfono fijo. Era Abate.

—Buenas noticias, Petra, muy buenas noticias. Los interrogatorios de Torrisi ya han dado su primer fruto. El capo de la familia camorrista que tenemos detenido acaba de confesar que hace negocios con Nuria Siguán y Rafael Sierra desde tiempo atrás. Pero la cosa sigue su curso. Volveré a llamarte cuando haya más detalles.

Me mordí el labio. ¡Bien!, ya podía emplumar a aquel par de ciudadanos respetables. Fui a llamar al subinspector y de repente recordé su bocadillo. Lo dejé para más tarde y me dirigí sola a ver al comisario.

Coronas se sintió satisfecho de cómo iban las cosas, al tiempo que le horrorizaba que, efectivamente, la hija mayor de Siguán estuviera metida hasta los ojos en aquel embrollo. Como de costumbre, temía la labor cicatera de la prensa. Sabía que, dijera lo que dijese el comunicado que emitiéramos, la historia saltaría a los periódicos tergiversada y magnificada. Titulares como «El empresariado español se rinde a las mafias italianas» o «La policía barcelonesa no detecta red mafiosa operante en la ciudad» eran factibles, pero podíamos encontrarnos con otros tantos igual de espeluznantes que prometían salpicar gotas de desprestigio incluso a mucha distancia.

—Hasta que la cosa no entre en fase de jueces nosotros callados, ¿de acuerdo, inspectora?

—Pero yo debería informar ya mismo al juez Muro, necesito nuevas órdenes de detención, esta vez espero que sin fianza.

—Bueno, pero todo tarda, luego tendrá que intercambiar informes con el juez italiano... nosotros callados, ¿de acuerdo, Petra?

—Desde luego, señor.

El juez Muro se mostró asombrado tras oír las noticias que le llevaba.

—¡Increíble! Nunca sabe uno hasta dónde puede llegar la deshonestidad del ser humano.

Aquella opinión me pareció tan filosófica como genérica, así que le pregunté si pensaba imputar a los dos presuntos culpables.

—Sí, claro, pero tendrá que recibir de Italia informes más concretos. Hay que ser muy prudente cuando se halla en juego un apellido de prestigio. Pero es curioso cómo Rosalía, la viuda de Siguán, tuvo una intuición de que algo oscuro sucedía cuando vino a verme.

—Ella no se refería a las actividades económicas de la familia, señor, sino al asesinato de su esposo, que por cierto...

—No siga por ahí, inspectora, de ese asesinato no tenemos pruebas contra nadie.

—Eso me parece mucho decir, señoría, concatenando los hechos con lógica...

—La lógica no puede utilizarse en contra de ningún acusado. Son necesarias pruebas, confesiones, material judicial. Ahora todo depende de ustedes. Si hacen bien su trabajo, surgirán más hechos y yo, como juez, podré instruirlos. Ahora tengo que esperar a que mi colega italiano Cesare Bono me comunique oficialmente todas esas noticias.

—¿Por qué no le llama usted? Así ganamos tiempo.

—Para ahorrar una conferencia internacional al Estado, querida inspectora. Tal y como están los tiempos, es preferible pecar por defecto que por exceso. Además, según las reglas y la cortesía mínima, es a él a quien corresponde llamarme.

Salí del juzgado con los nervios de punta. Al parecer era yo la única que tenía prisa por saber la verdad. El estilo clásico y pomposo de aquel carcamal de juez no hacía sino ralentizar aún más los acontecimientos. ¿Qué esperaba para acusar de todo lo imaginable a aquellos dos, que se presentaran en su despacho confesando y dándose golpes de pecho? Sólo para calmarme, caminé por las calles durante un rato. Entré en un bar y tomé café. Sentía una gran aversión a volver a comisaría, enfrentarme de nuevo al informe, hablar con Garzón... era mejor seguir vagando por una Barcelona cálida y tranquila en cuyo cielo limpio lucía un sol casi primaveral. ¿A alguien, aparte de mí, le interesaba saber la verdad del caso Siguán? Empezaba a dudarlo. Mire mi teléfono, que había apagado al entrar en el despacho del juez. ¿Lo encendía de nuevo? A buen seguro me encontraría con el mensaje de un furibundo Garzón, que se sentiría abandonado tras haber dado cuenta de su bocadillo. Pero en fin, ésas eran las circunstancias de mi vida y no tenía más remedio que apechugar. Lo encendí y, tras una pausa, aparecieron las llamadas y mensajes en la pantalla. Entre muchos del subinspector había una llamada de Italia. Le di preferencia inmediata. Se puso Torrisi.

—¿Bella inspectora? Como no me contestaba acabo de hablar con su comisario. ¡Muy simpático Coronas, sí que lo es! Y debo decirle que acabamos de empezar una importante operación conjunta de la policía española y la italiana. Gracias a su caso, hemos destapado un montón de negocios ilegales de la Camorra en Barcelona. La tienda Nerea blanqueaba dinero proveniente del narcotráfico y estamos desenmascarando muchas tapaderas. Ahora su comisario nos ayudará.

—¿Mis sospechosos estaban implicados en más asuntos?

Oí su risa profunda.

—No, sus sospechosos, como usted dice, se limitaban a la tienda Nerea; lo cual no es poco decir. Y usted llevaba razón: Adolfo Siguán realizó negocios con la Camorra durante los últimos días de su empresa.

—¿Y su asesinato, ha indagado sobre el asesinato?

—¡No vaya tan deprisa, Petra, déjeme terminar! He dejado las cosas negativas para el final.

—¿Es que se niegan a hablar?

Me mordí la lengua tras haberlo interrumpido de nuevo. Por fortuna Torrisi era un hombre paciente.

—No se niegan a hablar, pero el capo dice que ellos nada tuvieron que ver en la muerte de Siguán. Es más, aseguran que fue una sorpresa para ellos y que, de no haber sido asesinado, hubieran seguido la colaboración con él. Niegan conocer a Catania y mucho menos que fuera sicario suyo. Cierto que asumir ese crimen implicaría más problemas legales para ellos, pero algo me dice que ese tipo no miente.

—¿Ha podido averiguar si Marianna Mazzullo pertenece a la Camorra?

—¡Por supuesto que pertenece a la Camorra! Pero el capo no quiere decirme dónde está porque eso implicaría reconocer que la sacaron del hotel donde la teníamos y que se cargaron a Catania.

—No lo entiendo. Si usted le cree cuando dice que no enviaron a matar a Siguán, ¿por qué entonces debían cargárselo en una operación tan aparatosa?

—A mí tampoco me encajan todas las piezas, Petra,

pero en ese punto estamos y no hemos avanzado más. Cuando encontremos a la Mazzullo aparecerán nuevas pruebas, ya verá. De momento, no está mal con lo que tenemos porque la operación anti Camorra continúa.

—Sí, pero… el caso Siguán… temo que se enfrasquen ustedes en las investigaciones antimafia y…

—¿Olvidemos su caso? No sufra por eso. Maurizio Abate no piensa en otra cosa. Daremos con esa mujer y nos sacaremos la espina de que se nos escapara en nuestras narices. Confíe en la eficiencia de la policía italiana.

—Confío, comisario Torrisi, confío de verdad.

—¿Vendrá a Roma? A lo mejor sería conveniente que ustedes directamente hagan algunas preguntas al capo.

—Llegados a ese punto será mejor que vaya Garzón. Yo tengo que centrarme en los interrogatorios de los dos sospechosos.

Aquélla era una decisión firme, una especie de regla autoimpuesta que no pensaba trasgredir. En ningún caso tenía miedo de la tentación que podía llevarme a la reincidencia, pero sí temía que fuera Abate quien llegara a cometer algún error.

Hablé con el comisario, quien no tuvo inconveniente en que fuera Garzón el enviado a Roma. Sus condiciones mínimas consistían en que los gastos estuvieran controlados. En aquel momento era el propio expedicionario el único que desconocía su destino. Me dirigí a su encuentro para darle la primicia, pero estaba enfadado conmigo.

—¡Desaparece como un fantasma y no responde mis llamadas! ¡Creí que hasta me retiraría el saludo!

—Me ocupaba de asuntos importantes, Fermín.

—¡Vaya, gracias, acaba de arreglarlo!

—Yo, de usted, me quedaría callado. Estaba haciendo las diligencias para que sea usted quien viaje a Roma. Quiero que le haga preguntas al capo de la Camorra que tienen detenido.

Se quedó boquiabierto.

—Pero inspectora, ¿está segura de que es buena idea? Yo no hablo italiano.

—Yo tampoco.

—Su italiano no se puede comparar con el mío.

—Tiene al *ispettore* Abate para que le sirva de intérprete. ¡Tampoco va usted a Roma para dar una conferencia!, ¿o es que no quiere ir?

—¿Cómo no voy a querer, inspectora? ¡Estoy encantado!

—Pues deje de poner objeciones y hagamos una reunión.

Asintió sumisamente. En mi despacho le conté la conversación telefónica con Torrisi y estudiamos qué tipo de pregunta debía formularle al mafioso. Como no sabíamos en qué punto estaban los interrogatorios, deberíamos confiar en su intuición. Yo le di un consejo que debía ser un foco de inspiración permanente.

—Centre el tiro en Catania, Garzón. Tengo miedo de que las pesquisas de los colegas italianos sobre los asuntos mafiosos acaben arrumbando el asesinato de Siguán. Usted insista una y mil veces en la relación de esos tipos con Tejidos Siguán. Machaque también sobre el paradero de Marianna Mazzullo.

—No se preocupe, inspectora, procuraré centrarme sólo en nuestro asunto.

—Hágalo. Puede sonar muy mal, pero a nosotros que cacen a toda la Camorra en pleno nos tiene sin cuidado; lo que nos interesa es otra cosa.

Partió al día siguiente. Yo me quedé sola, pero no en paz; aunque los trámites judiciales se hicieron a buen ritmo, tardé un día más en poder interrogar a los dos sospechosos. Llegaron desde Italia copias de ajustes contables que demostraban la implicación de la tienda Nerea en el blanqueo de dinero. Sangüesa iba redactando informes económicos, pero mi importancia en aquel caso estaba casi a punto de desaparecer. Coronas, de acuerdo con sus superiores, había volcado todos los recursos de comisaría en favor del caso mafioso, que era ahora un caso internacional de cooperación con la policía italiana con un seguimiento periodístico de primera magnitud. El asesinato de Adolfo Siguán, aquel caso reabierto que no conseguíamos cerrar, parecía haber dejado de interesar a nadie. Daba igual, yo seguiría con él.

Tenía que iniciar aquel interrogatorio con algún tipo de plan que me encaminara a una posible confesión, pero mis estrategias se habían acabado hacía tiempo. Decidí que hablaría con ellos por separado y que el primero sería Rafael Sierra.

Nada más verlo comprobé que su aspecto era malo. La preocupación se había alimentado de sus ya menguadas carnes y el insomnio había jugado a pintarle de negro los surcos bajo los ojos. En la sala de interrogatorios estaba también su abogado. Los miré con cara de ningún amigo. Luego eché la abultada copia de los informes de Sangüesa frente a sus caras.

—Todo esto indica bien a las claras la culpabilidad de Nerea en el blanqueo de dinero de la Camorra napolitana.

—El comisario nos ha indicado que mi cliente será interrogado mañana. No creo que sea necesario duplicar tal interrogatorio con usted.

Miré al abogado como se mira a un insecto molesto y de morfología desagradable.

—Bien, en ese caso puede marcharse. Su cliente y yo charlaremos mano a mano. Incluso creo que sería beneficioso para su cliente que lo hagamos así.

Intercambiaron una mirada y, para mi sorpresa, el abogado se levantó y salió. Al quedarnos a solas, Sierra susurró:

—El abogado me ha dicho que va a dejar mi caso. No quiere estar implicado en ningún tema de mafia.

—¿Quiere pedir otro abogado, uno de oficio, quizá? Tiene derecho a ello.

Negó con la cabeza, tristemente. Todo daba a entender que estaba dispuesto a hablar. Me senté y, sin necesidad de formular ninguna pregunta, comenzó:

—Fue don Adolfo quien comenzó con toda esta locura. Yo no me resistí, le seguí como había hecho toda la vida.

—Adolfo Siguán ya estaba muerto cuando Nuria y usted abrieron Nerea. Cuénteme todo lo que sucedió, Rafael, es su última oportunidad de contar la verdad. Tenemos todas las pruebas que los inculpan.

Perdió los nervios y respondió de manera brusca y lastimera:

—¡Y si tienen todas las pruebas, ¿qué quieren de mí?!

—Su explicación de los hechos. Eso le beneficiará en el juicio, se lo aseguro.

—A usted no le importa nada lo que pueda sucederme en el juicio.

—Ese juicio va a ser muy duro para usted, Rafael, van a acusarle de asesinato.

—¡Está usted loca!

—¡Cuidado con lo que dice, no estoy loca! Sabemos qué sucedió: Siguán, acuciado por las deudas de su empresa, empezó a colaborar con la mafia. Tiempo después, por alguna razón, decidió abandonar esa colaboración. La Camorra no aceptó ese abandono y lo mató. Tanto usted como Nuria estuvieron al corriente del asesinato y pudieron continuar los negocios mafiosos con toda tranquilidad. Al reabrirse el caso hubo complicaciones y tuvieron que seguir matando para asegurar el silencio, hasta que se llegó a Catania y su silencio puso punto final.

Había empezado a llorar y negaba compulsivamente con la cabeza, de modo que las lágrimas que se desprendían de sus ojos volaban impulsadas a derecha e izquierda.

—¡Jamás, jamás hubiéramos permitido que mataran

a don Adolfo! ¡No fue la Camorra, no fueron ellos! Todo coincidió, don Adolfo se hizo matar de la manera más absurda por un chulo sin importancia. Nadie intervino en eso, nadie.

—¿Cómo tiene la desfachatez de seguir con esa versión? ¿Ya no recuerda que el «chulo sin importancia», como le llama usted, fue sustituido por un hombre italiano la noche del asesinato?

—No sé nada de eso, se lo aseguro, nada. Cuando me enteré de lo del italiano no podía comprender...

—Quizá su socia sí comprendió.

Le había escandalizado, me miraba con horror:

—¿Cómo puede decir eso?, ¡era su padre! Y Nuria lo adoraba, lo adoraba.

—Pues no parece haber tenido mucha prisa porque se esclarezca su muerte.

—¿Qué podía hacer? Se quedaba tan estupefacta como yo cada vez que ustedes encontraban un dato nuevo al reabrir el caso.

—¿De verdad va a cargar con una acusación de asesinato por salvar a la hija de su jefe?

—Nuria no sabía nada, inspectora, le doy mi palabra de honor.

Me levanté y salí sin decir palabra. Aquel imbécil no quería decir nada que pudiera importarme. Haber confesado que había hecho negocios con la Camorra a aquellas alturas ya no era un dato de interés. Me preguntaba por qué se empeñaba en no implicar a su socia, cuando eso hubiera sido lo más socorrido para cualquier malhechor. ¿Eran amantes como yo había intuido? Pensé incluso en la posibilidad de que Sierra no estuviera mintiendo. ¿Desconocía él que la mafia había planeado el crimen de su jefe? Pero era imposible que tanto él como Nuria aceptaran la infumable primera versión de los hechos sin dar resquicio a la sospecha.

Como necesitaba estar fría y no lo estaba, decidí dejar el interrogatorio de la mujer para el día siguiente. Nadie se daría cuenta; en realidad se encontraban todos tan absortos en el asunto de la camorra barcelonesa que bien hubiera podido marcharme a casa ya. Miré a mi alrededor, yo parecía no existir. Me puse la gabardina con cierta discreción y emprendí la marcha.

Aun no había llegado Marcos cuando abrí la puerta de casa. Me encontraba bastante cansada, pero tenía unas inexplicables ganas de cocinar. Miré qué contenía la nevera: puerros, tomates, berenjenas, maíz... No estaba mal, algo saldría de allí. Mientras cortaba las verduras corté también con los pensamientos de trabajo. Canturreé, sintiéndome mejor. Cuando metí todos los ingredientes en una olla con agua hirviendo, el teléfono sonó. Era Hugo, mi hijastro.

—Perdona que te moleste, Petra; pero es que se ha montado un pollo y Marina está llorando. A ver si tú puedes consolarla.

—¿Qué tipo de pollo, en pepitoria, al ajillo?

—Oye, Petra; que esto va en serio. La madre de Marina ha encontrado en su casa el libro ese de la cantante que le regalaste y se ha puesto como una moto.

—Bailarina.

—¿Cómo?

—Que el libro era de una bailarina, no de una cantante.

—Bueno, de lo que sea; el caso es que se lo ha quitado y encima le ha reñido por leer una cosa así. La pobre Marina ha pasado la tarde con nosotros y no para de llorar. A ver si tú le dices algo y se calma.

—De acuerdo, pásamela.

Tardó un poco en ponerse, y durante esa espera yo no paré de hacerme reproches del tipo: «¿Quién te manda meterte en dibujos? Eres una imbécil, Petra». De pronto oí cómo alguien se sorbía los mocos a través del auricular.

—Marina, ¿qué pasa?

—Nada.

—¿Estás disgustada?

—Mi madre es una histérica.

Apreté el botón de la prudencia, el de la corrección, el de las fórmulas burguesas biempensantes y esto fue lo que apareció:

—Tu madre lleva razón; creo que me equivoqué comprándote esa biografía. No es muy adecuada para tus años.

—¡Pero si ya iba por la mitad y me estaba gustando muchísimo!

—Es la vida de una mujer muy desgraciada que tuvo muchos amores y que todos acabaron mal.

—¿Y por eso me quita mi madre el libro? ¡Pero si a mí los chicos no me importan!

—Sí, pero las vidas desgraciadas no son un buen tema para tu edad.

—¡Pero si era una bailarina buenísima!

—¡Que estaba como una maldita cabra, eso no podemos negarlo!

—¿Tú has leído ese libro, Petra?

—Sí.

—Pues cuéntame por lo menos cómo acaba.

Dudé un momento, debía ser moderada incluso en mi tono de voz. Dije por fin, cargada de razones:

—Fíjate si la Duncan estaba cabra, que murió ahorcada por su propio fular, que se enganchó en la rueda del descapotable en el que viajaba.

—¡Jo! —fue su único comentario.

—Una muerte absurda, ya ves.

—¡Me he perdido lo mejor! —exclamó con fastidio.

Decidí mostrarme más expeditiva:

—Marina: las cosas son como son y tu madre es tu madre. Ya acabarás el libro más adelante. Ahora prométeme que dejarás de llorar.

—Vale —dijo en plan concesión.

—Nos veremos este fin de semana.

Corrí a la cocina temerosa de que el agua se hubiera derramado, pero todo estaba bien. Acabé de hacer la cena, si bien los alegres canturreos se vieron remplazados por refunfuños contra la infancia, el matrimonio con padres divorciados y la danza moderna en general.

A las nueve y media Marcos entró en la cocina siguiendo un rastro olfativo que parecía ponerlo en trance.

—No sé cuál es la delicia que huele así, pero voy a poner la mesa enseguida.

—Antes de empezar a cenar deberías saber que he hablado con Marina y...

—Lo sé, sé lo que vas a decirme: Silvia se ha incautado del libro de Isadora Duncan y se organizado un drama en tres actos. ¿Es eso?

—Sí, ¿cómo lo sabes?

—Porque me ha llamado la propia madre de la criatura para informarme de todos los detalles.

—¿Y qué le has dicho?

—No había dicho gran cosa hasta que ella ha cometido el error de preguntar cómo había sido capaz de casarme con alguien tan irresponsable como tú. Entonces yo le he contestado que si hubiera deseado a alguien responsable y aburrido, hubiera seguido con ella.

—Lo siento, Marcos, yo...

—Petra, esta tarde he firmado un buen contrato con un buen cliente. Estoy contento, y la cena huele bien. No pienso amargarme por nada. Esto es una declaración de principios de la que no pienso abjurar.

Me eché a reír y cenamos. Aquella serenidad inconsciente y libre de culpa era un atributo típicamente masculino.

Capítulo 19

Garzón, al teléfono desde Roma, fue mi primer contacto con el mundo aquella mañana. Oír su voz me alegró. Él estaba encantado con su suerte de exiliado temporal.

—¿Cómo van los interrogatorios, Fermín?

—Estoy con Torrisi y con Abate. Intervengo cuando quiero y Abate traduce. ¡Son unos tíos, estos de la Camorra, Petra. No puede ni imaginárselo! Bragados, con pinta de patibularios a morir; llevan el delito pintado en la cara. Usted los hubiera detenido sólo por lo feos que son.

—Y, aparte de consideraciones estéticas, ¿obtiene usted algún resultado?

—A Torrisi le van cantando: negocios en Barcelona, almacenes en Roma... Seguro que usted se entera desde Barcelona, porque están todo el tiempo en contacto con Coronas, pero de lo que nos interesa a nosotros... de eso nada, inspectora. No hay manera de que reconozcan haber enviado hace cinco años a Catania para matar a Siguán. Tampoco admiten haberlo liquidado. ¿Y a usted qué tal le van con aquellos dos?

—Me pasa algo parecido a lo que usted dice: no admiten ni siquiera conocer el asesinato de Siguán.

—A ver si va a resultar que Abelardo Quiñones fue de verdad el asesino y Catania sólo era un amiguete que pasaba por allí.

—Sí, ésa es una fantástica opción, y después el bueno de Quiñones se largó a Marbella para hacer meditación y acabó suicidándose al comprender la magnitud de su culpa.

—Comprendo que la broma no tiene gracia, pero es que la historia inconclusa del tal Catania empieza a resultarme desesperante.

—¿Qué planes tiene para los próximos días?

—Seguiré los consejos del comisario Torrisi y me quedaré en Roma un par de días más.

—¿No hay nada sobre Marianna Mazzullo?

—Nada, pero Abate anda en ello noche y día. ¿Sabe lo que me dijo de usted el *ispettore*? Pues que es una policía buenísima y que tiene mucha personalidad.

—Muy amable por su parte. Dígale que se deje de florituras y encuentre a la Mazzullo.

—Ya pensaré si se lo digo o no.

—Oiga, Fermín, no quisiera oficiar de mamá, pero le recuerdo que tiene que llamar de vez en cuando a Coronas y también escribir un informe diario y dar cuenta al juez. ¡Ah, y no se le ocurra volver a hacerse ninguna foto con los centuriones o le denunciaré!

—Sí, mamá... quiero decir inspectora.

—Una curiosidad, ¿ha vuelto a llevarse en el equipaje *La vida de los emperadores romanos*?

—La verdad es que abandoné la lectura, después de Calígula la cosa decaía mucho. Beatriz se enfadó y me puso como penitencia *Cumbres borrascosas*.

—¿Y le gusta?

—No sé qué decir, todo me parece muy exagerado, pero también me lo pareció la vida de Calígula y era verdad.

Puse los ojos en blanco aunque el subinspector no pudiera verme y me despedí de él con frases de ánimo. No me costó encontrar las más idóneas porque eran justo las que yo necesitaba. La hora de hablar con Nuria Siguán se aproximaba y mi corazón se encogía por momentos.

Era inútil minimizar la trascendencia de aquel interrogatorio. En aquella última baza estábamos jugándonos la resolución del caso. Había estudiado la situación concienzudamente y creía saber bastantes cosas sobre la psicología de aquella mujer. Sin embargo, estaba asustada, quizá me faltaba la presencia desmitificadora del subinspector. De todos modos necesitaba un extra de seguridad. Como no estoy muy convencida de los beneficios inmediatos de la oración, crucé a La Jarra de Oro y pedí un whisky. Nunca antes había tomado una copa antes de las diez de la mañana, y debo decir que el efecto fue espléndido. Mi estómago se despertó y bombeó un chorro caliente de sangre al resto del cuerpo. Salí del bar sintiendo el mejor estado al que podía aspirar: la indiferencia. Comprendí que la predestinación no es algo tan absurdo como el catolicismo quiere hacernos creer, y que hay veces en las que no podemos controlar los hechos. Si el interrogatorio salía mal, no sería algo que se me pudiera imputar al cien por cien. Así, acudí a la sala de interrogatorios con la única fe con la que el ser humano puede contar: que el destino me fuera favorable.

Nuria Siguán tenía los ojos de un azul difícil de encontrar en el entorno natural. El suyo era un color luminoso que sugería pureza, incontaminación. Su mirada estaba serena, además, habiendo perdido el toque de cinismo habitual en ella. ¿Qué había ahora en sus ojos: arrogancia, orgullo, deseos de intimidación? A su derecha, un Octavio Mestres pimpolludo y elegante, dio un paso al frente nada más verme. Por ese detalle y su manera directa de hablar, sin esperar siquiera una pregunta por mi parte, comprendí que ya tenían una estrategia de defensa que iban a usar ante mí.

—Buenos días, inspectora. Mi defendida, la señora Siguán, rechaza por completo las pruebas acumuladas en su contra y quiere hacer constar que las irregularidades de la tienda Nerea no pueden atribuírsele en absoluto porque no estaba al corriente de ellas. Ella, de hecho, nunca participó en las cuentas ni el día a día del negocio, siendo su socio quien se ocupaba de todos los asuntos económicos.

Lo miré como si fuera un objeto que alguien hubiera tirado por la ventana cayendo justo en mi camino. Quizá fue el alcohol lo que me dio las fuerzas para escupirle:

—¡Lárguese!

—¿Cómo dice?

—¡Que se largue, que salga de aquí, que se volatilice! ¿Me ha comprendido ya?

Sonrió con sorna ficticia y miró a la Siguán como el maestro mira al alumno, diciendo: «Ya sabes lo que tienes que decir». La mujer apartó la vista en un gesto hastiado. Cuando su abogado ya estaba fuera, la oí decir con apatía.

—¡Qué torpes son los hombres!, ¿verdad?

Me costaba creer que anduviera buscando mi complicidad. Escudriñé minuciosamente todos los gestos de su rostro.

—No sé si éste es torpe o no en su vida personal; pero como abogado sí que lo es. ¿Es ésa la estrategia que piensan presentar ante el juez, cargar toda la culpabilidad sobre los hombros de su socio? Le advierto que él no ha hecho lo mismo con usted.

—Es lógico, habrá decidido decir la verdad.

Empezaba a estar tensa aunque aparentara desparpajo. No me inmuté.

—Con esa historia no va a ninguna parte, Nuria. Si usted o ese paleto de su abogado han leído los pliegos de acusaciones con un poco de atención, ya se habrán dado cuenta de que la participación de ambos en actividades mafiosas está más que probada.

—Entonces, ¿para qué diablos me interroga de nuevo?

—Porque la acusación de la que hoy voy a tratar con usted es la de asesinato.

—De esa acusación no tienen pruebas y ni siquiera ha sido formulada por el juez.

Intentar pescarla desprevenida no era fácil, atemorizarla tampoco. Pensé: ya que ella no pierde los nervios, voy a perderlos yo. Puse el índice derecho bajo su nariz y lo moví arriba y abajo.

—Nuria, basta ya de tonterías, usted está implicada en la muerte de su padre. Sólo me falta por saber si participó en la organización del asesinato o si se lo encontró ya hecho. Admito que esta segunda opción es posible, con lo cual usted sería sólo cómplice. Creo pues que le conviene hablar, contarme lo que pasó. Únicamente de ese modo puede salir bien librada de esta mierda.

—No me hable en ese tono.

—Sigue creyendo que está en un instituto de belleza y yo soy su esteticienne, ¿verdad? Pues no, está usted en una comisaría y una inspectora de policía le está diciendo que ha asesinado a su padre. ¡Reaccione de una vez!

Se quedó estupefacta ante mi grito. Me miró sin dar crédito, hacerse la ofendida ya no era suficiente y no sabía qué más podía hacer.

—¿Cómo se atreve...? —balbució.

—¿A qué, Nuria, qué es eso tan terrible a lo que me atrevo. A gritarle, a decirle la verdad a la condesa de Siguán? Usted no es más que la hija de un cabrón mafioso al que se cepilló con ayuda de sus secuaces. He interrogado a putas más respetables que usted, y con mejor pedigrí.

Por primera vez desde que la conocía la máscara de su rostro se resquebrajó y, de improviso, se echó a llorar. Su llanto era una mezcla de sorpresa, horror, vergüenza y rabia. El hallarse en una posición en la que yo pudiera tratarla de aquel modo constituía para ella una humillación inconcebible. Hubiera debido darme cuenta antes de que era sensible a la brutalidad policial.

—¡Deje de llorar, eso no sirve para un carajo! ¡Hable! ¿Quién contrató al sicario italiano?, ¿quién mató a

Abelardo Quiñones? ¡Hable! ¿Fue Sierra, fueron ustedes dos?

Con la cara enrojecida respondió:

—¡Rafael Sierra no sabe nada de asesinatos! —Una pausa me hizo pensar que se disponía a una confesión. Contuve el aliento, pero ella continuó—. ¿Cómo puede pensar que él o yo…? ¡Eso es horrible!

—¿Debo confiar en usted, debo dar crédito a una persona que miente sobre cosas ya probadas y carga todas las responsabilidades en su socio?

—Yo no maté a mi padre, inspectora, créame.

—No puedo creerla, Nuria.

—Es cierto que aceptamos un convenio con tipos de la Camorra, ya de nada sirve negarlo. Comerciamos con ellos, lo admito. Toda esa organización la heredamos de los últimos tiempos de mi padre como empresario. Luego mi padre se hartó de no llevar el mando de su propia empresa y…

—¡Y quiso salirse de la Camorra, pero los mafiosos y ustedes dos se lo impidieron, asesinándolo!

—¡No!, lo que hicimos fue pactar que él dejaría la empresa en mis manos y las de Rafael, nosotros seguiríamos asociados con la Camorra.

—Su padre no era de los hombres que hacen algo así. Quería morir al timón de su barco y ese barco sin la Camorra hacía aguas por todas partes. Fue más fácil matarlo, liquidar la herencia y recomenzar de nuevo con sus contactos. No me equivoco, ¿verdad?

—¡No, no, no…! —chilló fuera de sí—. He confesado lo que he hecho, pero nunca conseguirá que confiese delitos que nunca he cometido, nunca.

—¿Quizá fue Sierra?

—¡Tampoco pienso acusar a un hombre inocente!

—¿Y cómo sabe que lo es?

—Es un buen hombre.

—¿Es su amante, Nuria, Rafael es su amante?

—No —susurró.

—A veces me he preguntado si la fidelidad de Rafael Sierra a la memoria de su padre no era excesiva. Pero si ustedes dos estaban enamorados, eso explicaría muchas cosas.

—Deje mi vida personal. Soy una mujer casada.

—Hablé con su marido, ¿no se lo dijo?

Estaba sorprendida, dolida también, había perdido toda agresividad, empezaba a comportarse como una víctima, aun así replicó:

—¿Se cree usted con derecho a todo, inspectora? ¿Piensa que puede entrar en el ámbito privado de una persona y ensuciar cada rincón con sus suposiciones?

—Oiga, Nuria, déjese de chorradas. No estoy intentando escribir una biografía no autorizada sobre usted ni vender una exclusiva a una revista del corazón. Esto es la investigación policial de un asesinato, ¿comprende? Parece tener serias dificultades para saber cuál es su situación.

—Carece usted del más mínimo sentido moral.

Solté una carcajada sarcástica y me apresuré a recoger mis papeles, que se hallaban extendidos sobre la mesa. Debía poner allí el punto final, nuestra conversación empezaba a parecerse demasiado al cacareo de dos gallinas exhaustas.

—Pasaré informes al juez sobre su declaración y volveré a llamarla para otro interrogatorio. Puede salir.

Lo hizo sin rechistar, caminando con un paso mucho menos altivo que el que solía tener. Me serví un poco de agua y la bebí de un trago. Aquello era más duro de lo que había imaginado, quizá casi imposible. Fui a ver a Coronas. Le conté que la Siguán acababa de confesar su cooperación con la Camorra. Me miró sin interés:

—Bueno, con todas las pruebas que tenemos en su contra que confiese no añade nada sustancial.

—No consigo, sin embargo, que confiese el asesinato de su padre.

—Los informes de Torrisi y Garzón desde Roma tampoco señalan ningún culpable. Quizá...

—¿Quizá qué, señor?

—Quizá tenga usted que dejar de apretar la quijada y soltar la presa. Si no hay pruebas...

—De momento voy a seguir con los dientes prietos.

—Como quiera, pero el tiempo de las imputaciones ya se está acabando. El juez ha decretado prisión con altísima fianza para Sierra y Siguán. En cuanto a la operación conjunta anti Camorra, creo que aún tendremos unos días de trabajo, pero no demasiados.

—Eso es lo único que le interesa, ¿no es cierto, comisario?: la algarabía internacional y los éxitos contra las mafias. El asunto del crimen de Siguán ha dejado de ser algo relevante.

Se irguió en su asiento, me miró con una fiereza que nunca había visto antes en él.

—¿Qué ha dicho, inspectora Delicado? Tenga cuidado, mucho cuidado. La obsesión que puede llegar a sentir un investigador por un caso puede llevarle a cometer muchos errores, y de todos ellos el peor es insolentarse con sus superiores.

—Lo lamento.

—Mejor así. Dispondrá de un tiempo limitado para sus últimas pesquisas sobre el crimen de Siguán. Ya dictaremos con el juez un plazo razonable. Si superado ese plazo no han aflorado pruebas o declaraciones definitivas, deberá sumarse al operativo antimafia en el que andan metidos tantos de sus compañeros. El caso se dará por cerrado.

—A sus órdenes —dije exacerbando la oficialidad de la expresión.

Me miró de través y se guardó sus pensamientos. Yo hice lo propio con los míos. La desinhibición que proporciona el whisky de buena mañana tenía sin duda algunos inconvenientes.

Al día siguiente llegó Garzón desde Roma. Como no me había avisado de su llegada, enseguida concluí que no traía novedades. La expresión de su cara me lo confirmó. Hubiera deseado que la mía no trasluciera nada, pero sin duda el desencanto se me notó, porque el subinspector me dijo enseguida:

—Lo he intentado, inspectora, le aseguro que lo he intentado. Torrisi y Abate son testigos. Pero no ha habido forma humana, o esos tipos tienen la dureza del pedernal o realmente no mandaron matar al empresario.

Mi decepción era relativa. Si no había pruebas fehacientes que inculparan a los mafiosos, ¿por qué demonio iban a hablar? ¿Quién, de hecho, iba a cargar con la responsabilidad de un asesinato sucedido hacía cinco años y del que no teníamos detalles suficientes? Mis dos esperanzas: los dueños de Nerea y los mafiosos parecían haber mojado sus respectivas pólvoras y todo aquello empezaba a emanar el detestable tufillo de un caso sin resolver. Encima, todo el mundo parecía estar feliz y contento porque nuestras investigaciones habían dado pie a destapar negocios de la Camorra en Barcelona. Incluso Garzón daba los primeros síntomas de tirar la toalla.

—¿Y qué vamos a hacerle, inspectora? —replicó ante una de mis quejas—. Nos hemos estrellado contra una pared y tampoco es cuestión de golpearnos mil veces la cabeza.

—¿Lo dejamos entonces, nos ponemos en plan budista de aceptación y aquí no ha pasado nada? A veces tengo la sensación de que nadie, ni siquiera usted, quiere saber en el fondo lo que de verdad ocurrió.

—¡No diga eso! Yo sigo teniendo mucha confianza en el *ispettore* Abate. Es casi tan testarudo como usted y tampoco se conforma con este final del caso. Me ha prometido que seguirá investigando por su cuenta.

—¡Sí, puede estar seguro de eso! Alguien que no está encargado de una investigación que además sucede en otro país va a ser quien nos saque las castañas del fuego.

—Es usted injusta, inspectora. Cuando está de mal humor, suele ser muy injusta con todo el mundo.

Aquella crítica que no esperaba me dolió como el aguijonazo de un insecto. Me enfurecí y le hablé a Garzón con la calma tensa que se emplea con un enemigo:

—No traspase la barrera, subinspector. Que yo le haya dado un margen de confianza no significa que pueda ponerse el mundo por montera. Cada uno está donde debe estar, no se confunda.

Su rostro acusó mi andanada como un trallazo. No vi cólera en él, sólo tristeza.

—Le pido perdón, inspectora. No se repetirá.

Diez segundos después de haber hablado ya me pesaban mis palabras, pero era peor rectificar. Hice llamar a Rafael Sierra para un nuevo interrogatorio, aunque mi estado de ánimo distaba mucho de ser el ideal para cualquier trabajo. Llegó como una víctima a quien hubieran echado al foso de los leones y, viéndolo en un estado tan deplorable, me lancé sobre él como una fiera más, buscando darle el mordisco de gracia. Lo machaqué a preguntas, siempre las mismas y en el mismo tono. Respondía a duras penas, como si estuviera al borde de su resistencia emocional. Continué y continué hasta que ni siquiera levantaba la cabeza para responder. Entonces me eché a reír de modo despectivo.

—He llegado a pensar, señor Sierra, que quizá usted no sabe detalles sobre el asesinato de su jefe. Sólo sabe una cosa: quién lo cometió.

Negó con un gesto. Estaba exhausto, sofocado por aquella situación reiterativa, obsesiva, casi absurda.

—Fue Nuria, ¿verdad?

—No, inspectora. Nuria Siguán no mandó matar a su padre. Si así hubiera sido, me lo habría contado.

—¿A usted, a un simple socio que antes era empleado de su padre? Discúlpeme pero lo dudo.

Me miró de manera casi implorante:

—Nuria y yo hemos tenido una relación sentimental durante muchos años, inspectora.

—Lo imaginaba.

—¿Ella no se lo ha dicho?

—No. Quizá sabe que esa circunstancia no les beneficiará a ninguno de los dos en el juicio.

Hizo un gesto de indiferencia que demostraba muy bien su estado mental: no batallaría más, se había rendido.

—Asumiré las cosas que he hecho mal, inspectora, pero sólo ésas. Yo de muertes no sé nada.

El conocimiento de aquella relación amorosa no representaba demasiado para mí. ¿Qué podía hacer con ese dato, en qué me ayudaba? De repente comprendí que quizá no era un diamante, pero sí una piedra que podía utilizar como proyectil. Preferí no pensar demasiado en lo que iba a hacer, estaba actuando a la desesperada, ya no quedaban resquicios por los que penetrar ni trucos a los que acudir. Habíamos llegado casi al final.

Cité en comisaría al marido de Nuria y él, sin duda sabiendo que no tenía alternativa, aceptó venir. Lo recibí en mi despacho, con una sonrisa de circunstancias que prácticamente había ensayado frente al espejo.

—De verdad lamento molestarle, señor Codina.

—Si vamos al grano la molestia será menor. Mañana viajo a Pekín y tengo aún asuntos que ultimar en Barcelona.

—Su esposa y Rafael Sierra han sido amantes durante muchos años —le espeté con absoluta brutalidad. Me miró con expresión decepcionada, sonrió:

—¿Me ha llamado para decirme eso, inspectora? No sabía que la policía se dedicaba ahora a perseguir asuntos sentimentales.

—¿Lo sabía usted?

—¡Y qué importancia tiene eso! Creí haberle dicho que la vida de Nuria ya no me concierne.

—¿Le concierne aún hasta el punto de encubrirla?

—Ya entiendo. Usted pensó que me pondría frenético al saber que mi mujer era infiel y que, si estaba encubriéndola, dejaría de hacerlo en medio de un ataque de ira fenomenal. Demasiado clásico, ¿no le parece?

—Tenía que intentarlo. Hay veces que guardamos cosas atávicas en nuestro interior —dije con sinceridad.

—¿Le parezco yo atávico?

—Escasamente.

Se echó a reír del modo un tanto estridente de quien no tiene costumbre de hacerlo.

—Me cae usted bien, inspectora Delicado. Llegados a este punto, si supiera que mi esposa hizo en su día algún movimiento para planear el crimen de su padre, se lo diría. Pero no sé nada al respecto, y no sólo eso, sino que no creo que fuera así. Nuria es fría, dominante, siempre descontenta con todo, pero carece de los arrestos suficientes como para cargarse a su propio padre. ¿No ve a qué clase de hombre ha escogido como amante?: un pobre tipo sin espíritu al que podía manipular a su antojo. No fue a la conquista de alguien con personalidad. No, se quedó en lo más fácil, en la docilidad de un empleado que siempre veneró el apellido que ella ostenta. ¿Cree que alguien así es capaz de perpetrar grandes delitos?

—Pero cuando se casó con usted...

—Eso es algo que acabo de enmendar. Ya he pedido el divorcio. La vertiente pública que está tomando todo este asunto daña mi prestigio; lo cual me viene muy bien como excusa para divorciarme sin más tardanza.

—No puede negarse que es usted sincero.

—Las reglas en su mundo son muy simples: el policía persigue el delito. En el mío no son más complicadas: cada uno busca salir ganador. No hay más.

—Iba a desearle suerte pero no creo que la necesite.

—Yo se la deseo a usted, quizá la necesite más. Pero no lo olvide, inspectora: mi familia política es un lodazal, hay gusanos debajo de cada piedra, podredumbre en cada rincón. Ninguno de ellos está bien de la cabeza. Téngalo en cuenta.

Acabé aquella entrevista con sentimientos encontrados. Por una parte, la claridad de ideas de aquel hombre me producía cierto deslumbramiento. Por otra, el fondo de lo que decía era repugnante. Ser un ganador, ésa era su única moral. Y si se cometen errores en el camino, se enmiendan y en paz. No estaba segura de que me gustara ser así, pero sólo el hecho de dudarlo llegó a escandalizarme.

Al encontrarme con Garzón en el despacho recordé que estaba enfadado conmigo y no supe qué decir. Él enseguida me lanzó una pulla especialmente torpe:

—No he venido a molestarla, inspectora. El juez quiere que unifiquemos mis informes de Roma y los suyos de los últimos días. Así que si no tiene nada más importante que hacer y puede dedicarme unas migajas de su tiempo…

—¡Váyase al infierno, Fermín! —solté con toda el alma. La mala fortuna quiso que en ese momento entrara el comisario Coronas y oyera mi desplante. Intervino sin tardanza:

—Petra, ¿sabe qué día de la semana es hoy?

—Viernes, señor.

—Exacto. Tómese la tarde libre y no vuelva por aquí hasta el lunes. Creo que empieza a acusar los resultados de un exceso de trabajo.

—Como usted quiera, comisario, me iré. A lo mejor así dejo de contaminar el ambiente tranquilo y amistoso de este lugar.

Mientras declamaba tamañas estupideces, iba metiendo mis cosas en el bolso con precipitación. Coronas y Garzón me miraban en silencio y contestaron casi al unísono cuando me despedí:

—Buen fin de semana, inspectora Delicado.

Llegué a casa presa de un colosal enfado contra el mundo. La asistenta se había marchado ya, con lo que se libró de algún bufido gratuito. Había dejado la nevera llena de comida; cierto, aquel fin de semana los niños estaban con nosotros.

Empezaron a llegar sobre las seis. Primero, los gemelos, después, Marina. Yo estaba leyendo una novela, pero cuando extendieron un enorme puzle sobre la alfombra del salón, me sumé a sus cavilaciones por casar las piezas entre sí. Aquella actividad me relajó, también la música absurda que Teo puso en el CD. Canturreé y me serví una cerveza para que me ayudara a comprender mejor los intríngulis del rompecabezas. Suspiré, empezaba a encontrarme bastante más tranquila.

A las nueve, Marcos ya estaba en casa y juntos empezamos a preparar la cena. Cocinamos hamburguesas, arroz con verduras y preparamos una gran fuente de ensalada. En la mesa todo se desenvolvió con normalidad. El único tema que hubiera podido crear tensiones era el de Isadora Duncan, pero sólo surgió a los postres y en un aparte entre Marina y yo.

—¿Puedes explicarme otra vez cómo murió la bailarina? —me preguntó. Lo hice, le narré de nuevo el episodio del fular sin recrearme demasiado en los detalles. Observaba cómo mis palabras iban generando en su rostro curiosidad, perplejidad, horror, admiración. Comprendí que en su imaginario había aparecido el personaje femenino ideal, aun sin saber muy bien quién era.

El sábado trascurrió sin incidentes, abrigado en las tranquilizadoras rutinas familiares, y el domingo salimos al campo y comimos en un restaurante. Por la tarde, cada uno de los chicos regresó a su casa. Marcos y yo nos servimos una copa y nos sentamos a leer. Los primeros sorbos del gintonic me supieron a gloria, pero poco a poco, la inminencia del lunes y los recuerdos punzantes de la realidad empezaron a realizar su labor de zapa: perdía el hilo de lo que estaba leyendo, me abstraía en pensamientos confusos y acabé haciendo hipótesis incongruentes. ¿Y si había habido novedades en el caso y Coronas había impedido que me llamaran?, ¿y si el comisario había decidido cerrarlo ya? Llena de inquietud me puse en pie y tiré el libro bruscamente sobre el sofá. Marcos me miró por encima de sus gafas:

—¿Qué pasa, Petra?

—Nada.

—No puedes seguir así, querida, la inquietud que te genera este caso es excesiva.

—¿Alguna sugerencia? —pregunté con retintín.

—Si no eres capaz de llevar a término este trabajo con calma, deberías pedir el relevo.

Un calor intenso me subió a la cara.

—Yo no soy como tú, Marcos. No tengo ese talante frío e imparcial que te hace vivir la vida como si fueras un juez de tenis: impávido, subido a tu banqueta desde donde ves y señalas los errores con elegancia y en plan inapelable. Te envidio, no creas, ¿cuál es tu sistema: la superioridad, la indiferencia?

—¿Te apetece una pelea?

—No, me apetece que me contestes.

Hizo un esfuerzo por no levantarse y marcharse, que hubiera sido su reacción natural. Estaba serio, incómodo, fastidiado.

—Un arquitecto se basa en el equilibrio. Los cimientos sostienen el edificio, las paredes lo aíslan del mundo, el techo lo protege de la inclemencia. Todo tiene que ser armónico, estar bien medido, nada puede pesar más que el resto, cualquier elemento se apoya en el de al lado. Ése suele ser mi secreto para ir por la vida.

—O sea, que todo está al mismo nivel para ti: el trabajo, tus hijos, yo e incluso los ratos de ocio.

—Hay cosas más importantes que otras, aunque desde luego puedo afirmar que no eres tú precisamente quien me protege de las inclemencias.

—Muchas gracias, ya me lo imaginaba. Pero yo soy policía, y los elementos con los que tengo que bregar no tienen nada que ver con el equilibrio: pruebas que no aparecen, tipos que se niegan a hablar, comportamientos humanos basados en la locura, en intereses, en la misma maldad... ¿qué edificio crees que se puede construir con eso, un burdel? No, Marcos, mi vida profesional no consiste en sentarme a calcular en la soledad de un estudio, sino en tratar con lo peor de la sociedad; así que no me hables de equilibrio porque simplemente no sé a qué te refieres.

Solté aquel párrafo con las mandíbulas apretadas y los ojos centelleantes. Marcos cerró su libro, se levantó y dijo en voz baja:

—Me voy a la cama, ¿vienes?

—¡No! —aullé.

Sola, me serví otra copa y puse un disco de jazz. Como no me encontraba con el ánimo proclive a meditar, intenté concentrarme en la música. Sorprendentemente una oleada de sueño vino a librarme de la desesperación. Noté cómo iba durmiéndome y me dejé llevar. No sé cuánto tiempo más tarde el sonido del móvil vino a despertarme. Miré el reloj: eran las tres de la madrugada. Reconocí la voz de Abate:

—¿Petra? Lo he pensado mucho antes de llamarte, pero tienes que volar mañana temprano a Roma, no veo otra solución.

—¿Qué pasa?

—Hemos atrapado a Marianna Mazzullo. Está detenida, supongo que quieres...

—Tomaré el primer avión —le interrumpí.

Caminando como una zombi, me dirigí hacia la alcoba. Me incliné sobre Marcos, que dormía, y lo besé. Medio atontado por el súbito despertar dijo:

—Lo de las inclemencias no lo pienso de verdad —farfulló.

—Déjate de inclemencias —le susurré al oído—. Quiero hacer el amor.

Él, inmediatamente, echó a un lado la ropa de cama y me dejó un hueco a su lado. Luego, me abrazó. Sus brazos eran un elemento arquitectónico de primera, una techumbre recia y resistente que resguardaba de lluvias, tormentas, tornados y todo tipo de furias desatadas.

Capítulo 20

En el avión iba casi dormida. Mi mente, más sabia por naturaleza que por cultivo, buscaba la opción del sueño para escapar de la realidad. Y es que la realidad no era muy halagüeña para mí: no sabía qué iba a encontrar en Roma, pero tampoco sabía qué iba buscando. Mejor dormir.

Maurizio Abate me esperaba a la llegada. Por la luminosidad de su mirada y el modo ufano en que la posaba sobre mí, tuve serias dudas acerca de la conveniencia de que nos encontráramos de nuevo. Se alegraba de verme, eso dijo, y mientras lo decía, una constelación de dobles sentidos orlaba cada una de sus palabras. Sería difícil encontrar una actitud adecuada para tratar con él. No podía enfadarme, porque el interés y la dedicación que había mostrado en el seguimiento del caso Siguán me obligaba al agradecimiento y la amabilidad. Pensé que lo mejor sería hacer como que no me enteraba de sus galanteos. Y si se ponía pesado, siempre estaba a tiempo de soltarle un buen bufido que aclarara la situación.

En el coche fue explicándome cómo habían dado con el paradero de la Mazzullo, y en su narración enseguida afloró la figura potente de Torrisi. En los interrogatorios con los capos detenidos, el gran Stefano había logrado algunas insinuaciones en torno al lugar donde se escondía la mujer. Interpretarlas y seguirlas hasta el final había sido cosa de Abate. El proceso culminó por fin con la aparición de la cómplice en un domicilio de Torino, propiedad de uno de los integrantes de la Camorra.

En la comisaría, le tocó el turno a la explicación de lo obtenido en los interrogatorios previos a mi llegada. Lo único importante era que la Mazzullo había confirmado su pertenencia a la Camorra. Con algunos de los capos ya detenidos, y sin saber si la habían denunciado, su resistencia enseguida se quebró. Luego, en un detalle de cortesía entre colegas, habían esperado mi presencia para entrar en cuestiones más concretas.

—Estoy medio dormida —dije tras haber recibido toda la información..

—¿Quieres que dejemos el interrogatorio para la tarde?

—No, será suficiente con que vayamos a tomar un café, uno de esos que se come con cuchillo y tenedor.

Tragué la cafeína pura que un camarero sonriente me ofreció en un cercano bar. Maurizio me miraba todo el tiempo, compitiendo con el camarero en sonrisas y atenciones.

—Estás muy guapa —soltó por fin. Yo, siguiendo el plan de mostrarme ajena a sus piropos, respondí:

—¡No, qué va! Me acosté tarde y no he dormido nada bien. Debo tener cara de muerta. —Antes de que pudiera contradecirme afirmando que mi cara era mejor que la de Cleopatra, añadí—: Pero será mejor que hablemos de trabajo: ¿qué impresión te ha causado la Mazzullo?

—Parece inclinada a hablar. Es como si estuviera un poco asustada por las dimensiones que ha tomado todo esto. Yo creo que es obvio que ella puso a Catania en manos de sus asesinos mafiosos, pero habrá que sacarle cuál es la implicación de Catania y suya en el caso Siguán. Hay un sistema para convencerla: la aterroriza la extradición a España.

—¡Vaya!, ¿por qué?

—En una cárcel española no tiene contactos internos con la Camorra, que siempre le harían la vida más fácil.

—Podemos amedrentarla con eso, pero ¿no podemos ofrecerle ningún caramelo que acabe de decidirla?

—No estoy autorizado a ofrecerle ningún pacto, pero... veremos. ¿Estás lista?

—Creo que sí.

Marianna Mazzullo no había adelgazado ni envejecido, ni en su cara se veían las trazas de sufrimiento alguno. Estaba tranquila, ligeramente fastidiada nada más. Me sonrió. Yo la observé apreciativamente.

—Tiene usted un cerebro privilegiado. ¿Ideó usted sola el plan?

—No sé de qué plan me habla.

—Se lo contaré: Catania estaba acosándola y nosotros también. Así que hizo usted una triple llamada: avisó a Catania de dónde estaríamos aquel día, nos avisó a nosotros y avisó a sus amigos de la Camorra, que también iban a por él. De ese plan perfecto sólo falló una cosa: Catania no consiguió matarme. Lo demás sí salió: la Camorra acribilló a Catania y la libró a usted del encierro en el hotel. Un plan casi perfecto.

—Todo eso suena muy bien, pero no es verdad.

—Hay dos cosas que no entiendo: ¿por qué matar a un policía? Suele ser algo bastante inútil: muere él pero ponen a otro en su lugar. Y otra cosa, ¿por qué no entregar a Catania a la mafia directamente?

—Yo no quería matarla, inspectora. Usted lo ha dicho muy bien, ¿para qué? Pero ustedes aparecieron y fueron un reclamo para que Catania saliera de su escondrijo, que no conocíamos nadie. Catania sí quería matarla, estaba completamente loco, se lo dije la primera vez que hablamos usted y yo. En el fondo les he salvado la vida porque él los hubiera asesinado un día u otro.

—Muchas gracias. ¿Por qué perseguía la camorra a Catania?

—La Camorra sólo ha tenido que ver en este asunto en una cosa: ellos me sacaron del hotel, eso es verdad. Se lo pedí yo misma porque tenía miedo de que me acusaran de delitos que yo no he cometido.

—¿No fueron ellos quienes se cargaron a ese hombre desde una ventana cercana al hotel?

—No.

—Me decepciona, Marianna, una mujer capaz de elaborar planes tan complejos no puede luego negar las evidencias, sin más.

—La Camorra no tuvo nada que ver con la muerte de Catania.

—¿Quién lo mató entonces?

—¡Y yo qué sé!

Abate se impacientó, se puso frente a ella, la señaló con el índice:

—Marianna, hemos hecho venir a la inspectora desde Barcelona y no se marchará con las manos vacías, te lo aseguro.

—¿Qué quiere, que me invente algo para complacerla?

—A lo mejor tienes que acompañarla a España.

—¿Qué quiere decir con eso?

—La inspectora pedirá tu extradición.

—No estoy acusada de nada en España.

—Lo estarás.

Se puso nerviosa, empezó a mesarse el pelo, a renegar en voz inaudible. Luego miró al *ispettore* con desafío y dijo, rotunda:

—Dice eso para asustarme, lo sé; pero no soy una estúpida.

—Catania cometió asesinatos en España y tú eres su cómplice.

Saltó en su asiento:

—¿Su cómplice? ¿No hemos quedado en que lo hice matar? Está jugando conmigo, *ispettore*. ¿Qué quieren de mí, por qué me marean de este modo?

Continuamos con aquel juego absurdo durante un par de horas más. Yo la presionaba para que admitiera sus contradicciones. Abate intentaba atemorizarla con el fantasma de la extradición y, alternativamente le hacía vagas promesas de tratarla bien si confesaba quién y por qué había dado muerte al sicario. Pero Marianna resistía bien cualquier tipo de presión o intimidación. Era una superviviente nata y, como tal, supuse que había pasado por todo tipo de situaciones. Comprendí que no se vendría abajo con facilidad. Yo, por el contrario, tenía los nervios destrozados y le pedí a mi compañero que hiciéramos un descanso.

Fuimos a comer. Me encontraba tan cansada como si la destinataria de las preguntas hubiera sido yo. Abate estaba serio, reconcentrado en sus pensamientos. No empezó a comunicarse conmigo hasta que la comida no estuvo servida. Sólo entonces levantó la vista y dijo vehementemente:

—¿Por qué, por qué se encasilla esa mujer en negar lo obvio? «No sé quién mató a Catania», ¡es ridículo, es infantil! ¡Ella avisó a la Camorra!, ¿por qué no lo admite de una vez?

—Si reconoce haber entregado a Catania se hace cómplice en un asesinato. ¿Y quién reconoce eso sin pelear primero?

Arremetió contra los espaguetis como si quisiera hacerles daño. Dijo al borde de la desesperación:

—¡Esto es un lío del demonio, y ninguno de nosotros parece capaz de desenredar la madeja!

—Siento haberte metido en todo esto —contesté, compungida.

Quitó importancia al asunto deslizando una mano en el aire.

—Me gustaría continuar el interrogatorio esta misma tarde —dije.

—Había pensado en dejar la tarde libre e interrogarla de nuevo mañana por la mañana.

—¿Una tarde libre, para qué?

Puso cara de desilusión y respondió nerviosamente:

—No sé, pensé que querrías saludar a Torrisi, ver cómo van sus interrogatorios con los capos….

—Lo lamento, pero estoy agotando el ultimátum de mi jefe. No puedo quedarme en Roma mucho tiempo. Esta tarde será mejor dedicarla al trabajo.

—Como gustes —contestó con seriedad.

Marianna Mazzullo pertenecía al mundo del delito. Por eso era quizá inmune a los interrogatorios basados en el sistema tradicional de presiones y amenazas. Jugaba el juego que le correspondía: burlas a la policía mientras puedes, y si te atrapan, cierras la boca y te dejas llevar. La observé de otro modo cuando la tuve delante de nuevo, con curiosidad humana más que con interés profesional. ¿Qué clase de biografía la había llevado hasta allí? Siempre he pensado que es más difícil salir del mundo de la pequeña delincuencia, que de una importante carrera criminal. Entre ladronzuelos, sicarios, muertos de hambre y prostitutas tenía Marianna sus contactos para subsistir: un robo de electrodomésticos, recados para la Camorra... y también amores y relaciones personales, amistad. Probablemente le resultaba imposible renunciar a su ambiente. No conocía las leyes italianas, y por lo tanto no podía adivinar qué cargos concretos se presentarían contra ella ni cuánto tiempo de prisión determinaría el juez. Sin embargo, suponía que la perspectiva de entrar en la cárcel no la asustaba. Ya había estado presa con anterioridad. Era incluso posible que una estancia en prisión significara una especie de reposo en su vida incierta. Habíamos intentado hasta aquel momento doblegarla, hacernos dueños de su voluntad, y quizá no era aquél el método a seguir. En ningún momento había pensado en ella con un atisbo de piedad, algo raro en mí. No era fácil, el recuerdo de Julieta López seguía vivo. Fue una muerte innecesaria, cruel, atroz... Todo consistía en dejar un espacio a la duda: quizá Marianna Mazzullo no tenía nada que ver en ese asesinato, quizá no.

Le pedí a Maurizio que me dejara a solas con ella para el segundo interrogatorio. Necesitaba replantear los términos, abrir el ángulo, dejarla hablar. Estuvo de acuerdo. Dijo que no se marcharía muy lejos por si había necesidad de traducción. Entré en la sala.

La Mazzullo, que era lista como un gato, enseguida percibió mi cambio de estrategia. Cuando me senté frente a ella y le rogué que me contara su historia con Catania, no se molestó en sorprenderse, elevó las cejas, abrió mucho los ojos y respiró a fondo un par de veces. Creí ver en su gesto cierta melancolía.

—¿Qué quiere que le cuente?

—¿Cómo era él?

Se quedó pensando, como buscando en el tiempo un inicio para su narración, lo cual me alentó, porque significaba que había aceptado conversar conmigo sin tensiones.

—Lo conocí por el barrio, me lo presentaron un día... no me acuerdo bien. Había venido a Roma desde Calabria y tenía modales de paleto, pero era ¡tan guapo!: alto, fuerte, con unos ojos grandes que te agujereaban al mirarte. Pero no crea que nos enrollamos enseguida, no. Él iba dándome coba, haciéndose el encontradizo, me invitaba a tomar el aperitivo con vino espumoso, íbamos al cine... Empezamos a hablar de cosas más personales y me quedé de una pieza: ¡era un tipo que estaba aún más solo que yo! Mis padres murieron cuando yo era jovencita y un hermano que tengo se largó a América a buscar trabajo y no he vuelto a saber de él. Pero Rocco... Rocco parecía que nunca hubiera tenido una familia, nunca contaba nada de su infancia; a lo mejor era hijo de la Inclusa y no quería decirlo.

—Nadie ha reclamado su cadáver en España ni en Italia —intervine.

—¿Lo ve?, ¡eso es lo que quiero decir!, no tenía a nadie, a nadie. Eso no me gustaba, desde luego. Y otra cosa que tampoco me gustaba de él era que no se comunicaba. Y ya sabe usted que una cosa muy importante para la relación entre un hombre y una mujer es que haya comunicación.

Como todas las personas sin cultura, acudía al tópico cuando hablaba de amor. Asentí con la cabeza, como cargada de razón. Continuó, a cada frase más segura de sí misma:

—Otra cosa que me ponía bastante nerviosa era que siempre estaba serio. No sabía bromear. No se reía. Más tarde me di cuenta de que todas aquellas cosas eran las típicas de los locos: mirar muy fijamente, no contar cosas propias, no reír... pero entonces no se me ocurrió algo así. ¿Quién iba a pensar?, porque por lo demás era un caballero: me trataba con respeto y con galantería. No era de esos que les chillan a las mujeres ni que las toman por bobas. En fin, no quiero hablar más de la cuenta, el caso fue que nos liamos, y no hacía ni cuatro días que estábamos liados y ya me hablaba de matrimonio.

—¿De matrimonio? —pregunté con extrañeza.

—¿Qué pasa, es que cree que nadie puede querer casarse conmigo? —me afeó. Intenté no acabar de estropear la situación afirmando:

—Me sorprendía por él, no por usted.

—Pues sí; era raro y un poco pronto, pero me decía que nos casaríamos enseguida, y que tendríamos una casa con jardín en los alrededores de Roma. Me repetía que él no era un desgraciado de los que se arrastran toda la vida. Me aseguraba que sacaría dinero de debajo de las piedras y que nuestra casa tendría muchos armarios y una de esas camas con dosel. —Se echó a reír de pronto—. ¡Qué idea, una cama con dosel! —Me eché a reír yo también. Ella me miró con simpatía, como si hubiéramos pasado a estar charlando en un bar en vez de en una comisaría—. Sí, ¡pobre hombre! Debió de verlo en alguna película, así quería dormir, con cortinas colgando por los cuatro costados y un techo sobre la cabeza. Yo sabía que malvivía haciendo trabajillos sucios; pero bueno, yo también hacía lo mismo, en mi barrio íbamos todos así. Aquello de la casa con jardín y muchos armarios ya veía yo que iba a ser difícil, pero era romántico oírlo hablar. ¡Menos mal que no me casé con él! ¿Se imagina, inspectora, estar casada con un loco tan loco?

—Siempre hubiera podido abandonarlo, divorciarse de él.

—No sé cómo es en su país, pero en Italia cuando una mujer se casa es para toda la vida. Al menos eso es lo que me enseñaron a mí.

—¡Pues menos mal que no se casó!

—Eso es, menos mal —dijo, mirándome con cierta censura—. Pasamos bastante tiempo así: saliendo juntos, haciendo el amor, en fin, la vida; hasta que un día me viene con la historia de que tenía un plan con unos amigos. Se trataba de robar en una tienda de electrodomésticos y quería que yo participara. Según él, sacaríamos muchísimo dinero y eso sólo sería el principio. No sé dónde tenía la cabeza yo entonces, porque le dije que sí. Me presentó a unos tipos que eran más desharrapados que él y... bueno, usted ya sabe el final. Cuando lo soltaron de la cárcel vino a verme a mi casa. Quería que siguiéramos saliendo juntos como si nada hubiera pasado, volvió a darme la matraca con aquello del matrimonio. Le dije que ni hablar, que ya me había jodido una vez y que con una era bastante. Se puso como una fiera, como un animal. Nunca había visto a un hombre más furioso y más violento. Fue en aquel momento cuando me di cuenta de que la cabeza no le regía bien. Pero yo no me asusté. Le planté cara y hasta le dije que se buscara a otra para contarle las historias de las camas con dosel. Me juró que volvería, que volvería con mucho dinero en el bolsillo y que me preguntaría por última vez si quería casarme con él y entonces ya veríamos. Dejé de verlo, desapareció como si se lo hubiera tragado la tierra. No me preocupó porque yo iba a mis cosas intentando salir adelante y ganarme el sustento. Hasta que me olvidé por completo de él, la verdad.

—Entró usted en la Camorra.

Saltó como un felino dispuesto a atacar:

—Ya les he dicho a usted y a ese *ispettore* que yo no soy de la organización. He hecho algunos trabajos para ellos, eso es todo.

Me miró con cara lúcida, trasmitiéndome con los ojos que si pensaba cazarla en alguna contradicción haciéndola hablar mucho, estaba equivocada. Transigí:

—Adelante, hacía trabajos para ellos.

—Además eso no tiene nada que ver con lo que estoy diciendo. Me ha pedido que hable sobre Rocco Catania, nada más.

—De acuerdo, de acuerdo, siga.

—Un buen día, cuando había pasado ya mucho tiempo y a mí me costó hasta reconocerlo, va y se presenta en mi casa por las buenas. Yo no lo recibí bien. Cuando un mal novio no se olvida de ti, puedes decir que tienes un problema. Le pedí que se largara, que el pasado nunca vuelve. Pero él insistía, inspectora, insistía. Me decía que ahora sí podíamos casarnos porque él tenía mucho dinero.

—¿Cuánto tiempo hace que sucedió eso, Marianna?

—No sé bien, hará unos cinco años. Me contó una historia para convencerme.

—¿Qué historia?

—No me dio detalles; pero me dijo que alguien le había contratado para hacer un trabajo en el extranjero y que le habían pagado un montón de dinero en dólares. Le dije que me dejara tranquila, pero entonces se sacó un fajo enorme de dólares del bolsillo y me los enseñó.

Me dijo que tenía más, que había cambiado de oficio y que el de ahora sí tenía auténtica categoría. Dijo que seguramente en unos días le llovería otro encargo.

—¿También pagado en dólares?

—Eso no me lo dijo, sólo dijo que tendría que viajar a España otra vez.

El cielo se abrió un instante sobre mí:

—De modo que el lugar donde le habían hecho el encargo ya pagado era España.

Se mordió el labio en un gesto imperceptible. ¡Por fin se había traicionado un instante, que aproveché!:

—¿Cuál era el encargo, Marianna? Dígamelo —se quedó callada—. ¿El encargo era asesinar a alguien? Catania está muerto, ¿qué pierde usted diciéndome la verdad?

Volvió la cara hacia mí con desesperación.

—No lo sé, inspectora, no lo sé. Se lo juro por lo más sagrado, se lo juro por Dios. Yo no quise que me contara nada porque me dio mucho miedo su tono, el dinero que llevaba encima, la manera como me habló... Le solté que se largara, que no quería saber nada más de él. Le dije que no le había rechazado porque fuera pobre, sino porque no le amaba ya. Él se quedó serio y callado como la muerte y se marchó. Volvió a pasar el tiempo y... lo demás ya lo saben: hace poco vino a mi casa, me amenazó... ya no le podía avanzar más la locura porque estaba completamente loco, había perdido del todo la cabeza.

—¿Eso es todo?

—No sé nada más.

—En eso no la creo, Marianna.

—Tiene que creerme.

—¿Quién le disparó a Catania desde una ventana?, miembros de la Camorra, ¿no es cierto?

—No.

—Es imposible que sea de otra manera.

Me miró con sus grandes ojos torturados. Bajó la voz:

—Inspectora, usted es buena gente. Yo quiero decirle lo que quiere saber, pero no puedo contárselo del todo.

Empezó a latirme pesadamente el corazón, casi no podía respirar. Le dije en un susurro:

—Habla, Marianna, por favor.

—Los hombres que mataron a Catania no son los que ustedes han detenido. Pertenecen a otra familia de la Camorra, inspectora, una familia rival. Es verdad que el capo al que ustedes tienen estaba harto de Catania. Le encargaron a Rocco hacer algo que nunca supe y él después empezó a matar por su cuenta y a hacer locuras. Los comprometía y la cosa llegó al colmo cuando ustedes llegaron a Roma y al pobre loco le dio por perseguirla a usted. Entonces con un hombre que sirvió de contacto, engañaron a la otra familia de la Camorra para que fueran ellos quienes lo mataran. Cómo lo hicieron no lo sé, tampoco sé a quién creían estar matando. Pero a los hombres que tienen detenidos nunca podrán probarles el asesinato de Catania.

—¿Cómo sabes tú eso?

—El hombre que sirvió de contacto es amigo mío.

—¿Está detenido?

—No.

—Muy bien, Marianna, muy bien. Dame su nombre.

Se echó a reír con desesperación.

—No, inspectora, eso no se lo voy a decir, tampoco el nombre de la familia rival.

—¿Hay más de una?

Rió de nuevo:

—Usted no conoce este tipo de cosas, inspectora, sus colegas italianos sí. Pregúnteles si han buscado entre las otras familias de la Camorra, pero no diga que se lo he dicho yo, diga que ha tenido una intuición al ver que yo me negaba a hablar. Es una manera de ponerlos en el camino y me evitará los sufrimientos de otros interrogatorios.

—¿Por qué no me dice los nombres y se libera? Procuraré que no vuelvan a interrogarla más.

—¿Qué quiere, que aparezca muerta en mi celda un buen día? ¡No, prefiero seguir viva! Quiero que esté segura de una cosa: no diré esos nombres, no hablaré nunca, ¿comprende? ¡Nunca!

—Está bien, pero si cambia de opinión…

—No cambiaré, y no me ha dicho si va a protegerme de sus compañeros italianos.

Bajé la vista al suelo y dije:

—Sí, lo haré. No contaré nada de lo que acaba de decirme y antes de volver a Barcelona sugeriré mi intuición de la familia rival. ¿Es eso lo que quiere?

—Sí. Se lo agradezco, usted ha sido amable conmigo, amable de verdad. ¿Le ha servido algo de lo que le he contado?

—Eso creo.

Salí ligeramente mareada y con la sensación de estar cometiendo un delito. Sin embargo, estaba obligada a cumplir mi palabra. Tenía un dato crucial para mi investigación: la Camorra le había hecho un encargo en España a Rocco Catania y le había pagado por él. Los datos que yo iba a ocultar no pertenecían a mi caso. No eran tampoco datos concretos. Me sentí libre de culpabilidad incluso cuando me encontré en la puerta con Abate:

—¿Te ha dicho algo que te interese?

—Sí, parece ser que la Camorra le encargó algo a Catania hace justo cinco años. Dile a Torrisi que siga insistiendo en los interrogatorios con esos tipos.

—Si el encargo era la muerte de Siguán, no abrirán la maldita boca. Saben que estamos faltos de pruebas que los acusen.

—Quizá yo contribuiré a dároslas.

—Eso espero. ¿Tienes tiempo para una copa?

Aceptó. Mientras nos escanciaban el vino blanco Abate me miraba con gran intensidad. Supe que era cuestión de minutos que iniciara una conversación que yo hubiera preferido evitar por completo. No me equivoqué.

—Yo, Petra, había pensado que esta noche podíamos ir a cenar y después... —hizo una pausa de duración significativa y continuó—, y después despedirnos adecuadamente.

—No —dije suavemente, y sonreí.

—¿Hice algo que... en algún momento...?

—No. Todo estuvo perfecto.

—¿Y entonces... un ataque de culpabilidad conyugal?

—Verás, Maurizio, los gorilas se entregan al sexo cuando de verdad les apetece, y gozan de él una barbaridad, pero... a veces se trata de apetencias fugaces que no se vuelven a producir.

—Pero hasta los gorilas tienen sentimientos.

—Los que yo he conocido, no.

Se echó a reír a carcajadas, me miró con simpatía.

—¡Petra Delicado, eres fantástica! Sólo espero que ahora no me des una charla en plan National Geographic sobre la vida de los gorilas. ¡Brindo por ti!

Levantó su copa y yo le seguí. Después del trago ritual, dijo:

—Ésta será mi despedida.

Se incorporó en su asiento, me tomó la cabeza con ambas manos y me besó castamente en los labios. Luego dijo presa de gran animación:

—¡Vamos a llamar a Stefano Torrisi y su esposa Nada para ver si quieren que cenemos los cuatro juntos!

—Llama también a Gabriella Bertano.

Fue una idea genial porque la cena resultó un éxito. Torrisi pidió un vino extraordinario y charlamos sin medida sobre todo lo que se puede imaginar. El decurso de aquella conversación me vino muy bien para lanzar la insinuación pactada con Marianna y lo que contestó el comisario me tranquilizó:

—Sí, por supuesto que hemos pensado en la posibilidad de que fuera otra familia de la Camorra quien mató a Catania; pero no se preocupe, Petra, de ser así, lo averiguaremos.

El hecho de que estuviera tan seguro de eso apaciguaba mi conciencia. Finalmente aquello era una ramificación del caso que no me correspondía resolver. Luego, aproveché la oportunidad para preguntarle a Torrisi si los trabajos encargados a la Camorra podían ser pagados en cualquier divisa económica, por ejemplo dólares.

—Bueno, depende de dónde suceda el pago; pero lo habitual es utilizar el dinero del país para no levantar sospechas y hacer más difíciles los seguimientos de billetes.

A partir de ahí procuré dejar de pensar en el caso y disfrutar de la compañía. Me sentí entre amigos, ligera y contenta como una niña a la que han sacado de excursión. Creo que lo necesitaba.

Era ya muy tarde cuando me acompañaron al aeropuerto. Tomé un vuelo chárter, nocturno, en el que la policía logró encontrarme un hueco. En el avión, a pesar de estar cansada y abotagada por el buen vino, no me fue posible dormir a gusto. Caí en una especie de duermevela en la que se me presentaban ideas sobre el caso que no era capaz de analizar. Solo veía dólares volando junto al avión, como pájaros que me acompañaran en aquel viaje.

Marcos se llevó un susto morrocotudo cuando me oyó llegar. No me esperaba. Se puso contento pero enseguida pasó a hacerme reproches sobre la intensidad de mi trabajo.

—¿No irás mañana a comisaría? Deberías quedarte en casa y descansar. Llevas un ritmo insostenible y ya no somos tan jóvenes.

En lo último llevaba razón: me sentía como si acabara de cumplir cien años. Nos fuimos enseguida a la cama. Lo observé con los ojos entornados ponerse el pijama. Me pareció que era atractivo. Estaba tan exhausta que creí no pegar ojo en toda la noche, pero la cercanía de su cuerpo y el calorcito que emanaba de él acabaron por adormecerme. Antes de caer rendida, le pregunté:

—Marcos, ¿tú crees que todas las familias esconden una ciénaga maloliente?

—¡Coño! —le oí exclamar entre vapores de sueño, y con esa expresión grosera, tan inusual en él, perdí por fin la consciencia.

Al despertar, sabía por desgracia quién era, dónde estaba y adónde me disponía a ir. Me quedé, sin embargo, unos minutos escuchando caer el agua de la ducha en el cuarto de baño contiguo. Pensaba. Cuando me hice policía tenía, como todos los aspirantes, una idea romántica de la profesión. La mía, no obstante, no consistía en llevar un bonito uniforme y luchar contra el mal. Yo fantaseaba con los métodos de la investigación. Creía que las pesquisas eran un juego intelectual de extraordinaria magnitud: conjeturar, deducir, completar el rompecabezas... Luego me di de frente con la realidad, y comprendí que los sistemas que hacen aflorar la verdad no son los mismos que los que hacen aflorar las pruebas y, sin pruebas, no hay nada que hacer. Es ahí, justamente, en ese pequeño matiz, donde se pierde el arte y el glamur. Pero un policía no es un artista y no sólo eso, sino que tampoco tiene por qué ser una persona ejemplar. Iría a por todas.

Busqué a Garzón en cuanto puse un pie en comisaría, y al verlo sumido en las profundidades de su ordenador, le espeté:

—No sé en qué está trabajando, pero sea lo que sea, déjelo inmediatamente. Le necesito.

—¡Joder, vaya aparición! ¡Ni los buenos días! ¡Bien podría contarme qué tal le ha ido en Roma!

—Olvidémonos de la cortesía, Garzón. Abra bien los oídos: quiero que averigüe cuántos vuelos hizo Elisa Siguán de Nueva York a España de cinco años a esta parte, y en qué fechas los realizó.

Encogió la cabeza entre los hombros como si hubiera recibido un mazazo en la coronilla. Permaneció callado, como intentando comprender lo que acababa de oír.

—¿Puedo preguntar por qué?

—A Catania la Camorra le hizo un encargo hace cinco años, y el precio de sus servicios se lo pagaron en dólares.

—Es una moneda común y corriente, como el euro.

—Déjese de historias. En Europa circulan los euros y si le pagaron en dólares es por alguna razón. Por ejemplo, que el dinero fuera negro, ganado y guardado billete a billete y no se quisiera cambiar en un banco.

—Pero Elisa...

—Es una conjetura, una seria intuición.

—Pues no me entusiasma demasiado, la verdad.

—¿Y quién ha hablado de entusiasmo? A estas alturas a mí ya sólo me entusiasma el ballet ruso, pero vamos a movernos, a arriesgar, vamos a por todas, Fermín, póngase en marcha.

Apagó el ordenador y se levantó. Me preguntó, cabeceando con escepticismo:

—¿Y usted cree que las compañías aéreas conservan tanto tiempo las identidades de los viajeros?

—Ni idea, creí que lo sabría usted.

—No suelo ocuparme de casos con tanta categoría: viajes internacionales, mafias napolitanas...

—Pues ha subido en el escalafón, así que deje de tocarme las narices y apáñese como pueda.

Me dirigí a mi despacho a toda prisa. Hice venir a Domínguez y le ordené que localizara a Nuria Siguán para un nuevo interrogatorio. Como era eficiente me obedeció sin rechistar. Tomé el teléfono y llamé a Rosalía Piñeiro. Se sorprendió al oírme:

—¡Inspectora Delicado!... ¿Es que han descubierto...?

—Estamos en ello —la atajé—. Rosalía, escúcheme bien: usted pidió al juez que reabriera el caso Siguán porque siguió una especie de instinto...

—No fue el instinto… —me atajó ella a mí—, fue un pálpito, una incomodidad. Cuando decidí volver a Galicia me dio la impresión de que estaba dejando algo pendiente.

—De acuerdo, la entiendo muy bien; pero para que sintiera eso quizá hubo algún detalle que usted percibió, algún matiz…

—De haber sido algo importante se lo hubiera dicho.

—No me refiero a cosas importantes, sino a pequeñas observaciones, quizá dentro de la propia familia de su esposo.

Se hizo el silencio. Tras unos largos segundos, la voz de la viuda titubeó, en un tono que intentaba restar trascendencia a sus propias palabras:

—Bueno, en fin, quizá es absurdo, pero lo cierto es que a veces descubrí algunos conciliábulos de las hijas de Adolfo que… no sé si debo decirlo.

—Dígalo.

—Pues incluso en una ocasión, después del fallecimiento de mi marido, Nuria y Elisa estaban hablando en su despacho y cuando yo entré se quedaron calladas al momento. Entonces me di cuenta de que Nuria había enrojecido hasta la raíz del pelo. Me sorprendió, inspectora, porque Nuria es una mujer que muy raramente deja traslucir sus sentimientos o emociones.

—Sí, lo sé. Quizá debió contarme eso cuando me hice cargo del caso.

—¡Ah, no! —respondió con rotundidad—. ¿Qué hubieran pensado ustedes de una viuda que señala detalles de las hijas de su esposo? ¿Hubieran dado crédito a las fantasías de una madrastra? ¡Ah, no! Se trata de un asesinato, no es cosa para tomarla a la ligera.

—Es usted una buena persona, Rosalía.

—Pero tengo mala suerte, ya lo ve.

—Se equivocó al escoger a su pareja y eso es algo que sucede con asiduidad.

—¿Tendré que volver a Barcelona para declarar?

—Cuando se celebre un juicio tendrá que venir. Además, así volverá a ver al juez Muro, que quedó prendado de usted.

—Es un hombre muy agradable.

—¡Regrese y cásese con él! A usted le gustan los hombres mayores.

—¿Se ha vuelto loca, inspectora?

Después de colgar debió quedarse un buen rato pensando en mi extraña proposición. Muy comprensible; a veces digo cosas que sé que no debería, pero si a las palabras se las lleva el viento, con los silencios no existe ni siquiera esa posibilidad.

Salí del despacho y fui hasta la máquina de café. No es un café extraordinario pero no quería llegar hasta el bar. No hubiera soportado mezclarme con la gente, oír voces y ruidos, arriesgarme a perder el punto de especial clarividencia en el que me encontraba. Dice el manual del perfecto policía que trabajar bajo esos síntomas es fatal para una investigación. Tu propia euforia puede ir enfangándote en un error y apartándote cada vez más del camino correcto. Me daba igual, estaba inspirada y seguiría la llamada de mi inspiración. Ni siquiera comería a mediodía: era consciente de que aquel estado de alerta mental se debía en parte a haber dormido muy poco aquella noche. Pero es sabido que los grandes místicos llegaban a sus éxtasis gracias a sus ayunos y mortificaciones corporales. Y yo, para todo lo que me proponía hacer, necesitaba un éxtasis de elefante.

Capítulo 21

Nuria Siguán había satisfecho la nueva y altísima fianza que le había impuesto el juez. Su cómplice, Rafael Sierra, no era tan rico y seguía en chirona. Mi estrategia en esta ocasión no fue hacerla venir a comisaría; de modo que cuando estuvo localizada, le pedí que nos viéramos en una cafetería. El interrogatorio no se desarrollaría al modo convencional. Basta; de nada había servido con ella la presión que suele ejercerse sobre cualquier sospechoso, era obvio que la aguantaba muy bien. Hasta allí había llegado mi sumisión al imperio de la ley. O dejaba entrar un poco de imaginación en aquel berenjenal, o no recolectaríamos ninguna berenjena. Claro que... sabido es que la ley y la imaginación siempre se han llevado mal.

La había citado en una cafetería chic: elegancia, distinción y unos cuantos viejos de buena familia sorbiendo sus cafés con leche y leyendo periódicos de derechas. Como siempre sucedía con ella, no pude saber si la sugerencia de aquel encuentro la había o no sorprendido. Se limitó a decir con voz neutra que acudiría puntualmente.

Antes de salir recibí una llamada de Garzón desde el aeropuerto de El Prat. El contenido de su comunicación tenía más de duda que de información.

—Inspectora, la cuestión está así: las compañías que viajan desde estados Unidos hasta España son: American Airlines, US Airways, Continental, Iberia y Air Europa.

Pues bien, las dos compañías europeas conservan los datos de los pasajeros durante tres años nada más. Las tres compañías norteamericanas conservan los datos tres años y seis meses, pero desde el atentado a las Torres Gemelas existe un banco de datos que abarca ocho años. Lo que ocurre es que este banco sólo puede consultarlo la policía de diversos países solo en el caso de que tengan sospechas de terrorismo.

—Muy bien, ¿y?

—Pues digo yo que como me dijo que iba a interrogar otra vez a Nuria Siguán a lo mejor podría preguntarle en qué compañía solía viajar su hermana.

—¡Ni hablar! No puedo preguntárselo.

—¡Joder!, pues consultar en todas las compañías va a llevarme mucho tiempo. No quisiera hacerme viejo en el Prat.

—Ya le avisaré cuando esté cercano a la jubilación. De todos modos, considerando lo que me propongo hacer es mejor para usted mantenerse alejado.

—¡Coño, inspectora, no me asuste! ¿Qué se propone hacer?

—¡Trabajar, y si sigo hablando con usted no voy a conseguirlo!

—Vale, hoy vamos de misterios. Pero dígame qué hago con las compañías norteamericanas.

—No le entiendo.

—En nuestro caso no hay indicios de terrorismo.

—¡Cojones, subinspector, parece usted un niño de teta! Dígales que tenemos a un unabomber que se ha cepillado el acueducto de Segovia y en paz. De todos modos, dudo que sepan dónde queda Segovia.

—¡Maldita sea mi suerte, inspectora Delicado, hay veces que me carga formar equipo con usted!

—¿Algo más Fermín, algún otro denuesto, blasfemia o maldición?

—No, por hoy ya está bien así.

—Pues llámeme cuando sepa algo concreto.

Después de haber colgado me eché a reír. ¡Me encantaba la grosería admitida en nuestra profesión!, te hacía sentirte libre y alado como un pájaro.

Nuria Siguán se presentó en la cafetería a la hora en punto. Vestía un impecable traje sastre beige y llevaba un bolso de marca perfectamente a juego en estilo y color. El esmero que había puesto en mejorar su aspecto no era suficiente para disimular las ojeras profundas y la palidez. Aquellas noches no debía estar durmiendo demasiado bien.

—¿No le sorprende que la haya citado aquí?

Se encogió de hombros, mostrando su consabido rictus de superioridad.

—Inspectora, le agradeceré mucho que acabemos lo antes posible. Tengo cosas que hacer.

—Ha escogido muy bien el verbo, Nuria, agradecer. Si hubiera utilizado el verbo exigir, ya sería otra cosa. Dudo de que esté en condiciones de exigir nada.

Resopló y miró al cielo. Luego se volvió hacia mí con una terrible sonrisa de máscara china.

—Estoy a su entera disposición. Usted dirá.

Se nos acercó un camarero de edad provecta a tomar nuestros pedidos. Coincidimos en el té. Un limpiabotas, quizá el único superviviente del oficio en Barcelona, nos ofreció sus servicios. Volvimos a coincidir en la negativa cortés. Cuando ya no hubo nadie alrededor, la miré a los ojos y dije:

—Ya sé quién mató a Adolfo Siguán.

—Sí, yo también lo sé, pero es una información un poco vieja.

—Su hermana Elisa pagó a un sicario italiano para que matara a Siguán.

No cambió de expresión en absoluto. Como jugadora de póker no debía existir ningún rival a su altura. Continué con toda calma.

—Estoy segura de que usted es cómplice también. Mi única duda es saber si su hermana pequeña está implicada.

—¡Por favor, inspectora! ¡Y pensar que he llegado a creer que la policía de este país contaba con recursos e inteligencia!

—¿Y ahora le parece que no es así?

—No me tire de la lengua.

—Nada más lejos de mi intención. Lo que quiero es hablar yo y que usted me escuche. Ayer noche regresé de Roma donde estuve practicando diversos interrogatorios a gente de la Camorra. Pues bien, uno de ellos me señaló a su hermana con toda claridad. Me confesó que su hermana viajó desde Nueva York en dos ocasiones para supervisar el trabajo de un sicario de la mafia que había contratado para matar a su padre.

—¡Vamos, inspectora, no diga tonterías!

Se había puesto nerviosa por primera vez, miraba en todas direcciones y no conseguía aplacar el temblor de su mano. Seguí en el mismo tono desapasionado.

—Las dos fechas que ese hombre me facilitó coinciden una, con el asesinato de Abelardo Quiñones, dos meses después de la muerte de su padre. La otra es más reciente y corresponde al asesinato de Julieta López en Andalucía. Hemos comprobado los billetes de avión de su hermana y efectivamente, viajó a España en ambas ocasiones. Su hermana le pagó al sicario en dólares, aún no sé la cantidad. ¿Quiere más detalles?

—¿Qué tiene que ver todo eso conmigo?

—Es usted una cómplice absolutamente necesaria, Nuria. Dígame si no cómo Elisa, una psiquiatra que vive en Nueva York, pude hacerse con el nombre de un sicario italiano vinculado a la Camorra. No, querida amiga, los contactos los tenía usted y a ellos recurrió su hermanita. La Camorra temió verse directamente implicada en el asunto y aconsejó y proporcionó a un sicario: Rocco Catania.

—¡Bobadas! —exclamó, pero había enrojecido hasta la raíz del pelo, como la viuda Piñeiro me acababa muy bien de describir.

—Sí, lleva razón, bobadas, sólo que cuando se dicte una orden de detención y extradición de su hermana, las bobadas dejarán de serlo porque cuando ella llegue la acusará a usted, ¿o cree que va a cargar sola con la culpa?

Saltó, furibunda:

—Si piensa que con ese viejo truco voy a incriminar a mi hermana, contra la que seguramente no hay ninguna prueba, está muy equivocada. ¿Con quién cree que está tratando, con uno de esos imbéciles a quienes la policía hace caer con trampas rastreras?

En ese momento tuve miedo de verdad, pensé que el juego había acabado, pero lo intenté de todas formas:

—Nuria, usted es una mujer de categoría, lo sé. Sé con quién estoy hablando. Quizá sea usted quien no sabe quién soy yo en realidad, quizá ni yo misma lo he sabido hasta este momento. Voy a hablarle con total sinceridad: he ido sola a Roma, no me ha acompañado ningún compañero de comisaría. He realizado yo sola los interrogatorios y no he comentado los resultados con nadie ni he escrito ningún informe que inculpe a su hermana. Los datos que acabo de darle están vírgenes en mi mente. Si usted quiere podrían quedarse ahí para siempre.

—Y la policía italiana, ¿no está trabajando en la investigación?

—La policía italiana, exactamente igual que mis jefes en la española, sólo se ocupan del gran tema: las conexiones de la Camorra con Barcelona. No les interesa nada más. Andan todos alborotados con eso. De hecho, he tenido que pedir personalmente una prórroga para que me dejaran investigar y el caso no quedara de nuevo cerrado. El asesinato de su padre sólo parece interesarme a mí. Si digo no haber sacado nada en claro, el comisario hablará con el juez y darán por terminadas las pesquisas. Nadie resultará acusado.

Había dejado de mirarme, sus ojos estaban ahora fijos en el suelo. Tenía las mejillas arreboladas, los flancos de la nariz levemente perlados de sudor.

—¿Y qué gana usted en todo esto?

—Cien mil euros, Nuria, ni uno menos ni uno más. No es una cantidad desaforada, nada que usted no pueda afrontar. A mí no me cambiaría la vida, desde luego, pero me permitiría algunos pequeños caprichos de los que un sueldo de policía no permite gozar. No piense que practico normalmente este tipo de corrupciones, pero es que nunca se me había presentado una ocasión menos arriesgada que la actual. Lo consideraré una canita al aire, un fallo puntual. ¿Qué me dice?

—¿Cómo puedo fiarme de usted? Puede revelar las pruebas cuando ya tenga el dinero.

—Usted puede denunciarme ante mis jefes para que se presenten en nuestra cita, y desde luego, si nos encuentran mediando una maleta de billetes entre las dos, le aseguro que yo seré la más perjudicada. ¡Ah, se me olvidaba, quiero billetes pequeños, y quiero que la transacción se realice mañana mismo!

—No sé si será posible, se trata de una suma considerable.

—Usted tiene mucha categoría, Nuria, se lo recuerdo.

—Lo intentaré. ¿En este mismo bar?

—No, en la cafetería Samoa, aquí puede habernos visto alguien y volver nos significaría. A las once de la mañana. ¡Ah!, y si se le ocurriera la peregrina idea de consultar con el subnormal de su abogado, consideraré abortado todo el plan.

—Es usted un bicho venenoso.

—Viniendo de alguien que se ha cargado a su propio padre, ese calificativo es motivo de honor.

—¡La idea de esa muerte no partió de mí!

—Me da igual. La espero mañana. Ha sido un placer. Espere cinco minutos antes de irse, no salga conmigo.

Me levanté y enfilé la puerta del bar. Estaba mareada, casi me tambaleé. Vi que paraba un autobús en la avenida Diagonal y lo tomé sin saber adónde iba. Necesitaba sentarme, la tensión nerviosa amenazaba con derribarme. Luego fui serenándome poco a poco, bajé del autobús y tomé un taxi a comisaría. Allí Garzón enseguida vino a mi encuentro:

—Inspectora… notición: Elisa Siguán viajó a Barcelona con American Airlines en las fechas del asesinato de Julieta López. De sus desplazamientos de hace cinco años no han querido decirme nada, ¡y eso que les dije lo del terrorista segoviano!, que bastante ridículo me sentí.

—Bien —afirmé—. Una prueba más. Luego le hice un gesto para que se sentara y, bajando la voz, le conté mi entrevista con Nuria. Se quedó boquiabierto.

—¡Tiene usted más cojones que el caballo de Espartero!

—Hay que jugar fuerte para conseguir una extradición desde Estados Unidos.

—¿Y va a contárselo a Coronas?

—¡Toma, y al juez! Necesito que mañana la pesquen con las manos en la masa. Usted vendrá con ellos.

—Pero se la puede cargar, Petra, ha ocultado información obtenida en Italia. Además eso de tenderle una trampa a la sospechosa es un procedimiento irregular, y ya sabe que las cosas se han puesto muy serias de un tiempo a esta parte; ¡le puede llover una sanción!

—Me arriesgaré. Quiero una confesión y pruebas claras. Naturalmente diré que el ofrecimiento de dinero lo hizo ella por propia iniciativa. Ya veremos qué pasa.

Se atusó el bigote, ya blanquecino, con creciente excitación, y luego dio un puñetazo en mi mesa:

—¡Es usted un crack, inspectora! ¡Muy bien pensado, ya está bien de mariconadas! ¡Hagamos las cosas como en los viejos tiempos, como debe ser! ¡Estoy más nervioso que un flan! Nos encaminamos a cantar: caso cerrado. ¡Bonita canción!

—¡Baje la voz!, y cálmese un poco. Esperemos que todo salga bien.

—Si sale mal me cagaría en lo más divino y…

—¡Ni una blasfemia más, Garzón! Tengo que hablar con el comisario y esta noche cenar con la familia, ambas actividades respetables propias de una mujer como yo.

—¡Santa verdad, Petra! Es usted más respetable que Dios y el papa juntos, que ya es decir.

Me dirigí al despacho del comisario cruzando los dedos. Había empezado la cuenta atrás.

Aquel día les tocaba a los chicos de Marcos cenar y dormir en nuestra casa. Eso era bueno por una parte, ya que me impediría pensar obsesivamente en lo que iba a suceder, pero por otra dispersaría mi atención, y no podría entrar en una concentración tipo zen y dejar que el tiempo pasara sin rozarme. No podía escoger, de modo que cuando llegué y encontré en el salón a Hugo, Teo y Marina charlé con ellos, sonreí y me enclaustré en la cocina dispuesta a guisar. Al meter la nariz en el frigorífico observé con horror que la asistenta había previsto verdura para la cena. Los hijos de Marcos son disciplinados en general, y han aguantado mil y un discursos sobre dietética y hábitos saludables. A pesar de ello, cada vez que la condenada verdura hervida salía a la mesa Hugo la cubría de mayonesa, Marina la convertía en papilla con ayuda del tenedor, y Teo se pasaba el rato diciendo algo tan absurdo como que la verdura le provocaba tristeza.

Los niños son rituales y aquella noche verde no fue diferente de las demás, sólo que yo me encontraba abstraída y distante, incapaz de imprimir un poco de animación a la rutina. Marcos tampoco ayudaba en ese sentido; había madrugado mucho aquella mañana y comía en un silencio monacal.

—¿Pasa algo? —preguntó Hugo de pronto.

—No, ¿qué demonios va a pasar? —respondió su padre tragando una alcachofa con despreocupación.

—Como estáis tan callados los dos...

—Estamos en un momento de mucho trabajo —me vi obligada a comentar.

—El tutor de mi clase dice que ahora no sólo hay adictos a las drogas o al juego, sino también adictos al trabajo —soltó el incisivo Teo.

—Come y calla —le contestó Marcos en un gesto de autoritarismo paterno que me consternó.

—No es nuestro caso, te lo aseguro. Lo que ocurre es que a veces los asuntos se lían y... —dejé en el aire mi abstrusa explicación.

—¿Os vais a divorciar? —se oyó la vocecita de Marina. Sus dos hermanos se echaron a reír a carcajadas. La niña se ofendió y una judía verde voló desde su plato a la cabeza de Hugo. Éste chilló:

—¡Para, burra, que acabo de lavarme el pelo!

—¡Oh, por Dios, no le toquéis el peinado que se muere! —atipló la voz Teo en señal de burla.

—¡Basta! —rugió Marcos dando un golpe en la mesa que hizo dar un salto a la vajilla. Los niños le miraron horrorizados, yo también.

—¡Estoy harto, venís a esta casa como si fuerais al circo! ¡Sois incapaces de estar en la mesa charlando amigablemente! ¡Nunca respetáis nuestros estados de ánimo y nuestro modo de ser! Estoy cansado, me voy a la cama.

Se levantó, retiró su plato y desapareció. Nos quedamos todos petrificados, pero enseguida reanudamos la masticación, mecánica y silenciosa, como de rumiante.

—Se lo ha tomado fatal —dijo Teo por fin.

—Pero es que lleva razón; venimos una noche y lo

único que se nos ocurre es montar un pollo en la mesa —objetó Hugo.

—Tampoco ha sido para tanto, ¿no, Petra? —quiso implicarme el primero en los comentarios. Pensé que lo adecuado era restar importancia a lo sucedido.

—Bueno, no habéis estado encantadores precisamente, pero supongo que vuestro padre ha tenido un día muy duro y le ha dado por reaccionar así.

—¿Tú no has tenido también un día duro? —preguntó Teo, queriendo dejar a su padre en evidencia.

—Sí, pero yo me desahogo pegándoles berridos a los malhechores en comisaría.

Se echaron a reír, todos menos Marina, que seguía comiendo sus verduras machacadas con el rostro vacío de expresión. Acabamos la cena gozando de cierta paz. Tras el postre, los chicos recogieron la mesa y se fueron a la cama. Yo estaba metiendo los platos en el lavavajillas cuando Marina apareció en pijama, se quedó mirándome atentamente y preguntó:

—¿Os vais a divorciar?

Me sequé las manos con un paño, la observé:

—Eres de ideas fijas, ¿eh?

—Cuando papá y mamá se divorciaron era así: todo el mundo estaba callado en la mesa.

Comprendí que se sentía angustiada, la atraje hacia mí, puse mi cara a la altura de la suya:

—No, no nos vamos a divorciar ni pasa nada malo. Tu padre tenía un mal día, estaba cansado. No tenéis costumbre de que se enfade, por eso os llama tanto la atención cuando lo hace. Mañana estará como siempre, ya verás. De todas maneras, a veces también tiene derecho a ponerse un poco adusto.

—¿Qué quiere decir adusto?

—Borde.

—Ya. Este fin de semana volveremos, ¿verdad, Petra?

—Claro que sí.

—Nos portaremos bien. No le tiraré judías a Hugo.

—Hubiera sido peor si hubiéramos estado comiendo cordero, los huesos son muy duros.

Se rió y salió de la cocina dando esos saltitos despreocupados y gentiles que siempre dan las niñas. Acabé la tarea y subí al dormitorio. Marcos leía un libro, ya acostado. Enseguida me preguntó:

—¿Crees que me he excedido?

—Bueno, no has estado precisamente encantador pero supongo que has tenido un día muy duro. —Apliqué la fórmula anterior para no tener que pensar.

—Tú también debes haber tenido un día duro y no te has puesto a vociferar.

—Pero yo me desahogo en comisaría pegándoles berridos a los malhechores —repetí, encantada con el *déjà vu*. Marcos rió, pero luego siguió, aún enfadado:

—¡Es que son unos pelmazos!, nunca se puede mantener una conversación reposada en la mesa. ¡Y encima Marina tirando judías verdes por los aires!

—Hubiera sido peor estar comiendo cordero, los huesos son muy duros.

Rió y me abrazó. Yo estaba feliz, con un mínimo de imaginación y desgaste mental había logrado interpretar a la perfección el papel de *ombudsman*. ¡Y cómo me gustaba ese papel! ¡Era tan distinto al de policía que solía interpretar, lleno de acoso, persecución, mentira y ardides...! Agradecí estar casada con un hombre que aportaba tres niños pelmazos con los que poder mostrarme encantadora.

A la mañana siguiente cualquier atisbo de encanto había desaparecido. De pie, bebí un café en la cocina mientras los niños buscaban lo necesario para desayunar sin encontrarlo. Antes de que lloviera la segunda pregunta, la primera había sido: «¿Dónde están las galletas?», les mandé un beso volado y me largué a toda prisa. Desayuné en el bar de la esquina, paladeando un cruasán y la paz que proporciona estar solo por completo. Aún no había llegado el momento de ponerme nerviosa, eso vendría después.

En comisaría todo estaba preparado. El juez Muro había aceptado unirse a nuestro operativo y estaba dispuesto a considerar la presencia de Nuria, cargada con el dinero, como prueba de la culpabilidad de las dos hermanas Siguán en el asesinato de su padre. Coronas tampoco quería perderse el guateque y nos acompañó. Habíamos hablado con el dueño de la cafetería prometiéndole que todo se desarrollaría con discreción. Él brindó su despacho para la espera. El plan era muy simple: yo llevaría el teléfono preparado y, una vez recibidos los cien mil euros, le haría una llamada perdida a Garzón, una señal convenida para que los tres hombres se presentaran.

Salieron antes que yo hacia el bar. Yo me quedé en mi despacho, esperando la cercanía de la hora. De repente tenía la impresión de que todo había sido demasiado fácil como para salir bien. Pero no era así, llevábamos mucho tiempo tras aquella presa sin encontrar nunca la más mínima facilidad: viajes, muertes imprevistas, interrogatorios, pruebas poco fiables… sólo la mención de los dólares por parte de Marianna Mazzullo nos había puesto sobre la pista definitiva. Y ahora Nuria daría un punto final irrebatible a la culpabilidad. A pesar de todo, seguía sin comprender los motivos de Elisa Siguán para llevar a cabo aquel crimen. Comprendía por el contrario los de Nuria, muy evidentes: evitaba la ruina de una fábrica a la que siempre había querido dedicarse y heredaba los sustanciosos contactos de su padre con la Camorra. Pero ¿Elisa? El dinero no era su móvil. ¿Y el odio? ¿Es el odio suficiente móvil cuando hace años que ya no estás en compañía del ser odiado? Dejé de pensar, me entró sueño. Con gusto me hubiera tumbado sobre las losetas del suelo de mi despacho. Si el plan fallaba, si Nuria Siguán se echaba atrás, todo se iría al infierno. No habría puntos finales sino que volveríamos a los interrogatorios eternos que no llevaban a conclusiones definitivas, a la posible negación del juez a implicar a Elisa. Me acometió un vahído que intenté superar. Eran las diez y media y tenía que marcharme. Me puse la gabardina y salí.

El aire era fresco, agradable, acariciaba la piel. Caminé unos diez minutos, compré un periódico. Luego cogí un taxi que me dejó frente al Samoa. Entré. Algunos clientes tomaban sus desayunos de media mañana despreocupadamente: ejecutivos en pausa de sus trabajos, señoras elegantes reunidas en pequeños grupos... Me senté a una mesa discreta. Faltaba un cuarto de hora para la aparición o desaparición de Nuria Siguán. Pedí un té. Intenté concentrarme en la lectura del periódico sin conseguirlo ni un instante. Aun cuando no dudaba de la culpabilidad de las hermanas, me sentía como Judas a los postres de la Última Cena. A las once menos cinco la vi entrar en el local. Llevaba un traje de chaqueta rosa palo, pañuelo a juego abollonado en el cuello y zapatos de tacón bajo. En una mano, el bolso. En la otra, un maletín de cartón, de los que venden en las papelerías. Lo dejó sobre la mesa, ordenó un café al camarero y sólo cuando éste lo hubo traído, arrancó a hablar:

—Aquí tiene lo que me pidió. Está todo. Supongo que se fía y no se le ocurrirá ponerse a contar billetes aquí.

—¿Cree que estoy loca? Sólo le echaré una miradita.

Me coloqué el maletín en el regazo, lo abrí. Allí estaban los billetes, perfectos en su colocación. Pensé que si de verdad hubieran sido para mí, en aquel momento hubiera sufrido un ataque de pánico, seguido de una paralización total. Metí la mano en el bolsillo de la gabardina y pulsé la tecla de llamada de mi teléfono, ya preparado. Hubo algo en la expresión de mi cara, por mínimo que fuera, que alertó del engaño a la Siguán. Me miró con la contrariedad dolorosa del traicionado. No se sorprendió demasiado cuando vio a los tres hombres rodear nuestra mesa. Fue Coronas el encargado de soltar la fórmula de rigor:

—Acompáñenos a comisaría, por favor.

Entonces, súbitamente, aquella mujer de hierro se tornó de cristal y, bajando la cabeza, se echó a llorar. Allí, en medio de aquel lugar burgués donde podía verla cualquiera, con su elegante traje de pija barcelonesa, Nuria Siguán se derrumbó por primera vez.

—Mi hermana Elisa no tuvo nada que ver —dijo en voz baja—. Yo sola mandé matar a mi padre. Sólo yo soy responsable.

Coronas repitió:

—Acompáñenos a comisaría, por favor. Allí podrá hablar.

Lloró casi tanto como habló, siendo lágrimas y palabras estériles por igual. Se limitaba a declarar siempre lo mismo: «No fue mi hermana, fui yo». Nadie pudo sacarla de ahí, ni Coronas, ni el juez, ni Garzón ni yo. Pero naturalmente su mantra no nos convenció a ninguno de los cuatro. Como su llanto se volvía cada vez más convulso, el juez mandó que llamaran a su esposo y a un psicólogo, temiendo un colapso nervioso. Naturalmente, el marido no compareció y el psicólogo aconsejó trasladarla a una enfermería donde intentarían calmarla. Se la llevaron custodiada por un policía, esfumándose de nuestra presencia sin que de su boca hubiera salido nada más que aquel lamento: «No fue mi hermana, fui yo».

Coronas estaba inquieto y se largó a su despacho, debía preparar todos los trámites para una orden de detención en Estados Unidos. El juez Muro regresó cariacontecido a su juzgado, enfrentarse con las realidades policiales en vivo y en directo parecía haber sido demasiado para él. Nos quedamos, como siempre, Garzón y yo, ambos un poco despistados y sin saber qué hacer.

—¿Vamos a La Jarra de Oro? —fue la iniciativa que se le ocurrió a mi compañero. Yo, por supuesto, acepté.

El bar estaba bastante lleno. En la barra se exhibían tortillas como soles, calamarcitos fritos sobre rozagantes hojas de lechuga, apetitosos pinchos morunos, ensaladas… Era la hora del almuerzo.

—¿Nos marcamos una comida a base de tapas o prefiere el menú?

—No había pensado en comer.

—Comer no es ningún pensamiento, es una necesidad.

—Unas tapas entonces —accedí.

Sentados a la mesa, vimos llegar las viandas que había encargado el tragaldabas del subinspector. Yo me enfrasqué en la cerveza, tan fresca, tan estimulante, deliciosa. Luego suspiré, sintiéndome más centrada en el mundo real. Mi compañero ya había empezado a descabezar gambas con el ímpetu de un Robespierre.

—¿Es que no piensa probar estas delicias, Petra?

—Tengo muy poca hambre, la verdad.

—Pues debería estar hambrienta… ¡y feliz!, finalmente el caso está resuelto.

—¿Resuelto? ¿Y quién ha sido el culpable: Nuria, Elisa, las dos? Y Rafael Sierra: ¿es cómplice, sabía algo de lo que se tramó? Y en cuanto al móvil, ¿fue económico nada más?, ¿qué motivos tenía entonces Elisa para asesinar a su padre?

—¡Joder, lo odiaba!, ¿qué más quiere? ¡Le caía fatal!

—En fin, Garzón, a mí mi madre sólo me caía medianamente y nunca se me ocurrió quitarla de en medio.

—Pero si una hermana suya se hubiera propuesto matarla, quizá usted hubiera aprovechado el tirón.

—¡Estoy convencida de que fue Elisa quien organizó el plan, quien contrató al sicario, quien le pagó!

—Bueno, pues ahí lo tiene: una es culpable y la otra cómplice. Caso cerrado. Ahora ya es cuestión del juez.

—¡Ni hablar, primero hay que interrogar a Elisa Siguán! Corre usted demasiado para quitarse este caso de delante. Y es que este caso se le ha atragantado, Garzón. Primero se dedicó usted a hacer turismo y luego ha trabajado sin convicción. No ha puesto usted pasión ni ahínco.

—Si quiere que le diga la verdad, este caso es un coñazo de la hostia. Hemos estado picando piedra desde el principio hasta el final. ¡Todo ha sido complicado, todo ha costado un triunfo! Hemos viajado, colaborado con otras policías, interrogado hasta la saciedad, a usted han querido matarla... y todo para saber quién se cargó hace cinco años a un maldito cabrón. Porque supongo que ya le ha quedado claro que el tal don Adolfo era un puto cabrón.

—¿Y Julieta López, qué? Nosotros pusimos a su asesino sobre la pista de su paradero, se la servimos en bandeja y la mató en nuestros morros.

—Es verdad, pero tampoco era un ángel, había estado metida en el hampa hasta el cuello.

—¿Desde cuándo nosotros nos dedicamos a juzgar?

—¡Lleva razón, coño, ya lo sé! Pero es que esto del caso reabierto ha colmado mi paciencia. ¡Ojalá no vuelva a tocarnos otro nunca más! ¡A mí que me den cadáveres frescos, los embalsamados que se los endosen a otros!

—¡Qué burro es usted!

—No tan burro como para haberme acabado todas las gambas. Mire, le he dejado la mitad. ¿Quiere hacer el favor de reponer fuerzas? Como me siento generoso y me preocupo por usted se las voy a pelar yo mismo. Dios quiera que no entre ahora nadie de comisaría y me vea pelándole las gambas, pensarían que le hago la pelota.

Empezó a pelar delicadamente los crustáceos y fue colocándolos en mi plato. Yo, como una de esas princesas de cuento inapetente y caprichosa, me los comí, mordisqueándolos sin interés. Nadie era capaz de protegerme tanto como Garzón, de modo que, con una mirada cariñosa, se lo agradecí.

Capítulo 22

Elisa Siguán no sólo no puso inconveniente alguno para su traslado a Barcelona, sino que vino por su propia voluntad antes de que los efectivos de la Interpol se pusieran en marcha. Hubo que anular la operación internacional. Creo que Coronas se sintió un poco decepcionado por tanta facilidad. Aquel lustre cosmopolita que estaba adquiriendo el caso le gustaba de cara al follón mediático que sin duda se organizaría. Mientras tanto, Nuria Siguán tuvo que ser ingresada en la unidad psiquiátrica de la prisión. Había caído en un estado depresivo tan profundo que se temía por su vida. Un intento de suicidio en su celda a nadie convenía. Al principio creímos que se trataba de pura simulación, pero cuando hablé con el doctor que la atendía, pensé que no existía trampa ninguna: aquella torre rubia e inexpugnable se había desmoronado por completo. Aunque el médico lo desaconsejó, yo insistí en verla, prometiendo que no la violentaría con preguntas o presiones sobre el caso. Mi propósito era idéntico al del apóstol Tomás: comprobar las señales de los clavos, meter el dedo en la llaga. Cuando estuve frente a Nuria, ni siquiera la reconocí. Había adelgazado y unos surcos marcados le desfiguraban la cara. Adormecida por los calmantes, se puso a temblar en cuanto me vio. Me miraba como miran los locos prototípicos: con alienación, con terror, con una pátina trágica velándole los ojos.

—Su hermana Elisa llega mañana —le anuncié. Pareció animarse un momento, tocar de nuevo la realidad con las manos.

—Quiero verla, ¿vendrá aquí?

—No lo sé, depende del juez. ¿Quiere que le diga algo de su parte?

—Quiero verla. Mi hermana, mi hermana querida. Quiero que la dejen venir, se lo suplico, por favor.

Lloraba como si en las lágrimas se le estuviera licuando el alma. Su cuerpo empezó a contraerse con cada sollozo, como si le dolieran los músculos, como si no pudiera aguantar tanta desdicha. Llamé al enfermero y me largué. Ya había realizado las comprobaciones necesarias: el estado de la sospechosa no era normal. Seguía, sin embargo, sin comprender el porqué de aquella reacción patológica. Nuria me había parecido desde que la conocí una mujer con la cabeza perfectamente asentada, dueña y señora de su equilibrio emocional. Había resistido sin inmutarse todas las tensiones a las que la investigación la había sometido. ¿De dónde venía entonces aquella fragilidad mental, aquel hundimiento hasta los sótanos de un edificio desconocido?

Garzón, que se fiaba muy poco de la psicología, tardó en dar credibilidad a las angustias de la mujer. Seguía emperrado en que representaba una comedia para librarse de estar entre rejas.

—Puede que sea así —le contestaba yo; pero en ese caso lo hace de manera inconsciente. Se ha hundido y punto, Fermín, créame.

Poco tiempo después llegó Elisa Siguán. Mentiría si afirmara que no estaba muerta de curiosidad por ver su rostro, y volvería a mentir si dijera que lo que vi no me sorprendió. Elisa nada tenía que ver con la gélida Nuria ni con la indefensa Rosario. Era, ni más ni menos, lo que cualquiera hubiera definido como una mujer normal. De estatura media, delgada y fibrosa, tenía el cabello ensortijado y los ojos intensos. Vestía tal y como deben vestir las psiquiatras progresistas en Estados Unidos: falda larga y amplia junto a una americana desestructurada. Todo negro. Lucía abundantes joyas de plata. Lo más curioso de todo es que se presentó por su propia voluntad en comisaría, acompañada del mismo abogado que defendía a su hermana, y que, durante las presentaciones, en todo momento sonrió. Daba la impresión de que se disponía a cumplir con una visita social cuando lo que en realidad estaba haciendo era entregarse a la policía siendo la sospechosa principal de un crimen, el de su padre, para más abundamiento. Todos quedamos un tanto desconcertados por su aparición. Con aquellas buenas maneras y sonrisas corteses ninguno de nuestros procedimientos habituales de interrogatorio parecía ser una buena opción.

El propio Coronas le leyó sus derechos y tanto Garzón como yo la informamos de nuestro cargo e identidad.

—Pues cuando ustedes quieran —dijo tan pancha—. Yo vengo dispuesta a confesar.

Nuestras mandíbulas inferiores pendían levemente de las superiores dándonos, digo yo, un innegable aspecto de estúpidos. Por fin el abogado tuvo a bien poner un punto de hostilidad legal, que era lo mínimo para dar realismo a aquellas circunstancias.

—Pido que se tenga en cuenta y conste en las actas del interrogatorio, la disposición de mi cliente a confesar y el modo libre y voluntario en el que se ha presentado ante la policía.

—Así se hará —rubricó Coronas, muy oficialista.

Mientras tanto hubiera jurado que Elisa se encontraba encantada de estar con nosotros porque, distraída y ligera, pasaba revista a la escueta decoración del despacho del comisario. Luego nos observó uno a uno con una mirada que revelaba la costumbre profesional de calar a la gente desde un principio.

—¿Está usted informado de los cargos que se le imputan a su cliente? —continuó Coronas con la retahíla formal.

—Espero que seamos informados con más detalle —soltó aquel merluzo de Octavio Mestres.

Como si nos hubiéramos puesto de acuerdo sobre su grado de estupidez, Elisa lo llamó al orden con aire de hastío.

—Octavio, por favor; ¿te importaría esperarme fuera? No te preocupes, si te necesito te llamaré.

Mestres se quedó sorprendido; era obvio que no habían celebrado una reunión previa en la que se prepararan estrategias, lo cual me extrañó. Salió de la sala y Elisa nos sonrió. Se hubiera dicho que se disponía a tratarnos psiquiátricamente en vez de ser una sospechosa en trance de declarar. Al instante tomó la iniciativa:

—Señores: de la misma manera que he venido a Barcelona sin oponer resistencia alguna, también quiero hablar con ustedes para contarles la verdad.

Garzón me miró con ojos de pez muerto que significaban sorpresa. Cerré los míos un segundo en indicación de calma y tranquilidad.

—Puede hablar cuanto quiera siempre que esté dispuesta a firmar después su declaración y a ratificarla ante el juez. Los raptos de sinceridad pasajera sólo consiguen hacernos perder el tiempo.

Me sentía muy consciente de mi impertinencia, pero me parecía el único modo de ponerla en la posición que le correspondía, acabando con sus aires de estar manejándolo todo. Sin embargo, no se alteró. Era evidente que dominaba los estados de ánimo como una auténtica profesional del tema.

—Lo comprendo, naturalmente; como vengo de Estados Unidos, no soy ajena en absoluto a la preocupación por optimizar el tiempo. Yo misma en mi consulta procuro ser concisa con mis pacientes y les aconsejo sintetizar. Siempre dentro de un orden, por supuesto, tampoco puedes anonadar con exigencias a una persona que tiene conflictos psicológicos y se siente desconsolada. Justamente por eso ha acudido en busca de ayuda, eso no puede olvidarse.

El desconcierto crecía en mí a cada palabra que pronunciaba la Siguán. ¿A qué venía aquella charla intrascendente cuando las circunstancias eran tan graves? ¿Pensaba contarnos un cuento de hadas, había venido hasta nosotros con la intención de despistar? Si todos los interrogatorios de sospechosos tienen un punto de imprevisibilidad, en aquel caso el punto era excesivo. Hice un nuevo intento de centrar la cuestión:

—Elisa; si quiere decir algo importante, hágalo ahora, por favor.

Carraspeó, posó sus hermosos ojos ambarinos en mí. Estaba buscando el momento, midiendo el efecto que las palabras pudieran causarnos, lo cual no sugería mucha sinceridad. Por fin dijo con un tono deliberadamente solemne:

—Yo planeé y organicé el asesinato de mi padre, Adolfo Siguán, hace cinco años.

Lejos de quedarnos patidifusos, Garzón y yo conservamos la calma.

—Ésa es la acusación según las pruebas que tenemos —apunté.

—Pues la asumo y también quiero hacer constar que ni mi hermana Nuria ni el señor Sierra tuvieron nada que ver en estos actos. Ésa es mi declaración.

Nos miró como una niña sabihonda debe mirar a sus maestros cuando sabe la lección mejor que ellos. Garzón empezó a poner cara de querer darle un mandoble. Yo la miré con frialdad.

—Muy bien, ésa es su declaración, ahora procedamos con las preguntas.

—Pero ¿qué preguntas? Ya tienen mi confesión.

—Tenemos su confesión; ahora queremos la verdad.

—No la entiendo, inspectora. Yo confieso y ustedes me pasan a manos del juez. ¿No es así como funciona?

—Mire, Elisa, creo que debemos volver a empezar antes de que me ponga demasiado nerviosa. Aquí los policías somos nosotros, y nosotros llevamos las riendas de la cuestión. ¿Me comprende? De modo que de ahora en adelante limítese a contestar y no tendremos problemas.

Su seguridad e incluso entusiasmo pareció pincharse como un globo. Bajó la vista y masculló:

—Bien, de acuerdo; pregunten cuanto quieran.

El subinspector fue el primero en hacerlo:

—¿Cómo contactó usted con el matón italiano que liquidó a su padre?

—¡Ah, eso! Fue relativamente fácil. Les recuerdo que en América las mafias italianas están bien situadas. Tengo un amigo que me indicó la identidad de ese hombre y me puso en contacto con él. Por supuesto ni bajo tortura conseguirán que les diga el nombre de mi amigo, él no es ningún delincuente, sino que tenía ese conocimiento de modo casual.

—Ya —soltó mi compañero poniendo en esa sílaba toda su incredulidad. Y añadió una nueva pregunta:

—¿Le encargó usted al mismo sicario que acabara con la vida de Abelardo Quiñones?

Ahí el rostro de la mujer se contrajo. Dejó de actuar y de modo tajante y seguro lanzó:

—¡No! El sicario actuó por su cuenta. Consideró que la policía podía atraparlo y mató a ese hombre sin mi encargo ni participación. No quería dejar testimonios de su acción; pero yo en eso no he tenido nada que ver.

—¿Encargó usted recientemente la muerte de Julieta López a ese mismo asesino profesional?

—¡No! —casi aulló la implicada—. En ningún caso, se lo juro por Dios. Ese tipo resultó ser un loco, una máquina de matar. Actuó por sus propios medios y a iniciativa propia. No tengo la menor relación con esas muertes.

—Me sorprende mucho… —dijo Garzón— que ese tipo, viviendo en Italia, se enterara de las circunstancias de la reapertura del caso y se presentara aquí en el lugar y momento justos.

—Es obvio que los siguió a ustedes cuando fueron a buscarla.

—¿Cómo sabe usted que estuvimos con ella?

—¡Señor, mi hermana Nuria me iba informando de todos los detalles de la investigación!

—Dudo mucho de que su hermana estuviera al corriente de nuestros movimientos; es más, estoy seguro de que no fue así.

—No intente liarme, mi hermana me contó que Julieta López había sido asesinada.

—De acuerdo; pero su hermana desconocía las circunstancias de la investigación; mucho menos que nosotros hubiéramos localizado y visitado a Julieta López.

—En ese caso, ¿cómo supone que podría haberme enterado yo y enviado a ese sicario a matarla?

—Usted hizo venir a Catania cuando el caso se reabrió y él obró de manera que las huellas de los primeros crímenes fueran borradas.

—¡Exacto, usted lo ha dicho: él obró por su cuenta. Es justo lo que les estoy diciendo!

—Entonces, ¿admite haber vuelto a llamar a Catania una vez puesta en marcha nuestra investigación?

—Yo no admito nada que no les haya confesado ya. Ordené matar a mi padre, ¿es que no tienen suficiente con eso?

Había empezado a perder la calma. Estaba preparada para conservarla, para domeñar los nervios y mostrarse impertérrita; pero no estaba lista para mentir. Me di cuenta de que la pescaríamos en numerosas contradicciones y de que eso la haría caer. Sin embargo, llevada por una intuición indefinible, di un giro al interrogatorio y le pregunté:

—¿Por qué ordenó matar a su padre, Elisa?

Se quedó callada un momento, se miró las manos. Noté cómo el pecho le bajaba y subía con agitación.

—Lo odiaba —musitó.

—¿Puede hablar un poco más alto?; no la oigo bien.

—¡Lo odiaba! —repitió casi gritando—. Era un hombre autoritario y sin sensibilidad.

—No se mata a un padre por ser autoritario.

—Era egoísta y brutal.

—Tampoco me parecen razones suficientes.

—Inspectora, mi padre era un hombre inmoral, lúbrico. Humilló a mi madre con todas esas prostitutas jóvenes de las que era incapaz de prescindir. ¡También lo hizo con su segunda mujer! ¿Cree que no son ésas razones de peso para odiar a un ser humano aunque sea tu padre?

—Para odiarlo sí, para contratar a un sicario y asesinarlo no hay razones, Elisa. Nunca hay razones para el asesinato.

—Estoy dispuesta a pagar por eso.

—Y a librar a su hermana de cualquier responsabilidad.

—Sería una monstruosidad que fuera acusada de un crimen que no cometió.

—Pero del que fue cómplice necesaria.

—No diré ni una palabra más, inspectora. Tienen mi declaración, eso es todo lo que obtendrán de mí.

Pasó a disposición judicial, y me sentí como un cazador que, habiendo tirado sobre la presa, no es capaz de cobrarla al final. Garzón tenía aproximadamente la misma percepción; pero hacía un análisis menos frustrante:

—El juez acabará la labor. Es cuestión de horas y un poco de acoso que acabe confesando las otras dos muertes, no le queda otra opción.

—Es posible, pero me hubiera quedado más tranquila de haber sido nosotros los confesores.

—Muro es un buen instructor.

—Le pediré permiso para que nos ceda de nuevo a la sospechosa.

Nos miramos con cansancio. Me dolían las cervicales, los oídos me zumbaban un poco.

—Esa mujer tan autocontrolada trasmite, sin embargo, una tensión asombrosa. Me duele todo después de haber hablado con ella.

—Vamos a La Jarra de Oro, inspectora. Yo también necesito beber —interpretó enseguida Garzón mis deseos.

En vez de quedarnos en la barra nos sentamos a una mesa, cosa que raramente solíamos hacer si no era a la hora del almuerzo. Pedí una cerveza helada y la ataqué como si aquella libación fuera a convertirme en otra persona, lúcida y alegre. Pero no funcionó. Sin saber el motivo exacto se cernía sobre mí un abatimiento supremo, como si hubiera sido la protagonista de una tragedia. Mi compañero lo advirtió:

—¿Está preocupada, Petra?

—Preocupada no es la palabra. Tengo malas vibraciones, una especie de runrún moral que me mordisquea el estómago.

—No es para menos, a mí me pasa lo mismo dentro de lo que cabe en mi sensibilidad, que es menor que la suya. Toda esa historia del padre cabrón y la hija que lo manda matar... seguro que Shakespeare se hubiera puesto las botas con el tema.

—Seguro que sí, y lo hubiera convertido en arte además, mientras que aquí nada es demasiado artístico. Todo tiene un aire sórdido; no sé explicarme mejor.

—Pero al menos es una historia de amor fraternal. Elisa quiere salvar a su hermana sea como sea.

—¡Eso es lo que no acabo de entender, Fermín! ¿Por qué esa autoinmolación, por qué ese aire de heroína que se entrega a la justicia, queriendo dejar indemnes a los demás?

—No sé; las personas reaccionamos de maneras diversas. Esas chicas deben quererse un montón.

—Sí, pero todo en este caso es desmedido: un odio que lleva a asesinar, un amor fraterno que no duda en mentir para salvar al otro... todo es como...

—¡Una tragedia griega! —dijo el subinspector, orgulloso de su referencia cultural.

—¡Justo! ¿Y sabe usted cómo terminan las tragedias griegas?

—Muere hasta el apuntador.

—Sí, y a lo mejor es eso lo que quiere evitar Elisa, que el deshonor si no la muerte arrastre el nombre de la familia por el fango.

—¡Joder!, un poco tarde, ¿no?... mafias, putas, asesinatos... el honor de la familia ha quedado ya hecho unos zorros. ¿Qué puede haber peor?

—No lo sé —dije y volví a beber.

Durante la cena, Marcos me contaba una animada reunión de trabajo a la que había asistido por la mañana. Normalmente lo escucho con atención y placer, pero aquella noche me resultaba imposible concentrarme en sus palabras. Mi mente estaba habitada exclusivamente por Elisa Siguán. La manera en que se había comportado sugería que era la jefa de aquel clan de tres hermanas. La determinación con la que había confesado indicaba un deseo de protección; pero ¿por qué proteger a una mujer fuerte como Nuria? Su segura condena como colaboradora de la Camorra la delataba como cómplice del crimen. ¿De qué modo, si no era a través de ella, Elisa hubiera podido contratar a Catania? Todo aquello del amigo misterioso era una mentira evidente. Pero Elisa estaba decidida a salvaguardar la hipotética inocencia de su hermana en el asesinato. Si oficiaba como jefa del clan, sería por algún motivo; y no resultaba necesario inventar uno extraño cuando contábamos con el habitual: era la más fuerte de las tres: fuerte psicológica y humanamente, no había más. De repente, Marcos me preguntó:

—¿Estás escuchándome?

—¡Por supuesto que sí! —protesté instantáneamente para poder seguir pensando. Y seguí, ahora con un punto de tensión. Si escuchaba mis pensamientos como quien oye una conversación, me daba cuenta de que había empleado un par de veces el término «clan» y que había contado sobre tres al referirme a sus integrantes: las tres hermanas. ¿Por qué debíamos dar por sentado que Rosario Siguán se había mantenido por completo ignorante del plan criminal? Cabía naturalmente la posibilidad de que, al tratarse de una persona tan frágil, sus dos hermanas la hubieran preservado hasta el punto de esconderle la verdad. Pero también era posible que aquello hubiera sido una especie de complot, algo tan grave y definitivo que se necesitaba la conformidad de las tres hermanas para actuar. No existía ninguna prueba contra la menor, pero eso no significaba que careciera de información sobre los planes de sus hermanas.

Lo que estaba diciendo mi marido lo llevó a reír y yo lo imité sin perder tiempo.

—¿A que es increíble? —preguntó. Y yo contesté a bote pronto:

—Increíble del todo.

Entonces, con alivio, vi que se levantaba y proponía recoger la mesa entre los dos. Fui hasta el lavaplatos y cargué la vajilla sucia que él me iba dando. Cuando el último vaso estuvo colocado, ya me había decidido a hacer algo detestable.

Capítulo 23

Garzón estuvo de acuerdo en que el adjetivo «detestable» le venía como anillo al dedo a mi plan; aunque también coincidió conmigo en que actuábamos in extremis antes de que el caso saliera de nuestras manos. En fin, lo cierto es que me dio su beneplácito para actuar y a su aquiescencia añadió máximas como: *«à la guerre comme à la guerre»*, «yo no he inventado el mundo», «maricón el último» y otras cuantas perlas autoexculpatorias. Pero yo no necesitaba justificaciones en aquella ocasión: debía hacerlo y punto; de modo que, para matar el rato hasta que fuera un poco más tarde, regresamos a La Jarra una vez más, esta vez con la intención de cumplimentar el desayuno. Garzón lo cumplimentó ampliamente pidiendo un bocadillo de chorizo y yo me conformé con el café.

—¿Dónde la sorprendemos?

—¡Hombre, Fermín, eso de «sorprenderla» suena mal!

—Pero es el verbo justo, no me lo niegue. Además, el lugar tiene una importancia capital en la emboscada.

—¡Emboscada!, ahora lo ha acabado de apañar. Lo único que pretendo es mantener con esa chica una conversación sin que esté presente el marido.

—No se engañe, queremos hablar con ella porque es el eslabón más débil de la cadena. Por lo tanto, la sorpresa y la presión serán imprescindibles para que abra la boca. Todo eso suponiendo que sepa algo.

—Algo debe de saber; no se puede preservar por completo de la realidad a una persona. Rosario ya no es una niña. Estoy segura de que han debido contar con su conformidad para actuar. Lo que me extraña es que no nos hubiéramos dado cuenta antes, a pesar de no tener pruebas en su contra. Aunque le advierto de que yo no busco implicarla, sino que me explique cosas que no llego a comprender.

—Pero si habla, se implicará. Y no estoy tan seguro de que lo haga; a veces los débiles desarrollan una enorme resistencia.

Acabé de un trago mi café. El sabor amargo me hizo recordar Italia y pensé que hubiera sido muy útil que Abate estuviera allí. Parecía una contradicción, pero tener al lado una persona que decide y toma las riendas de las situaciones difíciles no estaba tan mal. Como si alguien hiciera el trabajo sucio por ti, mientras tú puedes seguir investigando mediante el análisis de los hechos, una vieja ilusión. ¡Después de lo mucho que había protestado por las intromisiones de Abate en mi terreno profesional! Pero así es el ser humano, así soy yo: en invierno añoro el calor y en verano el frío. Cuando estoy en la ciudad me apetece el verde del campo y una vez entre flores echo de menos una buena película en versión original. Como si me repugnara ser completamente feliz.

Decidimos hablar con Rosario en la guardería donde trabajaba. De esa manera tendríamos la seguridad de que su marido no estuviera presente. Nos identificamos como policías frente a la señora que abrió. A nadie podía sorprender una entrevista policial cuando se está investigando el caso del asesinato paterno. Nos pasaron a una salita de paredes alicatadas en azul cielo y adornada con dibujos infantiles. El ambiente no podía ser más tranquilizador y, por tanto, más inadecuado para nuestros propósitos.

Rosario tardó tanto en aparecer que llegué a temer que hubiera huido; pero no, tras diez minutos eternos, abrió la puerta vestida con una bata de aspecto escolar que intensificaba su aire pueril. No era difícil advertir cómo le temblaban las manos. Saludó con un hilo de voz. Le pedimos que se sentara. Procuré que mi tono fuera neutro, ni tranquilizador ni amenazante.

—Rosario, su hermana Elisa ha confesado el asesinato de su padre. ¿Lo sabía?

—Sí —musitó.

—En su declaración afirma que su otra hermana, Nuria, no tuvo nada que ver en el crimen. Quiere cargar ella sola con la culpa.

Se quedó callada e inmediatamente, dos ríos de lágrimas brotaron de sus ojos. No intentó atajarlos, no se limpió ni ejecutó el más leve movimiento. Proseguí:

—Pero nosotros sabemos que eso no es verdad. Nuria sabía que iba a matarlo y la ayudó a buscar un asesino a sueldo. Es así, ¿no es cierto?

—Yo también lo sabía —susurró. Noté que el subinspector se tensaba, y procuré no añadir a la suya ninguna reacción emocional. La voz me salía monótona y remansada:

—Sí, usted no participó en nada pero sabía lo que se disponían a hacer.

—Sí, yo también quiero pagar mi culpa. Yo hubiera podido evitarlo. No podré soportar que ellas estén en la cárcel y yo fuera. Sabía que iban a matarlo y me pareció bien.

La barbilla le temblaba a cada palabra, se estrujaba las manos.

—También mandaron matar a otras dos personas implicadas en el asesinato, ¿verdad?; para que no hablaran.

—Eso no lo sé.

—¿No le contaron cómo se habían desarrollado las cosas?

—No. Mis hermanas querían protegerme, siempre han querido protegerme.

Olvidando mis precauciones, casi grité:

—Pero ¿por qué? Es posible que odiaran a su padre, que lo hubieran odiado toda la vida; pero Nuria se había casado, usted también, Elisa estaba lejos, ¿por qué justamente hace cinco años tomaron la decisión de quitarlo de en medio? Algo pasó, ¿qué fue?

Lo que agitaba su cuerpo ya no era un temblor sino auténticas convulsiones, pero yo no cejé:

—¿Qué pasó?, dígame qué pasó.

Le fallaron las piernas, se dobló por la cintura, cayó al suelo, llorando:

—No lo sé, no puedo decirlo, no.

—Esta chica está mal, inspectora. Deberíamos llamar a alguien que pudiera atenderla.

Aflojé las mandíbulas, me di cuenta de que yo también había perdido el control, volví en mí. Rosario se había ovillado en posición fetal.

—Avise a la directora, Garzón —dije y salí sin mirar atrás.

Perfecto; decir que ya teníamos todo lo que habíamos ido a buscar allí era exagerado, pero no del todo inexacto. Rosario había confesado su implicación; estaba deseando hacerlo. Hubiéramos tenido el cuadro completo si hubiera aflorado el móvil principal, pero ése habría que seguir trabajándolo, ahora con mucha más facilidad. Ya en la calle, me volví hacia Garzón:

—Subinspector, dese prisa, tenemos el tiempo justo.

—¿Vamos a avisar al juez Muro?

—¡Qué coño! Dentro de un minuto llamarán al marido de Rosario y se armará la de dios. ¡Vamos, sígame!

Entramos en la cárcel de mujeres sabiendo perfectamente que carecíamos de orden judicial para interrogar de nuevo a Elisa Siguán. Sin embargo, como las funcionarias nos conocían, nadie nos la pidió. Tampoco ella se sorprendió al vernos, no debía estar muy al tanto de sus derechos o simplemente, no le importaban.

Conservaba la entereza y la fuerza moral de siempre, unida quizá esta vez a una cierta indiferencia que velaba sus ojos y enlentecía sus movimientos.

—¿Qué tal, señores, en qué puedo servirles esta vez? —preguntó con un deje de cinismo cansado.

Como descerrajando un tiro sobre ella le espeté:

—Su hermana Rosario ha confesado.

La metamorfosis que sufrió puede compararse a la de un gato cuando eriza el lomo en actitud de amenaza. Creo que incluso pude ver cómo su cabello adquiría volumen y sus brazos crecían mientras los dirigía hacia mí. Me asusté, pensé que iba a agredirme, pero se limitó a lanzarme el veneno de su boca:

—¿Qué han hecho con ella, qué le han hecho?

—Nada. Fuimos a la guardería donde trabaja, pedimos charlar con ella y accedió. Antes incluso de comenzar la conversación, dijo por propia voluntad que conocía perfectamente los planes para asesinar a su padre. Dijo también que Nuria es tan culpable como usted.

—¡Maldita sea, inspectora, la maldigo de corazón! ¿Por qué tuvo que ir a buscarla sabiendo lo frágil que es? Ha demostrado tener muy poca humanidad, ha demostrado…

—Maldígame cuanto quiera, Elisa; pero eso no va a cambiar las cosas. Se acabó la ficción de que usted sola llevó a cabo el crimen. Se acabó.

—Ya tenía una culpable, ¿para qué ir a escarbar en la miseria?

—No quiero un culpable, quiero la verdad. ¿Por qué, Elisa, por qué? ¿Por qué después de toda una vida de aguantar a un padre tiránico, cuando ninguna de ustedes tres estaba ya bajo su influencia deciden asesinarlo? ¡No me cuente que temían por la empresa familiar! Ésa no es la razón, o no lo es por completo. Dígame qué pasó, dígalo de una vez, ya es inútil callar. Yo seguiré investigando hasta que lo averigüe; aunque me quiten el caso, aunque el juicio se haya celebrado ya.

—No soltará la presa, como un perro entrenado.

—No la soltaré. Como policía podría inhibirme ya; pero como persona quiero respuestas a lo que no soy capaz de entender. ¿Por qué semejante inquina después de toda una vida, por qué tanta maldad?

La palabra «maldad» tuvo el efecto de espolearla, y al modo de un caballo, levantó la cabeza como si hubiera sufrido un súbito dolor. Luego se quedó callada. Vi que el subinspector se disponía a decir algo y con un gesto lo disuadí. El silencio duró casi un minuto, pero sorprendentemente no flotaba en el aire ninguna tensión. Ella pensaba y yo la dejaba pensar. Por fin dijo:

—Quiero hacer un pacto con usted.

—Adelante, estoy dispuesta a escuchar.

—Este hombre no puede estar presente.

—El subinspector Garzón es mi mano derecha, cualquier pacto que yo pudiera suscribir con usted...

Me interrumpió de mal humor:

—No empezamos bien. No hablaré delante de él, condición indispensable.

Me volví hacia mi compañero. Garzón enseguida entendió. Sin mostrar el más mínimo signo de fastidio, se levantó y como un *gentleman* que abandonara su club, se despidió en voz muy baja y salió.

Al quedarnos solas comprobé que Elisa estaba concentrada en sí misma, con los ojos cerrados, como un monje budista que preparara el recitado de un mantra esencial. Volví a dejarle su tiempo. Por fin abrió los ojos y realizó tres aspiraciones profundas que parecían el inicio de una profunda inmersión. Con calma, empezó a hablar:

—Sé que es absurdo pedirle a un policía que te está interrogando que guarde secreto sobre lo que vas a decir. Pero se da la circunstancia de que usted es también una mujer. Quiero pedirle que me escuche como mujer y que calle después. Lo que voy a contarle no alterará el resultado del juicio, por lo tanto, debe prometerme que callará.

¡Dios!, aquello era tan insólito, ¿qué podía contestar? Sabía, recordaba, que probablemente mi deber era rechazar semejante propuesta, por extraña, por inviable, por absurda también. Sin embargo, había dos poderosas razones que me llevaban a aceptar. La primera, debo reconocerlo sin ambages, la curiosidad, el ansia de saber, ambos galopando ya sin brida dentro de mí. Pero también sentía una difusa intuición de estar haciendo lo correcto, de estar sirviendo de vehículo a alguna oscura reivindicación.

—De acuerdo —me oí decir a mí misma sin concederle demasiado crédito a mi voz.

—Éste no es un pacto corriente entre un policía y un delincuente. No es como en las películas, inspectora: «Si le cuento esto, usted intenta que me bajen la pena dos años»... no, yo sólo quiero su silencio, pero su silencio de verdad. ¿Es usted creyente?

—¿Qué importancia tiene eso?

—Le parecerá ridículo, pero iba a pedirle que me jurara por Dios que no le contará a nadie lo que yo diga; aunque quizá sea más lógico que me haga una promesa de mujer a mujer.

Logré salir de la especie de embeleso al que me sentía sometida. Aquello no tenía ningún sentido. Probablemente estaba metiéndome en un lío del que no me resultaría fácil salir. Me puse en pie.

—Lo siento, Elisa, en efecto soy una mujer, pero estoy aquí y ahora porque soy policía. No puedo jugar a este juego, lo siento de verdad.

Tras haber dado unos cuantos pasos camino de la puerta oí su voz, temblorosa esta vez.

—No se vaya, Petra, por favor, necesito hablar con usted.

Retrocedí. Me planté frente a ella. Vi que estaba pálida, con las manos recogidas en un nudo sobre su regazo.

—Siéntese, se lo ruego.

Me senté, procurando que no se trasluciera ninguna emoción en mi rostro, pero lo cierto es que me dolía el pecho a fuerza de contener la excitación.

—Diga lo que tenga que decir.

—Mi padre… —exclamó en tono demasiado alto. Luego hizo una pausa y bajó la voz—. Mi padre abusó sexualmente de Nuria hasta que tuvo más o menos quince años. Yo lo sabía, y callé. En el fondo, no quería saber.

Sentí como si una barra de hierro me hubiera golpeado las sienes. Intenté respirar con normalidad. Ella continuó.

—También lo hizo conmigo. —Tragó saliva—. Yo era más combativa y el acoso duró menos; pero no lo conté a nadie. Mi madre estaba casi con toda seguridad al tanto de todo, pero tampoco quiso saber.

Pareció perder fuelle y sus manos se aflojaron, quedándose extendidas y estáticas como dos pájaros muertos.

—En cuanto tuve la mayoría de edad desaparecí de mi casa, usted ya lo sabe. Nuria se quedó; ya libre del acecho de mi padre, intentó olvidar. Se dedicó a la empresa, se casó con un hombre al que no quería en absoluto, sólo buscando normalidad. Las dos pudimos seguir adelante, ¿comprende?, cada una a su manera, pero las dos nos las apañamos.

Se quedó mirándome y yo asentí, incapaz de pronunciar ni una palabra.

—Seguimos adelante las dos calladas, cerramos los ojos y no miramos atrás: no queríamos saber, ¿Sabe a qué me refiero?

Esta vez mi cabeza negó, estando yo siempre en silencio.

—Dejamos sola a Rosario, ¿se da cuenta? Allí la dejamos, en aquella casa maldita, aunque sabíamos lo que irremediablemente iba a pasar. Yo no quise pensar, no quise saber. Supongo que Nuria sintió lo mismo. Olvidar, la opción era siempre olvidar. Y naturalmente sucedió, ¿por qué no iba a suceder? Era lo lógico, lo natural en un hombre como mi padre. También fue natural la reacción: Rosario calló. Calló hasta que no pudo más. Intentó seguir abusando de ella cuando ya estaba casada. Sólo entonces Rosario se lo hizo saber a Nuria y Nuria me llamó. Ella no tenía fuerza para oponerse directamente a aquel hijo de puta, y se hubiera suicidado antes de buscar protección en su marido, que no sabe nada.

Se echó a llorar con un desconsuelo que no recordaba haber visto antes en ningún ser humano. Gemía; lágrimas, mucosidades y babas licuaban su rostro, contraído en una mueca imposible de calificar. Me levanté, le puse la mano en el hombro.

—Tranquilícese, Elisa, por favor. Se lo ruego, serénese. ¿Quiere que llame a alguien, necesita asistencia psicológica? —dije casi con terror.

—¡No! —chilló—. Aún no he acabado.

Se limpió la cara como pudo, recobró la fuerza.

—Entonces tomé la decisión de matarlo y, créame, fue un inmenso placer para mí urdir todo el plan con Nuria. Me divertí. Era como si pudiéramos hacer algo real por primera vez, después de todo el silencio. Y lo sacamos de este mundo, con ignominia, junto a una puta. Él se lo buscó.

—¿Por qué se lo dijeron a Rosario?

—¡Para que se sintiera vengada, ni más ni menos! —replicó llena de vigor—. No era algo que entre nosotras tuviéramos que esconder. ¿El cerdo te ha manchado?, pues el cerdo está muerto, sin más. Luego se torcieron las cosas, no es tan fácil matar. El sicario era torpe… todo se complicó, hubo que matar de nuevo… eso fue lo peor.

—¿No hubiera sido más fácil denunciar a su padre, hablar de una vez?

—Hablar —dijo como en sueños—. Hablar aún es más difícil que matar. Créame, nunca, nunca durante estos cinco años me he arrepentido de haber asesinado a mi padre, jamás. Y sin embargo, estoy segura, completamente segura de que nunca, por más años que viva, podré perdonarme el silencio con el que huí de casa, dejando sola a mi hermana.

—Ese silencio ya se acabó.

—No. Le ruego, se lo vuelvo a implorar, si quiere de rodillas: no cuente esto a nadie.

—¿Está loca, Elisa? ¿No se da cuenta de que esa terrible circunstancia puede suponer mucho frente al juez? Sin duda obrará a su favor, rebajará la pena que puedan imponerle, será un enorme atenuante.

—No, no podré repetirlo más, no delante de gente, en un juicio, no.

—Ahora ya lo ha contado una vez, ha sido como romper un maleficio. La próxima vez será más fácil. Usted es psiquiatra y no ignora que es así como funciona la mente humana.

—¡Qué sabe usted, inspectora, qué sabe usted! Ni siquiera sería capaz de imaginar por un momento la vergüenza que se siente. Es una vergüenza profunda, enorme, atroz. Quisieras morir cuando la sientes en toda su plenitud, quisieras no haber nacido.

—Usted no es culpable de haber sufrido abusos.

—Es muy fácil decir eso.

—Si no lo cuenta, si no se sabe la verdad, su padre seguirá de alguna manera impune.

—Mi padre ya pagó por lo que hizo.

—¿Y eso le ha servido a usted, ha conseguido olvidar esa vergüenza de la que habla?

—No, sigue ahí. Es como un cristal afilado que te rasga las entrañas.

—¡Pues arránqueselo de una vez!, que la gente sepa cuál era la catadura moral de su padre.

—Para arrancármelo hubiera tenido que morir yo también. Lo pensé cuando las cosas se complicaron, pero no tuve valor.

—Usted es culpable, Elisa. Ha matado a un pobre desgraciado como Abelardo Quiñones, a una chica que había conseguido rehacer su vida como Julieta López. No puede guardar silencio sobre sus motivos.

Más tranquila de repente, sonrió con ironía.

—¿No soy culpable de haber ordenado matar a mi padre?

—Por supuesto, lo es.

—Pues usted no lo ha mencionado.

Me puse en pie.

—Elisa, voy a hablar con el juez. La llamará a declarar. Si no ratifica sus palabras de hoy, todo será más complicado. Si no habla por usted misma, hágalo por sus hermanas, ellas también recibirán el beneficio legal que pueda reportarles esta historia.

—Ni por un momento ha pensado guardarme el secreto, ¿verdad?

—Usted me lo ha contado para que salga a la luz. De lo contrario se hubiera callado, una vez más.

No protestó, bajó la cabeza, se limpió los últimos rastros de lágrimas. Antes de salir, me volví.

—Una cosa más, Rosalía, la mujer de su padre, ¿sabía algo de todo esto?

—Supongo que siempre lo sospechó, pero se calló también, por supuesto. Como todos, prefirió no saber.

—Al menos antes de dejar Barcelona quiso dar una oportunidad a que se abrieran todas las ventanas.

—Entró aire viciado por ellas, inspectora, ya lo ve. Hágame un favor, arrégleselas para que me den algún tranquilizante. Cuando entré aquí me quitaron todas mis pastillas.

—No se preocupe, lo haré.

Salí sin mirarla. En el pasillo me esperaba Garzón. Se puso en pie inmediatamente, vino hacia mí.

—Salgamos de aquí, Fermín, vámonos pronto.

—¡Vaya cara que se le ha puesto, inspectora! Parece que hubiera visto al fantasma del propio Adolfo Siguán.

—Así ha sido, amigo mío, lo he visto, y tenía un aspecto monstruoso, créame.

El juez Muro se dio a todos los demonios, naturalmente. La instrucción y el juicio de aquel caso iban a ser complicados: problemas psicológicos, varias y diversas acusaciones en los sumarios de las incautadas, implicaciones internacionales, la presión de la prensa... Al despedirme de él me miró un poco enfadado, como pensando que la policía siempre se libra de lo peor de un caso cuando se lo pasa al juez; pero estaba equivocado si era eso lo que creía, en aquel momento no se me ocurría nada peor que haber presenciado la confesión de Elisa.

Al llegar a casa bastaron dos segundos para que Marcos se diera cuenta de que estaba mal. Valoró además que el grado de mi malestar era alto, porque no preguntó qué me ocurría. Dejé la gabardina, me senté en un sillón y me quedé mirando al vacío.

—¿Puedo servirte una copa? —ofreció.

Negué con la cabeza. Se sentó a mi lado y me pasó la mano por el hombro, sin hablar.

—El mundo es horrible, Marcos —dije.

—Sólo a veces —contestó.

—Siempre —me afiancé.

—¿Qué podemos hacer para mejorarlo: ir al cine, charlar, tomar una buena cena, llamar a algunos amigos, hacer el amor?

—Nada —susurré—. Quedarnos como estamos un rato más, pero no me quites el brazo de encima, por favor.

Me abrazó bien fuerte. En aquel momento estuve segura de que la vida puede ser terrible, y de que sólo le encontramos sentido en las cosas pequeñas, que ofrecen consuelo pero no explicación. Buscar razones en lugares elevados no hace más que potenciar una inconmensurable sensación de absurdidad.

Capítulo 24

Rafael Sierra no fue acusado de complicidad en el crimen. Nada tenía que ver. Afortunadamente no tuve ocasión de ver su cara cuando se enterara de las circunstancias en las que se produjo y del porqué. Aunque me la imaginaba. Debía de ser parecida a la que se le hubiera puesto a un seguidor acérrimo de Freud al saber que el sabio se trincaba a su cuñada, o a un amante de Picasso pasando revista al modo detestable en que siempre trató a las mujeres. Y me paro ahí por no seguir. Es malo buscarse ídolos entre los mortales. No puede uno convertir en referente a su filósofo de cabecera, al político a quien vota ni mucho menos a su patrón. De modo que aquel pobre tipo, un mafioso al fin y al cabo, en el pecado llevó la penitencia. Y si no es a un hombre de carne y hueso, por más que en él aniden las virtudes y la sabiduría, ¿a quién convertir en tu ídolo personal? ¡A nadie, qué coño, a nadie!, pensé, que los creyentes coloquen a Dios en la cumbre de la escalera y los demás ya nos las apañaremos: hoy aquí y mañana allá, filosofía de subsistencia, tampoco hace falta encontrar becerros de oro en cada esquina.

Elisa Siguán confesó ante el juez todo el horror que llevaba dentro y eso la benefició como atenuante. No sé si me alegré o no. Tenía el corazón dividido: por una parte, la parte irracional que se agazapa en mí, sentía un sordo júbilo porque aquel pedazo de cabrón hubiera recibido un castigo. Pero claro, luego mi mente se iluminaba con la razón, y me daba cuenta de que castigando por tu cuenta se te puede ir la mano y cuando la mano vengadora se pone en marcha, la situación tiende a degenerar, como aquí pasó. ¿Qué culpa tenía Julieta de todo aquel jolgorio de incesto y muerte? Ninguna. Su caso ilustraba muy bien la injusticia de la vida, en la que algunas personas parecen nacidas para ser víctimas, desde el principio hasta el final.

La viuda de Siguán fue llamada una vez más a declarar. Le dijo al juez Muro que siempre sospechó lo que estaba sucediendo, pero que de ninguna manera estaba tan segura como para hacer acusaciones de calado semejante. El juez la creyó; y no sólo eso, sino que al cabo de unos meses se jubiló y se marchó a vivir a Galicia, ante el regocijo malicioso de Garzón. Parecía un hecho que la testigo y el hombre de leyes habían congeniado hasta un punto difícil de determinar. Me pareció bien; los flechazos directos al corazón existen, y debe ser muy grato dejarse desangrar por propia voluntad, con los ojos en blanco y arrobado, como en las imágenes de san Sebastián.

Telefoneé a Abate y le conté. Le di las gracias, en plan profesional estrictamente. Él también me las dio, porque Torrisi, oficiando como el director de una coral, había hecho cantar a aquellos tipos de la Camorra un montón de delitos que pendían en el aire y que nunca hubieran figurado en el pentagrama de no haber sido por nuestra aparición en Italia. Me alegré. Luego me dijo:

—Quizá en el futuro haya algún muerto más que te traiga hasta Roma.

—¡Ah, no!; ahora el muerto lo pones tú y yo pongo a un asesino de mi ciudad. Así vendrás a Barcelona. Me encantaría, aunque sólo fuera para que esta vez, el que vaya desarmado por las calles fueras tú.

—No sería una novedad, ya me desarmaste en una ocasión.

Pasé por alto el comentario de doble sentido. Pregunté por Gabriella Bertano.

—Está muy bien, y te adora; dice que le enseñaste muchas cosas sobre la maternidad, que te hizo caso y ahora no se siente tan culpable y angustiada frente a su niño.

—¡Qué horror, espero que no lo abandone en un contenedor!, me daría cargo de conciencia. Es evidente que sólo hay que dar consejos sobre lo que no tienes ni la más mínima noción; cualquier día dejo la policía y me hago consejera de algo exótico para mí: finanzas, tendencias de moda...

Oí su risa simpática por el auricular.

—Eres encantadora, Petra, ¿lo sabes?

—Sí —respondí a toda prisa, y reímos de nuevo los dos.

Era un buen policía y un buen tipo, pensé al colgar, y no pensé absolutamente nada más.

Hablando de niños y maternidades, un día pesqué a Yolanda enseñando ecografías del nonato a otros policías, entre ellos Fermín Garzón. Las guardó en un cajón a toda castaña y yo no se las pedí. Recordé que debía mantenerme fría cual témpano, porque ser blando y cariñoso con las nuevas madres era un signo de debilidad muy propio de estos tiempos, en los que no nacen niños y cuando nacen parece que haya sucedido algo espectacular. De pronto me di cuenta de que, del bolsillo del subinspector, afloraban unas fotos y cuando estuvimos solos en mi despacho le pregunté:

—No estaría enseñándoles otra vez a los chicos su pinta de centurión turístico, ¿verdad?

Bastante cabreado e impertinente me contestó:

—¡Pues sí, mire por dónde! Me parecen divertidas y quería compartirlas de nuevo. Nos hemos reído un rato. Supongo que a usted le parece un crimen de lesa humanidad.

—¡Hombre, tanto como eso!... me parecen una simple horterada, poco más. ¿También se las ha enseñado a Beatriz?

—Ni pensarlo. Mi mujer es casi tan estirada como usted. Yo soy de otra manera, un hombre del pueblo llano, más sencillo, más tierno en el fondo.

—Déjese de pueblo llano y de ternuras que me va a conmover. Había ido a buscarlo porque el comisario quiere vernos.

—¿Sabe para qué, no pensará echarnos la bronca por algo?

—No tengo ni idea; pero puede aprovechar para enseñarle las fotos, seguro que lo invadirá una oleada de ternura que dulcificará sus intenciones.

Lo oí rezongar por todo el pasillo, renegando contra mi manera de ser. Luego su voz se marcializó para enunciar la pregunta reglamentaria:

—¿Da usted su permiso, comisario?

Coronas nos felicitó. De pronto, todo lo habíamos hecho la mar de bien: salvado el prestigio de la policía barcelonesa, perfectas las relaciones internacionales, más que correctamente llevado el grado de discreción... Atrás quedaban todas las amenazas y reproches que habíamos tenido que tragar, como si nunca hubieran existido. Siempre es así: la realidad se configura y se matiza según las historias acaben bien o mal.

—No ha hablado de aumento de sueldo ni de ninguna prima especial, ¿verdad? —dijo el subinspector al salir.

—A un hombre del pueblo llano como usted debería bastarle con la satisfacción del deber cumplido, de una felicitación especial de nuestro jefe.

—¡No me joda, inspectora, ya está bien!

—No se enfade conmigo, Fermín. Le invito a una copa, ¿qué me dice?

—Después de tanto cachondeo debería decirle dignamente que no; pero esto de ser del pueblo llano da una sed...

Me reí como una loca. Aquel maldito subalterno mío era un santo, un santo genial, y cualquier día lo vería beatificado en pleno Vaticano con estampas que lo representarían vestido de falso centurión, con una lanza astrosa en la mano derecha y un cervezón recién escanciado en la izquierda. Yo sería su primera devota, por supuesto que sí.

En La Jarra de Oro nos colocamos en una mesa que daba a la calle. Desde nuestros asientos podíamos contemplar la entrada de comisaría. No teníamos sensación de culpa por estar allí; no aquella vez. Acabábamos de ser felicitados por nuestro jefe y el caso se había aclarado en su totalidad. Era el momento de detenerse un momento y celebrar la ocasión. El subinspector preguntó:

—¿Quiere que pidamos una botella de cava?

—¿No quedará un poco raro a esta hora tan temprana?

—La gente fina de verdad desayuna con burbujas y canapés de salmón.

Nos sirvieron un cava extraordinario, muy, muy frío y el cocinero nos improvisó los canapés que, según Garzón, la gente fina suele tomar.

—Celebrando lo del caso Siguán, ¿eh señores? —nos sorprendió el camarero.

—¿Ha salido ya en la prensa?

—Esta misma mañana. Hay que ver cómo puede llegar a ser una persona, ¿verdad? Trincándose a sus propias hijas, y ustedes me perdonarán la expresión. ¡Toma con los empresarios modelo! ¡Menudo cacho de cabrón, ese tío: mafioso, abusador...! Ya sé que a ustedes les parecerá mal lo que voy a decir, pero la verdad es que el tipo merecía que se lo cargaran.

Garzón y yo nos miramos con prevención.

—No es tan fácil, en el camino han muerto inocentes —musité.

—No tan inocentes; además él se llevó su merecido. ¡Vaya usted a saber si un juez no hubiera acabado dejándolo libre por alguna triquiñuela legal! Era un hombre de pasta y podía contratar a un buen abogado y los abogados son todos una panda de listos sin escrúpulos.

Iba a contestarle, pero Garzón se me adelantó:

—¡No seas tan bestia, Virgilio!, ¿así para qué coño crees que sirve la ley?, ¿para qué cojones servimos nosotros? Las cosas hay que hacerlas bien y ni al demonio se le ocurre que cada uno vaya tomándose la justicia por su mano.

El camarero se fue murmurando por lo bajo; dudé mucho de que mi compañero lo hubiera convencido con su pieza maestra de oratoria popular. Se volvió hacia mí:

—En este país habría que hacer una buena campaña de educación cívica, ¿no le parece?

—No se canse, Fermín; disfrute del cava, bebamos.

Me obedeció sin rechistar y luego le hincó el diente a un canapé.

—He oído decir que, al menos, nos van a conceder un par de días libres en recompensa. ¿En qué los empleará?

—Nada especial, como Marcos trabaja, queda descartado cualquier plan complicado. ¿Y usted?

—Probablemente nos vayamos a un hotel de la Costa Brava; solitos mi mujer y yo, en plan romántico. Así a lo mejor se me quita el mal sabor de boca de todo este triste asunto.

—Yo creo que me lo quitaré en plan familiar. Invitaré a los chicos de Marcos a muchas cenas.

—¡Pues vaya coñazo, inspectora!, y disculpe por la sinceridad.

—Me hace falta toparme con la vida diaria: hacer tortillas a la francesa, pedir a los niños que no hablen tan alto, oír las historias que Marina me cuenta sobre su escuela... crearme la ficción de que soy una mujer acuciada por pequeños problemas cotidianos. De esa manera quizá desaparezca la amargura.

—Pues no lo entiendo. Más amargo es pensar que has traído hijos a esta mierda de mundo y encima, hacerles tortillitas.

—En el fondo, lo amargo es pensar, sea en lo que sea. La gente que no piensa es más feliz.

—Pero se volverán gilipollas, digo yo, y entonces tampoco sale a cuenta.

Lo miré y sonreí. Me dio un par de golpecitos cariñosos en la mano.

—No se aflija, inspectora; se le pasará. Siguiendo adelante todo se pasa, y un ser humano normal siempre sigue adelante por instinto.

Me fijé en cómo había encanecido el subinspector en los últimos tiempos. Oliendo al salmón de los canapés, parecía un viejo pescador de una costa lejana.

—Yo, de usted, Petra, me dejaría de zarandajas de hacerles tortillitas a los niños y me pondría a follar con mi marido a tiempo completo.

—¡Fermín! —aparenté escandalizarme.

—Le pido perdón; ya sé que no procede que le diga esas cosas, pero no puedo soportar que se me vuelva a estas alturas un ama de casa del montón. ¡Con lo que usted ha sido!

Lo miré, estupefacta, intentando comprender qué significaba exactamente aquella expresión. Preferí no hacer averiguaciones. Reaccioné:

—¡Lo que he sido sigo siéndolo en mayor grado aún! De modo que vamos a brindar; y si se diera la circunstancia de que nos acabáramos esta botella, nos arreamos otra y en paz.

—¡Ahora sí me ha gustado! Brindo por usted, y por todas las mujeres fuertes de este mundo.

Yo había dicho lo que se esperaba de mí, y por eso mis palabras eran bien recibidas. Siempre sucede de modo parecido. Supuse que el amor que los demás te profesan estriba en que la distancia entre lo que se espera de ti y lo que realmente haces no sea excesiva. Brindé con mi compañero por las mujeres fuertes, por los hombres honestos, por los animales libres, por los niños felices, por todas las utopías que, sólo de vez en cuando y en intervalos fugaces, se convierten en realidad.

Vinarós, septiembre de 2012

Impreso en Black Print CPI Ibérica, S. L.
c/ Torrebovera, s/n (esquina c/ Sevilla), nave 1
08740 Sant Andreu de la Barca (Barcelona)